U0717352

思库文丛

汉译精品

异端人物

Terry Eagleton

Figures

of

Dissent

[英]特里·伊格尔顿 _____ 著　　　刘超 陈叶 _____ 译　　🔺 江苏人民出版社

图书在版编目(CIP)数据

　　异端人物/(英)特里·伊格尔顿著；刘超，陈叶
译.—南京：江苏人民出版社，2024.12
　　(思库文丛·汉译精品)
　　书名原文：Figures of Dissent：Critical Essays
on Fish, Spivak, Zizek and Others
　　ISBN 978-7-214-28956-8

　　Ⅰ.①异… Ⅱ.①特… ②刘… ③陈… Ⅲ.①作家评
论-世界 ②思想家-评传-世界 Ⅳ.①I106 ②K815.1

　　中国国家版本馆 CIP 数据核字(2024)第 024731 号

Figures of Dissent by Terry Eagleton first published by Verso 2003

© Terru Eagleton, 2003, 2005 and the publications listed below

The Author and publishers would like to thank the *London Review of Books*, *the Independent on Sunday*, *the Times Literary Supplement*, *the Times Higher Education Supplement*, *the Guardian and the New Left Review* for permission to reproduce material for which they hold the copyright.

Translated and distributed by permission of Verso

Simplified Chinese copyright © 2024 by Jiangsu People's Publishing House

All rights reserved

江苏省版权局著作权合同登记号：图字 10-2021-189 号

书　　　名　异端人物
著　　　者　[英]特里·伊格尔顿
译　　　者　刘　超　陈　叶
责 任 编 辑　朱晓莹
装 帧 设 计　潇　枫
责 任 监 制　王　娟
出 版 发 行　江苏人民出版社
地　　　址　南京市湖南路 1 号 A 楼，邮编：210009
照　　　排　江苏凤凰制版有限公司
印　　　刷　南京爱德印刷有限公司
开　　　本　890 毫米×1240 毫米　1/32
印　　　张　11.125　插页 4
字　　　数　250 千字
版　　　次　2024 年 12 月第 2 版
印　　　次　2024 年 12 月第 1 次印刷
标 准 书 号　ISBN 978-7-214-28956-8
定　　　价　68.00 元

(江苏人民出版社图书凡印装错误可向承印厂调换)

目　录

CONTENTS

中文版序

　　应译者之邀为本书中文版写序，其实并不是一个轻松的活儿。原本觉得读罢不免有些话要说，可当我翻完了这本书之后，真的，写序的冲动烟消云散了，我变得犹豫起来，该在序中说些什么呢？

　　这本书名曰《异端人物》，听起来就很有诱惑力，读前猜测里面大抵蕴藏了许多爆炸性的思想。但读后却感到，这本书像是作者在课余，邀约我们坐在咖啡馆里，听他侃侃而谈读书体验。书中所选人物五行八作，并没有特定的范围，从哲学家到作家，从演员到体育明星，也许作者在这里玩了个小把戏，打着"异端人物"的幌子把读者忽悠进他的书中。至于所谈论的话题，真可谓无所不包，从爱尔兰历史到法兰克福学派，从浪漫主义文学到性或身体。即使有些触及异端人物之异端思想，他又以独特的英式幽默加以调侃，一定程度上又解构了异端人物之异端思想的异端性。

　　不过，换个角度看，这本书可作另一种解读。

作者是大名鼎鼎的伊格尔顿(Terry Eagleton),对中国读者来说,他的名字决不会陌生,他的不少著述已经翻译成中文在坊间流传。在读者的印象中,伊格尔顿是一个马克思主义文学理论家,"维基百科"把他描述成"联合王国最有影响的仍在世的文学批评家"。他的生平虽没有多少传奇色彩,多半是在大学讲堂或书斋里度过的,但他高产的理论创作令人惊叹,40部著作即使不算著作等身,也让人刮目相看。我们知道他不少流行的理论著作,诸如《马克思主义与意识形态》、《文学理论导论》或《后理论》,但这本书却有所不同,因为它更像是一个公共知识分子而非学院派教授在专业之外的闲谈。我们知道,"专家"和"知识分子"是两个全然不同的概念,照萨义德的说法,"专家"是在某个特定领域皓首穷经的学究式的人物,而"知识分子"则是担纲社会良知就公共话题发表意见的"业余者"。此话很有道理,在高度体制化和科层化的当下社会中,我们看到太多的"专家"而不大遇到"知识分子",福柯就曾这样慨叹道。虽说"专家"和"知识分子"之间的界限不难分辨,但跨越这一界限是说来容易,做起来难。于是,阅读伊格尔顿的这本书,不妨把这些文字看作是他越出专业局限进入公共领域的一次实践。他正是以书评政论的方式,不拘一格地表达了他对西方历史、社会和文化的种种"异端"看法。照此理解,书中许多文字就比其理论专著有意思得多,可读性也强得多。这些大多发表在《伦敦书评》的篇什,纵横捭阖,恣肆汪洋,少了些刻板的学究气,多了些生动活泼和"好斗的语气"。

伊格尔顿曾是赫赫有名的马克思主义批评家威廉斯的学生,据说他受法国马克思主义哲学家阿尔都塞的理论影响,反过来批判自己的导师威廉斯,颇有些"吾爱吾师,吾更爱真理"的风范。作为西方左派的代表人物之一,这本书的字里行间到处彰显出他鲜明的左派立场。他出身于工人阶级家庭,可谓根正苗红,信奉马克思主义坚定不移,所以这部书体现出他对当代资本主义社会现实的反思,对右翼人物及其思想的批判,对左派力量日渐式微的忧虑,当然,还有对社会主义和未来革命的憧憬。关于乌托邦,他一方面强调"所有乌托邦写作都是反乌托邦的",另一方面又指出乌托邦乃是想象出来用以间离和扰乱我们现存文化的东西,其功能在于给我们以别样的参照系来反思我们的生活世界。在今天这个"后"时代(后革命、后理论、后现代主义等),经历了风风雨雨的 20 世纪的社会"大转型",伊格尔顿以一种十分复杂的心情道出了乌托邦的政治意味,表达了他对乌托邦几近矛盾的想法。在谈论法兰克福学派时,他深谙当代资本主义社会是如何通过柔化的规训来管理社会和人们的思想,当马克思主义转化为"西方式的"某种思潮时,伊格尔顿敏锐地注意到其间所发生的深刻变化。霍克海姆成了资本主义的辩护士,马尔库塞在南加州享受着资本主义的富足,阿多诺则被更激进的学生运动所无情抛弃。接二连三的失败和蜕变,使得伊格尔顿无奈地透露出失望。记得他多次提到过一个基本判断,左翼思潮和左派运动现在已经无可挽回地衰落下去了。在这本书里,他调侃地说,20 世纪 60 年代以来激进政治学已放弃了革命而转向性和身体的探究,七八十年代革命变成了性,列宁主义为拉康主义所取代,格瓦拉的社会主义转向了福柯和芳达的肉体主义。左派如何思考,现已成为一个严峻的问题。

伊格尔顿的左派立场实属伊氏标记,其实,他的另一标记往往不易察觉,那就是他的爱尔兰身份认同。在他睿智机敏的文字中,对爱尔兰文化的关切也就成为题中之义。他颇有微词地指出英格兰人说爱尔兰人懒惰是有失公允的,说爱尔兰人好斗、浮夸、狡诈等亦属不实之词。高傲的英格兰人对爱尔兰文化的轻蔑，这不过是一个多元社会里中心与边缘结构关系的写照。作为一个对爱尔兰文化有着本根性认同的人，伊格尔顿在谈笑中既为自己的文化作了合法的辩护，也在不经意间戳穿了英格兰文化优越论的神话。也许我们不无理由说，后殖民的问题不仅存在于宗主国和殖民地文化间，也存在于宗主国内部的不同文化间。当我们读到他一再申明盎格鲁-爱尔兰人有一种矛盾的心态，即徘徊于种族主义和反种族主义、同类和异类之间，也就不感意外了。他以爱尔兰作家王尔德为例，指出其文学属于爱尔兰口传文化的传统，他的许多讽刺诗足以颠覆英国文学的陈词滥调，其爱尔兰元素揭露了维多利亚晚期的英格兰人思想上的装腔作势。但吊诡的是，王尔德最终又是一个盎格鲁-爱尔兰双重体，他的文学说到底不过是"拙劣但又充满机智和讽刺的混合体"。容我大胆推论，伊格尔顿在作此番评论时不知是否思及自身？我的问题是，伊格尔顿身上是否重复了王尔德的二重困境呢？伊格尔顿在英格兰最好的大学里讲习，在"同类"和"异类"间徘徊也许在所难免。

以上我对伊格尔顿的解读纯属一孔之见。其实这部书包含了太多的议题和见解，读后多有大开眼界之感，甚至会改变我们关于书评写法的陈规旧习。不消说，伊格尔顿借评书来阐发自己的看法，其间喷涌出的"异端"思想定会触动读者。因此，在序言这狭小的空间里，我再多饶舌也无法揭橥"异端"的魅力。最好的办法是在此打住，让读者自己走进作者的"异端人物"咖啡馆，和他来一番近距离的接触。

是为序。

周　宪

2012.12.13

前　言

高明的读者也许会注意到,尽管此书中的一些评论称颂了它们讨论的主题,但并非所有的评论都一样乐观。也许这好斗的语气,是我从剑桥英语学校得来的传家宝之一。我在剑桥学习英国文学时弗·雷·利维斯(F. R. Leavis)仍执教于此,所以尖锐自然而然地成了我的特点。尽管如此,我希望这其中的某些篇章会比利维斯写得更幽默。而且,我充分注意到有时候评论很具报复性,容易令人陷入尴尬的处境。我也充分注意到尽管我写的一些文章可能既好辩又带着嘲讽的口吻,但它们绝没有恶意,或者有违公平的原则。

但是这当然也取决于你站在什么立场。如果激进派要找麻烦,自由主义者和保守主义者真的无从申诉。那正是我们所追求的。我们在政治上的对手应该要记住,他们的人数比我们多得多,他们彼此不停地互相赞美,以消除他人对我们的赞美。对每一个左派人士来说,如果他们敢于说叶芝也许很愚蠢,或者说以赛亚·伯林称不上一个自由传奇的天才,那么将会有成群的评论家准备着痛斥这些妄论。

　　此书中的评论早先都曾发表在一些不同的期刊上,我希望它们还可以为这样一个事实作证:我们之中仍存在着某种公共领域,也许它很虚弱,但是在这里人们还能试着抱持一种友善的态度,去评述一些十分复杂的事物。在英国,在富有想象力的编辑玛丽·凯·维尔莫斯的努力下,优秀的《伦敦书评》就提供了这样一个论坛。此书中的很多文章都首先发表在此,我因此也特别感谢这份刊物及它的工作人员,因为他们我才得以常常在如此多的论题上充分展开论述。如果某些读者细读这些文章时,并不能感受到我的谢意,我提前在此对这些读者说声抱歉。

特里·伊格尔顿

都柏林,2002

来自后现代的野蛮人

原标题为《少数的稳固政府》,克劳德·罗森著《上帝、格列佛和种族灭绝:野蛮主义和欧洲的想象,1492—1945》书评,首次发表于《伦敦书评》,2001 年 8 月 23 日。

最近的几十年来,令人瞩目地出现了相当多关于所谓野蛮人的文学研究。具有代表性的野蛮人包括吉普赛人、食人者、土著、狼孩、高贵的野蛮人。而这些文学作品,连同反映怪兽、摩门教徒、易装癖者和多毛的爱尔兰猿人的文学作品一起,全都来源于后现代主义里与他者的爱情故事这样一个经久不衰的主题。你也许会好奇,如果图阿雷格人知道他们和狼人以及堕落的女人被划分成同一个类型,他们会怎么想。对旅行写作的研究现在十分兴盛,而它的源头也与此类似。批评正在成为科幻小说的一个小分支,尽管它的异域情调只有在谴责某些观念是帝国主义时才呈现出来。"我们痴迷于'野蛮人'",在这本知识丰富而充满激情的书中,克劳德·罗森作出了如此评价。但是他所说的"我们"可能是指文学批评家,而不是摘葡萄的人或者美发师。

从好的方面来说,伦敦周边诸郡的那种文学观点现在已经彻底消失了。当来自南半球的人出现在盎格鲁-撒克逊文化中时,不再始终伴随着来复枪或者雪利酒瓶。爱德华·摩根·福斯特(E. M. Forster)的作品在描写这种场景时两面兼顾,一方面能使那些伪装开明的读者读到对红脖子英格兰人的讽刺,从而获得某种优越感,另一方面又冷不丁地让人发现异域性确实是一种威胁,从而捎带着嘲弄了像他这样的开明人士。在过去,任何源自前帝国的诗歌和散文,只要它们还算得体,都可以被称为"英联邦文学",它们在文学俱乐部中被当作乡村成员而不是城镇成员,但是那种日子已经一去不复返了。在文化研究中,如果极少数其他领域过去曾被摒弃,而现在已经拥有了奠基石一般的地位,那么它们数个世纪以来遭受的屈辱也能因此得到弥补。

从坏的方面来看,他者并不是知识分子开垦的丰田。事实上,他者通常被描写为懒惰、肮脏、愚蠢、狡诈、娘娘腔、消极、反叛、喜欢性虐待、幼稚、难以理解以及其他一些相矛盾的特征,一旦你发觉这些,那么你就很难知道接下来除了对事实作出另一个文本分析以外,你还能做什么。这个主题在理论上十分薄弱,在政治上又十分紧迫。在目前的文学研究中,已经没有什么比对刻板印象的批判更刻板的了。

在任何情况下,刻板印象都不总是虚幻的。当然,其中许多肯定是毫无根据且有害的;不过,举例来说,虽然爱尔兰人懒惰的说法并不属实,但在大饥荒之后,爱尔兰移民从他们的小农场涌入维多利亚时代的工业城市,比起英国的工人,他们确实更习惯于不那么严苛的工作纪律,而英国工人则视此为懒惰。作为佃农,爱尔兰人要进行季节性的高强度劳动,但是也有相当多的农闲时间,也因为如此,他们很喜欢爱尔兰的集市和节日。你当然可以将本来用于种土豆的力量用于挖运河,可是过于劳累地做这些工作好像没什么意义。你在爱尔兰的农场能生活得多好取决于农场的大小,而不是你工作得有多努力。再说,前工业时代的爱尔兰天主教徒也很难接受英国清教徒的职业伦理。

当然,并不是所有的刻板印象都是含贬义的或居高临下的。英国人把爱尔兰人描写成无能、好斗的,而且还很不讲道理,他们具有狡诈的魅力,善于说一些浮夸的废话,能表现出非常具有欺骗性的敬服。但是同时他们也被认为是敏感、性情好的人,而且乐于交际,这也是为什么他们能对 18 世纪的仁爱异教作出显著的贡献。那时英格兰的统治者十分自我中心,而中产阶级则渴望一个不那么好战而冷漠的君主,所以他们就常常转而来到英格兰社会和爱尔兰社会的交界边缘,在那里前现代化时期的某种社会礼俗也许还能被挽救。理查德·斯梯尔(Richard Steele)、奥利弗·哥德史密斯(Oliver Goldsmith)、劳伦斯·斯特恩(Laurence Sterne)、弗兰西斯·哈奇森(Francis Hutcheson)和埃德蒙·伯克(Edmund Burke),都对爱尔兰式的伤感作出过重要的贡献,而这种伤感是温顺的,充满柔情,带着一些女子气,却热烈而动人,而大卫·休谟(David Hume)、亚当·斯密(Adam Smith)、亨利·麦肯齐(Henry Mackenzie)和詹姆斯·麦克弗森(James Macpherson)则从北部边界参与其中。爱尔兰人从来都不仅仅是手持炸药的暴徒。从这个意义上来讲,有些爱尔兰历史学家确实是正确的,因为他们贬低那些抱持反爱尔兰主义的英国人,认为后者只是为了自己的政治目的才这样做。

如果一群人已经在相当长的一段时间内,分享大致同样的文化环境和物质条件,却没有显示出一些共同的心理特征,这将是很不可思议的。那些崇尚唯物主义,并且自称藐视模式化观念的人,一定会对此倍感惊奇。虽然刻板印象有时完全是虚构的,但却并不总是如此。大致说来,比起处于劳动阶级的希腊人或者意大利人,上层的英格兰人在情感表达上确实更为含蓄,这一点与他们的早期学校教育相关,而不是源于他们的基因。刻板印象批评者坚持认为,人类主体是在社会的基础上构筑而成的,但却最终认可了这样一种自由主义的陈词滥调,即我们都是个体。他们也更倾向于相信,一般说来男人对女人有一些不那么健康的心态,而不是相信美国人大体上比英格兰人更乐观积极。文化特质确实存在,但不存在所谓的民族特征。

爱尔兰最有本地特色的风俗正在消失,与此对应,他者现在就是美国的本土产物。对他者的开放是对一个民族狭隘主义的指责,这样的民族不懂得布莱顿和波哥大之间的区别;但是开放本身也是一种狭隘主义,大体上根源于美国棘手的种族问题。这些产自自身的忧虑随后被投射到了世界的其他地区,就像是在文化领域的核导弹基地,如此一来,后殖民时期的他者发现,他们自己竟顺从地接受了主要来自美国的他者崇拜。比如说,斯莱戈和斯里兰卡的批评家正忙于研究"他者",部分原因在于,它本身是一个很重要的问题,同时也在于,这是一个在学术界该领域中领先的国家,为了其自身原因而被兜售的一个项目。当美国批评家开始着手研究爱尔兰或者埃及,吸引他们眼球的是与边缘和少数民族有关的问题,因为这些问题在他们自己的文化中也十分重要。但是他们不会关心教育政策或者宗教建筑,因为这些在他们自己的国家里并没有获得过多的关注。

他者的魅力很大程度上蕴含着一种宽容的假设,它假定真正的异类并不存在,存在的只是视他者为异类的方式。对保守派来说,异类是其他人类;对自由派来说,异类是错误意识的果实;对种族主义者来说,异类就是他们自己。异类确实是一个巨大的怪物,不愿意被别人理解,因为如果这样的话它就离我们更近,比丁卡人或者特兰西瓦尼亚的贵族还要近。格列佛害怕地发现,雅虎人和我们一样能接近我们内心。我们和所谓难以理解的他者唯一的共同之处就是这种相似的陌生感,两者真正交会的基础正是这种陌生感,而不是自我的双重镜像。总把别人看成他者,就可以避免得到这种令人害怕的认识,就好像如果你持续不断地把注意力投向边缘,通常就可以成功地暗示在中心并不存在冲突或颠覆活动。在这种假设中,后现代主义者比世界银行还要更乐观。

也许当克劳德·罗森发现别人将他和后现代的他者相提并论,他一点儿也不会感到感激,尽管他的新书讨论的是种族灭绝、野蛮文明、食人族、殖民征服和大屠杀。因为罗森基本上是一个保守的学者,是18世纪最好的专家之一,在这样一个既传统又古板的领域,他却不同寻常地被认为是一个有着出色的天赋和极其灵敏的批评家。正是斯威夫特、雅虎人和盎格鲁-爱尔兰这些极其传统的文学话题,而不是现在流行的对吸血鬼或者穿刺者弗拉德的关注,把他引入了种族问题的边缘和他者的领域。从另一方面来说,他和在这个既传统又古板的领域中工作的其他人一样,极其仇恨文学理论,就像英格兰郊区居民一样厌恶政治激进主义。

因此,罗森渴望不会被错认为是盖娅特丽·斯皮瓦克。他作出一个男人抵挡住了可怕的他者的样子,但是私底下却和他者串通一气,他略带轻蔑地"愤怒谴责了那些自以为是的后殖民地监察官愤怒的谴责",这也许是本书否认自己追随了潮流所必须的,因为书中有一章谈到女性野蛮人时,写的全是她们突起的屁股和丰满、下垂或松垮的乳房。然而,尽管有这些倒胃口的否认,我们仍不可避免会产生这样的印象:罗森多年前经历的从沃里克到耶鲁的转变,已经在他的学术兴趣中留下了不可磨灭的痕迹。作为行业中可能是最有成就的斯威夫特研究专家,他现在对盎格鲁-爱尔兰的整体语境更感兴趣,他的书中有一章就对此作了有趣的分析。而且通常美国人比英格兰人更迷恋爱尔兰,或者说实际上比爱尔兰人也更着迷。

这些兴趣可能一直潜伏着,但是作为一名治学严谨,并且在政治上右倾的批评家,罗森目前的关注点恰好与其所痛恨的后殖民主义理论潮流不幸地不谋而合,这并非易事。这就好像罗杰·斯克鲁顿(Roger Scruton)发现他自己被一种激情所占据,这种激情关注的却是马克思主义者兼女权主义者对家务劳动批评的细节。

《上帝、格列佛和种族灭绝》讨论了行动的不定性——讨论了一些不稳定的混合物,比如种族主义和反种族主义、合谋和谋反、反感和吸引,此书宣称,这些混合物战胜了简单的后殖民极端化倾向。它提到了一种终结他者的欲望,这种欲望一半是开玩笑的一半是认真的。它也谈到,像斯威夫特和蒙田这样的作家,一方面愤慨地指责殖民暴行,另一方面他们自己却是彻底的专制独裁者。只要没遇上一个胡格诺派教徒,蒙田还是尊重文化差异的,他指责食人部落,而对自家门前台阶上的胡格诺人尸骨却视而不见。斯威夫特憎恶天主教野蛮人,不过实际上他间接支持了他们。这两个人都承认,无害的土著人并不是真的无害,也与他们自己没有很大的不同,把其描绘成温和的人通常是为了抵消殖民者的罪恶,而不是对土著人的真实面目作出判断。斯威夫特的雅虎人既是被殖民的可怜人,在整体上又是人类的一部分,这使他得以在继续塑造土著人卑下模式化形象的同时指出,帝国主义者不比土著人强。康拉德的《黑暗之心》中也存在着同样的矛盾思想。如果雅虎人就是我们自己,就没有人可以对其他任何人称王称霸;但是如果他们是比我们低等一些,那么他们需要一些强有力的政府,因为他们太野蛮、太好战了。这两个作者也都发觉,他们认为只有野蛮人才有的野蛮特质,殖民者也同样具有,而且实际上有过之而无不及。

斯威夫特笔下具有高级理性的马儿平静地争辩着这么一个问题,即世界上的雅虎人是否应该被全部消灭。对罗森来说,这预言了纳粹的所作所为,而且精确到了一些令人恐惧的细节上。他也认为,斯威夫特显示其"完全认可具有高级理性的马的阴谋(或者说,至少没有否认)",我应该提醒他,这样声明很可能会让他上报纸。以前在为一篇相当杂乱的传记写评论时,我自己对斯威夫特也曾一样严厉,被激怒的传记作者在《观察者》上用整整一页来痛斥我的评论。这应该是别人告诉我的,因为我不读《观察者》。想要指出这个大讽刺作家实际上是个令人讨厌的偏执狂,这仍是不被接受的,特别是在某种上流盎格鲁-爱尔兰的交际圈中。只有雅虎人才会这么做。

然而,罗森冒失地为其书中一个章节命名为"杀死穷人:一个盎格鲁-爱尔兰的主题?",他显然无畏于文学界中那些如同黑手党一般的权威。在他的评论中,斯威夫特的《一个温和的建议》,以及其中关于饥饿的爱尔兰人应当把自己的孩子煮了吃的建议,是对所谓爱尔兰自我毁灭的又一个过度讽刺,这种讽刺更甚于对英格兰人的挖苦。这一整本小册子,虽然曾被一些伟大的反殖民的辩论家读过,但是对罗森来说,它只不过是在"愤怒地诬蔑他们(爱尔兰人)是食人族",是其恶意的想象所产生的谎言。不过,斯威夫特不是唯一梦想清扫下层阶级的盎格鲁-爱尔兰人。奥斯卡·王尔德极度蔑视富有情感的空想社会改革家,因为他们"尝试解决贫穷问题……其手段是使穷人都活着"。而萧伯纳宣称,他讨厌穷人,十分期望他们灭绝的那一天到来。所有这些话,虽然他们说得很认真,但都只是玩笑而已,但是为什么我们会觉得"他们应该枪杀这些人"有一点儿可笑呢?调查其中的缘由就是这本书的目的之一。

如同罗森指出的那样,萧确实十分同情审理圣女贞德的法官,他在《巴巴拉少校》的序言中写道,将穷人关进"毒气室"比将之投进监狱更合理,他还提议杀死所有年收入不到 365 英镑的成年人。王尔德曾有过一个相当朴实的建议,罗森称之为"优雅地清除"穷人,因为他的建议是所有的乞讨者都应该带上标识卡。王尔德和萧当然是残暴的,在英国的爱尔兰人都被期待变成这样;但是这并不代表他们的好斗不是发自内心的,对萧来说还包括了专横。萧的费边主义存在着某种病态的洁癖,对鸡零狗碎的事物感到恐惧,而且这种恐惧具体而持久,这导致他产生了某种邪恶的政治忠贞感。

这种无礼的冷漠其实并不是盎格鲁-爱尔兰人独有的。人们在自己身边就能找到许多类似的例子。尽管如此,这本书还是制造了更多盎格鲁-爱尔兰统治者特有的"残暴思想"——这种说法来自罗伊·福斯特(Roy Foster),这种思想中包含了有点儿疯狂的好斗特性和粗鲁的精神。在斯威夫特式的仇恨和愤怒后面,隐藏着次等统治阶级的傲慢和不安全感,这两者的混合是不太稳定的。就像罗森对斯威夫特评论中所说的那样,他"不喜欢那些来自大都会的主宰者,原因不在于他们处理本地问题的方式,而在于他们可能暴露了他们作为殖民地主的身份"。这就像现在的北爱尔兰统一党对富有阶层的无名愤慨。来自地主贵族阶层的流氓们随意做出的暴力举动,骑士们的轻蔑,这些都能从斯威夫特和萧的言论中找到,而且会使他们的言论变得越来越残酷。叶芝也不例外,他傲慢,而且厌恶下等民众。在盎格鲁-爱尔兰人身上一直存在着一种矛盾的心理,他们始终徘徊于种族主义和反种族主义、异类和同类之中。罗森认为这种矛盾心理可以追溯至对美洲大陆的征服,直到第二次世界大战结束,它在政治上采取了一种十分稳固的形式,这种形式十分适合爱尔兰,因为英国政府对爱尔兰的态度阴晴不定,有时就像对肯特郡,但有时又像是对堪察加。

但是,盎格鲁-爱尔兰式的残暴还有一个更可信的诱因,而罗森似乎并没有提及此诱因。王尔德和萧的无情和不敬就像一记巴掌,悄悄地打在英格兰的道德准则和感伤主义脸上,爱尔兰人常常为此忍俊不止。维多利亚时期资产阶级的作品变得更有启发性,能令人嘴唇发抖,面对这些,这两个作家感到外人就要打进他们的地盘了。这部分的原因是爱尔兰大体上来说不像英格兰那么多愁善感,也没有那么多可以伤感的事情。当他们看到孩子们或者牲畜被当作体力劳动的机器,当他们看到一个家庭中的大部分人都不得不移民,他们其实并不会特别感伤。在这种情形下,爱更多的时候像是一件嫁妆和一份土地遗产,而不能同撒了香水的信纸以及烛光晚餐相提并论。王尔德和萧都是英格兰大都会的外来者,他们十分机敏地发现,感伤主义看起来是泪眼蒙眬的,但是权力却悲悲切切地将它散播到了全世界。这就难怪那些坚强的政治家总是在公众场合抽泣了,因为这不仅有助于竞选成功,而且是由于感伤主义就像粗线条的漫画,即使是感情上粗枝大叶的人也能成功地画上一幅。这种对感情的看法是非常无耻的，就好像中世纪的市民们对艺术家的认知就是波希米亚人。

罗森忽略了殖民者的这种乖张特征，虽然在萧傲慢的矛盾思想和王尔德机智的转化中，这种特征非常明显。这种乖张的特征鼓舞了圈外人去亵渎语言的风雅，颠倒事实，或者彻底撕掉道德的标签。这两个人就像《一个温和的建议》中的有着作者口吻的角色，暴露出了一种恶毒意图，而这种意图本来是被冷静地规划好，并且深深地掩埋起来的。在这两个人精心编织的致命评论中，也可能隐藏着爱尔兰文化的蛛丝马迹：爱尔兰文化的暴力色彩也许从来都比不上大都会所有者的，但问题是这种暴力色彩在爱尔兰文化中更容易被接受，更日常化，其原因之一就在于暴力通常是政治的一部分。爱尔兰文化在言辞上具有好斗性：在斯威夫特刻毒的谩骂背后，潜藏着从古爱尔兰沿袭下来的诅咒，那时当地的吟游诗人可以用目标精确的诅咒让你的腰退化萎缩。

虽然有一些重复啰嗦，而且在其语法结构中"爆发"这个词用得有点儿过度，但是罗森的这本新书总的来说还是很精深、广博和敏锐的。其中有很多篇章都在讨论一些深奥的著作，而这些著作是有关于霍屯督人的形象或者纳粹的医学实验的，因此罗森最擅长的那种文学细读不太多，这有些令人失望。但是《上帝、格列佛和种族灭绝》一定是会受到称赞的，这些称赞将来自那些作者最不赞同的读者，而且这些称赞并不仅仅是因为书中那些突起的臀部。

临终遗言

原标题为《拉里闭上了嘴》,詹姆斯·凯利编《18世纪爱尔兰绞刑架下的演说》书评,首次发表于《伦敦书评》,2001年10月18日。

这个故事说的是一个爱尔兰人,他在电视节目《大智大愚》上选择了爱尔兰现代史作为他的特别主题。他被问到:谁是爱尔兰的第一位女性总统?"跳过。"他立刻回答。哪个邻近的岛屿曾经统治过爱尔兰整个国家?"跳过。"他毫不犹豫地回答。哪种农作物在大饥荒中严重歉收?"跳过。"聚光灯回到竞答者身上。一个爱尔兰人的声音从观众中大声地传来:"你做得对,爱尔兰佬——别告诉这些杂种任何事!"这时,演播室里的气氛尴尬得越来越明显。

从18世纪乡村革命煽动者的秘密组织,到现代德里和贝尔法斯特的审讯中心,爱尔兰人已经很好地实践了这一点:不告诉杂种任何事。这种作风也反映在谢默斯·希尼(Seamus Heaney)的一句诗中:

"无论你要说什么,都别说。"这是他最常被引用的一句诗了。不过,你不妨在绞刑架下清清喉咙,根据孜孜不倦的爱尔兰历史学家詹姆斯·凯利所编辑的临终演说来看,在那儿确实是可以说上一两句的。绞刑架下的演说是最令人肃然起敬的爱尔兰文学流派之一,而其他类似的流派则包括布道、教派宣传册、夸张的荒诞故事、来自被告席的声明、在教堂圣坛上发出的谴责以及来自竞选讲坛的讲演。它们都是表演性质的,而不是有代表性的演讲,这一点倒是与其社会相适应,因为在这个社会中,从斯威夫特和斯特恩到布莱姆·斯托克(Bram Stoker)和詹姆斯·乔伊斯(James Joyce),现实主义从未真的植根于文学之中,艺术和政治的边界从未真的明确过。

在 1684 年,一个爱尔兰学者吹牛说,在戈尔韦县有一片广大的地区叫作西康诺特,那里的人们十分遵纪守法,从没有任何居民被带上过法庭的被告席,或者被判处过三十年的徒刑。但是他没有提到,这个地区的法律是如此的模糊不清,人们很难知道应该如何违反法律。17 世纪有一群声名狼藉的爱尔兰盗贼,他们有着一个源自盖尔语的名字叫作"托利",这个词语即使到了现在仍与"白日抢劫"有所关联,后来还曾被用来指一些英国人,嘲讽他们抵制威廉姆三世及其追随者的新政。爱尔兰的托利们躲藏在风景如画的群山、沼泽和森林之中,根据传说,他们中的一些人就像是广受欢迎的战士或者像罗宾汉那样的英雄,他们信仰天主教,是有教养的詹姆士党人,他们曾四处漂泊或早就丧失了所有的财产,他们现在所做的就是劫富济贫。然而实际上,他们中的大部分人只是劫富而已。就像许多爱尔兰反对派一样,他们并没有特别强烈地反对某条特定的法律,他们反对的只是法律本身而已。在爱尔兰,从来没有完全成功地让自己被接纳的是合法性本身,因为它散发着帝国统治的气息。最近在都柏林，车轮夹锁的引入激起了人们的道德愤怒，这表明旧的反殖民习惯很难改变。

也许并不是所有的托利们都像被吹捧的那样，是萨帕塔（Zapata）一般的人物，但是爱尔兰的叛乱分子也并不是没有浪漫的光环。农民有许多秘密组织，像白衣会、正义团、保卫者、丁格斯、黑母鸡会、黑足会、罗克会、沙拉威斯特和卡拉维特，它们都是霍布斯鲍姆所说的"社会盗贼"，是午夜的立法人，它们试图通过组织暴力在乡村中管理土地、工酬、租金和什一税。但同时，它们也形成了一整套反文化的地下系统，有着狂放荒诞的符号表象，比如说易装、奇异的誓言、稀奇古怪的假名、神化了的领导人和古怪难解的入会仪式。19 世纪早期还存在着卡拉维特和沙拉威斯特的酒吧、鹩鹩男孩、哑剧演员组、歌曲和舞蹈曲调。作为卡拉维特的领袖，尼古拉斯·汉利是一个派头十足的花花公子，他总是带着一把老式的大口径短枪和一对手枪，趾高气扬地走来走去，他不会留下任何他认为有损其尊严的物品，而会把这些物品还给遭抢的受害者，即使是站在绞刑架旁的最后时刻，他还卖弄般地把他精美的领巾扔给围观的暴民。惠勒船长则是另一个盗贼领袖，他虔诚地忠于婚姻生活，却自欺欺人地同时拥有三个妻子，还曾为了得到第四个妻子杀害了对方家里所有人。

这些最初的反抗者渐渐进入了一个违法作乱的世界，这个世界是由托利、走私者、派系争斗者和私酿威士忌者所组成的。在这个国家的一些地区，走私和私自酿制威士忌是十分重要的经济行为，因此正当守法的世界也要求它的背离者存活下去。从 1760 年到 1840 年这几十年间，每十年就至少有一次由农村地区的不满造成的大暴动，尽管这一时期内爱尔兰在大多数情况下并没有处于交战状态，至少和英国相比很可能如此。非农民的罪犯非常少。最近的记录在某些方面也令人印象深刻：1970年到1990年间，整个国家只有12个警察被谋杀，这个数据也许能引起迈阿密市市长的兴趣。记录于此的临终遗言来自一些重刑犯，他们都是强盗和谋杀犯，而不是乡村武装分子，不过这是因为他们都是在都柏林被处决的。其中有一个托利，他被处决后，心、肝、肺和四肢被焚烧，头则被完整地放置在监狱中，放得"比任何其他的都要高两码"，还保留着帽子和假发。

有一位现代爱尔兰历史学家，他有着修正主义的精神，渴望摧毁爱尔兰野蛮主义的形象，他温和地指出，在维多利亚时代中期的爱尔兰那些被杀害的人中，只有45%的人死于枪伤，而有30%的人死于脑部受伤，11%死于不那么明显的伤害，7%死于刺伤和砍伤。可喜的是，爱尔兰人仍是如此"和平"的一群人。这位历史学家还指出，"很少有地主被击中一次以上"，这进一步证明了农村佃户中的"高尚"道德风气。煽动者对他们地主的态度可以说是矛盾的：常见的一种情况是，早晨他还在婚礼上对老爷做表达忠诚的致词，晚上就偷偷溜出来将他的牛开膛破腹。19世纪的爱尔兰人均拥有的警察数量仍然比英国多两倍，军队和骑兵也是如此，那时的爱尔兰平均每年都有一个高压法案。但是事情至少没有1758年时那么可悲，因为在那一年有一项法规宣布，天主教徒存在于法律中的唯一原因就是惩罚。给地主的恐吓信数量在3月趋向顶峰，4月或5月间又渐渐减少，但从未完全消失，这些信件出于某种原因很值得我们作一些学术性的调查研究。这种信件在传达了可怕的死亡威胁后，结尾处用无可指摘的礼貌口吻写道："祝您身体健康。"尊敬显然还没有消亡。

秘密组织的某种戏剧性精神后来渗透进了暴动时期的爱尔兰，那是叶芝、茅德·冈和詹姆斯·康诺利的时代。民族主义是一种审美类别中的政治学,在这里事实和虚构很容易混杂在一起。康诺利的公民军队在没有确定这是真实的还是虚拟的情况下,在一个多雾的夜晚上演了一出袭击都柏林城堡的好戏。劳工领袖詹姆斯·拉金用一件伯爵斗篷和假胡子乔装打扮了一番,偷偷进入了一个都柏林的旅店,而茅德·冈在被禁止接近国境之后,也假扮成一个干瘪老太婆偷溜回国,反正她曾在叶芝的剧作《胡里痕的凯瑟琳》中扮演过这个角色。1916 年叛乱所需的印刷机安置在阿比剧院,而在叛乱中第一个被杀的人就是一个阿比剧院的演员,他在詹姆斯·康诺利的一出戏剧中扮演主要角色,而康诺利则在革命中担任着领导者的角色。一个爱尔兰护士曾在都柏林照料受伤的英国士兵,并因此受到了奖赏,出演了伦敦西区一出时事讽刺剧中的某个小角色。

18 世纪中期农村武装已经聚集了力量。凯利告诉我们,正是在那个时候,临终演讲才渐渐不那么流行了。此书中重印了 62 个绞刑架下的演说,其中 58 个出自 1740 年以前。这些演说并非是自发的忏悔,而更像是政府的一种策略,它们可以使恶棍们对威严权势的臣服变得非常戏剧化,因此当社会分歧走向尖锐,它们也就理所当然地不再那么流行了。在 18 世纪 90 年代的革命中,整个国家逐渐走向了种族清洗主义,在残忍而又不公正的法律之下,民众已渐渐不再关心他人的遭遇,更不用说是让人们从临终演说中获得道德的告诫了。所以此书的编者告诉我们,从 18 世纪 40 年代起,爱尔兰人就不再如此相信死刑就是屈服的表现。暴民们会将被绞死者的尸体放在公诉人的家门口,刽子手有时会被人扔石头,绞刑架也会被推翻,而悬荡在绞架上的身体被取下来,人们会试图救活、叫醒他们,或者将他们埋葬。

(如果一些非爱尔兰籍的读者对此表示怀疑,那么你们应当回想一下"叫醒"在爱尔兰语中的意思。)总会有少数死刑犯"没那么容易死",他们将宣称自己是无辜的,或者简单地只字不说。拉里就是这群坚毅的人中的一个,他是伟大的爱尔兰民谣《拉里被绞死的前夜》中身犯重罪的英雄,他执拗地认为绞刑架是意识形态国家机器:

> 当我们中的一个问道,他会死吗?
>
> 没有一丝后悔,
>
> 拉里说:"那全在我眼里,
>
> 首先是教士们发明的,
>
> 就为了他们自己可以攫取更多。"

正如施虐狂需要他的受害者作出积极的反应一样,如果法律所惩罚的人不认可法律,它也有丧失信誉的风险。正如没有读者就没有文学作品一样,权力只有在受害者的回应中才能存在。事实正如同休谟所说的那样,"力量总是在被管理者那一边",因为得不到认同它就是无效的。权力是服从所产生的结果,而不是其成因。要抵抗权势,最有效的手段就是完全不在乎它,而不是轻视或者憎恨它。《以牙还牙》中有一个精神变态的罪犯伯纳丁,他在道德上无所拘束,甚至反对近在眼前的处决,因为这处决会打扰他的睡眠。政府因此不得不将他的死刑延后,直到别人能说服他接受死刑,否则对他的处罚将是毫无意义的。除非他能以某种方式参与到自己的死刑当中,真正接受它,否则死刑根本无法在他的生命中构成一个重要事件,死刑也会因此失去意义,而成为纯粹的生物领域中的行为。临近死亡的时刻,囚犯会被要求成为一个演员,这就好像18世纪都柏林的强奸犯和拦路抢劫犯,在绳索套上脖子时,都会被期待说一段话,虽然这些话是事先准备好的,然后在永恒生命即将到来之时摆出一副虔诚或者悔恨的样子,这真是最为丑陋的事实了。

在爱尔兰,对法律的认同是一个特别重大的问题,因为盎格鲁-爱尔兰的统治者能实行强权,却基本上不能享受霸权。因此理所当然的,霸权主义——这种概念的基础是,权力的繁盛来源于认同和依附——成为爱尔兰最伟大的政治思想家埃德蒙·伯克永恒的主题。对于伯克来说,法律基本上是男性的,但是想要有效地执行它,还必须依靠一些战略性的改装,就如同对抗它的农民一样,要将自己装扮得像十分具有诱惑性的女人。凯利对霸权主义理论感到怀疑,因为绞刑架下的演说对不同的观众有不同的效果。但是它们可能有很多目的,其中一个是毫无疑问的,那就是不断稳固一个日渐自我怀疑的权力,使其合法化。它们属于历史学家所说的"断头台剧院",那是一个舞台,暴力不仅要在这里上演,而且还必须被观赏。从这一点来看,私下处决就和一个人纵酒狂欢一样没有意义。如果反叛者有他们的惊人之处,那么他们所挑战的统治者也不会差。

绞刑架下的演说既牵涉到其作者的死亡,又牵涉到恶棍的死亡。凯利如此评论道,它们利用一种组合产生的效果,该组合里包括了罪犯、教士、印刷工人、出版商,也许还有罪犯的家庭成员、狱卒和同住的其他犯人。它们是高度公式化的业务,模子已经打造好了,因犯只要将他或她自己独有的经历和思考混合一下,然后倒入模子中。这种艺术和现实的混合在原始的后现代主义实践中得到了体现,即小贩们有时会在行刑现场兜售临终演说的宣传单,在这种情况下时间被弯曲了,生活仿佛在模仿艺术。如果这些文本是政治行为的结果,那么它们也同时是商业产品。而且，它们的内容以及它们的起因和生产模式，都结合了真实和虚构。1707年因抢劫而被处决的屠夫爱德华·英格利什告诉我们，他"生于科克的南门，在那儿生活了十四年。在那期间，我可怜的父母竭力供我上学。我离开科克以后，来到了都柏林……在那儿（我父亲）作为一个正直的人非常努力地活着，并且让我再上了整整两年学，后来他突然把我送到一个叫威廉·卡特的人那儿去当学徒，他是新街上的屠夫"。然后，他深受"被诅咒的、淫荡的女人"之害（相当多的无赖都宣称是因荡妇而堕落），变成了强盗。整篇文章就像是18世纪的强盗小说中的一段，演说结尾也不例外，例行公事地充满了表达痛悔的格言。

事实上，如果把绞刑架下的演说当作一个文学流派，那么它就会暴露出一个矛盾，而这个矛盾也存在于现实主义小说之中。凯利评论道，一些读者对其中的故事感兴趣，而不在乎什么道德教育意义。对《莫尔·弗兰德斯》《汤姆·琼斯》和《克拉丽莎》来说，这也是一个大问题，因为我们本应该既对故事也对其道德教育意义感兴趣。小说源自一种具有颠覆性的认知，这种认知就像肥皂剧一样，它认为真实的日常生活，最简单最普通的流水账，也可以是无比有魅力的，对这种日常生活的最纯粹的表现也可以十分迷人。但是在现实的观念形态中，这种愉悦是受到怀疑的，因为它如同大多数的愉悦一样，看起来并没有任何道德原则。现实必须有意义，而叙述故事则必须将现实世界中的东西进行双重编码，使其既是自己又是象征符号，既是经验主义的又是精神上的，既是独特的又是典型的。如果不这样做，我们就有沉迷于感官知觉的危险，我们可能会局限于物质符号，错将树木当成森林。因此，主流现实主义的理论基础和八卦小报的并没有什么不同：

无论是纽盖特的小说还是《世界新闻报》,哗众取宠都是为了服务于社会。

总之,故事必须有寓意。除非它的内容翔实,扣人心弦,形式特殊,否则我们无法相信它的寓意;但是这种情况越多,现实主义就越像是一种感官上的享乐,因此就有可能会破坏它本想阐明的道德真理。如果上帝存在于完美的道德整体中,那么恶魔则依赖于现实生活中的种种细节,而且后者通常拥有所有最好的调子。故事越是吸引人,其作为典范的地位就越危险。理查森在给朋友的一封信中写道,他不想说《克拉丽莎》是虚构的,但是他也不希望读者认为它就是真的。揭示它的虚构性有可能会破坏其现实主义的效果,但是如果读者真的把它当作现实存在过的历史,他们又可能会无法体味其中的讽喻意味。在理查森后来的小说中,他仍然装模作样说他的故事是真的,却再也不费力让装模作样看起来像真的;因此可以说,他假装着假装。

醉鬼、小偷和私通者的演说都是被人们期待的,就像现实主义的小说,曾经认为它们自己既是独特的又是具有典范性的。绞刑架就好像一个符号空间,文学叙述也像一个符号空间,这个空间将它们十五分钟时间的名望,从经验的转化成伦理道德的,从描述性的转化成规定性的。作为真实世界中的男人或女人,他们在死的那一刻获得了重生,尽管绞刑架下小贩们还在兜售他们的临终遗言宣传单,但是作为虚构的或者神话中的人物,纸上记下的他们的死亡必定会存在更长的时间。爱尔兰有一首十分有名的诗歌叫作《1916年复活节》,在其中叶芝通过其极富感染力的修辞,使都柏林叛变中的领导人们长存不朽,他们不再是历史的偶然,而是成为不朽的艺术,这和临终遗言的效果是一样的。

　　但是要想在做自己的同时又是其他什么东西,这并不容易,这些业余演说家们大部分都做得一塌糊涂。他们叙述自己的过往经验时,总说得既无聊又支离破碎,与戏剧性色彩强烈的场景十分不和谐;当谈到道德或者可作典范之处时("我以一名罗马天主教徒的身份而死,主可宽恕我可怜的心灵,阿门"),就会显得太过迂腐,好像是勉强塞进演说中的。没人指望那些即将被行刑的人能够具有西塞罗那种高超的表达能力,但是这还是很有意思的,因为些许笨拙的演说篇章反映出了一种新兴现实主义的结构问题。有人认为,在身犯抢劫罪的屠夫爱德华·英格利什心目中,什么最重要作为一个问题来说,根本无关紧要。

　　作为普通生活的斗士,小说是真正的民主形式。现在我们只能大概地想象一下,细读完一页笛福撰写的,由悲剧、挽歌和田园诗组成的混合体之后,读者们会产生的疑惑和激动,因为在这个混合体中,日常生活突然变得十分吸引人。这不是一种绝对的高尚,因为现在最卑微的男人和女人都能充当悲剧的主角。人们不再为了获得耀眼的水花,不断地向上攀爬了。实际上,你的生活越潦倒,小说似乎就显得越具有不确定性,越具有潜在的悲剧性。为什么18世纪文学中的新英雄都是妓女和孤儿,而不是骑士和贵妇,这就是原因之一。另一个特别欢迎无依无靠之人的符号空间就是绞刑架,在这里任何人都可以是主角,在这里为了要坠落,你显然不需要爬得很高。

哥特主义的本质

原标题为《对深刻过敏》，理查德·达文波特·海因斯著《哥特主义：四百年的极端、邪恶和没落》的书评，首次发表于《伦敦书评》，1999 年 3 月 18 日。

世界上所有英语专业的大学生，以前可能曾经研究过华兹华斯或者卡斯盖夫人，但是现在他们不再关心这些了，而是纷纷开始讨论吸血鬼、怪物、施虐受虐狂和着迷于肢解身体的变态。尽管其中的吸血鬼具有更尊贵的血统，但是这些都可以说主要是来源于后现代的时尚，理查德·达文波特-海因斯就是这么认为的。他的这个观点是在谈到哥特式艺术时用一种轻松的口吻提出的，而他所谈到的哥特式艺术指的是从萨尔瓦托·罗莎到达明安·赫斯特的那一段。布莱姆·斯托克在 1897 年发表了《德古拉伯爵（吸血鬼）》，自那时起这部小说就始终散发出一种迷人的魅力，现在它已经被译成四十多种语言。继歇洛克·福尔摩斯之后，德古拉这个角色成为最受电影编剧和导演欢迎的人物。1962年拍摄的一部英国电影差不多让五千人晕倒在影院里，而且其中百分之七十五是男性。女人大概比男人更常见到血，而男人毫无疑问见到血的机会要少得多，特别是如果他们没有陪产的经历的话。罗马尼亚前独裁者齐奥塞斯库颁发了一部法令，规定德古拉的原型之一——穿刺者弗拉德——是一个民族英雄。而在美国的一项调查中，百分之二十七的受访者承认他们相信有吸血鬼。圣克鲁斯有吸血鬼摩托车和电动车俱乐部，美国的吸血鬼都用电子邮件交流。

后现代主义迷恋怪人、异国人和奇异事物，大部分是来源于现代主义本身。现代主义倾向于认为普通生活就是沉闷冗长的郊区生活，认为真实只会用某种极端的方式来表现自己。任何人都可以是一个悲剧英雄，只要他被强迫离开每天8:15前往帕丁顿区的生活，再被逼到极限。无缘无故的冲动行为，存在主义的姿态，可能导向死亡的信仰，结束语，一个能永远将你定性的行为，这些都是来自现代主义的极端神话。此外，还有这样一种信仰也在其中：即语言本身处于一种惨淡的不可靠状态，只有通过净化、填塞或扰乱它，你才可以迫使它说出它的秘密。这就是人们在乔治·奥威尔的《1984》问世以后，称为101房症候群的东西：当一盒饥饿的老鼠将要咬穿他的脸颊、吞食他的舌头时，奥威尔的主人公所说的就一定是真话。因为大多数人如果发现自己处于这种情形之中，就一定会说出任何事情，而这个学说的离奇之处应当使我们留出时间好好想一想：为什么真理和极端会被当作同伴？

答案之一就是，日常生活现在被认为是不可挽回地异化了，因此只有那些破坏或者间离它的东西才能是符合逻辑的。对于后现代的思想来说，规范在本质上是压抑性的，就好像民权法规或不许在牛奶壶中吐痰一样,都是黑暗的专制表现。规范不过是那些碰巧得到我们认同的异常——在这种情况下,因为所有的失常都是潜在可能的规范,所以它们也必须受到怀疑。如果大众的共识是大多数人治下的暴政,比如说针对了琼-弗朗索瓦·利奥塔这样的人,那么也就不可能有根本意义上的大众共识。讽刺的是,由于这种智慧的供应人大多数以自己历史化的性情而自豪,他们没有发觉这只是一种对特殊现代社会状况的反映。对塞缪尔·约翰逊来说,这是想象社会中的迷人典型,也是一种无聊的异常。约翰逊自豪于一种平民主义的信仰,他相信日常生活意义的坚固性,他认为语言能把从日常生活中提取出来的普遍经验具体地表达出来。现在我们已经很难找到这样的激进分子:他们肯定普通民众的理想,却错误地认为他们的语言是一种虚假意识。弱势人物、边缘人物和少数主义者这些后现代主义知名人士,和其他一些更积极的事物一起,都属于同一个时代,在这个时代中激进的大众运动在概念用词上就自相矛盾,尤其是对于那些记不住词的年轻人来说。

达文波特-海因斯将后现代主义看作哥特主义的复兴——这在某种程度上来说是一种自我肯定,因为他常常根据前者来解读后者。尽管如此,他仍然还是说得很有道理。美国年轻人的用语——古怪、粗俗、怪诞、恶劣、恐怖——无疑是哥特主义的语言风格,在现代主义出现以前,这种风格是我们能想到的、文学现实主义最足智多谋的敌手。恶毒的贵族,好色的僧侣,受害的处女,杂乱的废墟,还有朽坏的地牢,尽管所有这些剧院中俗丽的部件很难被当作高尚艺术中的一员,它们还是在启蒙理性的放肆评论中扮演了相应的角色,尤其是代表了女性的立场,因为女性就代表了受到压抑的理性。哥特主义冷酷的光芒造就了自身怪诞的投影,这投影就是中产阶级社会在政治上的无意识,他们只能将自己的焦虑和迫害妄想注入到虚构的文学作品之中。让我们想象一下,如果日常的社会活动除了行为本身的存在以外,还在不停地编织自身古怪而又扭曲的隐喻文本,为我们清醒的生活编织一个无法被看见的背面,那么,哥特主义中的罪行、恐惧和惊天暴行也很可能在某处存在着,在那儿人们就能发现这种令人痛苦的话语。

达文波特-海因斯极为简洁地指出,在哥特主义和后现代主义之间还有其他的对应关系。如果说拙劣的残次品是哥特文化的一部分,那么俗丽的作品在后现代艺术中也会有相同的地位。电视肥皂剧"通过机械的情节设计来操控模式化的人物角色",为观众们带来了"震惊,轻而易举的情感刺激,以及不自然的强烈情感",对于达文波特-海因斯来说,这就是哥特主义的精髓。但是这两种主义的相似之处还在于,它们都有着扭捏的态度,不自然的戏剧性风格,以及过多的技巧。此书的副标题——"四百年的极端、邪恶和没落"——就属于这种风格。达文波特-海因斯认为"哥特"是对稳重而有凝聚力的资产阶级自我进行的反抗,它赞颂人类的同一性,反对把人类当成"即兴表演,是被具有某种风格的演员断断续续地创造出来的"。这种说法是站在后现代主义的角度,太过于教条化地解读了哥特主义,它混淆了安·拉德克利夫和凯西·安克尔的不同。但是这种类比具有一定的启发性。霍勒斯·沃波尔的《奥特朗托城堡》因此理所当然成为了一部杰作。

但是这两种主义的不同之处也十分明显。哥特主义代表了已经破产的或者说破裂的现实主义,这是因为它的欲望将其带离了自我和社会常规;而后现代主义的恐惧应当归属于一个特别的时代,在那时恐惧已经变成了常规,因此必须相称地进行自我讽刺。在这样一个时代的文明中,人们已经变得太麻木,完全适应了现代化的城市生活,以至于不再对任何事情感到震惊,因此从这种空洞的尝试中获得了嘲讽的幽默感。与此相反,哥特主义很滑稽有趣,所有那些强烈的情感是这样,那些淫秽的笑话也是这样。它允许我们肆无忌惮地沉迷于受到压抑的幻想之中,这样我们就可以嘲笑它的厚颜无耻,而这些都存在于其内容之外。

被放进一个完全成熟的艺术形式以后,任何恐惧都会变成令人愉悦的东西,因此也会变得自相矛盾起来。就这一点而言,哥特主义不管是形式上还是大部分的内容上,都是施虐和受虐的。我们从惊吓中获得乐趣,尤其是当我们谈论的恐惧是别人的恐惧时。正如叔本华所说的,我们从虚构的恐怖中获得快乐,部分是因为我们享受着自己的安全,不用受到别人遭受的伤害,所以弗洛伊德就说,我们允许爱神厄洛斯暂时胜过死神塔那托斯。但是既然死亡的愿望意味着,我们对现实生活中的毁灭感到满意,那么我们从恐怖故事中得到的乐趣也就成了一种高级别的反应,能够揭示我们应对现实生活中的忧虑恐慌的方式。和弗洛伊德的无意识一样,哥特主义一开始就是热切的,也是机械的,它是一个充满了高尚激情的领域,但是那儿处处都是嘎吱作响的结构装置、笨拙的计策,还有粗陋的模式。这是一个类似于错视画的世界,在这里书架之中隐藏着刑讯拷问的工具,所有的东西都不同于其表面上看起来的样子。但是如果它怀疑表象,那么也会对深度过敏;它喜欢情感的表演,以便终结它自身的矛盾冲突。

弗洛伊德把资产阶级家庭描绘成充满了欲望和憎恨的斗鸡场,与此类似,哥特风格的小说将神圣的社会变成了一场噩梦,梦中有乱伦、贪婪和致命的对抗。你都不需要离家中的壁炉太远,就可以在橱柜中发现人的骸骨、不可告人的遗产继承以及杀人的暴行。伯克希望能将政治社会描述成一个家庭,哥特主义作家则极其成功地颠覆了这个比喻。爱尔兰米切尔斯敦城堡中有一个金斯博罗家族,达文波特-海因斯讲述了他们离奇的故事,这个家庭的历史比他们不成比例的哥特式城堡更为怪异和夸张。金斯博罗家族中的一个,打爆了勾引他女儿的家伙的头,选择在爱尔兰上议院受审,因为他的女儿生下一个死胎,变成了疯子。他装得像是为那个他谋杀的男人深感痛惜,站在刽子手悬空的斧头之下,因此在那儿的每一个贵族都认为他是无辜的。他的儿子乔治曾要求佃户们集中在他家大厅中,解释他们为什么没有在一次选举中投票给他,最后他就在他们眼前发疯了。被交给精神病医师照顾以后,他"不愿意遵守任何规则,但是……可以对牛进行估价"。说到盎格鲁-爱尔兰的权贵,《德古拉伯爵》的作者也是其中一员,哥特主义很大程度上是一个问题,引用另一个爱尔兰哥特主义者的话来说,这是一个生活模仿艺术的问题。玛丽·沃斯通克拉夫特曾是金斯博罗家女儿的家庭教师,一个叫克拉里奇的厨师后来在伦敦开了一家旅馆。

即使哥特主义中恶魔般的、可怕的东西是诱人的,那也是因为魔鬼有所有最好的调子,当然这只是原因之一。但是这又是为什么呢?对传统神学来说,美德是力量和乐趣,而邪恶只是沦丧。邪恶也许可以制造很多噪音,但是它带来的尘土和躁动源自生命的无能,这就是为什么没有人可以真正存在于地狱中。被罚下地狱一定意味着死亡。然而,当中产阶级成为统治阶级后,所有这些必定会看起来不一样了。一旦美德成为极其枯燥的东西,比如说节俭、谨慎、节制、服从和性压抑,恶魔就不难纠集组建一个爱好者俱乐部。在这个意义上来说,恶魔主义只是郊区居民的另一面而已。约翰·凯里观察后谈到,狄更斯小说中的边缘人常常是一些怪诞之人,他们代表了残酷的复仇,而小说文本则把仇恨发泄到其得体的中产阶级故事中去。如果他们能邀请到费金,就没有人会请奥利弗·退斯特一起吃晚餐。塞缪尔·理查森一定知道,圣洁的克拉丽莎是个无聊的故事;同样,爱玛·伍德豪斯的作者也必定发觉到,善良的范妮·普莱斯不可能有趣。但是理查森和奥斯丁都在挑战我们的想象力:在那样一个你争我夺的社会环境下,美德还可以是别的什么吗?哥特主义的罪过依赖着现实主义的冷静,就好像哥特主义的"坏"身体——畸形、残缺、性本能——都代表了郊区居民心中的内疚,对"好的"、纯洁身体的渴望。

尽管这个研究似乎并没有注意到这一点,哥特主义和后现代主义仍有更进一层的对应关系,这个关系存在于他们政治上的模棱两可中。达文波特-海因斯指出,哥特风格的小说"如果没有对开明的希望怀有敌意,就什么也不是"。在所有能使它感到有趣的放肆行为和黑暗心理之中,政治动乱明显使它感到尤其的紧张。他敏锐地评述道,哥特式的建筑能唤起对封建等级制度极其稳定性的联想,而这正是许多哥特主义文学作品尽力要破坏的东西。哥特式的写作是主题的革命,而不是社会的转型,后现代主义政治学大体上也是如此。对其所处的时代来说,许多哥特风格的文学作品在性描写上过于大胆,其实后现代主义的许多文化也是如此,前提是如果"大胆"这个词还有任何意义的话。但是在两种情况中,性都能代替其他的政治冲突,这种代替过程能引起心理分析理论的极大兴趣,而正是这个理论为我们的时代重新发明了性。18世纪晚期有不少哥特主义小说家,比如说"僧侣"刘易斯和安·拉德克利夫,对他们来说,这主要是由于他们对那个时代革命的事件保持着一种保守的态度;而对后现代主义者来说,这主要是因为那时似乎根本没有什么革命事件。即使劳工阶级的战斗性不复存在,马克思主义变得一点儿也不可信,革命民族主义也陷入困境,但是在性这样一个领域里,权力斗争、象征主义以及团结合作等行为方式仍然能够存在,虽然这些在别处已经变得越来越少,而且这个领域也许还能为获得政治利益提供更多的机会。

正如本书所认识到的,哥特主义讨论的就是权力和统治:在勃朗特姐妹的小说中,几乎所有的人际关系都包含着虐待和受虐这样的权力斗争,在这个意义上来说,它们都是哥特风格的。历史上曾有不少伟大的幻想冒险,它们试图探索今天被称作"性政治"的事物,而哥特主义就是最初进行的冒险之一,它大胆地在人类主观的褶皱和裂隙中追寻着权力。从这一点来说,福柯可以算是一个彻底的哥特主义理论家。但是和许多后现代思想一样,哥特主义提出的性别激进主义并没有暗示着普遍意义上的革命性政治。如果施虐受虐主义揭示了这样一个事实,即性是一种政治事件,那么它也能推动产生服从的快乐。不是每一个"哥特人"都是萨德(一个社会革命者,此书对他也做了一些有趣的评论)。

很明显,达文波特-海因斯把亚历山大·蒲柏、沙夫茨伯里伯爵和建筑师威廉·肯特都归入了哥特人的行列。18世纪英格兰的主流文化并不厌恶少量的狂野和不规则,尤其在园艺学方面。实际上,英雄偶句诗结合了对称和自由,结合了常规的韵律节拍和声音的变化和曲折。后现代主义者认为"崇高"这个美学概念是颠覆性的,可是在伯克手中,崇高带有恐吓的意味,政治权威就是利用它来确保我们的服从。英格兰的思想体系非常狡猾,它不断地吸收想象和自由思想,依靠这种顽固的特性,英格兰抵挡了法国高理性主义者残忍的阴谋。

尽管如此,在研究哥特主义时,蒲柏、肯特和沙夫茨伯里的所作所为仍然是一个很值得一提的问题。达文波特-海因斯所说的哥特人是奇怪的一群,包括戈雅、皮拉内西、富塞利、威廉·申斯通、拜伦、霍桑、福克纳、伊芙琳·沃、波比·Z.布莱特和大卫·林奇等等。"哥特主义"在定义和性质上毫无疑问都是不确定的,可是这里的选择确实有着某种武断的感觉。并不是说有一些作家明显被遗漏了,而是其中存在着一些奇怪的不速之客,还有一些人总是在不同的艺术形式中作突然的改变。罗斯金的文章《哥特的本质》是对哥特主义最重要的描述之一,但被悄无声息地忽略了。达文波特-海因斯好像没有花费太多时间好好地考虑他的主题。在简洁而又充满理论的序言中,他用华丽的词藻轻率地总结了不朽的"哥特式想象",而接下来的内容大部分都是故事梗概和简史。他机敏地把读者定位在学者和普通读者之间,这样一来,《哥特主义》把女人、性、身体、神秘、激情主义和难解之谜这些话题都放到了一起。在当今的文化气候下,此书很难不赢得读者的青睐——而它就是为此而生的。

乌托邦 1

原标题为《类似我们自己》,格雷戈里·克雷斯编《现代英国乌托邦 1700—1850》(八卷本)的书评,首次发表于《伦敦书评》1997 年 9 月 4 日。

乌托邦是自我破坏能力最大的文学形式。如果只用当前的语言就能描述出一个理想社会,那么一旦我们开始谈论它,它就有被泄露的危险。任何我们可以谈论的事物都不应该是我们渴望的他者。乌托邦反对当下的刻板无趣,但在这样做的同时,它自己也只不过在简单地复制着当下。所有的乌托邦写作同时也是反乌托邦的,因为,它就像康德的崇高品质一样,不断地提醒我们,我们的精神极限是无法超越的。

很明显,在对外来生物的描述中也存在着同样的问题,几乎所有的外来生物都被荒谬地赋予了人形。那些生物数百万年前就动身前往地球,他们看起来很像帕迪·阿什当,不同的只是他们有着矮小的身材和邪恶又单调的声音。能在黑洞中穿行的宇宙飞船坠毁在内华达州的沙漠中,而且飞船的所有者对人类的假牙和生殖器表现出了强烈的兴趣。当然,他们的语言和身体与我们截然不同,但是他们都能说话,有身体。外星人绑架是不可能存在的,因为任何会绑架我们的外星人都不是外星人。UFO 就像乌托邦一样,都是对化外世界的顿悟,只可以证明一些我们永远无法获知的事实。最离奇古怪的文学流派为我们无可救药的直率提供了证据。

在这套精美的书中,格雷戈里·克雷斯收集了从 18 世纪到 19 世纪早期的乌托邦故事,这些故事都很奇异古怪,而这正是因为它们的普通平常。那些看起来"乌托邦式的"事物,指的是它们的极度虚幻性,然而也正表现出无法想象的与它们所处世界迥然不同的另一个世界。在波希米亚玩世思想中有一个厚颜无耻的部分,它认为乌托邦思想家玛丽·福克斯夫人的《远征新荷兰内陆的报告》(1837)只是平常的自助餐,而不是晚宴。在萨拉·斯科特的《千禧会堂说明》(1778)中,乌托邦是位于康沃尔的一幢乡间大楼,是一首四平八稳的英格兰田园诗,其中女侏儒们演奏着大键琴,看护着灌木丛。对英格兰人来说,理想社会需要有一个老式果园和一些绿色植物组成的田埂。《彼得·威尔金斯的生活和冒险》(1751)将它的完美社会安置在"宽广的溪谷和巍峨的山脉中,拥有宜人的草木和威严的树丛"。

这个特别的乌托邦看起来不错,而大多数的乌托邦是无味无菌的地方,有着令人无法忍受的整齐划一性和理性,居于其中的人会唠叨数个小时,只是为了讨论打扫卫生的效率问题或者选举制度的精巧设计。实际上,谈话看起来是他们所剩的一切,鉴于他们的历史已经完结,只能依靠偶然来访的外来者提供消遣,将他们的神学教旨解释给他。查尔斯·罗克罗夫特在《女人的胜利》(1848)中提出的理想世界，是一个令人厌倦的高尚的社会体制，其中充满了有益健康的布丁、受政府资助的性情温良的艺术家，还有教堂中每人一个的长凳。空间旅行的主人公，通过陨星降落在巴伐利亚，说在他的世界里没有女人——你所怀疑的这个状态最接近德高望重的罗克罗夫特可以达到的完美，即使他笔下的外星人最终爱上了一个女性地球人。道格拉斯·杰罗德的《克拉文努克见闻录》(1846)是一个令人无法忍受的厚颜无耻的故事，他对小男孩们为了摘苹果爬树而撕破裤子的景象异常激动。这本书还热心于在想象的社会中加上税收、监狱和贫穷。

不管有什么样的激进内容，这种形式的乌托邦还是为我们反映了经过适度改革的真实世界的样子，因此也帮助充实了真实世界。它们是终结历史的文本，是弗朗西斯·福山虚构的同等物，它认为当人们宣告现实可以如何改进之时，现实已经无法转变了。《自由岛》(1848)讲述了一个开明的贵族在南太平洋的一个岛上，展开了一项关于人类平等的实验，这项计划走上了阴暗的错误道路。人们想象另外一个可能社会的意义，尤其是在欧洲革命的时代，是为了使自己确信它是行不通的。他者原来是假的：约翰·柯克比在《人类理解的能力和限度》(1745)中，描绘了一个天堂般的小岛，岛上居住着一些优秀的野蛮人，他们仅仅通过细心地观察身边的自然世界，就能够或多或少地领会18世纪整个英格兰的宗教的状况，甚至包括乡村牧师的情况。

这种小说中的典范就是《鲁宾逊漂流记》，因为这本书最令人安慰的地方在于，它的主人公通过英格兰式的理性思考，在异国的陌生环境中生存了下来。克鲁索能够敏捷地砍树，打桩圈地，仿佛他正身处伦敦周围诸郡的某处，读到这个是十分令人振奋的。如果这种故事中出现了一个海怪,那也是为了从它身上榨出油来。《格列佛游记》也发挥了这种技巧,为我们介绍了一个异域世界,那里的居民长得也许能让我们产生天马行空的联想,但是实际上他们和我们十分相似。事实上,如果不是这样的话,小说就根本无法成立——其中的一个原因是,格列佛必须与小人国和大人国的居民享有共同的一些文化特性,否则就无法利用他们有效地讥讽他自己的社会。另一个原因则在于,真正的他者是无法理解的。

怪人、微型生物、理性的四足动物和不死的骸骨,所有这些和伯明翰的居民比起来并没有巨大的不同。在某个意义上说,这个事实是对激进的乌托邦空想主义者的一记耳光,而斯威夫特也十分厌恶这些空想主义者。这个事实说明,没有什么可以超过已知的限度。然而,在另一个意义上说,这是对启蒙主义哲学家的一次重击,因为他们总是沾沾自喜地认为,人类存在着一种普遍的本质。小人国居民确实和我们自己很像,这十分令人遗憾。是抱持着优越感高高地站在这些异域文化之上,还是悲哀地采用他们看待问题的方式?格列佛自己永远也无法在这两者之间找到合适的平衡点。如果他把大人国的国王看作一个愚蠢之人,有着英格兰式的沙文主义,那么他自己也很愚蠢,为小人国授予他的称号而感到自豪,还愤怒地驳回了对他的一项指控,这项指控声称他和身高只有几英尺高的女性发生了性关系。太过热切地接受他者的文化,会使人暴露出自身身份的缺陷。格列佛最终相信他是一匹马,完全丧失了他摇摇欲坠的自我,变得疯狂而绝望起来。

《格列佛游记》的小把戏就是,利用想象出来的文化来间离和搅乱我们自己的文化。这就意味着,他用某种方式把我们自己的假设搁置在一边,而这里收集的次等作品却认为这种方式是不可能存在的。对想象中的理想主义来说,这些乌托邦式的异想天开是固执的现实主义者创造的作品,它们展示了一个让人安心又熟悉的世界,尽管他们总是叫嚣着要改变它。这个形式和内容的矛盾,将会长时间停留在历史中:萧伯纳的戏剧也许发出了颠覆的信息,可是其舞台布置指南总是充满了爱意,追求着精确性,总是详述了种种家具的细节甚至女仆长袜的颜色,这说明了现实世界还十分稳固,也许只要做些修修补补就可以了。

这些 18 世纪的乌托邦存在于空间的边缘,而不是时间的边缘。它经常被安排在南太平洋的某个小岛上,而不是未来的某个时代,这是因为它们的作者对历史发展没有什么明确的概念。它的功能是评价现在,而不是创造理想的未来。对怎样实现从现实到乌托邦的转变,它没有什么特别的兴趣,这和威廉·莫里斯的《乌有乡消息》形成了鲜明的对比。佩里·安德森曾提到,《乌有乡消息》这本书是最少见的社会主义乌托邦,因为它描述了革命发生发展的一些细节问题。另外,普遍说来,18 世纪的作家对乌托邦的外表也没有特别的兴趣。其舞台背景通常完全是公式化的,最极端的例子就是《1841 年的大不列颠,或者,改革法案的结果》(1831)。在此书开篇,讲述者就平和地宣布道:"1831 年末,我陷入了深度睡眠状态,直到 1841 年末才醒过来。"我们不能问他怎么会睡了十年,我们只能相信童话剧中的木马在解剖学上是可信的。这名叙述者的故乡无从知晓,但当他从沉睡中苏醒之时,发现他的兄弟正慈祥地俯身看着他,他的兄弟看起来老了四十岁,而不是十岁。这过早的苍老是 1832 年改革法案造成的,因为根据该法案,国家可以征用他们父亲的财产,并迫使他流亡到了法国南部。牛津大学和剑桥大学的经费同样也遭到政府抢夺,大学中的教师们沦落成了乞丐,学校讲堂被随便丢给不同的宗教教派,连英国国教都没能得到其使用权。英格兰和爱尔兰已经分裂,国王逃到了汉诺威,法律主要由暴动的民众来执行,兄弟俩的母亲也因伤心过度去世了。

这种作品唯一关心的是一个超然的世界。另类的世界成为一种羞辱现有世界的工具:重点不在于到别处去,而是利用别的世界思考我们自己所处的世界。乌托邦与我们的兴趣越是相关,它就越实际。威廉·汤姆森的《人在月球》(1783)将查尔斯·詹姆斯·福克斯送到了太空,并把他挂在月亮鼻子的一个肉瘤上,但是其接下来有关政治的讨论却可能在伦敦任何一家咖啡厅里进行。共和主义的讽刺作品《月球之旅》(1793)极富煽动性,它的内容包括了对威尔士亲王的猛烈抨击,还想象出了一个大蛇压迫小蛇的社会;但是此书之中的其他事物在英格兰都是极其常见的,甚至蛇也必须有手臂,这样他们才能热情地拥抱对方。

在这些国家中热情的拥抱有着一定的重要性,尽管英格兰人笔下的乌托邦具有独特的理性,并不那么热闹而且令人激动,它关注制度结构而不是世俗欲望。《詹姆斯·杜博迪乌》(1719)的主人公来到了一个原始素食者的天堂,那儿的居民没有任何体毛,常常赤裸着身体跳入泉水中沐浴。詹姆斯·劳伦斯的作品《水獭帝国,或者,妇女权利》(1811)中,讲述的是马拉巴尔海岸边贵族阶层的故事,那里是一个自由的社会,妇女可以自由地选择自己的情人,孩子全都由母亲照顾。这两部作品都带有女权主义的色彩,但是后者毫无疑问对男性作家更有吸引力。思想自由的主人公一定很乐于见到成群的年轻女性赤裸着身体,毫不羞耻地嬉戏,尽管我们并不清楚他感受到的乐趣是否完全是思想上的。在《彼得·威尔金斯的生活和冒险》中,开明的主人公来到了一个叫作"斯望基"的虚构王国,并和那里的居民结了婚,但是在新婚之夜他却发现,他的妻子全身都被一层假皮肤包裹着。他担心自己在婚姻中的权利可能被剥夺了,"既不能满足自我的需要,也不能繁衍我们的种族"。于是,笨手笨脚的威尔金斯突然发现了"若干个肥大而明显的突出物,就像鲸须一样,似乎在那层紧紧包裹着她的物体之下"。他推测她的第二层皮肤"可能是被系在一起的,也许就像束腰",于是他"在她背后摸索着带子"。令他懊恼的是,他什么也没找到,在这个时候那个女人突然用一种神秘的工具脱掉了那层外套,然后投入了他的怀抱。这个故事是对自由主义者的告诫:那些认为文化差异可以随随便便就被消除的人,可能会不得不打一辈子光棍。

克雷斯还收集了一些著名的(反)乌托邦的作品,比如约翰逊的《拉塞拉斯》和伯克的模仿作《自然社会的辩护》(1756)。他选取的文本大多数都很晦涩,写得很外行,而且很乏味。当然美国社会主义学家约翰·弗朗西斯·布雷的《来自乌托邦的旅行》(1842)是一个例外,它尖刻地讽刺了约翰·威尔克斯。这篇作品通过一个来自乌托邦的访客的视角,审视了英格兰的政治和宗教。这位访客觉得"盎格鲁人"衣衫褴褛,饥肠辘辘,他们崇拜一个来自布莱索名叫"菲-佛-法姆(Fefo-fum)"的神,他在布莱可-杰可(Blacko-Jacko)有一个死敌,而这个死敌一般住在布雷佐(Blazo)。和19世纪最后几十年一样,在19世纪40年代产生了许多乌托邦小说,这都是源于某些明显的政治因素。私下里乌托邦和政治新闻业十分类似,因为它是最短命的文学形式,它构筑理想王国仅仅是为了对当下表达一些褊狭的成见。这可以说是最狭隘最没有想象力的幻想了。到了19世纪末,在莫里斯非凡的杰作之后,科幻小说就承担起了想象他者的任务,而它的想象则更为华丽了。

世界上有两种乐观过头的理想主义者:一种是相信完美社会的,另一种是认为未来会和现在没有什么大不同的。处于两者之间的则是现实主义者,他们认识到未来将会有另一副面孔,但不一定是更好的面孔。站在现实主义的立场来看,世间之事都能得到切实可行的改进;而爱想入非非的都是顽固的实用主义者,他们仿佛认为即使在两千年以后,巧克力饼干或者国际货币基金组织仍将与我们同在。这种想法简直就是卡通片《摩登原始人》的翻版,而在该卡通片中,很久很久以前人们的生活和今天美国的郊区的没有什么不同,只不过加上一些恐龙而已。18 世纪对乌托邦的着迷与帝国的远征有密不可分的联系,它就好像是精神领域的殖民工程。这个文学流派有这样一个功用,能将文化差异压制在西方本体的统治之下,而且不会因此消除使鞑靼人和汤加人值得一写的异国情调。

殖民主义的讽刺意味在于,它情不自禁地和文化相对主义调情,可是它又需要肯定自身行为方式的优越性。既然它免不了要劫掠其他的文化,就毫无疑问要面临这样一个令人厌恶的现实,那就是其他这些文化虽然是彻头彻尾的异己,可是它们在表面上都相当出色。实际上,为了将其政治规则强加于人,殖民主义常常依赖于这样一个事实,即它的部下都有自己完整的价值观和原则。真正意义上的野蛮人是不可能被管理的,因为他们缺乏权威和服从的概念。你也许能征服另一个社会,可是这同时也表明你本不应该这么做,因为要做到这一点,这个社会中的居民一定得和我们十分相似,否则就不能确立其在道德上的正确性。从另一方面来说,如果他们不能达到我们这个层次的文明,你当然能以此事实来为剥削他们作辩护,但是你也将被迫放弃把剥削合理化为文明进程的一部分。

然而，乌托邦不只是殖民主义下的产物，它也尝试着想象出一个超越现世的世界。但是所有这些丰富的猜想都必须为他们虚拟的现实付出某种代价。首先，对一个更美好的世界的想象，可能会影响我们当下的所作所为，因此也影响了未来的实现。其次，设计未来也许只是在尝试着控制未来，这和我们当下的作为一样有效。我们时代中真正有洞察力的人是那些被雇来窥探经济体系内部的专家，他们向经济体系的所有者保证，他们的利益在未来三十年内都是安全的。与他们相对的人物是预言家，他们和《旧约》中的先辈一样，对未来毫无兴趣，只是警告说，如果我们不改变行事方式的话，未来将会很糟糕。

瓦尔特·本雅明认为，犹太人对雕刻偶像的禁令其实是在拒绝对未来的盲目崇拜。在犹太人马克思的作品中乌托邦式的空想少得可怜，他认为他的任务不是为即将到来的王国草绘蓝图，而是化解在通往该王国道路上的矛盾。一旦这个社会真的来临，马克思和他的同事们就完成了他们的工作：在新耶路撒冷将不再有激进分子，因为他们的言论属于当下，人员管理的语言也是如此。左翼的乌托邦主义者梦想着一个没有特权的社会，其实他们只不过是在否认自己的特权。奥斯卡·王尔德知道，对他者世界的思考中总有些令人讨厌的无聊和轻浮的东西，因为这是一个任何人都能随时参与的消遣，就如同任何人都能随时煮鸡蛋一样。但是王尔德也注意到，我们这些依靠肉体生存的生物需要这些幻想，这就是为什么王尔德一方面极度自我放纵，另一方面又是一个未来预言家，他预言将来所有人都会像他一样，不用工作。此书收集的作品为我们提供了乌托邦的其他图景，尽管任何能负担得起它的人已经生活在其中一个图景之中了。

乌托邦 2

原标题为《保卫乌托邦》，拉塞尔·雅各比著《乌托邦的终结：冷漠时代的政治和文化》书评，首次发表于 2000 年 7 月/8 月的《新左派评论》第 4 期。

拉塞尔·雅各比惯会使用悲观沮丧的标题。《社会健忘症》和《失败的辩证法》之后是《最后的知识分子》，现在又有了《乌托邦的终结》。当然，对左派来说有许多值得沮丧的事情，虽然去年又有一位同志在社会主义工人党的夏季学校中乐观地宣布："从未有过如此多的革命机遇。"然而，什么是左派确实应当感到沮丧的，就需要进一步的详述。真如同书的副题所说，是因为冷漠，或者因为左派的撤退，历史的衰落，还是因为它已趋向停滞，所以乌托邦已经走向终结了吗？这些理由并没有相互排斥，但是它们之间的关系需要重新审视。比如，左派的撤退是因为历史的衰落吗，还是因为其他的原因？

冷漠作为悲观主义产生的原因之一是很可疑的。人们现在也许不关心政治选举或者剩余价值理论,但是如果你试图在他们的后院建造一条高速公路,把他们扔进穷人的队伍,或者关闭他们孩子的学校,他们很可能就会立刻坚决地进行抗议。如果抵抗一个不公平的政权可以不用冒太大风险,而且很有可能会成功,那么不进行抵抗就是不合情理的。这种抗议也许不太有效,但是那就是另外一回事了。如果你将难民扔给他们,或者剥夺他们保护自己财产的权利,人们也很可能会奋起反抗,这当然不太文明但一定不是无动于衷的。这些证据一般而言并不能说明公民是麻木还是自满。相反,这说明他们对一些重要的政治问题感到相当的忧虑,即使他们中的大多数人倾向社会主义和倾向通灵论的概率基本上是一样的。而且,本书正确地斥责了反悔的前社会主义知识分子,因为他们在资本主义问题上见风使舵,但是他们并不一定是冷漠无情之人。实际上,他们中的一些人完全不冷漠,他们有令人恼火的热诚,不停地推销着包治百病的改革良方。

即使是像资本主义这样危险而且不稳定的系统,必定会在未来几十年内遭受一场大危机,然后也许就能继续存在下去。对社会主义者来说,这场大危机是毫无疑问会发生的,但却和其历史的终结相矛盾。根据弗朗西斯·福山的说法,我们的未来似乎太多了,而不是太少了。我们需要害怕的,并不是历史将会不断地重复,而是这样一种可能性:社会也许会在某一时刻从接缝处开始瓦解,那时它的左半部分仍是散乱无序的,因此也就无法控制自发的叛乱,并将其引导至有益的方向上去。这样一来,受到伤害的人就会多得多。真正顽固的实用主义者能认识到,和历史书上记录的每一个时代一样,我们的时代也在飞速改变中,由于他们有着顽固的实用主义思想,他们自己的其他思想观念也将会因此迅速过时。此书提醒我们,早在 20 世纪 50 年代,雷蒙·阿隆和丹尼尔·贝尔已经宣布了思想的终结,如果他们说的不是历史的终结的话。在越南战争、黑人权力和学生运动即将到来的前夕,这个宣言就是一个奇特而荒谬的预言。奥斯卡·王尔德可能也注意到了,第一次错以为历史已经死亡是不幸的,然而第二次犯错就是纯粹的粗心。

不管怎样,雅各比似乎沮丧地认为,政治上的左派分子作为一个整体已经默默地承认失败了。这是真的吗?那么巴西的无地运动、法国工人阶级武装、美国的反血汗工厂学生潮、无政府主义者的反资本主义运动,以及许许多多的其他运动,这些都算是什么呢?在雅各比的想象中,左派作为一个整体,已经懦弱地放弃了革命的社会主义,转投向后现代主义多元论的怀抱,这在极大程度上是他在用后现代的狭隘观念思考他自己的社会。文化转向固然不是美国独有的,但是和来自印度尼西亚、南非这些国家的左派比起来,美国的文化转向绝对更具优势,也更教条化。如果左派正处于不利地位,那么就像雅各比暗示的那样,这仅仅是因为左派开始胆怯变得不知所措了吗?《乌托邦的终结》这本书有一种为人熟知的北美风格,切中要害,不说废话,书中满是温和而又富有男子气的言论,讨论着"圆滑的"自由主义、"斯文的"闲扯、"苍白的"语言和"柔弱的"概念,这些言论致命性地影响了更具男子气概的左派,侵入到了他们的"骨肉"中去。但是失去了男子气概以后,左派不仅仅只是在隐退。它还处于混乱之中,因为它不知道具有分享性的民主经济计划是否真的切实可行,也不知道是否应该替换掉某些市场形式,还有其他许多它不清楚的部分。问题不在于从前钢铁般强壮的战友们变得沉闷起来,更重要的是,这是社会主义建设真正应当面对的问题,而雅各比的书忽略了它。这些当然不是雅各比所关心的东西；结果就是，他花了大把的笔墨对职员们的叛国从道德上进行了描写，还从非唯物主义的角度出发对唯物主义的难点作出了说明。问题似乎在于"视觉"（vision）的丧失——在美国，它被空想家们在日常政治中从修辞的角度玷污了：左派的危机就是一个愿景（Vision Thing）。

即使如此，这仍是一个令人钦佩而又勇敢的干涉。谈到多元文化论时，雅各比写了令人愉快而又粗鲁的一个章节，在此他粉碎了许多后现代神化。对多元文化论来说，"未来看起来和现在差不多，但是有更多选择"。如果文化包容了一切，那么政治学也就失去了它的意义。在美国，种族认同在社会学上仍然很重要，因为犹太人基本上只和犹太人来往，非裔族群则和非裔族群来往；但是文化认同就很难也如此定义，因为这些群体的文化目的是非常相似的。美国正在成为一个语言越来越少而不是越来越多的社会。事实上，很少有国家是如此坚决地单语化的。基本上，支持多元文化论意味着想要接近社会主流，因此阿米什人这类型的族群就被剔除在外了，因为他们没有这样的欲望。对欧洲中心论的谴责现在很时髦，它想当然地认为"阿道夫·希特勒和安妮·法兰克代表了同一个欧洲"，因此它常常被理解为在祈求权威当局的赞美。比如，美洲原住民研究对欧裔美国人的统治来说是一个有力的挑战，因此它作为一个学科必须得到完全的认可，并且可以自成一个科系。在美国的学术界，任何重要的政治论题似乎都能转化为有关经费的争论。知识分子的"边缘性变得越来越边缘化"，他们吹嘘他们作为少数分子的地位。文化民粹主义相当于政治上的类似背叛，如同德怀特·麦克唐纳光荣的传统一样，它给具有剥削性质的大众文化产业带来了祸害，在MTV电视台的节目中为拉康主义的文章让路,还对《天才老爹》的片头字幕和镜头作出了惊人的符号学分析。

此书的大部分评论中没有吸引人的独创性,但是它们都很合乎时宜。雅各比也不总是思想家中最敏锐最细腻的,他在书中写道:"19 世纪的马克思主义,是唯物主义的,也是宿命论的;20 世纪晚期的马克思主义是理想化的,也是不连贯的。"这也许是风格的问题。在美国,神秘的学术术语和商品化的媒体语言之间很少有共通之处,而本书正设法将自己定位于知识分子和普通读者之间,定位于高尚与粗俗之间,因此它成了其本身试图考察的那个进程的受害者。佩里·安德森曾将专家用语和日常用语之间的鸿沟,当作当代主流现实主义文学缺失的原因之一,由于他成功地结合了活泼的风格和严谨的推理,所以成了"左派最有见识的思想家之一"。雅各比是那种自认为思想平凡的美国人,他认为亨利·詹姆斯有一点颓废;他也曾对"文雅的左派"作出的某个猜想进行了刻薄的评论,称其是在"传递雪利酒",而这种评论绝不可能出现在卢卡奇或者马尔库塞的文字中。其实这种咄咄逼人、明白易懂的风格,有时和它谴责的那个市场离得很远;而且在这样一种媒介中,以其主题所需的那种精细程度来进行写作,其实是很难的。尽管如此,《乌托邦的终结》仍然表明了,在孤芳自赏的文化中顽强地存在着一些普遍为人们接受的常识,它无法忍受学术界中有一副庄重面孔的谬论,也是反文化主义批评风潮里无关紧要的一员,而这种批评风潮包括了陶丽·莫依的《女人是什么?》和弗朗西斯·马尔赫恩的《文化/超级文化》。

在最后一章中,雅各比勇敢地为继续乌托邦空想的必要性进行了辩护。他观察到,在 20 世纪 60 年代,即使是冷静的自由主义者也会仔细考虑社会完全转型的可能性，人们也在忧虑如何处理越来越多的空闲时间。反观现在，一切都很明了，现在"地球表面没有任何不需要工作的社会"。雅各比干巴巴地评论道，普遍繁荣可能造成的危险不再使人担心得晚上无法入睡。在我们这个时代，即使是最富有想象力的预言家，也在预言一个有战争、金钱、暴力和不公的未来，这个未来只不过比现在更舒适、更便利，也更富足。

在当代社会，建立乌托邦的冲动作为引发暴力的主要诱因，已经变成了不可能的神话。实际上，在我们的这个时代，官僚政治中的算计、种族纯洁的神话、民族主义或者宗教上的宗派主义等等，和乌托邦的空想比起来，它们才制造了更多的流血事件，本书为了证明这个观点毫不畏惧地列出了血腥的清单。书中这样总结道，保卫建立乌托邦的冲动，也许看起来很不实际或者缺乏时代性；但是在这样一个不可预知的世界——谁预言了20世纪60年代的政治爆炸，或者谁预言了苏联集团的倒台？——我们永远也不会知道未来能有什么样意想不到的事。所以，这充满激情的争论进行到了最后，完全没有显露出任何悲观情绪，这都要归功于其作者勇于背离时尚的精神，而此书本当如此。

浪漫主义诗人

原标题为《最初和最后的浪漫主义者》，爱德华·帕尔默·汤普森著《浪漫主义者：华兹华斯、柯勒律治、塞尔沃尔》书评，首次发表于《泰晤士报高等教育增刊》，1998 年 7 月 17 日。

华兹华斯和柯勒律治对激进派政治思想的认识越来越清醒，当谈及此事时，汤普森在书中作出如此评价：他们"被困在现实与理想的矛盾所造就的漩涡之中。他们是法国革命的胜利者，但是他们对革命过程感到厌恶。他们被当作雅各宾派孤立了，他们憎恶戈德温派的不切实际。他们摆脱了已被广为接受的文化，他们对新文化的某些特点感到惊骇"。这些评论不难被当成作者的自传来解读。之后在这篇文章的某处，汤普森自己也暗示了这种可能。把"法国"替换成"布尔什维克"，把"雅各宾派"替换成"社会主义者"，把"戈德温派"替换成"马克思主义者"（也许"阿尔都塞主义者"更好），这样一来，你就多少能感觉到前共产主义者爱德华·汤普森在 20 世纪 60 年代内心产生的矛盾冲突。《摆脱幻想还是弃权?》这篇文章写于 1968 年,在那一年苏联的坦克轰鸣着碾进了布拉格,巴黎事件(法文:événements)发生了,学生运动和公民权利运动层出不穷,因此一个左派分子在此时感到孤独是十分奇怪的。他的伙伴、当时的新左派知识分子为了迎合冲动的年轻一代,调整了某些政治观念,但是汤普森仍然被困在投身其中还是摆脱幻想之间,当他读到《抒情民歌》中华兹华斯和柯勒律治的作品,他感觉他们也有过同样的困境。也可以说,汤普森是被困在了巴黎和布拉格之间。

然而,摆脱幻想不同于变节,许多关于英格兰浪漫主义的评论和讲演都对两个词语的区别有兴趣。在前面所引的那段文字之后,作者马上用一种可疑的理想化语言,开始讨论投入与退出两者之间的斗争,至少就湖畔诗人而言:"静止的辩证法也有需要合成法的时刻;知觉的闪光来自这种压力;一股火热的思潮不断变换交替,前后穿流。"这种戏剧性的意象也许说得有一点儿过分,但是汤普森把后者,即政治上完全的"变节"从这两个作家身上区分开来,这样做是非常正确的,至少可以将柯勒律治变成一个"洞察力和愚蠢的混合物"。在那样一个荒谬却具有创造力的时刻,他们两位被困在了雅各宾主义和迟缓的保守主义之间,但是却仍可以像变戏法似的,在压力之下创作出一些重要的艺术作品。

汤普森有一点儿过于相信,经历过革命以后的华兹华斯将会在诗歌中继续关注普通人的生活,而且这会使他留在天使正义的一方。他也过于相信,《序曲》在政治上十分激进,而实际上它并非如此,他轻率地宣称,此作品思考了某些深层而且普遍的人类平等问题,能"使我们全部走出家长制的社会框架"。毋庸置疑,这是汤普森在其职业生涯中需要不断回顾和修改的判断之一。但是从整体上来说,这些从 1968 年到 1993 年间偶然出现的文章,展示了其在同情和谴责之间所达到的平衡,这种平衡是非常审慎的。

"审慎"并不是人们评价汤普森的作品时能想到的第一个词。假使他写不出一个枯燥的句子,原因之一在于他不能写出冷静而且不带感情的句子。他的文章明白易懂,充满了力量,带有极强的个性,宽厚、乖戾、可爱、刚愎、挖苦、好辩,这些特征都会出现在其中。他有一点儿像知识分子中的拳击手,蔑视抽象的理论概念,讽刺起人来非常残酷。然而,再审慎的人都会有失误的时候。"我认为,不要因为诗人后来变了节就辱骂他们,这是没有什么意义的。"1968 年时汤普森温和地这样写道,但是 1979 年他就加入了辱骂者的行列。那一年当他评论柯勒律治的一些文章时,他宣称对它们"过度的伪善和陈腔滥调"感到恶心,也对它们的甜言蜜语感到恶心,但是雅各宾在还没有彻底放弃自己过去的政治立场时,他就是用这种甜言蜜语笨拙地谈论着它,并且为此沾沾自喜。因此即使此后他的思想构成是丰富的,成果也"总是半生不熟的"。

汤普森认为,在 19 世纪开始的二十年中,柯勒律治对每件事的看法几乎都是错的,这实在是一个难得的壮举。汤普森提醒我们,比如,柯勒律治反对将爱尔兰从天主教的束缚中解放出来,把爱尔兰人当作"未开化的野蛮种族"。他主张,黑兹利特是到目前为止比较伟大的政论文作家。但是汤普森在某篇文章中从头到尾都忘记了收起他的辱骂,这对我们发现历史真相实在是一大幸事。即使如此,他仍坚持,在某种意义上来说,18 世纪末的华兹华斯和柯勒律治从"左派"的角度出发,仍然在批评着法国大革命。汤普森相信,如果柯勒律治没有退居到斯多威,他当时的政治轨迹一定会将他送进监狱。在从事革命的青年时期,这位诗人的一篇文章就已经生动地再现了其极富煽动性的爱好。但是当两人都逐渐转向右派之时,在汤普森眼中只有柯勒律治的变节是不可接受的,而华兹华斯是可以被原谅的。

在某种意义上来说,这两个人的叛变显然让人无法忍受:他们心怀内疚"重返"英格兰,而英格兰正在"残暴地镇压爱尔兰叛乱,其凶残程度远远超过法国大恐怖时期,那时的英格兰面包价格高涨,人们都处在饥馑之中"。华兹华斯开始得更为轻松一些。汤普森自得地开始对他发出质询:"如果理想看起来已没有希望变成现实,那么人们还能坚持自己的抱负多长时间?"他没有对柯勒律治提出同样的问题。他敏锐地注意到,华兹华斯对自然的细心观察慢慢减少,这同其内心的隐退是有联系的,尽管他似乎忘了,其对自然的观察一开始就不怎么敏锐。

汤普森主张,华兹华斯不一定是从右派的角度出发否定了戈德温派的乌托邦主义,因为他主要针对的是激进政治学,而不是戈德温。相反,华兹华斯"完全可以向后退,重新开始发出对穷人和战争受害者的同情"。戈德温在此书中的确扮演了18世纪晚期路易·阿尔都塞的角色,和汤普森这样的热心的人文主义者相比,比如说雅各宾·约翰·塞尔沃尔,他是一个冷冰冰的唯理论主义者。他甚至暗示,戈德温从没有入狱和被流放的经历,这或多或少是他道德上的某种失败。

华兹华斯把变节简单地称为"绝望的",但是汤普森希望我们能注意到人类坚持信仰的巨大潜能。然而,他也指出,华兹华斯至少以《序曲》的形式就变节一事诚实地和自己争辩了一番,而不是像柯勒律治一样,立即开始对曾经的同志发出充满仇恨的讽刺诗文。

在这些伟大的作品中,创造性的祛魅和死气沉沉的变节是有区别的,这种区别过于明显。作者似乎需要提醒自己,或提醒我们,他与古典马克思主义渐行渐远并不意味着他就放弃了社会主义原则。他也许觉得有必要提醒自己,但真的没有必要提醒我们。即使在周围的人都失去了政治信仰,并把这一损失归咎于像他这样的人的时候,汤普森仍然保持着自己的政治信仰。他在一段典型的特别严苛的题外话中指出,事实证明,在我们这个时代里,在没有经历"先前的迷恋所带来的乏味和思想上的庸俗"的情况下,进入彻底祛魅的阶段是可能的。早在"后现代主义"这个词流行之前,很少有人能想象出对它的更简明扼要的概括。

然而,把湖畔诗人的变节当作一种"想象中的"失败,同时也是道德上的失败,这也太省事了,因此使得汤普森得以假定,他们在政治上的叛变和在美学上的退步之间有一种可疑的直接关系。就连他也不得不承认,即使在其批评生涯的顶峰时刻,柯勒律治还是一个保守的盎格鲁人。汤普森坚持主张,"祛魅"对艺术是有害的,这些文章无疑证明了这样一个事实,即祛魅对杰出的历史写作是无害的。然而,变节由于否定了"抱负",将受到严厉的谴责。在这种傲慢的评判中,存在着一点利维斯式的道德主义,它没有注意到是什么让叶芝在放弃了他对爱尔兰民族国家的希望以后,才写出了一生中最好的诗篇。

就像叶芝一样,汤普森是最后的浪漫主义者之一。即使他的首篇重要文章是关于威廉·莫里斯的,那也是因为莫里斯代表了英国浪漫主义传统最终与欧洲唯物主义传统交会的这样一个时刻。汤普森充分相信人类的能力,他在情绪上和想象力上的鲁莽,怀疑任何脱离肉体的智能,喜欢装腔作势的炫耀,厌恶活力的缺失,所有这些正好都是他喜欢的浪漫主义诗人的特质,他因此被归类为其中的一员。

但是这本文集的最后一篇献给了雅各宾·约翰·塞尔沃尔——罗伯特·骚塞是这样评价他的:他"曾经几乎被绞死,这个经历具有重大的意义"。迪瓦尔是没有变节的人中最卓越的,他代表的激进思想是实事求是的、日常的,也是"唯物主义的",这种激进思想同样存在于汤普森的另一面。但是迪瓦尔最后变得声名狼藉,以至于他的老朋友华兹华斯和柯勒律治必须慎重地和他划清界线。

汤普森在整个职业生涯中都在计划写一大本关于浪漫主义的书,但是他从未腾出过足够的时间来写它,原因之一就在于他把时间用在拯救欧洲的核危机了。很可惜,我们现在只能读到这些零散的文章,还有1993年关于威廉·布莱克的简要研究。虽然读不到他的大作,但是能在欧洲尽情地阅读他其他的文章,这似乎也算一种合理的交换。

勃兰威尔·勃朗特

原标题为《愤怒的人》,罗伯特·柯林斯编《重罪犯的手:勃兰威尔·勃朗特的两个安格利亚年代记》书评,首次发表于《伦敦书评》,1993 年 7 月 8 日。

1845 年 8 月,勃兰威尔·勃朗特,著名的三姐妹不幸的瘾君子兄弟,从霍沃思的家出发前往利物浦。那时正是爱尔兰大饥荒的前夕,这个城市很快就会塞满饥饿的难民。大多数难民将会是说爱尔兰语的人,因为受饥荒打击最重的就是说爱尔兰语的贫困阶级。威妮弗蕾德·格尔恩在艾米莉·勃朗特的传记中写道:"他们的形象,特别是孩子们的形象,被《伦敦新闻画报》描绘了出来,这相当令人难忘——他们饥肠辘辘,骨瘦如柴,衣衫破烂不堪,乱糟糟的黑发几乎遮藏了他们的面容。"勃兰威尔造访利物浦的几个月后,艾米莉开始创作《呼啸山庄》——这篇小说的男主角希刺克厉夫,是老恩萧从利物浦的街头捡回来的,他那时正饿得半死。恩萧打开他的厚大衣,向家人展示了一个"肮脏、褴褛、黑头发的小孩",这小孩说着"莫名其妙的话",后来他还得到了各种各样的外号:野兽、蛮人、恶魔和疯子。显然,这个小凯列班(Caliban)①有一种天性,环境教养不能将之改变;用英格兰的方式来说,他很可能是一个爱尔兰人。

在小说后面的情节中,希刺克厉夫上演了一次神秘的失踪,然后以一个英格兰绅士的身份重新回到人们的视野中。这种转变曾在尊贵的爱尔兰历史上反复出现过,上可以追溯至奥利弗·哥德史密斯,往下则一直到奥斯卡·王尔德。然而,和哥德史密斯和王尔德不同,希刺克厉夫扮演英格兰上流人士的演出并不太成功。你也许可以把希刺克厉夫从山庄带走,但是你无法将山庄从希刺克厉夫身边拿走。帕特里克,勃朗特的父亲,更好地完成了这个把戏。帕特里克·勃朗特生于邓恩郡(现在爱尔兰人仍把它叫作"勃朗特村")一个贫穷的农民家庭,他把自己的姓变得法国化了,并且设法去剑桥上了大学,后来成为英国保守党右翼的一员,就职于约克郡的牧师公馆。但是英格兰的作风从未完全控制住勃朗特家族。当听到他父亲在霍沃思的竞选活动中被别人的吼叫压制得出不了声,勃兰威尔被激怒了,并忠诚地代表父亲对此事进行干预,可是当地民众却焚烧了他父亲的画像,在画中他一只手拿着一个土豆,另一只手拎着一条鲱鱼。勃兰威尔的名字其实是帕特里克,他终生都过着戏剧化的爱尔兰式生活,忠实地强化了英格兰人心中无能的爱尔兰佬形象。

当然,希刺克厉夫完全有可能不是爱尔兰人。他也许是吉普赛人,印度水手,又或者(像《简爱》中的伯莎·梅森一样)是克里奥尔人

---

① 莎士比亚《暴风雨》中半人半兽形怪物,喻指丑恶而残忍的人。——译注

(混血)。我们很难知道他的肤色究竟有多黑,或者说他的黑有多少是源自尘垢和坏脾气,而又有多少是来自真正的肤色。书中的时间和大饥荒并不完全吻合,因为农田直到 1845 年的秋天才开始荒芜,因此 8 月,即勃兰威尔造访利物浦的时间,显得有些太早了,他不可能遇到大饥荒的受害者。然而,这城市中应该早就聚集了许多穷困的爱尔兰移民,因为爱尔兰人的移民绝非始于大饥荒,勃兰威尔很可能遇到了一些这样的人,并将他们的故事告诉了他的姐妹。不管怎么说,在勃兰威尔身上有某种象征性的天资,像是鲁西弗式的反叛者,正是他为艾米莉提供了她小说中破坏性的元素。在艾米莉的兄弟和她笔下拜伦式的反派角色之间,必定有着强烈的相似性。恩萧给他的家庭带来了一个很难说是不是礼物的东西,即一个阴郁的淘气鬼,这个情节也许来源于她现实生活中的一份礼物,是她对此作出的充满想象力的加工,这礼物是十二个玩具士兵,是帕特里克·勃朗特某次在布拉德福德旅行回来后送给孩子们的。她们正是围绕着这些玩具开始了早期神话的编织,父亲的礼物突然打开了她们的幻想世界,就像希刺克厉夫开始了山庄里的戏剧人生。

成为这些女孩们的兄弟可不容易,但是勃兰威尔做得比我们能想象到的还要糟糕得多。他生于 1817 年,是一个神经质、凶暴但是身材矮小的孩子,在他年纪尚幼的时候就已经常常咬牙怒视别人,他不得不退出了与学校教育的较量。既然学校帮助扼杀了他的另外两个姐姐,所以这也许并不是一个十分不明智的行动。他在家中接受了教育,是一个相当早熟的古典主义学者,并成为他糊涂的父亲天真的期望。他父亲和传统的爱尔兰农民一样,喜欢男孩胜过女孩。8 岁时他被一条疯狗咬了,而艾米莉稍后也被另一条疯狗咬了;这难以置信的巧合,似乎代表了他们家庭的不幸,非常古怪。勃兰威尔很早就显示出了在艺术、音乐和文学方面的天赋,他梦想成为一位伟大的作家,在12岁到17岁之间,他以极高的热情写了大约三十部各种体裁的文学作品,像小说、诗歌、剧本、日志和历史剧等等。他的作品比他姐妹们创作的总和还要多,尽管他一点天资也没有。他已经开始频繁地溜出牧师公馆去黑牛酒吧找乐子,作为一个个性强烈但是个子很小的年轻人,他对拳击产生了奇特的痴迷。后来他以艺术生的身份离开了家来到伦敦,但漫步于梦幻般的首都街头,他发现自己在大都市的人群中显得非常寒酸和粗俗,因此他把给著名画家的介绍信紧紧地捂在了口袋中。后来他来到霍尔本的一家酒吧,那是由他心目中的一个拳击英雄经营的。他喝酒花光了所有的钱,彻底完蛋,然后回到霍沃思,编造了一个令人难以置信的故事,谎称自己被抢劫了。伦敦证实了他早就怀疑的东西,即,他有狂妄的野心,却对实现这些野心毫无兴趣。

碰了钉子后回家,勃兰威尔写了许多词藻华丽的信件给华兹华斯和《布莱克伍德杂志》,但最终都无功而返,他曾为了杜松子酒钱向他的好友行乞,但最后竟不可思议地成了当地禁酒会的秘书。尽管他是一个彻底的无神论者,却在主日学校寻得了一份教书的工作,他对待学生十分凶暴,似乎是在糊里糊涂地为他的不幸复仇。这时他在他的艺术人生上做了第二次尝试,企图在布拉德福德当一个肖像画家,但最终也同样失败了。这在勃兰威尔黑暗的职业生涯中相当具有典型性,因为他开始从事肖像画创作时,银版照相正在崛起,并迅速击垮了这样一个行业。后来,他将大多数的时间耗费在了布拉德福德乔治旅馆粗俗的宴会上,与一群声名狼藉的艺术家狂欢。为了忘记最近的这次失败,他开始吸鸦片,再加上早已积重难返的酗酒的毛病,于是他迅速累积起惊人的债务。现在他已经无法回避世俗的工作了,牧师公馆里的神童变成了索尔比大桥火车站的办公室助理秘书,这可不是非常光彩的职业。一年以后,他因盗用了 11 磅 1 先令 7 便士被开除。除了这项罪行以外,更严重的还有一个骇人的怪念头,即他在公司所有的账目上都乱涂乱抹。他特别热衷于描绘自己被绞死、刺死或投入地狱的铅笔肖像画。

无休无止的狂饮和抑郁绝望,现在勃兰威尔的身体垮了,尽管如此,众神之王仍然为他保存着一个或两个险恶的惊喜。他获得了在一个有名望的中产阶级家庭中担任家庭教师的职位,但是因迅速地爱上了学生的母亲而被激怒的丈夫赶了出去。鸦片成瘾的痛苦现在混合了爱情破灭的苦闷;那丈夫随后很快就死了,但是他在遗嘱中威胁道,如果其妻嫁给勃兰威尔,就剥夺她的财产继承权,任何她可以想出来的关于婚姻的疯狂想法,很快都被埋葬。由于债务缠身,法律紧紧地盯着他,而后勃兰威尔一病卧床不起,潦草地写了他的最后一份文件(一份乞求杜松子酒的便条),并于 1848 年 9 月因消耗性疾病和慢性支气管炎死在其父的怀抱中。他虽然放荡又荒唐,在他无法驾驭的世界中是一个完全的虚幻的角色,但是就像他心爱的拳击手一样,他总是从每一次命运给他的恶意打击中,固执地反冲回场。他也许悲惨地丧失了现实原则,但可以确定的是他很有勇气。

人们可以泄愤报复现实的地方就是艺术;如果勃兰威尔是那样情不自禁地写作,那也是因为他注定要为恶毒的命运卖命。因此 17 岁时他创造了安格利亚王国,说服夏洛特为其写编年史。艾米莉和安妮为勃兰威尔神话中的男子好战主义所烦扰,因此以独立的姿态创造了更为和平的冈德尔王国。安格利亚王国中的英雄是亚历山大·珀西,他是无政府主义者,也是贵族政治论者,在各个方面他都是勃兰威尔的再现,除了吸毒、懦弱和火车站中无聊的笔头工作。如同他的创造者一样,珀西是一个放荡、自我毁灭性的人物,惯常表现出可笑怪诞的感情;但和创造者不一样的是,珀西很漂亮,强大有力,而且有惊人的天赋,他是一个骄傲的、极端崇尚革命的超人(德文:übermensch)——就像花光所有酒钱以前的勃兰威尔本人一样——傲慢地拒绝为任何人服务。

从勃兰威尔奇异的细小字体中,罗伯特·柯林斯爱不释手地重新组织了《重罪犯的手》,它包括两个珀西的故事,"诺桑基兰德的日子"和"韦德普里斯的真实生活"。("诺桑基兰德"是珀西的贵族称号,但也是给勃朗特县的一个聪明的名称。)就像勃兰威尔其他的作品一样,两个故事有不同的文学价值,有马虎的哥特式烙印,充满了恶毒的讥笑、复仇心切的蹙眉和充满仇恨的撇嘴。"诺桑基兰德的日子"是凶恶的俄狄浦斯式的幻想小说,任何熟悉老帕特里克·勃朗特的人都不会对此感到惊奇。珀西负债多达三十万英镑,而这是对其作者在黑牛酒吧石板上的记录进行了适当的美化。珀西被叛乱的伙伴们煽动,要通过弑亲来摆脱债务。在这次劝说中最主要是 R. P. 金先生,要不然就叫作斯德斯,有时也叫作 R. P. 斯德斯,他是一个恶心又邪恶的老家臣,说一口约克夏郡的方言,虽然事实上这故事发生在非洲,但他显然是《呼啸山庄》中老约瑟夫的原型。在第二个故事中,珀西被叫作鲁格(勃兰威尔自己使用过一大批令人困惑的放肆的假名),要带领一场反对安格利亚政府的政治行动,并且受到了来自他忠实同伴诺悌和罗利斯的侧面攻击。他和他的人通过一个神圣的誓约将自己和无神论以及革命密切联系在一起,尽管珀西是一个坚持政治正确性的人。这个誓约以"因此帮助我吧,我的思想"结束。

正如罗伯特·柯林斯指出的那样,安格利亚神话反复考量了混乱和秩序、共和党人和保皇党人以及个体自我和社会责任之间的矛盾。但是人们也许会补充说,勃朗特姐妹在其成熟的小说中也这么做了。写作是对文化和教养的渴望,却配上了对那些代表文化和教养的人的郁结的敌意。这是维多利亚时期女家庭教师的矛盾之处,她既是仆人也是淑女,在社会地位上次于她的雇主,可是在精神方面高于他们,表面上是屈从的,可是内心轻视他们腓力斯式的习性和饮食过量的小家伙。或者说,这是《简·爱》终局的悖论——"色情",戴·赫·劳伦斯(D. H. Lawrence)对它的描述很有典型性——这部小说通过将挑剔的罗切斯特变成残废而且失明的方式,最终释放了其受压抑的女性愤怒,但是也因此颠倒了他和来自小资产阶级的简之间的权力关系,为实现他们之间的感情清除了道路。(当然,疯了的伯莎·罗切斯特已经从屋顶上掉了下来,因此消除了他们通往婚姻道路上的另一个尴尬的障碍。)亚历山大·珀西是一个有教养的反叛者,在这个人物身上结合了勃兰威尔对世间权力的可悲欲望,还有他对这个欲望表现出的革命性的藐视。在顺从和反对之间,在国教徒兼托利党的父亲和非国教徒却养育了她们的阿姨之间,存在着某种精神分裂式的对立,勃朗特们作为"矛盾的化身",忠诚地证实了马克思对他们所属的底层中产阶级的描述。

人们也许会猜测,在不列颠帝国和反抗的爱尔兰之间也存在着一个矛盾。也许希刺克厉夫根本就不是爱尔兰人。但是有趣的是,亚历山大·珀西的几个反叛盟友们都有爱尔兰式的名字,而其中的一个是他最亲近的心腹,以前是个律师,而且是戴瑞那修道院的威廉·丹尼尔·亨利·蒙特默伦西之子。戴瑞那是凯里郡最美的地方之一,是律师丹尼尔·奥康内尔家祖宅的所在地,而这位律师则是勃兰威尔生活的那个时期爱尔兰最伟大的激进分子。1829 年,勃兰威尔 12 岁,正试图创办他的"勃兰威尔的布莱克伍德杂志",而那时的奥康内尔已经成功地结束了爱尔兰的天主教解放运动;通观整个 19 世纪 40 年代,勃兰威尔身处穷困之中,仍然在狂暴地乱写,而奥康内尔那时正在为废除联合王国而努力,只是饥荒使这场运动缓速前进的脚步慢慢停了下来。亚历山大·珀西非常具有实际的煽动性,他能激发民众的叛乱;丹尼尔·奥康内尔则是"怪物会议"的专家,他领导了 19 世纪欧洲最伟大的群众运动。虽然对父亲又爱又恨,勃兰威尔还是站出来为他进行辩护,但这激怒了霍沃思的好人们,因此他们制作了一个手中握着土豆的"帕特里克牧师"塑像,这样看来,他们也许并没有弄错攻击的对象。

奥斯卡·王尔德

原标题为《爱尔兰人走在王尔德身边》，杰鲁莎·默考麦克编《王尔德：爱尔兰人》、格里·史密斯著《非殖民地化和批评：爱尔兰文学的构建》书评，首次发表于《泰晤士报高等教育增刊》，1998年11月20日。

我们时常需要提醒英格兰人，奥斯卡·王尔德是一个爱尔兰人，王尔德也需要这样的提醒。几个世纪以来，爱尔兰不仅为不列颠提供了牛和谷物，他们也在号召之下为英格兰创作了很多伟大的文学作品。在《王尔德：爱尔兰人》书中一篇生动的文章里，德克兰·凯伯德（Declan Kiberd）敏锐地提出，这与英语不是爱尔兰本族语这个事实相关联。因为，正如王尔德所说，他们"被迫必须用一种不属于自己的语言来表达自我"，他们用生动和大胆这两种特性重新改造了这种语言，而这正是大都会民族所不具备的。和辛格（J. M. Synge）一样，他们可以在这种语言中打上他们自己语言模式的烙印，创造迷人的新习语。

王尔德的儿子还记得他的父亲为他唱过一首爱尔兰催眠曲,这与王尔德作家的身份相应,因为其母是一个爱尔兰民族主义抵抗者兼民俗学家,其父则是一个伟大的爱尔兰古文物收藏家。

王尔德徘徊于两种语言之间,也徘徊于两种性取向之间。从种族上来说,他的这种双重性表现在他所具有的盎格鲁-爱尔兰人身份中。最重要的是,正如欧文·达德利·爱德华兹(Owen Dudley Edwards)在一篇博学而优雅的文章中提醒我们的那样,考虑到其母的政治立场,王尔德很可能受洗为罗马天主教徒。从社会角度来说,如果他属于中上阶层的新教徒,那么他同时也是一系列革命宣传册的创作者,只不过这些小册子勉强被伪装成写给小孩子的童话故事。在一篇引人入胜的文章中,安吉拉·伯克(Angela Bourke)简要对比了两种爱尔兰人:一种是被邪灵附身而受到迫害的人,一种是像王尔德一样被另一种仙女迷住的人。

王尔德是上流社会的寄生虫,在政治上他同情天主教徒、无政府主义者和共和党人;他既是社会名流也是社会主义者;他是维多利亚式的家长,却和年轻的男妓们在廉价旅馆里玩乐。即使他与布莱克内尔夫人过从甚密,他仍然任意周旋于激进派之中,与威廉·莫里斯和克罗帕特金王子相当亲近。我们丝毫不会感到意外,他出生的城市被同胞詹姆斯·乔伊斯拼写成"达柏林"①,因为乔伊斯意识到这个殖民地首府处于一种矛盾状态。王尔德的戏剧表现的全都是秘密的自我、幽灵般的双重性格、被玷污的血统和碎裂的身份。杰鲁莎·默考麦克在其所编的这本书中作出的极具启发性的贡献在于,她既把他看作一

---

① Doublin,有"双重"之意。——译注

个典型的爱尔兰人(野蛮、无政府主义、有想象力、明智、充满激情、自我毁灭),又把他当成一个典型的英格兰人(冷静、优雅、傲慢、爱摆布人),他是一个拙劣但又充满机智和讽刺的混合体。前者的懒惰对于后者来说是从容闲适。默考麦克也看到了王尔德是如何一丝不苟地忠实"扮演"其作为英格兰人的角色的,他只是成功地讽刺了这一角色,揭露了所有社会身份的建构本质,从而含蓄挑战了爱尔兰人的帝国形象。

他著名的机智词锋也是如此,默考麦克认为,他的那些经过细心推敲写下的矛盾言论,可以被视为一个殖民地居民对帝国家长式腔调的报复。(到《芬尼根守灵夜》发表的时候,英语被另一个心怀不满的爱尔兰人敲成了碎片,变成了废墟。)在一篇有力的文章中,迪尔德丽·托米提醒我们,王尔德的警句和他作品中的其他很多东西一样,都属于爱尔兰的一种口头文学传统,喜爱声音胜过印刷符号,就好像他喜爱临时的身份胜过固定的身份。王尔德的讽刺短诗颠覆性地破坏了英国文学的陈腔滥调,他选取了一些宣传传统智慧的老作品,改变其中的一两个词,就完全颠覆了它的意思,或者将它变得极端荒谬。王尔德不只是性这个方面的颠覆者,其爱尔兰式的幽默风格也相当乖张,而且善于揭穿别人的假面具,这就像是一个下属对英格兰这个上级平淡无味的热心肠所作的攻击。如果把正统的思想习惯当作对照物,那么爱尔兰殖民地居民的习惯的修辞手法就都是似是而非的、讽刺的、矛盾的——乔伊斯称矛盾修辞法为"同时存在的两种想法"。

作为一个最初的后结构主义者,王尔德知道没有任何事物——不仅仅是性取向——永远都完全是它本身,唯一一成不变的就是死亡。他继承了母亲激进的女权主义思想:凯伯德指出,在《不可儿戏》中,正是女人读懂了厚重的哲学著作,而男人们则悠闲地吃着美味的黄瓜三明治。在此颠覆殖民的意图也很明显。但是,维多利亚·怀特曾写过一篇不怎么时髦的妙文,在其中她主张说,王尔德的女权主义中含有严重的厌女症。确实,他的文集错综复杂却又充满才智,人们能对其提出的批评实在是不多,而其中之一,就是它的批判精神在面对其崇高的对象时表现得太弱小了。

与王尔德同为新教徒的都柏林人萧伯纳是英国人眼中另一位获得执照的爱尔兰弄臣,他察觉到对于爱尔兰人来说,世界上再没有什么比英格兰人的严肃认真更滑稽可笑的了。王尔德的雕琢风格,对高尚情操和哲学深度的蔑视,对风格、面具、表象和外貌的热爱,这些在本质上都是一种政治学。他使用一些非常爱尔兰本土的元素,比如失败、边缘化、被剥夺,贬低了维多利亚时代晚期英格兰人思想上的装腔作势。他对替罪羊和殉道的迷念——殉道是另一个具有爱尔兰特色的主题——确实有一些可疑的暗示,这是伯纳德·奥多诺霍在一篇有创见的文章中提到的。对盎格鲁-爱尔兰统治阶级来说,王尔德是他们固执而且不忠的儿子,但是和他们一样,他最终把自己头上的屋顶弄塌了。他的生命像余火一样慢慢烧尽,有趣的是,爱尔兰统治阶级的垮台也是如此。默考麦克敏锐地看到了王尔德和查尔斯·斯图尔特·帕奈尔(Charles Stewart Parnell)之间的相似之处,后者同样是一个著名的爱尔兰人,同样也违背了英格兰在性方面的道德观念,最后丧失了名誉和地位,而这似乎如此深切地打动了王尔德,于是就像默考麦克所言,他的作品清楚明白而又极其强硬地对此事保持着沉默。但是两人都是倒下后又重回了原来的位置。今天,一座华丽的王尔德雕像从容地立于都柏林梅瑞恩广场的一块岩石上,当地人称之为(爱尔兰艺术史学家葆拉·默菲在她的一篇文章中也是这样说的)"广场上的同性恋",或者又称为"石上的同性恋"。

既然后殖民主义是文学批评中发展得最快的理论,而当今的爱尔兰又是站在潮流前线的国家之一,所以它们必定要会聚在一起。格里·史密斯的《非殖民地化和批评》以一个审慎、翔实的调查为开篇,为的是在考察爱尔兰的文学批评是如何对待民族自治以前,先了解一下各种后殖民理论对民族主义和非殖民地化的看法。这本书有着左派在对待文化问题时常见的直截了当的风格,它似乎不太愿意承认这样一个事实:文化和政治不管交织融会得多么密切,它们都还是不同范畴的行为。它在另一个问题上也有些过于纠结,这个问题就是反殖民主义的革命者要如何逃脱他们反对的政权的统治逻辑——这个难题还停留在一个错误的假定上,因为他始终认为那种统治政权中的所有事物都对殖民地的解放怀有明确的敌意。

但是对爱尔兰诗文集和期刊中的权术争斗,此书的一些章节作了相当有启发性的论述,另外,它还对爱尔兰历史上一些关键事件进行了充分的研究,并作了十分实用的说明。与许多当代爱尔兰研究不同,史密斯的研究着眼于制度而非孤立的文本,因此信息量更大。如果它能借用一点王尔德的优雅和他的参与精神,它将更真实地反映出一种文化的精神,对这种文化来说,形式通常都不仅仅是内容的载体。

威·巴·叶芝

原标题为《毛骨悚然》,约翰·凯利、罗纳德·斯库查德编《叶芝书信集·第三卷:1901—1904》书评,首次发表于《伦敦书评》,1994 年 7 月 7 日。

"我昨晚梦到自己被绞死了,"叶芝曾宣布,"但我是众所瞩目的焦点。"发布这种神谕式的宣告是叶芝的典型做派,要用它来揭开现实的面具,区分虚伪和显得怪异的真诚,这是不可能的。奥登称叶芝"和我们一样笨",但是他其实已经说得很客气了;这个会敲击桌子、召唤灵魂的玫瑰十字会成员,比我们大多数人都要笨得多。在学术兴趣方面,很少有主流的现代作家像他一样,如此怪诞不经。然而叶芝仍然是最后几位伟大的自我创造者之一,人们永远不可能知道他究竟有多相信自己小心翼翼培育出的谬论,或者甚至无法理解这儿所说的"相信"究竟是什么意思。一方面,他是凯尔特式的空想家,住在牛津的时候,每一次穿越波德大街对他来说都是一次冒险。另一方面,他也是精明的新教徒,(正如其父告诉他的那样)有着善于分析的头脑,是一个诡计多端的经营者,他可以创办一个剧院,也能帮助组织一个政治集会。他的写作方式就像爱尔兰传说中的小妖精,戴着尖尖的帽子不停地旋转,但是其中还多了学者的保留态度:"但是仅限于东北诸郡。"叶芝是否在取笑读者和民俗学家,或者是在嘲弄自己坚持的有关神话的想法?或者他根本就没有在嘲笑任何人?在现实中他生活在戈尔韦郡一个破败不堪的城堡里,这个城堡成为他的象征符号之一,这样的一个诗人要么是特别地自我神化,要么是异乎寻常地自我讽刺。有时我们很难说,这个造作而又充满激情的男人到底有什么问题。

叶芝运气不错,可以生活在这样一个历史时期——爱尔兰民族主义时期,在那个时候,诗人重建公众形象似乎是可能的。在英格兰从雪莱到丁尼生的过渡时期之中,诗歌的想象就已经不再是一股政治力量:事实上,诗歌和政治现在已经成为相互的对立面,而且是以一种可能令弥尔顿和布莱克吃惊的方式。叶芝将越过晚近的浪漫主义来回顾其较早以前的先辈,即在革命时期写作的布莱克和雪莱,他们两位能穿越自身的时代,和与当时爱尔兰大相径庭的政治时代进行对话。英格兰和爱尔兰的文学历史不是同步的;叶芝曾一度粗暴地对待英格兰浪漫主义的余烬,即伦敦柴郡奶酪俱乐部中的劣等诗人,但是他已经无法从中得到他所需要的,而相比之下英格兰小说也许更有用。确实,对他而言,那些小说概括了英格兰文化的所有缺陷——经验主义、感情用事、道德说教、盲目模仿,与滥用、放荡、鲁莽、讲究和奇妙的艺术形成了鲜明对比。尽管如此,他还是在神话和讽刺故事之间又一次非同寻常地犹豫了,他将会严肃地让他那些柴郡奶酪俱乐部的同行们永垂不朽,因为他知道他们是一群瘾君子和懦夫。

贝托尔特·布莱希特戏剧的出现是因为广泛的社会主义运动,同样,叶芝诗歌事业的成功离不开爱尔兰民族革命独立主义潮流,他任命自己为这一潮流的神话创作者。庸俗的中产阶级盖尔人制造了革命，他们中的一个还抢走了叶芝的情人和政治影响力，从而使这个阶级对他的冒犯更为复杂化，但是不管他对他们存有什么疑虑，他的诗歌仍然和政治保持着良好的关系，以一种很多英格兰现代派都不会采用的方式。在这些极不稳定的情形下，诗人可以将自己重塑为英雄、活动家、雄辩家、文化长官、实业家，而他可以采用的方式在海水的另一边①已经行不通了。在这一点上叶芝可以利用爱尔兰艺术共同的、客观的本质，上自古代的吟游诗人或者高等诗人，下至青年爱尔兰运动者，在这样一个社会中，象征符号仍然被困于其中。因为欧洲的现代主义运动为了某些超越个人的文化，正怀着高度维多利亚式的疲惫自我做着不懈努力，所以叶芝继承的爱尔兰遗产允许他优游于时空中，以伟大的现代派艺术家的风格，将古风和先锋派、原始和先进联结在一起。他能够如此有效地做这件事情，原因之一在于爱尔兰从未享受过任何强有力的自由个人主义传统，始终都处在教权的压抑之下，它的工业中产阶级始终处于边缘状态，公众始终强调自己是在一个天主教社会中。

叶芝出身于盎格鲁-爱尔兰统治阶级，不幸的是，这个统治阶级之前没能将政治领导权交到爱尔兰民众手中，到了后来，在其倒台的历史性时刻，它试图弥补这个错误，让民众来决定文化发展的方向。一个自我分裂的精英阶层失去了原有地位，现在渴望成为文化委员，试图让他们祖先曾决意压制的盖尔文化重振雄风。在叶芝的资助者格里高利夫人在爱尔兰西部开始收集民间传说以前，她未来的丈夫威廉

---

① 意指欧洲。——译注

已经着手于起草臭名昭著的格里高利条款,那时正是大饥荒最严重的时候,成千上万的小农正在寻求救济,而这个条款剥夺了他们少得可怜的土地,并且毫无疑问直接导致了许多不必要的死亡。他们的政治和经济权力被剥夺以后,益格鲁-爱尔兰人中标榜较开明的那一部分人开始设法创造性地改造自己的名称,因为它是用连字符连接的,使用起来很不方便。也许连字符可以成为桥梁而不是阻碍,因为那些介于都柏林和伦敦、小房屋和大房子之间的人,可以把自己当作公正的调解人,处理爱尔兰文化中相对立的部分。也许文化本身可以去除爱尔兰政治中的怨恨,它可以提供某种符号和原型公共空间,所有的爱尔兰人都能会集在此。因为那些古代的神话和象征符号比宗教改革要久远得多了,所以它们能很便利地解除各个教派之间的敌意。保守派中那些身份更显贵的人,他们仇视的不仅是激进政治,还包括了政治本身,从伯克到斯克鲁顿(如果小事物可以和大事物作对比),他们都在设法用本能的、传统的、草率的习惯来罢黜政治。在世纪末的(法文:fin-de-siècle)爱尔兰,叶芝是这项事业的主要力量;这项事业带有些许爱尔兰式的阿诺德风格,这种风格至今仍然存在,只是今天北爱尔兰的自由知识阶层并不喜欢它。在凯尔特文化复兴运动中,民族主义被诗化了;上层阶级中的新教徒有一部分边缘人有着浪漫主义的思想,而这种思想几乎立刻与另一种非常不同的浪漫主义融合了,这种浪漫主义来自盖尔族中信仰天主教的民族主义者,他们当时正在奋力地自掘坟墓。逐渐没落的益格鲁-爱尔兰文化回想起衰败的盖尔传统奄奄一息的余烬,于是两种垂死的文化就短暂地交汇在一起了。然而,这个立场显然太过自私,因此它和最公正的立场一样,注定是无法长久存在的。如果凯尔特文化复兴的鼓吹者希望能深化并丰富市侩的爱尔兰中产阶级,那么他们也必定企图用贵族家长制来代替他们的政治制度,而在爱尔兰的地主中这种贵族家长制根本就很少见。这是机会主义高贵、慷慨的部分,同时也是狡诈的、利己主义的部分,当大房子被烧毁,当大批统治阶级的子孙在第一次世界大战中丧生,当他们的亲戚逃向了伦敦周围诸郡,它也将不复存在。

随着《叶芝书信集》像蜗牛一样缓缓来到 20 世纪,这项事业仍然很热门,但是叶芝很快就对此产生了幻灭感。在这七百页的信件中,我们能看到他的转变,从早期象征主义到晚期演讲术,从梦想到戏剧,从阴柔的羸弱到充满男子气概的刚毅,从想象到决心,从民粹主义到精英主义。他的茵尼斯弗利风格逐渐转变到尼采主义,但变得很奇特,充满了矛盾:他有着超人式的自律,高高在上,自我陶醉;这种自律包括了叶芝式的逃避,逃避任何对自己不利的历史,也是一种替代物,代替了自由的、民族自决的国家理想。戏剧化的爱尔兰文化复兴在艾比剧院的砖和灰泥中得以实现,而与此同时,它在现实世界中正陷入绝境,喧嚣的民族主义舆论将之淹没,而且还被称之为不道德的、不爱国的。"我比你占优势,"叶芝在 1901 年给一个小诗人的信中写道,"因为我为一个非常凶狠的民族写作。可以说,我必须让每一件事情都很真切和清楚。这就像骑野马一样。"这听起来并不太像是什么优势,尤其是考虑到这些信件阴郁愁闷,而且意气消沉,但是叶芝相信要保持乐观的态度,继续戴着面具,他相信任何不可能的事都有可能实现,因此可以继续带着盎格鲁-爱尔兰式的傲慢(法文:hauteur)在深渊边缘跳舞。

这种傲慢的态度既是认识论上的,也是道德上的。叶芝唾弃英格兰式的经验主义,因为爱尔兰伯克利主教的唯心主义使他相信,如果你不喜欢当前的世界,你还可以创造出另一个。他的艺术是行动性的,具有魔力和神话化的倾向,是清洗性的、纪念性的、祈求式的;《1916年复活节》宣告都柏林起义成为真正的历史事件,并将之归为不朽的诡计之一,即使它也把此事的边缘性记录了下来。叶芝以尼采化的方式称颂了意志力和创造性思维,这其中存在一种益格鲁-爱尔兰式的暴力倾向,因为那个阶层坚持对历史作出最后的反抗,而它本身正遭受着历史的驱逐。即使那段历史现在是难以理解的,而且无法成为一个整体,叶芝和他的同伴们也能在别处找到可以替代它的另一个整体,比如古代的神话,令人着迷的魔力系统,通灵学派的普遍灵魂,以及草草拼凑而成的所谓爱尔兰反启蒙"传统"(这种传统实际上从未存在过)。虽然益格鲁-爱尔兰人藐视天主教迷信,他们却一直是个令人毛骨悚然的群体,从雪利登·拉·芬努到奥斯卡·王尔德,他们的各色小说中总是充斥着鬼怪。德古拉来自都柏林一个公务员的创造,他是食尸鬼的统治者,在他腐朽的城堡中心神向往地钻研着伦敦地图,而最终则如同爱尔兰地主一样,被剥夺了维系其生命的土壤。醉心于精密型的魔法和神秘主义,具有系统性且毫不模糊的信仰,这些都为爱尔兰的新教徒提供了天主教信条和仪式的替代品。这册书中的一些信件关注了金色曙光社内部层级问题的争论,这是一个神秘的组织,而叶芝在其中扮演了十分关键的角色;有趣的是,他为该团体的权力结构、成员和机构章程争论不休,动用自己善于分析的头脑来提出许多高调而荒谬的言论。修辞上的顿降法(Bathos)是爱尔兰文学生命中最为人们所熟悉的技巧之一,而叶芝从会议室到拜占庭的转变则充分体现了这一特点。

这里有许多无用之物,只是偶尔才有金子出现;叶芝常常担忧书稿的校对,他衰弱的视力,或者如何拼读"胡里痕的凯瑟琳",而不怎么担忧袒露他的灵魂,或者迅速写就一篇关于美学的光彩夺目的文章。他因收到一包内衣而发出了充满感激的答谢辞。考虑到他不会拼写"感觉"(feeling)或者"睡觉"(sleep),他对如何拼写"胡里痕的凯瑟琳"而感到烦恼就毫不令人意外了。传说他在都柏林的圣三一大学申请英语专业的教师职位遭到拒绝,原因是他在申请中拼写错了"教授"这个单词。尽管如此,仍然有一两个历史性的时刻十分引人注目。叶芝听说年轻的詹姆斯·乔伊斯将凭借其伊卡洛斯式的翅膀从都柏林翱翔至巴黎,于是他听从格里高利夫人的劝告写了一张便条给他示好,请乔伊斯中途停留在伦敦的时候来与他共进早餐,并承诺会将他介绍给一些文学编辑。这是叶芝表示礼貌的典型姿态,也是很不明智的带有讥讽意味的姿态,因为乔伊斯所逃避的那些事物大部分正是叶芝所代表的。傲慢而年轻的乔伊斯果然粗暴无礼地对待那些文学编辑。他问其中一位编辑是否可以为某本书写评论。这位编辑回答道,他可以将头伸出窗外,这样可以得到一百个人的评论。乔伊斯问道:"评论什么? 你的头吗?"另一个历史性的时刻是,叶芝衣冠不整地请求他的心上人茅德·冈不要嫁给粗野的约翰·麦克布赖德,这位麦克布赖德后来成为复活节起义中被处死的反叛者之一。在强烈的感情压抑之下,叶芝的拼写能力几乎彻底崩毁了,他的语法和句法也是如此,统统都瓦解成为混乱的符号指代,无疑朱莉亚·克里斯蒂瓦会对此非常感兴趣。茅德一定不能嫁给麦克布赖德,因为他是"人民中的一员"——相对于一个依靠美化民谣来谋生的男人而言,他相当富有。多年后,叶芝宽宏大量地将麦克布赖德收录于《1916 年复活节》中,尽管总是隐隐暗示他很可能要将其排除在外。

在爱尔兰戏剧运动最初的这些年里,叶芝受到了各方面的围攻——围攻来自暴躁的牧师、市侩的民族主义者、愤怒的爱尔兰本土居民、新闻界的雇佣文人和野蛮人。值得注意的是,他对此保持了冷静和宽厚的态度,仍然保持着饱满的精神,而且十分镇静,就像这些信件一样。他不断地穿梭于都柏林和伦敦之间,偶尔在格里高利夫人的库勒庄园享受一下优质的生活,他抓紧时间为那些无名的作家写下珍贵的便条,因为这些作家都将自己的作品送来请他品评,而且通常都在他的视力给他带来痛苦的时候。此卷书信集的后半部分记录了他在美国的旅行,如同他的伙伴奥斯卡·王尔德早先所做的一样,在那里他也以诗这种小玩意儿换来了本地人的亲切招待,并且使他们爱上了凯尔特式的热情。《书信集》的主编约翰·凯利可能比其他任何在世的人都更了解爱尔兰的这个文学时期,在罗纳德·斯库查德有力的帮助下,他创造了另一部学术著作,因为他有效地利用了其广博的学识,交错征引,并作了很多评注,观点机敏又有活力。这是我们这个时代文学学术研究中的一部伟大作品,致力于研究一个有着杰出才干的男人,他能用这样的语句开始一封信:"我用铅笔修改了《摩西十诫》,然后把它送回去了。"如果我们不知道《摩西十诫》是一部文学作品,也许会以为他是一位比摩西更伟大的人。

维维安·梅西耶是盎格鲁-爱尔兰文学界杰出的导师之一,他死于1989年,而他的遗孀、小说家艾利斯·狄龙,将他的一些散文汇编成了《现代爱尔兰文学:源泉和创立人》。现在大部分的学生喜欢抓住不放的是叶芝和乔伊斯、希尼和弗里尔,他们不愿意探索摩尔、摩根、马图林和曼根,那个字母总是只停留在字母表中(后四位作家名字皆以 M 开头)。梅西耶的作品涉及范围很广,从18世纪盖尔人的古物研究到"塞缪尔·贝克特和《圣经》",因此它的作品适时提醒了我们潮流的局限性。德克兰·凯伯德在序言中充满深情地写道,梅西耶是为数不多的绅士学者之一,他的作品不追求开创性的概念或者过分精细的分析。读者能从中得到的是亲切、丰富而且高雅的思想,主题中沉浸着爱,却又无拘无束,并伴着许多逸闻趣事,但是在学术上也是煞费苦心。梅西耶在 35 岁左右开始自学爱尔兰语,他的努力十分见成效,因为他对翻译盖尔语文本的探讨十分具有权威性。书中充满了小乐趣:辛格的科学背景,叶芝的幽默,拉辛对贝克特的影响,还有福楼拜的《布瓦尔和佩库歇》对乔伊斯《青年艺术家画像》的影响。此书也收有梅西耶的一篇重要文章,它讨论的是福音派教会的新教教义对凯尔特人文化复兴的影响,还有一篇关于萧伯纳的核心文章,也很有分量。在所有爱尔兰作家中,带着都柏林南区口音的萧伯纳也许是被英国文学经典利用得最彻底的一位;因此,当人们想起他是一个地道的爱尔兰作家时,就会感到耳目一新。

艾・阿・瑞恰慈

原标题为《谋杀女房东的好理由》,约翰・康斯特布尔编《艾・阿・瑞恰慈:1919—1938 年作品选》(十卷本)书评,首次发表于《伦敦书评》,2002 年 4 月 25 日。

在 20 世纪所有的大批评家中,艾・阿・瑞恰慈(Ivor Armstrong Richards)也许是最不受人重视的一位。他的作品很古怪,而且常常异想天开,有点儿生物分类学或者技术日程的味道,这和化学工程师儿子的身份很相称。从这个方面来说,大西洋彼岸的另一位兄弟可以和他相对应,那就是肯尼思・伯克。瑞恰慈的某些作品带有实验室的味道,其毫无魅力和生气可言的散文风格无疑对此雪上加霜,因为其中充满了自鸣得意的华丽词藻,他的反对者认为这是一种不可忍受的傲慢。瑞恰慈热心于宣传所谓的基础英语,试图把这种语言里的词汇降至仅仅 850 个;他也是当今全球英语教学产业的先驱。在现代语言教学方法论的领域,他发表过一些有创建性的文章,但是现在都已被人遗忘了,他还曾经在迪斯尼工作室与漫画家合作,为美国海军拟定简化语言指令手册。他组织过北美的教育家们召开一些研讨会,也曾被洛克菲勒基金会雇佣来拟定一份关于阅读实践的报告。这部精选集的编者通常并不回避对作者的严正驳斥,他把瑞恰慈的一些20世纪60年代晚期作品描述为:"头脑发热"、"精神错乱"、"救世主"。

能将瑞恰慈和其他普通剑桥教授区分开来的,不仅仅在于他曾旅居好莱坞。作为20世纪20年代早期剑桥英语学校的开创人之一,他仍然深深地怀疑英语作为一门独立学科的价值,并一度考虑去接受登山向导培训。(他极其擅长登山,在一次登山活动中,他的头发曾被闪电击中而着了火。)果然,他最后还是离开了,去了中国进行教学,就像他最著名的学生威廉·燕卜荪(William Empson)一样。他顺道走访了俄罗斯,并在那儿遇见了爱因斯坦,然后又去了日本和韩国。他那虔诚而又狭隘的剑桥同事弗兰克·雷蒙德·利维斯陪伴着他一起乘坐了横穿西伯利亚的火车,这真是让人难以想象。另外,他也在哈佛执教过一段时间。

瑞恰慈是一个无所畏惧的系统构建者,是某个领域的基础和首要原则的追问者,在这个领域中,现在和过去一样,都对反经验主义的不良行为感到愤慨。(《泰晤士报文学增刊》的编辑在其百年特刊中告诉我们,他总是自动删除评论家文章中的理论术语,如"语段"[discourse],就如同他的前辈无疑会删除"蒙太奇"和"神经官能症"这样的词汇一样。)当文学本身正处于反系统论的顶峰,成为生动的偶然事件和感官细节的庇护所时,文学批评理论怎么可能成为一个系统?当教条是它主要的批判对象时,它怎么可能会服从教条的指导?确实,这种文学观念能使但丁、蒲柏、伏尔泰、奥斯汀、歌德、司汤达和托尔斯泰感到吃惊;但是这些作家大部分都是外国人,即使别的国家可能会将文学当作一种科学,英格兰人还是喜欢以某些词汇来定义文学永恒的本质,而这些词汇只在地球一个小小的角落里流通了两百年左右。

作为不列颠第一位学术性的英国文学理论家,瑞恰慈一开始就看到,这门学科在蹒跚而行,没有停下来检验它的预设,而且十分悲惨的是,它不能证明自己的说话方式是正确的。他的目标是为文学研究的胡扯闲聊提供科学的精确性。他认为学术批评是"有害的",在1933年他写道:"对世界性批评标准来说最可怕的威胁现在刚在大学中产生。"对利维斯来说,"学术"总是一个带有贬义的词语,可是甚至是他也批评瑞恰慈是"反学术的"。瑞恰慈曾送给利维斯一张便条,恭喜他获得荣誉侍从爵位,作为回应,他收到一张没有署名的便条,上面写着:"我们带着轻蔑的感情拒绝你的任何接近。"

通常我们都认为瑞恰慈发明了"实用批评",他最负盛名的著作就是以此为题;但是实际上在瑞恰慈从历史系转过来以前,剑桥大学英国文学系就已经在运用这个理论。(他以阴郁的精确态度评论道,历史只是对"本不应该发生的事情"的记录。)实用批评也许为批评理论提供了某些分析上的优势,但是瑞恰慈,作为在"理论家"这个名称出现以前就存在着的理论家,却并不倡导实用批评。事实上,他根本称不上实用批评的倡导人。在精细阅读和其可能产生的典型谬误中,使他感兴趣的是能为成熟的交际理论提供支持的材料。他将《实用批评》描述成"在比较思想研究中所作的一种实地调查",此书隐藏着某种激进的棱角,好像是剑桥的学生作出的相当迟钝的批判性评论,而瑞恰慈顽皮地把这些学生评论为"最昂贵的教育生产出的产品"。

他坚持认为,理解交际的运作过程,与理解语法或语文学的运转,是完全不同的。瑞恰慈在"话语理论家"这个名称存在以前就已经是一个话语理论家了(尽管广义上的"修辞学"与之十分接近),对他这样一个学者而言,交际的基本单位是说出来的话语,而不是词语。在《柯勒律治论想象》中,他将柯勒律治描述为一个"语义学者",并宣布语义学将成为未来的重要科学之一。当未来的重要学科真的出现时,出现的术语却是"符号学";但是瑞恰慈对这个术语也十分熟悉,他曾在《意义的意义》一书中使用过它。另外,他在寻求一种解释理论,后人称之为"诠释学"。关于他甚至存在着一些后结构主义化的预言:他被命题的形式所迷惑,因而在《修辞哲学》中写道,我们没能领会这样一句话,即"世界——决不是一个稳固的事实存在——却是习俗的产物……这种重新发现有时是令人沮丧的,它似乎动摇了我们的根基。"

作为一个同时信奉反基础主义和实用主义的人,瑞恰慈相信,所有的理解都存在着猜测和推论,解释有无限的可能,意义不止一个,而且意义并不稳定,需要与语境相关联,语言中的隐喻一路被传承下来,还有,思维和它的运作都是虚构的。他从一开始就拒绝相信语言学的原子论,因为他提出了符号"交互激发"的概念,这是符号相互支撑的方式。怪不得他逃离奎勒-库奇的剑桥大学前往中国,也许在那儿他会发现,那个貌似是语言的东西和意义上的暧昧是分不开的,于是能心满意足地忘记起因、本质、本体、属性、偶然等形而上学的范畴。他在《孟子论心》中这样描述道,在知道一个事物是什么和显示它在道德上的重要性之间,汉语不像西方的语言那样有明显的区别,这提醒了我们,囊括万物的知识本身具有相当的重要性这样一个假设,是一个怪异的、和历史息息相关的假设。也许对中国哲学家孟子而言,重要的是话语的力量或"姿态",是语篇中目的明确的要旨,而不是其光秃秃的论述结构。我们应当根据话语的意图和影响来领会动词的形式和结构,而不是根据别的什么方式。巴赫金差不多和瑞恰慈同时发展了这样一种观念,而布莱希特则谈到行为或陈述的"样态"(Gestus,是两个词的合体:gist[主旨]和 gesture[姿态]),和瑞恰慈一样,他也被中国文化所吸引。对语言的这种观点以及这种类型的语言,在传统上被称为"修辞";瑞恰慈是一个修辞学家,在这里,"修辞学家"这个词既是从深刻的、广泛的意义上来讲的,也是从更狭窄的、操控的意义上来讲的。

对于瑞恰慈以及后来的燕卜荪来说,意义的含混性还是一种经过编码的反沙文主义。能够兼容不同的意义,就意味着对多样文化的开放态度。燕卜荪继承了其老师的某种精神,傲慢而又怪异,还有其多疑、乖戾而且极其理性的思维,尽管他的批评伴有混乱和前后矛盾的毛病,可是它们确实具有推动力,生气勃勃,这些是瑞恰慈永远也做不到的。从某些方面来看,燕卜荪是修剪过的瑞恰慈,尽管他同样也是一个古怪的人。这两个人很像 20 世纪早期英格兰吸引来的移民艺术家,他们很了不起,见多识广,足以戏弄西方那些自命不凡的权威。也就是说,意义的含混性与人类学结合在一起:马林诺夫斯基为《意义的意义》贡献了一则附言,瑞恰慈在他的《文学批评原理》中写到了价值的极端文化相对性。他迅速认出了学术心理的欧洲中心论,并在他的孟子专论中推测,也许孟子有一整套不同但是有效的观念模式。

对瑞恰慈而言,理论是简化论和固执死板的敌人,而不是它们的化身。要坚持你自己的思想,而不是训导出来的思考,这是一种普通常识。即使瑞恰慈提倡严谨,那他也是打着不严谨的旗号,凭着更好地鉴赏复杂性和灵活性的名义,凭着更好地鉴赏他所谓"多重定义"的名义,而同时,公共空间的常识固执地认为,每一个词语都有一个固定的意义。瑞恰慈终于不再考虑任何先验原则在文学作品中的简单应用,而开始认为这只是一个感觉和评判的问题。他远没有,比如说克莱夫·斯特普尔斯·刘易斯(C. S. Lewis),那么教条化。刘易斯曾将瑞恰慈的《原理》作为枕边书交给瑞恰慈自己,并附上尖刻的评论:"这是一本可以令你马上入睡的书。"诚然,瑞恰慈比刘易斯抽象得多,但正是这种将自己从社会状况中抽象出来的力量,使得他更具有适应性,更有进取心。

瑞恰慈和刘易斯之间的争论,实际上是关于击败科学还是加入科学的争论。美国新批评学者在这方面做到了两全其美,将讲究实际的分析和精神上的感觉相结合。诗歌是可供考查的对象,是由张力和极性组成的紧实结构,但是这也赋予了它意义不确定的特点,使之带有超验的,甚至神学的寓意。瑞恰慈关于现代文明的观点是冷酷的,但是讽刺的是,他认为基于科学之上的批评学和心理学,能阻止科技社会对我们产生最低劣的影响;换言之,引用他的古怪说法,能将我们隔离在"影院和喇叭最邪恶的可能性"之外。在他的价值理论中,他表现出了某种边沁式的功利主义。而利维斯则谴责了"技术-边沁主义"文明,这种文明似乎包括了从吹风机到氧气帐的所有事物。另外,他还鼓吹伪超验主义的人文精神。然而瑞恰慈关于喇叭的评论完全是利维斯式的,这两个人一致认为在准则倾斜的机械化世界中,艺术不仅仅是最深刻的人类价值宝库,而且其影响可以拯救社会。瑞恰慈在《科学与诗》中以预言式的阿诺德风格观察了诗歌,它"能够拯救我们;它极可能是战胜混乱的一种方式"。

两个批评家为了不同的理由坚持相信艺术和普遍经验之间存在着某种连续性,他们都藐视美学是一个专门领域的想法。然而,对瑞恰慈来说,科学和技术在此是一种支撑,而艺术只不过弥补了情感的不足。因此它的作用是表达感情而不是获得认知;确实,这种美学的情感主义仅仅是他的实证主义的另一面。实证主义将价值从物质世界中驱除出去,却又总能再将它扮作一种精神安慰的形式,从美学的后门偷运进来,所付出的代价只不过是否认艺术在认知上的能力,然而讽刺的是,它因此也失去了与美学并驾齐驱的地位。相反,利维斯拒绝接受实证主义对知识的垄断;对他来说,艺术和地质学一样是一种知识模式,而不仅仅是提升或改变我们感觉能力的工具。这两个人对批评的地位的看法也不一样。瑞恰慈鄙视英语作为学术主题的地位,他抛弃了这个领域,开始研究语言哲学。在这一点上来说,他和维特根斯坦类似,后者后来为了戒掉一种令人上瘾的危险哲学,笨手笨脚地作了许多失败的尝试。因为当时的批评和哲学不能为瑞恰慈提供任何帮助,于是他转而研究起了心理学或者人类学或者古代中国,他还研究起了柯勒律治,因为在柯勒律治进行创作的那个时代,艺术尚未迈进理想主义的领域,而哲学也尚未堕落成实证主义,艺术和哲学仍可以很有成效地相互影响,从而孕育新事物。相对地,对利维斯来说,英语是整个学术事业中极其重要的核心。

当瑞恰慈的科学心理学被称作心理主义时,可能就显得不那么仁慈了。他认为,意义是心理运作的一个过程,而不是用符号做事情的一种方式,这个学说和他的实用主义不太一致。也许他会突然产生这样的想法,是因为他对行为主义(在哈佛时他是斯金纳[B. F. Skinner]的同事)的反对,然后又错误地以为,这种心灵主义是唯一可以替代行为主义的选择。当谈到话语,他要求我们不要听它说了什么,而要注意说话者心灵的活动。但是除了简单的重复之外,我们很难知道如何描述诸如"他离开了,还在它上面涂抹了芒果酱"或"你仍然没有为平静的新娘着迷"这些话语背后的心灵活动。他认为,思想是一种"心境指示",这个观点后来被维特根斯坦推翻了。按照康德的思路,他主张,关于诗歌的陈述其实私底下都是关于其读者的陈述,这个观点使他成为接受理论的先驱,也使他成为了原记号语言学和后结构主义的学者。

尽管瑞恰慈厌恶经验主义,但他仍困于古典经验主义信仰中,认为成功的交流行为——比如说"理解"一首诗——在于将一种完整的心灵体验从一个人脑中完全传送给了另一个人。要使我的这句陈述"就把它放在桌子上"有意义,就要在我说出这些词语的时候,在你的思想中重组我所拥有的这些感官上的复杂经验,还要完整地保存其独特风味和复杂浓度。根据这种观点,意义是思想的一种状态,而不是一种社会实践。它认为,如果完全没有这样的经验,我就不能表达或理解这些词语,或者说,即使当这些词语被说出来时,我的脑海中确实有一些古怪的火花闪现,但是在逻辑上,它们仍然是话语意义的一部分。如果意义在本质上是公共的,受规则的限制,那么我在读《金银岛》时总会将朗·约翰·西尔弗想象为我祖母的独腿版本的事实,就只能使我的精神治疗医师和我自己感兴趣。瑞恰慈的这个想法被词语"经验"困扰着,他诱导我们根据感觉行动仿制非感觉的行动,似乎阅读一首诗与精神错乱地每三秒嗅一下鞋油相类似。他本来也对维特根斯坦的一个观点感到困惑,即意图并不是一种经验,或者对某个作家的主张感到困惑,即他或她并没有"体验"任何事,特别是在写作的时候,或者,也许同时感受到了许多迥然不同的、不合逻辑的事情,又或者,除了写作本身以外没注意到其他什么事情。

瑞恰慈关于交流的理论并不完美,在表面上看,其在理解诗歌上似乎更可信,因为诗歌的语言常常(尽管绝非总是如此)有着复杂的感官美,而且有浓厚的质感;但是这个理论在其他方面仍然是错误的,它臆想着,当我读着"久久不能入睡"时,我感受到的意义是我拥有的一套心灵图像,或者是我完成了一个心灵过程。这是后浪漫主义文学作品特别容易犯的错误,因为它们乐于刻画生动的细节。不支持这一理论的一个坚强理由是,你很难知道弥尔顿在写《失乐园》时的"初始经验"是什么,因此也很难知道你是否在自己脑中正确地重新构建了它。你所拥有的是大量读者对此诗的"体验",在这种情况下,你就面临这样的危险:有多少读者,就有多少个《失乐园》。瑞恰慈承认,现在的我们已经无法得到诗人的"初始经验",因此"初始经验"可以被描述为所有不同读者对它的体验的总和。但是像他这样一个执迷于秩序的批评家,显然需要避开此处在认识论上的周期性混乱;所以他补充说,唯一有效的读者版本,是那些与作者的经验没有太大分歧的版本,尽管他刚刚告诉我们作者的经验是无法得到的。

再者,对瑞恰慈来说,像美感这样的品质,不存在于纸面上的词句当中,而是存在于我们对词句的反应中。但是如果你想和斯坦利·费什(Stanley Fish)这种人一样,声称在这个问题上,纸面上的词句完全没有发言权,那么,在逻辑上你完全无法谈及反应——因为你不能回答这个问题:"你在寻找的美是什么?"你的经验只不过是某个艺术作品的经验,就好像你估计自己会胃疼的时候就真的胃疼了。瑞恰慈自己谨慎地避免使文本完全蒸发至读者脑中,他用心理学术语声明,诗歌是我们美感体验的起因。但是这和我们说诗歌是美丽的时候表达的意思一样。没有多少批评家认为，美存在于诗歌中这句话的意思，其实就是杰弗里·阿切尔在狱中。没有解说者就没有美、妒忌或痛苦，但这并不意味着描述一首诗就是描述其解说者。没有解说者也就没有银行抢劫犯，但是如果一个抢劫犯宣称其罪行全都发生在脑海中，这在法律上将是非常拙劣的辩护。由于瑞恰慈坚持在文学心理和真实生活的心理之间有一种连续性，因此他对文学中各种情况的主张可能对于非文学的情况来说也同样适用，在这种情况下，关于距离仅两百米开外的敌方飞机的命题，其实也是关于我们而不是关于飞机的命题。认识论中有一种怪异的自我陶醉，在它看来，对世界的所有说明都间接地说明了我们自己。然而，那些貌似能对诗歌美起作用的东西，当被应用到长圆形或者有毒的事物上时，似乎就不那么有道理了，尽管这两种品质显然也需要被解释。

瑞恰慈对信仰在文学中的角色问题，持一种矛盾的观点，而在艺术方面他有着康德式的看法，这和他的矛盾观点是密切相关的。在这套书第十卷《艾·阿·瑞恰慈和他的评论者》中记载了这一点，还有关于其作品的其他批评性讨论，这是十分珍贵的。文学中的信仰实际上是被瑞恰慈称为"伪陈述"的东西，评价它们并不是为了辨别其真伪，而是为了辨别它们在组织我们的情感时所起的实际作用。但丁是否真的相信上帝，或者读者是否相信上帝，这些都不重要。重要的是，这种信仰是否在情感上实现了某些事。这再一次表明，那些看起来是对客体的关注，实际上却是对主体的关注。这个讨论诗歌和教旨关系的理论不怎么可靠：的确，我们不需要成为托利党人就能津津有味地阅读《愚人志》，也不需要成为盎格鲁天主教徒就能欣赏《四个四重奏》，但另外一个事实也同样成立,即文学中那些愚蠢、邪恶或明显错误的信仰,不管它们是被真心地信奉着,还是仅仅是创作者的一种策略,都可能破坏我们欣赏文学作品时的愉悦。同样的,瑞恰慈认识到,文学话语根本不是实际的命题,即使它们碰巧根据经验主义来说是真实的;但是他并不承认,实际的误差或者明显荒谬的信仰能彻底破坏审美效果。如果一个现实主义人物从巴黎来到柏林只用了三分钟,那么我们必定会对这个人物的真实性产生怀疑。

在意识形态理论中,伪陈述的观点可以相当行之有效。"查尔斯王子是一个努力工作的人,而且样子并没有丑得可怕",这样的陈述也许在经验上是真实的,但是这并不是要点所在。这种陈述的力量通常是用来支持一系列情感态度,如"皇室是了不起的"。即使备受争论的命题被发现是伪造的,它也能被另一个命题代替,而且这个过程并不会从整体上破坏这些态度网络。这是意识形态如此抗拒理性辩驳的原因之一:如同评价康德的言论"这是崇高的",意识形态也包括了某种言论,但这种言论只在其表面的语法上是有建设性的。这不是说,意识形态仅仅是主观的,和对康德的美学评判没什么两样;但是这也不是说,这两者表面上描述的世界和这两者本身就是完全一致的。

瑞恰慈创造了一种强有力的自然主义价值理论,在那样一个直观论、秘密宗教等思潮盛行的时期,这是一个十分大胆的尝试。艺术的价值在于,它有能力来平衡和整理我们极其难以控制的心理冲动,将我们的欲望或"本能"组织成为最完整、最丰富,也是最连贯的情态。因此在表面上他从某个事实中提取出了一种价值,因为他声明诗歌可以做到这一点,这既是对它的描述,也是一种评价。我们一旦解决了交流的问题,他就以古怪而又漫不经心的态度宣布,价值这个问题或多或少可以进行自我处理了。

价值理论起初是功利主义的。每一个人类主体都可以说是一种微型的自由政权,如果它想发挥自身最大的功效,就必须在其矛盾倾向之中创造出平衡,就如同自由政权可以在个人福利的竞争性观念中保持中立。不管在艺术还是生活中,任何事物都是有价值的,这既可以满足某一个本能欲望同时又不会破坏另一个更重要的本能欲望。瑞恰慈意识到,除非他成为超验主义者或直观论者,否则"重要"这个定义就必须被限制在他建立的这个系统之中;所以他认为,一个重要的冲动有这样的特点:如果它受到挫败,那么就会破坏其他的冲动。在这个假说中我们很难理解的是,如果压抑这样做的欲望会使人陷入精神的混乱,那么谋杀某个女房东的行为为什么还会令人反感。和自由政权的模式一样,瑞恰慈在此需要说明的是,一个人欲望的实现可能会在多大程度上牵涉到对其他人欲望的破坏,比如说女房东通过活着来实现自己欲望的权利。但是,尽管瑞恰慈偶尔在这方面有所表示,他的模式还是太过于个人化,而不能顾及这种社会维度。而且,它还很容易受到道义论的影响,后者认为,有些欲望就是败坏的,不管它们有没有阻碍别的欲望,自己的或他人的欲望。杀死一个小孩子也许会增强周围人的本能欲望,可是即使如此,很多人还是会认为这种行为令人反感。

于是,价值变成了"一个组织的问题","如果各种思想状态是想要减少浪费和破坏的,那么它们通常都是有价值的"。瑞恰慈是一种心灵上的官僚主义者,他是一个作家,但有时听起来更像一个垃圾处理官员,而不是一个批评家。在边沁和佩特的奇异交叉点上,价值就是节约,它要以最少的牺牲或削减,实现尽可能多的冲动。从亚里士多德到诺思洛普·弗莱(Northrop Frye),瑞恰慈和几乎所有批评家的批评一样,作出了形式主义的假设,即统一和一致本身都是美德,是他的系统预想好的一种价值判断,是不需要加以说明的。只是他用了更现代的神经病学上的说法,代替了传统的浪漫派整体主义。他在英格兰写作,而英格兰彻底地与激进的现代主义相隔离,这种理论下产生的艺术作品可能会颂扬矛盾对立、不和谐和未完成性。如果英格兰不是如此,他也许会停下来重新审视这个陈腐的概念。和许多自由主义者一样,他假定矛盾本身就是破坏性的。

如果诗歌是重要的,那也是因为它代表了最微妙、最经济的人类冲动机制。因此瑞恰慈可以实践他的"科学"自然主义,同时又不会对浪漫派的精英主义造成任何伤害:只是诗歌不再是心灵中最梦幻的事物,而成为神经病学中最健康的事物。他受到钦佩是由于他的正常性,而不是由于他的古怪性。作为心灵中公正的平衡力量,艺术的学说通过使他们和敌手保持均衡状态,调和了破坏性的党派利益关系,并从阿诺德退回到希勒。但是,鉴于现代生活以其反应的脆弱性、嘈杂的干扰和经验的极度贫瘠已使我们失去了平衡的良好状态,艺术的学说现在就必须增添一个科学的基础。因此,瑞恰慈成为众多批评家中的一员——瓦尔特·本雅明也许是其中最著名的一位——这些批评家记录了资本主义时代晚期经验的消亡或资产阶级内部的衰落。和利维斯一样,他推测我们可以通过细致阅读多恩和霍普金斯,来阻挡工业、技术和大众文化的影响;本雅明的期待则没有那么乐观。诗歌将拯救我们的想法,是问题的一部分,而不是解决的方法。

然而,文化完全没有它表面上那么沉着、公正。对阿诺德来说,一种沉思的美学整体性现在必须立即将自己转化为社会行动,尤其是如果它本身要生存下去的话；可是社会行动无法避免党派偏见，这似乎又背离了人类的和谐，而人类的和谐是其社会行动的初衷。和维多利亚时代的前辈一样，瑞恰慈是一个道德学家、教育学家、社会改革家，同时也是一个哲人式的批评家，对他来说，为了非常利己的理由，诗歌必须将灵魂的无私传授给大众。他评论道，那些没有受过良好教育的人正"处于混乱之中"，因此他们会在政治动荡的时代对社会稳定构成威胁。如果他对修辞学感兴趣，和认知的言论相比更喜欢有说服力的言论，其原因之一也在于他受到了这样一种观点的吸引：为了社会控制的需要，文明操控大众心理是必须的。

在他那个时代的欧洲文化中，这并不是一个新奇的主题。在瑞恰慈保守的空想计划和德国以及苏联的左派先锋主义之间，有一些模糊的对应，后者为了新的分配，也在艺术中找到了相似的机会，认为它可以去重新教育人类情感。社会主义同时要求文化上和政治上的革命，还需要新人的构建。所谓新人，他们的理解力和反应都是为了适应行动、团结以及都市体验的潮流。瑞恰慈警告我们，未来的人类思维将会更加多变，更具有暂时性，更加散漫，这使得我们已知的诗歌式的那种精神治疗和心理卫生，变得更加紧迫和重要。

那么，平衡最终是为政治宣传服务的；而瑞恰慈关于艺术的情感理论重新定位了我们的反应，其从一开始就为政治宣传这个目的提供了帮助。当然，这并不是说他像无产阶级文化（Proletkult）或艺术左翼阵线一样，接受了一种明确的说教式的艺术观。相反地，他的观点的好处是，说教性存在于公平无私中，因此他可以同时避开唯美主义和工具主义。和理想化的诗歌一样，我们通过成为终极完美的人类，来实现理想的政治状态，也因此变得更具有工具性。也许当瑞恰慈对

"影院和扬声器更邪恶的可能性"完全不感兴趣的时候,他就不再是他自己了;但是他仍是一个有着非凡抱负和创造力的批评家,这套美观大方、精心编印的瑞恰慈作品选的出版,是一场重大的思想盛事。

法兰克福学派

原标题为《在模糊地带》,罗尔夫·维格斯豪斯著《法兰克福学派》书评,首次发表于《伦敦书评》,1994 年 5 月 12 日。

曾经有一个国王,他察觉到了自己所有的痛苦,并为此而苦恼。因此他召集了智者,要求他们探究其中的原因。智者充分地调查了此事,向国王汇报说,所有这些痛苦的起因都是他自己。贝托尔特·布莱希特就 1923 年法兰克福社会研究所的成立写了一篇寓言,其内容就差不多是这样。这个研究所是一个马克思主义研究中心,资助人是一个富有的德国资本家。大体来说,英格兰人对任何思想流派都抱有相当的敌意,因为他们觉得这些留给那些过于讲求概念的欧洲大陆人就好了。这是英格兰文化评论中比较乏味的陈腔滥调之一,即任何特定学派都只不过代表了一种情绪,而不是条理清晰的学说,是对形形色色的个人进行的分类,而不是一个统一的信仰系统。法兰克福学派,就是社会研究所后来的名称,其兴趣确实很广泛,从勋伯格到剩余价值,从精神病到资本主义法则,从波德莱尔到资产阶级理性,都有所涉及。但是这些都被修正马克思主义的旗号统一起来了,这就是我们所知的批判理论;它在魏玛共和国诞生,后来踏上了前往纽约的航程,战后又再次回归法兰克福,不管怎么样它顽强地坚持了下来,即使它的存在始终处于动乱之中,经历过法西斯的出现、社会主义的失败、第二次世界大战和紧跟其后的空想主义的冻结。

在布尔什维克革命和欧洲起义令人陶醉的成果之中,在乔治·卢卡奇开创性的《历史与阶级意识》出版的那一年,法兰克福研究所成立了,它的第一个任务就是发扬马克思科学不屈不挠的品质,致力于革命性地推翻资本主义。这个事实值得我们回忆,因为批判理论后来变成了一种柔和的马克思主义流派的代表,它敦促文化和意识在言论上去反对粗暴的经济简化论。卡尔·格伦伯格,研究所的第一任所长,把从资本主义到社会主义的转变视为科学上必然会发生的事,他曾与莫斯科的马克思-恩格斯学会密切合作编写了《马克思恩格斯全集》。在他的主持之下,研究所收集了许多关于劳工和社会主义历史的珍贵文件,出版了两部马克思主义经济分析的经典之作:亨里克·格罗斯曼的《资本主义制度的积累和崩溃的规律》,以及弗里德里希·波洛克的《苏联经济计划实验》。到那个时候为止,其侧重点与第二国际时期的马克思主义还是完全一致的:同样讨论经济,遵从决定论,坚持工作方法上纯正的唯科学主义。

转折点出现在 1930 年,那时马克斯·霍克海姆被任命为格伦伯格的继任者。霍克海姆是一个哲学家,而不是政治科学家,他更专注于方法的疑问,而不是阶级斗争的问题。所以研究所的研究对象现在非常审慎地被宣告为:"人类所有的物质和精神文化这样一个整体";

于是学派就在实证主义和理想主义之间,沿着一条稳固的航线行驶,并将讲求经验主义的社会调查全面融入政治理论中,而这个政治理论同时受到了黑格尔和马克思的影响。在希特勒上台前那段短暂的时间里,霍克海姆的身边聚集了一群才华横溢的年轻知识分子,其中赫伯特·马尔库塞和西奥多·阿多诺后来成为最知名的两位。研究所的许多成员都是犹太人,所以1934年他们迁往美国,作为哥伦比亚大学的附属机构安家落户,但仍处在霍克海姆的权威领导下。在德国时,因为迫于当时越来越黑暗的形势,研究所已经显示出从阶级斗争向普通评论退却的迹象;现在,他们逃亡到了一个极度仇恨社会主义的国家,因此不得不重新调整其唯物主义的风帆,顺应主流的保守风向,现在他们进行的社会学调查在早前也许会遭到他们自己的谴责,会被称为实证主义。

这倒不是说它的主要人物对资本主义的敌意逐渐消退了。《启蒙辩证法》发表于第二次世界大战开始之初,在此书中,霍克海姆和阿多诺描绘了一个荒凉暗淡的世界,工具理性几乎完全控制了它;他们还描绘了一种迫害妄想狂式的逻辑,它要么残忍地吞噬任何异己,要么将异己从思想的疆域中驱逐出去。如果想实现人类自治的目标,将这个物种从神话力量的统治中解放出来,支配自然就是必需的,但问题是现在启蒙主义理性本身已经变成了某种形式的神话。为了操控自然从而设法解放其本身,人类压抑了其内在天性,所以后来这种压抑转过头来,以法西斯主义这种野蛮的、非理性主义的形式开始对人类进行报复。战后,它又以另一种形式回敬我们,那就是文化产业凭借错误的感官享受和伪造的幸福,对欲望进行的操控。要想使人类主体得以自治,就要使其法律实现内在化,但是现在这一点表现为惩罚性的超我形式,简单地从内部压抑了主体,因此任何抵抗权威的冒险都隐藏着对审查官的屈服。如果从自然手中夺取自治的斗争必须伴随着自我压抑,那么在一个可悲的悖论中,在这个过程中解放出来的个体都是缺乏个性的,就像可互换的符号,失去了所有内在的丰富性。

然而,要站在何种优势地位上,霍克海姆和阿多诺才能作出这些崇高的评判呢?启蒙主义的批评必须通过启蒙主义的语言来表达,所以这种批评是自我颠覆性的。如何进行反概念的思维?如何从内部摧毁流行的合理性思想,但同时又能不使其走向蒙昧的无理性思想,或者说,可怕的他者?阿多诺此后将会在其"否定的辩证法"哲学体系中着手解决这些问题。他认为,思想是一种"同一性思维"——这种信念认为,概念和客体可以是同等的,因此也穷尽概念的感官存在。因此它是精神上的商品交换,而这对马克思来说,也意味着对事物使用价值的否定。相对而言,否定的辩证法则设法抓住概念遗留的感官残余,迫使特性、非同一性和矛盾去反对抽象理性的傲慢自大。

结果,社会在整体上转变了观念,而阿多诺和他的朋友瓦尔特·本雅明曾共同致力于这种转变。本雅明将马克思主义、超现实主义、犹太教神秘哲学、弥赛亚神学和先锋美学混合在一起,这是相当惊人的,他是多产的犹太教-马克思主义思潮的一分子,而这种思潮也打造了霍克海姆和阿多诺。本雅明同时也是法兰克福学派的成员,但是他特立独行,因此学派拒绝出版他的一些关于波德莱尔时期巴黎的伟大作品。这对本雅明来说很悲惨,因为那个时候他正在流亡之中,很可能用光了身上所有的钱了。通过和本雅明的合作,阿多诺孵化出了"星丛"的思想——这其实是一种研究方法,用以研究艺术作品或各种社会形态,它拆毁了它们的基本元件使之成为单个要素,然后在新的结构中将单个元素进行重组,这和蒙太奇的手法很类似。一种超现实主义社会学产生了;一种关于整体的观点被保存了下来,但是这种观点以黑格尔的方式,拒绝将整体归纳为一个单纯的决定性原则。所以,在关于巴黎拱门的作品中,本雅明将零碎的建筑知识和弗洛伊德的思想碎片并列在一起,把波德莱尔创造的意象和散乱的历史统计资料并列在一起;因此,阿多诺的散文风格陷入了长期的危机状态,一边要奋力摆脱个别对象的纯粹"直接性",另一边还要摆脱专横的通用概念。如果说阿多诺创造了一种现代主义理论,那么本雅明也写出了一种现代主义者的理论,这种理论难以捉摸的迂回间接性质疑了工具理性的运作过程。

对阿多诺来说,最重要的是可以实现他的思想的现代主义艺术作品。这种艺术的成功和痛苦都在于,它永远不能和自身保持一致——尽管它也许可以努力使其各种元素保持和谐,可是它也知道,在一个有奥斯威辛集中营存在的历史中,任何空想式的分解都必定只是一个具有侮辱性的幻想。现代艺术背弃了社会,而这种拒绝与堕落的人类环境产生任何瓜葛的行为,既是其罪行的根源,也是其至高无上的政治成就的根源。卡夫卡或贝克特的艺术是对社会真实的"消极理解",体现了其结构最深处的矛盾,并通过对统一的否定提醒了我们,要在历史中达到这样一种和谐,什么才是必须的。当代艺术作品通过粗暴地切割统一的实质,揭露了目前社会生活的统一只是一个谎言。现代艺术——和别的东西一样也是商品——寄生于它唾弃的这个社会;它的存在是痛苦的,也是自我分裂的,但这正是它内化这个难以忍受的环境的方式。它的自主是孤僻的,将它塑造成了某种神物;但是它也为我们提供了一个空想世界的脆弱镜象,在那个世界中感官特性最终将会获得应得的认可。因此在通往几乎完全抽象的、受管制的世界的路上,现代艺术代表了最后的阻力。这样看来,资本主义将会受到更多来自勋伯格的反击,而不是来自社会主义的反击;法兰克福学派自《资本主义制度的积累和崩溃的规律》以来已经走了很长的一段路了。

然而,资本主义也走了很长一段路。它不再只是一种经济体系,而是一种已经渗入到了人类灵魂最深处的体系。也许,只有这才能解释它非凡的持久力,足以熬过一个充满了战争和革命的时代。使它幸存下来的是性本能的投资和金融的投资,以及它操控人类幻想和欲望的能力。资本主义幻想的第一个伟大系统诞生得非常迅速,并带有使阿多诺着迷的高度现代主义精神。现代主义艺术首先是对大众文化出现的战略性回应;阿多诺曾写过一段名言,指出现代主义艺术和大众文化是把作为整体的自由撕裂而成的两个部分,而这两个部分相加却并不等于完整的自由。大众文化生产的虚假和谐越多,现代主义在异常与不和谐的世界中就陷得越深;人民的文化受到商品形式的侵犯越严重,现代主义作品对任何与社会性一样肮脏的事物所表现出来的背弃就越轻蔑。古典艺术作品与它的观众之间存在着某种秘密契约,因为它们利用了一套假定可供分享的符号;在电影和流行音乐的世界里,现代主义文本发现它自己只能在黑暗中发言,丧失了受众,因此被迫无休无止地开始了与自身自恋式的对话。“大众”作品进入人们视听的方式越是不痛不痒,高尚艺术对过于轻易的消费就越是排斥,越是要使自己的质地厚重,使句法错乱,使视觉碎片化,使意义被彻底摧毁。以一种合理而又清楚的方式来说,高尚艺术想要说清楚自己和大众文化的关系,就是要成为围绕在它周围的那些堕落话语的直接同谋。既然将它与这些话语联系在一起是它的内容,那么内容就必须被清除和缩减，直至除了病态的纯净形式以外，再没有留下任何其他的事物。

而法兰克福学派首次严肃地将注意力转向大众文化，成为今天所谓文化研究的起源。对阿多诺来说，大众文化的目的只不过是为了减轻劳苦；但是它也将统治着资本主义生产的交换流程和机械化流程带进了娱乐领域。现在，文化生产在历史上第一次成为资本主义经济这个整体的必要组成成分，因此它再也无法扮演其作为批评者的传统角色。作为替代，它现在生产知觉假象和普遍幻觉，劝说我们相信理想社会已经来到了。但是对阿多诺的同行赫伯特·马尔库塞来说，这样的评价也差不多同样适用于高尚文化。以阶级为基础的社会所生产出的艺术作品，通过超越压抑的现在，给我们留出空间来想象它的替代品；但是在扮演理想主义这个角色时，它们也将当前的矛盾升华成为一种似是而非的和谐，从而抑制了不自由的历史，但是它们的根源却是在这历史之中的。在这样一个可怕的悖论中，文化虽为我们提供了自由和幸福的滋味体验，但却只有在自由和幸福缺席时这样的文化才能得以存在。如果这种自由和幸福在历史中真的实现了，那么我们所知道的文化将不复存在。

法兰克福学派的诞生仅比法西斯精神病开始控制德国民众早十年；因此，毫无意外的，他们的许多作品处于马克思主义和精神分析之间的模糊地带。在逃亡时期，研究所主导了关于反犹太主义和专制型家庭的许多心理学研究，试图寻找政治权利在人类精神上留下烙印的方式。在一次大胆的尝试中，西奥多·阿多诺将弗洛伊德学说应用于大众文化；但是学派中主要的精神分析理论家还是埃里希·弗洛姆和赫伯特·马尔库塞，前者实践着一种社会化形式的弗洛伊德学说，将文化提升至生物学之上,而后者更关注要如何驾驭弗洛伊德的本能理论,使其转向革命性制高点。在《爱欲与文明》中,马尔库塞接受了弗洛伊德的一个论题,即到目前为止,所有的文明中都包含着压抑;但是他认为,资本主义还包含一种"过剩压抑",它通过耗尽人类的情欲本能,使人类在爱欲的老对手——死亡本能,或者说死亡冲动——的攻击之下显得更为脆弱。社会主义则废除了人为造成的短缺,从而消除了劳动的强制性,通过这两个手段,它将消除压抑,将快乐的本能生活解放出来,将情欲的能量从它们生殖的限制中解放出来,并将它们散布到整个社会活动中去。

对后来的法兰克福学派来说,这是最不典型的空想主义幻想。在《单向度的人》中,马尔库塞插入了一段更具有真正法兰克福学派作风的话语。他主张,战后的资本主义已经设法将它的矛盾控制在了平稳的社会秩序中,其中所有的批判性思想的痕迹都已经被清除完毕。在一个"压抑的去崇高化"世界中,人类的能量不再(如同在一个极端拘谨的资本主义世界中)偏向"更高的"目标;相反,它们可能通过琐碎的、在政治上无伤大雅的途径,安全地被释放出来。和某些法兰克福学派的同僚一样,马尔库塞将西方资本主义看作一种根本上的极权主义政权。经历过法西斯的噩梦之后,他们现在将那种社会秩序投射在美国的自由资本主义制度上,并在其文化产业中发现了最刺眼的实例,那就是其文化产业具有处理和柔化社会矛盾这种据称无所不能的本领。在社会进程中,古典马克思主义信仰被果断地抛弃了:因此阿多诺沮丧地评论道,世界上不存在可以从野蛮状态延伸至人道主义的历史,却存在着从弹弓通向兆吨炸弹的历史。学派的成员们都遭受过纳粹的折磨、大屠杀的压制,还有对战后美国守旧势力的厌恶,他们渐渐感到了幻灭。在阿登纳政府善意的资助下,研究所于 1950 年回到了法兰克福,但是那时的它仅仅是从前自我的一个幽灵。霍克海姆成为资本主义厚颜无耻的辩护者;马尔库塞继续留在美国,享受着南加州的美好,一个革命者最终在伟大艺术的卓越中找到了越来越多的安慰。西奥多·阿多诺忍受了与德国学生运动的屈辱对抗,后者谴责他是一个纸上谈兵的激进主义者。学派的衣钵后来传递给了尤尔根·哈贝马斯,他是达累姆马克思主义的主教,以成为一名信仰者而感到自豪,但是对教义中的每一个主要条目都十分挑剔。

到目前为止,对法兰克福学派最详尽的研究是马丁·杰伊的《辩证的想象》,与作者的大部分作品一样,这本书的描述是精湛的,可是没有讨论任何一个事例。罗尔夫·维格斯豪斯的《法兰克福学派》也是如此,它更像是一本传记而不是评论。但是在这本不朽的学术著作中,仅是注释和参考文献就占了一百多页的篇幅,为我们提供了该研究所的最权威历史,这本书的地位是无可取代的。杰伊只讲了截止到 1950 年的部分,而维格斯豪斯本人作为法兰克福学派的学者,将故事延续至现在,他与研究所的前任和现任同事进行了讨论,从中受益颇丰,因而得以在书中补充了许多新的档案材料。结果,这本书极好地作了相当详尽的研究,挽救了研究所,使其没有被单纯地分类为思想史的一段插曲,而坚定地回归到它的政治和历史环境中去。维格斯豪斯有着高超的技巧,能将历史信息和思想见解交织在一起;如果他的书中有一处错误,那也是因为对他而言,描写比分析重要得多,而分析又比评价重要得多。他视研究所为一种集体现象,这是非常恰当的,但是这样做的结果是,我们几乎无法获知其中任何一个理论家的观点概要,对他们所做的延伸性评价就更少了。我们很难知道维格斯豪斯究竟是如何考虑他的主题的——比如说,研究所对政治斗争的那种贵族般的淡然态度,刚开始进入该体系时究竟达到了何种程度,又比如说,历史将会责难他们到何种程度。法兰克福学派是多个理论家寻求某种实践的一个传说;在这个意义上来说,它就像一个 20 世纪马克思主义整体命运的寓言。它是马克思主义从古典转向佩里·安德森所描绘的"西方式"的关键时刻,也是从政治到文化、从革命的乐观主义到集体的忧郁症,从唯物主义科学到对传统哲学的依赖进行转变的关键时刻。维格斯豪斯的学术探测器太过于靠近他的研究材料,致使他不太能虑及此种猜测,但是他凭着日耳曼人的一丝不苟的态度,极其公正地对待了这些材料,而且这些材料后来被迈克尔·约翰逊译成了明晰的英语。他甚至挖出了埃里希·弗洛姆祖父的资料:他的祖父愿意终日坐在自己的小商店里,沉浸在犹太教法典之中,每当有顾客光临,他就会问他是否能去别的商店。如果你想对法兰克福学派有所了解,最好读一读这本书。

托·斯·艾略特

原标题为《眉来眼去》,詹森·哈丁著《"标准":战争期间不列颠的文化政治和期刊网络》书评,首次发表于《伦敦书评》,2002 年 9 月 19 日。

托·斯·艾略特的《标准》杂志的开办时间相当短暂,仅从第一次世界大战爆发后不久存活到了第二次世界大战前夕。或者,如果你喜欢另一种说法的话,也可以说是从艾略特一个主要的消沉时期持续到了下一个。实际上,这两种计时方式是相互关联的。1921 年,由于艾略特精神崩溃,为拟出版的杂志提供资金的商业谈判不得不暂停;正是在养病期间,他创作了《荒原》。尽管精神崩溃与他不幸的婚姻有很大关系,但这也反映了战后文化危机的某些方面,而《荒原》本身就是这种危机的症状。19 世纪的古老学说——浪漫的人文主义、自由的个人主义、社会进步的梦想——仿佛都未能在索姆河战役中幸存下来;而艾略特和他信奉欧洲现代主义的伙伴们一样,对这种精神上的废墟感到沮丧。尤其重要的是,这使他们都面临着这样一个问题:在丧失了供给营养的传统遗产之后,自己要如何写作?

但其实艾略特从未相信过自由主义、浪漫主义或者人文主义,他受到了社会剧变的激励,也得到了来自其中的警告。把他送进疗养院也许有所帮助,可是这也使他开始思索一个建设性的解决方法。如果说文明藏于废墟之中,那么这也就意味着我们有一个重要的机会,可以清除这一堆破碎的意象,然后重新开始。或者更确切地说,带着那些过去的美好事物重新开始,走向一个古典、有序、和传统紧密相连的过去,再也不用担心那些肮脏的信仰,包括无政府的主观主义、自我表现的人格、经济上的不干涉主义、新教的"灵光"和布尔什维克的颠覆活动。艾略特本着骑士公正精神,在"辉格党原则"的名义下,将所有这些都归并在了一起。

这种两面派式的时间性是现代主义的核心,基于这种特性,人们求助于前现代时期的才智,目的只是为了退回到一个完全超越现代性的未来。在艾略特的诗中,前现代指的是渔王(Fisher Kings)和生殖崇拜;在他的散文中,前现代指的是有关古典秩序、托利党的传统主义和基督教堂的问题。然而,在这两种情况中,毫无信用的个人主义都必须屈服于一种更团结的存在模式,时间大约是在秉持不干涉原则的资本主义为国际垄断让路之时。不管是作为被毁灭的神,还是恭顺的基督教徒,想要拥有自我就得放弃自我。浪漫派的人文主义异端认为,我们应该培育自我,而不是舍弃自我。"传统"是一种秩序,诗人必须永远舍弃自我,屈服于这种秩序;写诗则牵涉到个性的消除,而不是对个性的肯定。艾略特的博士论文是以维多利亚时代晚期解构自主自我的哲学家布拉德利(F. H. Bradley)为主题撰写的,这绝非偶然。

作为一个漂泊无根、性向暧昧的美国移民,艾略特后来成为一名身穿细条纹服装的伦敦银行家,他个人对自我的理解一直备受质疑。

艾略特的诗学来源于法国象征主义,因此他不可能追随马修·阿诺德的脚步,去诗歌中寻找解决心灵动乱的方法。诗歌的语言无法提供这种解决方法,甚至不能对这种情况作出权威可信的评论。对艾略特来说,说服力意味着在读者的精神体系中和他们内心深处产生的共鸣,意味着集体无意识中的共鸣,绝不仅仅是心理浅层次上的共鸣。而如果一种语言要有说服力,它就必须提升自己,与感官体验紧密结合,以至于与感官体验高度不可分离。但是如果诗歌语言想要有说服力,它就不能与其所纪录的经验保持距离,不能全面透彻地分析和观察它,从而也无法批判性地反映经验。人们最多可以通过原型和隐喻,表现当下幽灵般的替代品,或者,最多可以在诗歌这种具象化的语言中,找到其消毒剂式的本质的替代品。

因此,文化批评的任务应当交付给散文,这就能解释为什么艾略特的诗歌和散文风格之间存在着不一致。诗歌是神秘的,富有隐喻且语意双关,而散文则清楚易懂,庄严,有着崇高的自信心。《标准》可说是艾略特这种文化批判的主要工具,它致力于复兴欧洲古典基督教文明。现在,只有上帝手中的这种欧洲联盟才足以驱逐现代性中的野蛮主义。这份小小的杂志,其发行量很可能从未达到八百份,它将如何使社会机体再度正常运转,我们无从得知,但是艾略特似乎认为《标准》的小众处境更有利于实现这一目标,而不是成为其阻碍。他的散文中的词句很少会表现出强烈的、几乎是情欲般的颤动,就算有也只是像"只有极少数"这样的短语,毫无疑问,如果他的读者数量一夜之间暴涨一万,他将会深感不安。

1938 年 10 月,在希特勒和张伯伦签署慕尼黑公约之后,艾略特立即陷入了第二次精神上的消沉。三个月后,《标准》停刊——部分原因是战争的爆发带来的物资方面的复杂性,但毫无疑问也是因为战争带来的精神上的影响。因为《标准》想要在文化上重建一个类似神圣罗马帝国的对等物,而战争意味着,这个计划全盘崩毁了,替代物则是一个大体来说邪恶得多的欧洲帝国计划;在杂志的最后一期,艾略特郁郁寡欢地提到,"欧洲思想"已经"从人们的视野中消失",虽然他本来认为这种思想可以得到更新和巩固,可是他错了。

简而言之,法西斯主义促成了《标准》的停刊,这一点被一些人忽视了,因为他们相信,艾略特和他的杂志本身就有法西斯的特征。实际上,艾略特不是法西斯主义者,但确实是一个反动分子,不过这两者之间的区别对那些评论家们来说没有意义,按照埃德蒙·伯克的说法,这些评论家除了政治煽动起来的激情以外,对政治本身一无所知。从思想上来说,法西斯主义和现代主义一样是两面性的,有时它和现代主义也有密切联系,当它全速驶进闪亮的科技未来时,也会回过头去把眼光投向原始人和原始时代。和现代主义一样,它既是古老的又是先锋的,它在前现代时期的所有神话中筛选珍贵的种子,来为后现代的未来作贡献。然而,从政治学的角度来说,法西斯主义就和所有的民族主义一样,完全是一种现代的发明。它的目标是将所有艾略特尊敬的高级文明传统粉碎于脚下,然后在维吉尔和弥尔顿曾经站立过的地方,放上特大号铁锹和斯特恩式轻机枪形状的花岗岩模型。

法西斯主义是中央经济集权论者,而不是保皇党分子,它是革新者而不是传统主义者,是小资产阶级而不是贵族,是异教徒而不是基督徒(虽然伊比利亚的法西斯主义是一个例外)。它极度崇拜权力,鄙视门第和文明,这与艾略特关于温和的土地所有制、地方主义、莫里斯舞蹈和以教堂为中心的社会理想都相去甚远。但即使如此,在法西斯主义和保守主义行为之间既存在着相同之处,也有差异。如果说前者兜售的是沾满鲜血和污秽的恶魔版本,那么后者也在做相同的事情,只不过不是恶魔版而是天使版。它们都崇尚精英主义和独裁主义的信条,相信牺牲自由就可以获得统一的秩序;它们都对自由的民主政治和放任的市场经济心怀敌意;它们都喜欢援引神话和符号,将直觉置于分析理性之上。艾略特所谓的欧洲观念,其走向文明的道路是排他的,和纳粹国家的道路没有什么两样,但是在艾略特眼中,纳粹国家促成了他欧洲观念的毁灭。如同托马斯·曼所理解的那样,它代表了一种精神上的失效升华,而这种升华使得人类的真实生活处于野蛮主义攻击的危险之下。而且,尽管种族主义和反犹太主义都不是右翼托利党人信念的基本组成部分,但是由于它们占据了法西斯教旨的重要组成部分,因此得以在这种土壤中茁壮成长。

故此,理所当然的,艾略特和叶芝一样,有时会对法西斯主义表现出有所保留的赞许态度,或者,发表一些反犹太的糟糕评论。然而,这种从政治角度提出的严厉批评之中存在着一个问题,那就是保守派认为他们的信仰并不是政治上的。政治是实用事业领域的,因此与保守主义的价值观相抵触。这是别人喋喋不休谈论的话题,而一个人自己必须要做的事则是与习惯、本能、实用性和常识相关。因此,《标准》从一开始就陷入了尴尬境地,因为它显然不相信政治,却不得不应对紧迫的政治危机。艾略特写道,文学评论必须永远随着时代的改变而改变;但是既然它信奉的原则是永恒不变的,那么这本托利派期刊怎样才能不让自己的观点变得自相矛盾呢?"时代变幻,价值恒定",这是

《每日电讯报》曾经刊登的一则广告,也许出于某个喜爱焚烧女巫的雇佣文人之手。这也不是将这些不变的原则"应用"在不断变化的环境上的问题,因为将通用的规则应用于某一特定的情况,这种做法虽然得到了左派理性主义的共鸣,但却正是保守主义排斥的做法之一。

原则和实践之间的裂缝,可以说明艾略特散文和诗歌写作之间的鸿沟——散文距离具体事物太远,而诗歌则无法超越具体事物。而在古典作品中,一般和个体本应当是融合在一起的,因此艾略特的写作形式就舍弃了古典主义,尽管在内容上它占了上风。当他创作《四个四重奏》之时,这成为一个神学上的问题,因为超验的真理试图用肉体和时间来表达自己。艾略特的神学思想使他认为,个体中体现着普遍性,神谕存在于普通的言词之中,即使他对物质世界的蔑视从未减少过。

诚然,人们也许会将现代主义当成这种古典统一思想的重塑,尽管有点儿过时。所以波德莱尔宣称,现代艺术家要同时经营永恒性和暂时性,而艾略特的诗歌实践正是这么做的。诗歌破碎的表象焦虑不安地回应了短暂的情感,而其神秘的潜台词则暗中将所有这些看起来很随意的东西,转变为原型的真实。在这个意义上来说,作为诗歌先锋主义者的艾略特和作为托利派传统主义者的艾略特,其实暗地里就是同一个人:如果要粉碎郊区意识的幻想,让阅读主体与他或她永恒不朽的自我建立联系,那么,对普通语言进行大量的游击式突袭将会是必要的。但事实证明,现代主义没有能力使不变性和偶然性之间的关系保持稳定——这种关系通常是含糊不清的,这相当令人懊恼,或者仿照乔伊斯《尤利西斯》的讥讽口吻来说,这种关系虚假得极为明显。

《标准》和所有过分文雅的文化批判一样,对那些政治关心的事情摆出一种平静的淡漠姿态,它只在阿诺德式的自由空间里致力于研究讨论批判智能。艾略特坚持认为,文学评论必须避免所有社会、政治或神学上的偏见。但是,除非从六翼天使中找到评论家,否则要做到这一点完全没有可能,而且也没有什么可取之处(一本没有任何倾向的期刊,还有什么作用?)。正因为如此,他又以一种平和的矛盾态度提出,任何称职的评论都含有某种政治兴趣。这就是非政治性政治学的矛盾所在。詹森·哈丁勤勉地研究了这本杂志,出色地在其威严傲慢的笔调中,找到了杂志身后隐藏着的文学市场政治学,这种政治学带着宗派主义,具有操控性,并且世故而恶毒。尽管艾略特的构想是要反抗文学中的好斗者和敲诈者,但是实际上这本书显示,他一会儿在这里用膝盖撞别人的腹股沟,一会儿在那里暗示别人加入了某条阵线,而他的眼睛始终虔诚地关注着永恒的真理。因此哈丁的这本书在思想上是修正主义的,它怀疑那些冠冕堂皇的声明,留心着特定的势力和压力,它注意到能从历史中存活下来的都是一般的言论,而不是无所不包的语境。

《标准》在某些场合显得特别无私。比如,它以一种极其崇高的态度看待西班牙内战,同时它极力主张,任何党派之争都应当"有所保留,待人谦恭,有所畏惧"。它称赞《薄伽梵歌》中的英雄阿朱那在这方面有着令人钦佩的平衡能力,就好像是亚洲的马修·阿诺德。然而,奇怪的是,当艾略特与共产主义针锋相对时,他对阿朱那就没有如此明智的援引。他对"犹太人的自由思想"抱持着敌意,没有什么保留,不谦恭,也无所畏惧;另外,作为一个从圣路易斯来的侨民,他庄重地提议"看起来大多数的人最好继续生活在他们的出生地",说此番话时他也没有什么保留,不谦恭,也无所畏惧。

实际上,与布尔什维克主义的战斗是这本杂志存在的原因之一,或许也是它衰落的原因之一。艾略特写道,第一次世界大战中最重要的事件就是俄国革命;他清楚地表示,俄国革命和"拉丁"文明之间的冲突,就如同欧洲和亚洲之间在精神上的战争。叶芝也有差不多的想法:如果欧洲精神需要复兴,那么这主要是因为布尔什维克主义首先在东方爆发开来。《标准》最主要的是对悄悄发展的马克思主义力量作出回应,马克思主义是艾略特赞赏的一种信条,你可以想象,这就好像教皇庇护十二世对斯大林偷偷抱有一种尊敬的态度。在杂志中,他不止一次称赞了共产主义正统、高尚的信念和深刻的原理,他显然将之当作少数几个值得他注意的、意识形态方面的敌手之一。作为一个托利党反动分子,他反对"财政独裁"和对经济的盲目崇拜,热心的程度不亚于政治上的左派。事实上,他对那个时代大多数保守主义者的看法,或多或少和罗杰·斯克鲁顿对撒切尔夫人支持者的看法一样,那就是,他们都是披着传统托利党外衣的自由主义分子,认为自由高于秩序。但是,共产主义可能也是导致该杂志停刊的原因之一,因为随着20世纪30年代马克思主义化的终结和世界战争初现端倪,其有着贵族气派的、益格鲁-天主教的古典主义招牌,比起那些与战争相关的紧要事件,出现的次数必定少多了。当艾略特在《基督教社会的观念》中鼓吹追随季节节奏的乡间生活时,希特勒的军队正在挺进波兰。

哈丁并没有试图否定艾略特"精英主义和帝国主义的文化政治观",尽管他也许低估了这些观念实际上的危险程度。然而,他确实强调了《标准》在思想上的相对开放性,它积极地讨好共产主义者休·麦科德米德,对梅纳德·凯恩斯表达了温和的热情,在最后阶段还发表了奥登、斯彭德和超现实主义者的文章。对该杂志与周围其他杂志（《阿德尔菲》、《现代文学目录》、《精细研究》和《新诗》）复杂关系的探索，是哈丁组织其研究的方法之一；对其文化政治观的概述，还有对五位主要评论家作品的研究，也都是其组织研究的方法之一。这种方法有一定风险，可能会将《标准》本身埋葬在对其他杂志的记叙、派系争吵和评论家的传记之中；但是它也有自己的优点，可以说明杂志的投稿人在政治上和美学上的多样性。赫伯特·里德是杂志中出现频率最高的评论家，他是一个超现实主义者，也是无政府主义-工团主义者，在哈利法克斯的孤儿院中长大和受教育。而温文尔雅的半瓶子醋波纳米·杜白瑞则受教于黑利伯瑞和剑桥，他是斯特莱切和基普林的古怪综合体，也是琐碎的纯文学作者和公立学校中坚力量的混合体。正如批评家约翰·彼得所说："《标准》的许多部分都像是《平台》的增刊——然而令人难以理解的是，它的其他部分却充满了马克思主义者和现代主义者。"

里德是一个无政府主义者，他认可骑士精神，又是先锋艺术的拥护者，他还编辑了流行的《柏林顿杂志》。在《标准》中，这样的矛盾很典型。杂志的经费来自莉莲·罗瑟米尔子爵夫人，她是被报业巨头疏远的妻子，热衷于推广那些激进而时髦，能在伦敦人的客厅里引起轰动的作品。她扮演了管理人的角色，指挥着《标准》的运行，就如同专横的安妮·霍尼曼在叶芝的艾比剧院运作中起的作用一样。艾略特自己身上不稳定地混合着资产阶级的拘谨和文学家的破坏性，因此他的杂志困在了高度现代主义和高尚社会之间，对某些人来说它太过于无趣，对另一些人来说又太过于大胆。他自己游走于波希米亚苏荷区和上流社会的梅费尔区之间，这样的极端性掩藏了它们的相似性。现代主义中最重要的,就是对中产阶级的现代性作出敌对的反应,因此它才能同时吸引贵族和诗歌中的隐士,才能吸引社会过时派和被社会忽略的人群。

《标准》拉拢了一批作家,包括伍尔夫、劳伦斯、叶芝、阿道司·赫胥黎、爱德华·摩根·福斯特和温德姆·刘易斯,它也为普鲁斯特、瓦雷里、科克托和其他一些欧洲作家提供了在英格兰文学界崭露头角的机会。保守主义的反馈,和社会主义的国际性一样,因为缺乏地方主义褊狭观念,所以显然是非英格兰的。即使该杂志拥护一种煞风景的右翼基督教,那至少也是知性上的一种费力的论述,这种论述以但丁、阿奎那和巴黎的新托马斯主义为中心,而没有菲利普·拉金那种褊狭而虚伪的虔诚态度。在高度现代主义的时代,该杂志在极大程度上属于激进的右派,而不是处于自由的或者社会民主的中心,它为沉闷幽闭的英格兰打开了世界性的眼界。因为康拉德、王尔德、詹姆斯、萧伯纳、叶芝、乔伊斯、劳伦斯、艾略特和庞德等等,这些流亡者和侨民为了得到那些象征性的资源用于创作他们的艺术,穿梭于不同的文化和语言之间,而这种艺术不是英格兰独自就可以提供的。

并不是所有这些作家都是右翼的;尽管如此,他们的绝大多数观点仍然属于右翼,这一事实十分惊人。在一个文化危机的时代,只有被取代者和被放逐者才能以雄心勃勃的方式对他们的历史时刻作出回应;因此,正是这些人提出了关于现代文明最具探索性的问题,才得以创作出最优秀的文学艺术。但没有人比焦虑和缺乏安全感的人更喜欢独裁政治。事实上,作为对历史危机的回应,这些作家中有许多人都很有预示性地祈求绝对权力和暴力排斥颠覆分子,这是我们必须为他们所创作的艺术付出的代价,如果我们应当选择这样做的话。

乔治·卢卡奇

原标题为《水烧开了，阶级在斗争》，乔治·卢卡奇著《历史与阶级意识自辩》评论，首次发表于《伦敦书评》，2003 年 2 月 20 日。

改变世界的念头牵涉到一种奇怪的矛盾思想。对我们来说，要想有效地行动，思想就必须严格地屈服于现实，相信通晓局势是所有道德和政治智慧的源泉。唯一的问题在于，这种知识极其难以获得，也许根本就是不可能获得的。真正的难题并不在于找到解决方案，而是领会思想与世界上特定的某一点进行交互的方式。如果你准确地理解了这一点，那么它会将你寻找的解决方法透露给你。答案并不是最难的。

问题不仅仅在于思想与世界的交互存在着多种相斥的可能方式，其中包括一种后现代信仰，它认为根本就没有什么特别的方式；问题还在于，要想使我们的思想柔顺地服从于现实，就需要一种谦卑和自我轻视的态度，而这种态度是喧嚷的自我所难以忍受的。这可不是什么迷人的事情,对于爱幻想而长期进行自我欺骗的人类头脑来说,这是十分可恶的。最后可能只有圣人才能真正认识事物的本真面目。

如果资本主义系统几十年前就已经解体,而人们却没有注意到这一点,那么要求终结资本主义就是没有意义的。广义上来说,所有指示人们做某事的指令,都暗含了对状况的一种描述。在某种意义上来说,价值必须和事实联系起来。但是,当我们要求思想是高洁、严谨和忘我的时候,我们也是在要求价值在可能的名义下摒弃现实。

思想必须将陈述语气和虚拟语气结合起来,从而将冷漠而非神秘化的当下与热情而又充满想象的超越联系起来。它必须用同一种姿态来表示对世界的尊重,而同时又否定世界。思想受到号召,要成为镜子和灯光,忠实地反映它所处的环境,同时散发出具有改造能力的光芒。天马行空式的幻想妨碍了我们对现实环境的直接观察,但却是激发我们对可能情况进行想象的关键所在。我们必定会感动于这样一种未来:在那个时候不管是男人还是女人,只要其试图操纵他人,身体就会产生疾病;不过与此同时,面对当下的谄媚嘴脸,我们还是会板着脸,心中充满粗暴的怀疑。如果说浪漫主义者能使世界遵从他或她的欲望,现实主义者能使思想顺应现实,那么革命者就得同时做到这两点。

在这个意义上来说,激进政治学的存在需要一种奇特的混合型人类,他们要比普通人更多疑,也更轻信。不管是对过去还是未来,这些人的看法比大多数的保守派都更悲观,但是对改造后的未来,却抱持一种比大多数的自由改革主义者更开放的态度。因为当下的错误是一种结构上的事件,它比个人的愚念或欺诈要更深刻,这是坏的一面;但是由于相同的理由,它原则上是可以改变的,这就是好的一面。当激进主义者受到谴责时,他们知道自己或多或少有一些正确之处,就像耶利米受到自由主义者的谴责时,或者充满幻想的空想主义者受到保守派的谴责时一样。

当谈到主客体权力分配的比例问题,马克思理论中意外地突然出现了二元性。但是既然这里所说的"主体"指的是革命大众,"客体"指的是历史和阶级社会一类的事物,那么认识论也可以等同于政治学。对我们来说变化在多大程度上取决于我们,又在多大程度上受到客观条件的限制?如果将这两点都推向极端,前者就转变成了唯意志论,后者则会陷入决定论。这两种异端邪说的结合被称为中产阶级社会,它在政治上相信自我决定论,在经济上相信个人只是市场上的一枚棋子。资本主义的唯意志论学说——天无绝人之路,永不言败,只要努力就能成功——为资本主义决定论的"真理"提供了一块方便的遮羞布,因为事实是,人的主体被任何人都无法控制的随机经济力量所左右。但这些学说也反映了对民主的真正信仰,尽管这与经济上的无政府状态很难调和。

那么,马克思主义理论是如何看待这个问题的?马克思在青年时期倾向于谈论实践中的人类主体,中年时期则更倾向于讨论客观的、规律性的过程。他的一些信徒宣称,这些都只是谈论同一件事情的不同方法,而其他一些人,尤其是人文主义者或者黑格尔派马克思主义者,如让-保罗·萨特,他们则认为谈论规律性的过程这个行为本身就是一种异化的形式。对于早期的安东尼奥·葛兰西来说,马克思随着年龄的增长变得越来越不成熟,《资本论》应该被抛弃。人文主义者呼喊着"回归年轻的马克思!"但是路易斯·阿尔都塞和他的追随者喊出的口号"走向中年马克思!"更为响亮。后者认为,马克思青年时期关于现存人类主体的言论只不过是令人遗憾的黑格尔思想的遗留物,而"成熟的"马克思才是真正的科学家。

在马克思生活的那个时代,对一些中产阶级辩护者来说,人类主体的本质就是他们的自由,而客观的历史过程则受到无情规律的控制。一些马克思主义者对第一点感到疑惑,因为它带有一点放任的味道;但是我们很难在完全否认自由的同时,仍然大声地呼吁社会进行变革。马克思本人有时好像是一个决定论者,有时又不像。第二国际的马克思主义是坚定的决定论,从而使得主体处于一种闲置的状态。如果社会主义的产生是由历史规律所预先决定好的,那么人们为其诞生而努力的意义何在?为什么要为一个必定会发生的事情奋斗?为什么我们要假定不可避免的事情一定能使我们满意?真实的情况往往是与之相反的。马克思主义哲学家们,比如考茨基和普列汉诺夫,都没有就最后这个问题给出令人信服的答案;尽管他们的一些同行注意到,实证主义形式的马克思理论并不能生产出伦理道德的标准,也无法回答为什么社会主义从一开始就值得拥护,因此他们将康德的一些伦理学思想加入到这个贫瘠的历史观中。

然而,有关人类主体明显过剩的问题勉强可以解决。社会主义确实是不可避免的,但是这也包括了工人阶级起义的不可避免性。一旦无产阶级发现自己的处境已到了无法忍受的地步,一旦他们意识到自身既定的历史角色,就必定会起义,推翻现有制度。历史决定论通过这种狡猾的方式,把人类主体(human agent)的自由行为变成了自身的要素之一,就如同神圣的天意不需要我们的自由选择,但是引入和完成天意则需要。我的自由不是上帝计划整个世界时出现的愚蠢疏忽,而是因为上帝正是这种自由的根源,他已经从所有的永恒之中预测出了我的自由选择行为。上个星期五,上帝并没有迫使我打扮成一个客厅女仆的样子,也没有迫使我叫自己米利;但作为全知全能的上帝,他知道我会这样做,因此可以在制定他的宇宙计划时充分考虑到上周五米利的事情。天国的来临是无法阻挡的,但这只是因为基督徒为实现天国的来临而努力的事实同样是命中注定的。因此,神圣的天意这个概念解构了主体和客体之间、自由和必然之间的对抗。在现代,它以黑格尔的绝对理念形式出现。

尽管如此,所有这些还是几乎无法使主体走到聚光灯前来。在这方面成功改变了一切的是布尔什维克革命。即使这场巨变是沙皇独裁的残余物,它也还是威胁到了机械唯物主义论的残骸,对这种唯物论来说,人类主体只不过是历史进程的一种表征。马克思主义理论帮助建立了第一个工人政权,而这个政权的建立提醒了马克思主义理论,它几乎忘记了另一个事实:是男人和女人们撰写了人类传奇,这并不是历史的功劳。在革命的年代里,马克思主义理论热衷于讨论意识的问题;但是在倒退时期,它也是如此,尽管那时的政治问题和西方马克思主义一样,变得难以对付,几乎可以被文化和哲学问题取代。真正的问题在于我们如何在表达主体重要性的同时,又不会给资产阶级唯心主义者任何安慰,这些唯心主义者喜爱这样的言论:强大的意志力可以纠正不公平的现象,心灵的改变总是比简单的经济关系的改变更为根深蒂固。

布尔什维克革命所揭示的是,马克思主义理论已经落后于社会主义实践——这当然并不是当今左派政治面临的最紧迫的问题。今天的左派早已丧失了列宁或者卢卡奇所拥有的政治机会,习惯于在理论后面蹒跚而行,甚至被理论取代。1968 年时,一旦激进的抗议者涌入巴黎街头,"演说"或者飘浮的标语就能使左派兴奋起来。对米歇尔·福柯的追随者来说,在为自由的民主政治投票的同时赞美疯狂的无政府力量,这并非什么不为人知的事情。你可以以同样的热情支持托尼·布莱尔和皮埃尔·布尔迪厄。相对而言,在布尔什维克时代,理论必须时常拖着蹒跚的步伐全力前进,以期可以与街上那些正在发生的事情齐头并进。彼得堡统治下的苏联撕毁并重写了马克思主义理论中关于政治力量的部分,而布尔什维克起义则努力地攻击了这种马克思主义:因为对它来说,人类动因(human agency)只是一种讨人喜欢的额外收获。

从哲学的角度来说,列宁拥护的那种认识论十分离奇有趣,它认为思想是真实客体的复件或反映。然而,从政治学的角度来看,这种十分消极的思想模式不太可能解释在俄国的农村和工厂究竟爆发了什么。列宁主义者的实践凌驾于理论之上。为了说明究竟发生了什么,你必须一个一个地追溯资产阶级的哲学家,直到黑格尔而不是康德,寻回意识作为积极介入物的思想,而不是意识作为精确体现的观念。因此上帝召唤了匈牙利的这位哲学家——乔治·卢卡奇——来完成这个任务。

卢卡奇在《历史与阶级意识》这本书中出色地完成了这个任务,它是西方马克思主义的学术丰碑。马克思主义哲学中没有任何其他作品能有如此丰富的影响。尤其是这本书重新使用了马克思青年时期关于异化的理论,那时他的有关主体的文章还没有受到人们的关注。异化理论引导着我们,使我们忘记了客体的根源在于主体的努力。一旦你认识到无辜的"客体"实际上是一种物化的商品,那么西方现代认识论的历史看起来就不太一样了。卢卡奇认为,只有在这个时候,我们才能看清楚为什么伊曼纽尔·康德被迫一方面假定世上存在着某种神秘的个人自由,另一方面又设想世上还存在着不可理解的、受定律约束的客体。

能缩短两者之间距离的就是辩证法。卢卡奇强调,历史和主观性都只是一个单纯的辩证过程的两端。思想以工人阶级意识的形式出现,从而成为现实中的一种变革力量,而不是对现实的顺从反映。客观性不是通过公正的思考就可以得到的,这种思考的典型代表是"资产阶级"自然科学。更确切地说,真实是思想和现实世界互相作用的结果,而不是说,把主体从客体那里驱逐出去以后,我们就可以将真实看得更清楚。后者这种观念违反常情,它认为主体只有完全从探究的过程中消失以后,我们才能最好地了解客体。

相对而言,对卢卡奇来说,工人阶级只有意识到自己作为历史中一般主体的身份后,才能获得真实。所谓的一般主观性,和客观性的效力是等同的。因此人们可以在回避相对性的同时期待历史化的真实。黑格尔认为,历史的真实就是,上帝意识到了自己的存在;而卢卡奇认为,这是工人阶级的自觉。时代精神在世上的劳苦大众身上具体化了。

简而言之,卢卡奇承认,在主体和客体之间存在着一个中间范畴,即自觉。在自我认知的过程中,我同时成为主体和客体。这种特殊的认知摧毁了思想和行为之间的分裂,或者说是事实与价值之间的分裂——因为认知自我就意味着要改变自我,而了解自我所处环境的真相,就得知道为了得到自由我还需要什么。那么,这是否意味着,马克思主义理论只不过在表达工人阶级历史化的自我理解,就像黑格尔的绝对理念只不过是历史的自我孵化? 如果是这样,那么列宁坚持认为这种理论必定是外界带给工人阶级的,他的这种主张又该如何理解,还有革命领导权的角色又会变成什么呢?

卢卡奇的伟大作品起初受到了广泛好评,但后来很快遇到了马克思主义正统学说维护者制造的麻烦。季诺维也夫在一次共产党的会议上呼吁道:"如果我们再多听一点这些教授们编造的理论,我们都将会失去自我。"卢卡奇的一张照片出现在《历史与阶级意识自辩》的封面上,他看起来既像一个疯狂的教授又像一个流氓。他后来否认与这本书有任何联系。事实上,对这位熟练的乞怜者来说要改变论调很容易,就和乐观派对托洛茨基观感的改变一样。然而,没有人知道,卢卡奇执笔回应了对其作品的恶毒批评,有人最近在苏联共产党的档案中找到了这些材料,它们也因此得以首次在此书中发表。

在这场充满激情的辩论中(他指控某个批评家有"宿命论的尾巴主义",存在着重大的、带传染性的混乱特征),卢卡奇的主要目标是,确立他作为一个优秀的布尔什维克主义者的资格。考虑到1919年匈牙利工人共和国溃败的原因之一在于其领导层的灾难性行为,而卢卡奇那时正好担任了政治委员的职位,那么他确实有极好的理由这样做。和《失乐园》、《尤利西斯》以及其他许多著名的作品一样,《历史与阶级意识》也是革命失败的果实。卢卡奇并不认为自己关于认知的历史理论,与由先锋派移植的理论概念相冲突。工人们也许能发现他们被剥削了,可是他们不太能理解更细节化的剩余价值理论,或者亚洲人的生产模式,他们只是会觉得很委屈。机械唯物主义必须遭到抵制:起义是一门艺术,需要半凭着直觉抓住时机,它并不是一种沉闷、老套的发展过程中的一个阶段。至少在这里,主观时刻具有决定性的优势。

卢卡奇认为决定论的马克思主义最糟糕,因为它热衷于所谓的自然辩证法,是恩格斯从 19 世纪实证论中孵化出的一种形而上学的唯物主义。这个学说粗略地(尽管并非讥讽地)用一种我熟悉的马克思式的工人语言概括道:"水烧开了,狗尾巴摇动,阶级在斗争。"卢卡奇向这个简单明了的说法致敬,但是他更感兴趣的是另一个想法:我们对自然的了解总是处于社会之中。

约翰·里斯(John Rees)和斯拉沃热·齐泽克在许多问题上存在分歧,而以上所说的只是其中之一。约翰·里斯为此书写了一篇博学而又具有启发性的导言,而斯拉沃热·齐泽克则为此书提供了一篇颇具挑衅味道的"刊后语"。大致说来,里斯很刻板,试图感化卢卡奇,使他回到所谓正统的马克思主义中来;而齐泽克更富有想象力,他的结束语使得卢卡奇看起来更像是一个存在主义者,而不是唯物主义者。他笔下的卢卡奇实际上是雅各·拉康和阿兰·巴迪欧的奇特混合体,是一个为了革命行动"彻底的偶然性"而摒弃了进化论的思想家。如果说里斯想冒着风险把卢卡奇的新意剥离出来,那么齐泽克就使他更像一个先锋派的巴黎人,而不是一个匈牙利的共产主义者。

里斯渴望吸收卢卡奇为他们的新会员,因为他的"辩证唯物主义",或者说自然辩证法,这样他就可以宣布卢卡奇是一个正统的列宁主义者,而同时不用太过深入地探索历史主义和先锋主义两者之间在意识理论方面的紧张状态。里斯似乎也同意这样一个事实:卢卡奇蛮横地将自己前马克思主义时期的宝贵作品扔进了历史的垃圾箱,但事实却是,如果没有非马克思主义哲学,西方马克思主义早已经凄惨地枯竭殆尽了。

卢卡奇认为,错误意识最终植根于资本主义社会物化的、拜物教的本质当中，里斯也是卢卡奇这一观点的热心拥护者。这是《历史与阶级意识》的重要概念，它确实也十分有力；但是里斯并没有看到，它也是简化论的一种。有许多意识形态都与物化没有什么瓜葛，尤其是那些对社会阶层并不感兴趣的意识形态。当里斯谈到"辩证法"时，他本身就成了物化的牺牲品，但是这个后果的产生却并不是因为他是商品拜物教的受害者。

卢卡奇职业生涯的悲剧性讽刺之处在于，他自己从一个革命主体转变为一个斯大林主义的坚定拥护者，成为一个确定的历史进程的表征。从这个意义上来说，他的人生轨迹信守着马克思主义知识分子的道路。他1885年出生于布达佩斯，是匈牙利一个大金融家的儿子，他的母亲出身于东欧最古老而且最富有的一个犹太家庭，卢卡奇看起来根本就不会走上共产主义的道路。他早期的哲学观念来源于其阴郁的悲剧气质，合乎伦理道德，而且是唯心的，他的政治观念则是浪漫派反资本主义的。《心灵与形式》和《小说理论》这一类作品，反映了他对资产阶级文明抽象而理想化的否定，影响其形成的是一个奇怪的混合体，其中包括黑格尔、克尔凯郭尔、陀思妥耶夫斯基、托尔斯泰、齐奥尔格·西美尔和马克斯·韦伯。

布尔什维克革命渐渐地将卢卡奇从悲观的形而上学转向了历史唯物主义；1918年匈牙利旧政权的垮台将他推向了贝拉·库恩领导下的匈牙利共产党。年轻的克尔凯郭尔式的哲学家，现在成了1919年厄运连连的匈牙利苏维埃政府的教育和文化政治委员，他迫使剧院对劳工开放，并发动了一场备受争议的性别教育运动，他把自由爱情的理念介绍给孩子们，并且谴责他们奉行着一夫一妻制的父母。共产主义消除了本质和存在、事实和价值、主体和客体、个人和整体之间的悲剧性对立,而这些都是早前萦绕在卢卡奇心头的主题。

　　年轻的卢卡奇在古典主义的遗迹中发现了和谐的社会整体力量,而这力量现在改变了时态,转变成了社会主义的将来。马克思主义圆满地终结了伟大的资产阶级人文主义遗产。因此后来每逢共产国际致力于在政治上与资产阶级的西方联姻,就像在人民阵线时期所做的那样,卢卡奇就能得到共产国际的宠爱;而每当它跟跄着逃离这种缓和局面,卢卡奇就会失宠。(所谓的缓和局面指的是二战前的那段时期,那时社会民主主义被指责是"社会法西斯主义",是纳粹-苏维埃条约和冷战的制高点。)这看起来更像是苏维埃政权在围着卢卡奇打转,而不是卢卡奇在艰难地适应苏维埃政权。

　　从某种意义上来说,匈牙利革命中的卢卡奇可以被简单地解释为一个重要术语,是权威的精神价值和现世中的堕落之间存在的形而上学的矛盾。前者现在装扮成革命的无产阶级,后者则伪装成资产阶级社会。作为一个信奉马克思主义的新信徒,卢卡奇在思维方式上仍然是一个绝对主义者,他祈祷着,这两者之间的任何妥协都不能得到人们的容忍,也因此遭到了列宁指责,认为他太过孩子气、太过左倾。列宁去世后不久,他改变了他的政治态度,转而拥护斯大林关于"一国社会主义"的学说,并以更经典的马克思主义美学的名义,傲慢地向革命的文化先锋派发起了攻击。在哲学思考上和革命实践中,他试图使现实服从于理想,可是失败了,因此他就必须坚忍地修整自己的理想,使之符合严酷的苏维埃现实。

　　但是卢卡奇对古典文化的忠诚,尤其是对资产阶级伟大的人文主义遗产的忠诚,也是对斯大林实利主义的一种无声谴责。从古老的过去转到社会主义的将来,整体这个概念在不断地改变,现在它在现实主义小说中安了家,而它的放逐是由于革命希望的落空。陀思妥耶夫斯基的作品中断断续续地出现了乌托邦,而这乌托邦在匈牙利起义者心中短暂地燃烧了一下,然后就在社会主义衰落为国家压迫的可悲过程中被扼杀。现在,从巴尔扎克、司各特到托尔斯泰和托马斯·曼,乌托邦得以在欧洲文学的现实主义作品中被重新发现。在《韦弗利》和《红与黑》中,独特的个人和有机的整体、感性和理智、现实和理想才有可能相互协调,而在工人政权的世界精神中这是绝不可能的。事实上,现实主义仅仅是权威艺术的一个名称,它是一种标准,被用来衡量从福楼拜到布莱希特的所有颓废现代主义作品,并发现其不足之处。如果用它来暗指对强壮的苏维埃农夫的贵族式鄙视,那么它也可以是一种贬损了从左拉到乔伊斯几乎所有事物的方式。

因此,作为一个文学批评家,卢卡奇成为西方的一个重要人物——他是一个令人肃然起敬的西方马克思主义思想家,他对文化和哲学的思考似乎软化了历史唯物主义的棱角,否则对西方知识分子来说它是相当生硬和棱角分明的。但讽刺的是,这本书又提醒了我们,卢卡奇所谓的"转向主体"并不是要远离血腥的革命,相反,它代表了走向血腥革命的坚定行动。

诺思洛普·弗莱

原标题为《得到康德，然后吃掉它》，罗伯特·德纳姆编《1982—1990诺思洛普·弗莱晚年笔记》评论，首次发表于《伦敦书评》，2001年4月19日。

如果有人问起，为什么艺术和文化对当今时代如此重要，你或许还不如回答：因为它们可以弥补宗教地位下降带来的问题。比起声称现代社会认为艺术特别有价值（而不是利润丰厚），这样的回答无疑更令人信服。现代性认为珍贵的东西，与其说是艺术作品，不如说是美学思想，艺术作品只是其市场上的又一种商品。这种对美学的推崇反映了艺术，或者至少是艺术的某种崇高概念，它在现代社会中被迫成为一种宗教超越性的代名词，而这种超越性已经陷入困境。

托·厄·休姆（T. E. Hulme）尖刻地将浪漫主义描述成"跌落的宗教"；但是在后浪漫主义时期，艺术几乎也同样是如此，在那个时期人们永远都在静静地为古代那些美好的形而上学的价值观寻找着合乎情理的现世版本。而现代社会的困窘之处则在于，一方面，他们需要强有力的基础价值观来使自己的权威合法化，但是另一方面，基于他们本身的理性主义行为，他们又时常怀疑这些价值观。此时，艺术或者文学就可以将神秘的光环重新带回到苍白而幻灭的世界中去。尽管这样的希望充满了哀伤，但是决不完全是愚蠢的。毕竟，艺术，即使是在不可知论的环境中，与宗教信仰仍有许多相同之处：它们都有着象征符号的形式，都从一个社会中提炼出了一些基本思想，都通过符号、仪式和感官上的召唤来运转。它们的目标都是要使人得到启迪、鼓舞和慰藉，同时也要处理人类的绝望或者堕落，而它们可以通过形式或者祷告来救赎这些绝望和堕落。它们都需要中止某种怀疑，都要将最诚挚的内心本质与最不折不扣的世界重大问题联系在一起。

从马修·阿诺德关于甜蜜和光明的奇特描述，到乔治·斯坦纳关于人工制品的虔敬报告，艺术从来都是一种被替换了的超验领域。对某些人来说，艺术是存留下来的对不朽的暗示之一，这些人为现代性精神中的野蛮主义而哀悼，但其本身却是如此现代化，以至于感到自己是不适合出现在教堂的长椅上的。马修·阿诺德和他的继承者认为，文学是一种非神学化的宗教——蕴含有基督教充满教育意义的、富有诗意的精神，却没有基督教越来越令人厌烦的教条。到了这个程度，文学就成为宽厚的英国国教在美学上的一种类似物，信仰的气氛很好，却没有令人尴尬的大量教条。有时候，你看起来可以在成为一个热忱的国教成员的同时又拒绝承认上帝和耶稣的存在，文学则和这一样是一种超验的存在，它可以使你获得某种超自然的神圣感觉，即使你并不知道它的意义究竟是什么。但是阿诺德也承认，这种被挖空了的宗教是在民众中维持纪律和社会秩序的一种方式，因为民众对

"童贞女产子"越来越不热衷了。

　　艺术和宗教之间的相似性可以不断增加。文学解读向《圣经》注释学学习,它最初就是神学的一个分支。从某些方面来讲,解码文字常常就是在解读上帝的意旨。传统观点认为,誓言会带来其所期待的事件,是一种所谓的述行语言,就和诗歌的语言差不多。在这两种情况中,符号都是具体化了的,而不仅仅是指称化的。关于艺术"创作"的隐喻总是暗藏着神学色彩,重演了上帝从虚无世界中创造生物的过程。世界自主于它的创造者("超绝之人"的意义之一就是创造者),同样,艺术作品也神秘地自我生成和自我独立,奇迹般地从纯粹的虚无中产生,除了本身的独特本质以外不服从任何其他法则。作为一个具体的概念,它和基督降生一样,是感官和精神、时间和永久的结合,是微观化了的基督宇宙。艺术的一切都与灵感相关,是幻想中的圣灵难以捉摸的冲动;但是和教会一样,艺术也有团体,分为不同等级,并且受到规则的主宰,它意识到自己是传统和习俗的载体,而且保存了深奥的文本经典,在侍僧成为真正的侍僧之前对他们进行训练。

　　和教会一样,艺术也有它的主教和异教徒、殉道者和叛教者。弗·雷·利维斯使几乎不可能的事件成为现实:他身上集中了所有这四种人的特征,他作为一个反抗正统而遭到放逐的背叛者,仍然获得了许多褒扬,但同时也被革出了教门。他奉行批判性的精英主义,被柯勒律治戏称为"知识阶层"(clerisy),类似于世俗世界中的牧师制度。作为一个世俗的教士,他这个艺术家直到乔伊斯的《青年艺术家画像》出现之时才突然面世,那时斯蒂芬·迪达勒斯正使圣餐仪式神圣化,因为它将日常经验中的面包转变成大量他称之为艺术的神圣养料。福楼拜和詹姆斯,普鲁斯特和乔伊斯,他们都是个中能手,能将自我作为祭品宰杀于自己艺术作品的圣坛之上,从而将世俗的经验聚集成永恒的巧妙作品。

对利维斯来说,最珍贵的小说应当能反映出一种"伟大生命①出现以前的虔诚开放性",这里的宗教习语用得十分恰当。这种观点从戴·赫·劳伦斯那里继承而来,他认为,小说是"生命之书",是描绘后形而上学时期社会秩序的一种神圣文本。对利维斯和劳伦斯两人来说,"伟大生命"是超越宇宙的,而不是经验主义的,它令人信服地揭露了一种深刻的客观力量,这种力量将顺着自己美妙的道路,流经精神的选择。和上帝一样,这种力量既冷酷又高深莫测,但却保持着自我的核心。后来还有一两个评论家为所谓的消极神学找到了一种世俗的对应物,从而将这种难以捉摸、瞬息万变的力量命名为"力量"、"差异"或者"欲求"。利维斯的同事艾·阿·瑞恰慈以令人震惊的自信宣布,诗歌"能很好地挽救我们",而从亨利·詹姆斯到爱丽丝·默多克,这些英国作家都认为,在小说中,伦理道德的典范形式能够在整体上美化道德观念,能将康德转换成卡夫卡,将对规则的顺从转换成有鲜活经验的质感和品质。艺术现在将能回答道德上的终极问题:我们究竟以何为生?尽管答案也许只是在被称为"顿悟"的偶尔闪现中出现,只存在于两股声波之间,在某个印第安洞穴不祥的回声中,在玫瑰花园的某个时刻,或者在街上某个突然的叫喊声中,但是最传统的宗教也会承认,即使是全能的神自己的声音也不会比它更珍贵或者更神秘。

然而,文学作为一种宗教,注定有着失败的命运。一方面,文学教

---

① Life,即上帝。——译注

化涉及的人数太少,因此无法行之有效地成为宗教的替代品。宗教是一种象征性的形式,也可以说是一种仪式化的实践,虽然它有时极其神秘,却有无数生活在地上的男人和女人们参与其中,宗教将他们关于宇宙何时诞生的信仰与他们关于何时允许撒谎或通奸的信仰结合了起来。如果文化研究的斗士在神学上不是如此无知,他们也许早就将宗教看成历史上最惊人的成功方案,可以解决高雅文化和低俗文化之间的分裂问题。在单一的基督教会制度中,由教士组成的知识阶层在理论和实践上都与信徒大众有机地联结在一起。没有任何世俗的文化事业可以实现这样的非凡成就,而这一成就往往是以鲜血、盲从和压迫为代价换来的。如果说艺术意义上的文化太过于小众,不能承担这样的任务,那么人类学意义上的文化又太过容易引起争论,也无法担当重任。

另一方面,艺术由于太过于精致和难以掌握,因而不能屈从于这种雄心勃勃的意识形态上的目标。自从浪漫派出现以来,人们就时常尝试着将艺术塑造成为某种政治规划、神学的代替品、某种神话或者哲学人类学的实体,以期能以此补偿上帝之死,但是如果你也来进行这种尝试,你就会发现你需要把某种社会压力强加于艺术,但艺术实际上并没有强大到可以承受这种压力,所以最后就会产生尤尔根·哈贝马斯所说的"病态症状"。这样做的后果就是,艺术这种谦逊的边缘现象也开始荒谬地自大起来,这一点在利维斯派的信仰中表现得特别明显,他们相信,分析霍普金斯的句法或者奥斯汀的叙述模式,就可以为推翻商业社会作贡献。

尽管如此,神学和文学两者之间的稳步会集仍是不可避免的,它最终将会呈现出一种文字上的、有血有肉的形式,那就是说,一个大批评家同时也会是虔诚的基督徒。加拿大人诺思洛普·弗莱以前主要是作为一个批评布莱克的批评家闻名于世,在1957年以相当显眼的方式出现在文学世界中,并出版了其独具匠心而又十分自负的研究作品,即《批评的剖析》。以前的北美批评家总是用一种谨慎的言论探讨张力、反讽和双关,探讨诗歌的坟墓和符号性;现在,我们突然进入到了一个昏暗的世界,其中充满了原型和生殖崇拜,男性和女性本质,体液和要素,被阉割的国王和复活的神灵——似乎世纪末的剑桥人类学派按照自身死亡和复活的节拍,在战后的多伦多突然得到了重生。这种批评提出的所有论题都是活跃的理性主义者威廉·燕卜荪所厌恶的,后者也同样憎恶宗教美学,比如艾略特所推崇的那一种。这种批评倾心于图表和模式图、极性和精细划分,十分奇特地将严谨的分类学与玄奥的内容结合了起来,而人们常常把这两者和魔法联系起来。叶芝认为,魔法是世界上最严谨、最精确的幻想系统之一,在这个意义上来说,它和妄想狂最为类似。

事实上,这个时代需要的正是这种神秘性与方法论的结合。在战后重建的时代,人文学科要么选择反对技术,要么选择模仿技术。利维斯和基督教的右翼分子选择了前者,而艾·阿·瑞恰慈、行为心理学家、实证社会主义学家和早期的结构主义学家则支持后者。文学研究也必须作出选择:是强化自己的研究方法以符合科学的标准,还是坚持创造性想象超越任何单纯的理性主义认知模式的优越性。在《批评的剖析》问世之初,新批评理论正盛行于北美,它企图在这方面做到两全其美,在诗歌中将半圣礼化的信仰和讲究实际的分析批评调和在一起。弗莱追随了这个理论,将神圣与科学杂糅在一起,从而产生了非凡的效果。他认为,批评处于可悲的非科学混乱之中,充满了主观的价值判断和无益的闲谈,我们应当立刻将它转换成一个客观的系统。几乎在同一时期,克劳德·列维-斯特劳斯在人类学方面正酝酿着同样的雄心。弗莱认为,批评的任务是设法找到客观法则,看似随机的文学文本组合通过这些法则实现了秘密运转,而这些法则可以在所有文学作品赖以运作的风格、神话、流派和原型中找到。"文学科学"这个短语不应当再被看成一种矛盾的说法。当然,一种独特的科学在措辞上可以是矛盾的,而文学作品很可能就是这样的;但是其中也存在着文学形式的问题,这个问题是普遍的而不是特殊的,因此文学作品可以成为科学研究的有效客体。

于是,这里产生了一个与技术时代相称的文学学科;只不过它的美感妨碍了两种事物的结合,其中一个是兴盛的精神技术统治论,另一个是田园般的、前城市时期出现的主张,即坚持文学就是神话。也就是说,以后尼采哲学的眼光来看,神话就是原始智慧的源泉,比任何一种毫无光彩的散漫学识都要深刻得多。因此,那种分类严谨的、宗教人文主义式的批评才可以既得到康德的真谛,又能击败它,甚至可以胜过新批评主义,而同时仍保留着形式主义和非历史主义的特点。而对弗莱来说,文学是一种"自发的文字结构",完全不涉及现实,它的力量来自自身的内在进程。如果说弗莱的批评系统在内部是连贯的,那也是因为它在各方面都相应远离了经验主义的现实。但是文学还表现了对乌托邦永不满足的追求,这作为一种集体幻想,反映了所有人类历史中的潜在动力。因此文学可以被描述成我们拥有的真实历史的替代品,其中还联合了对真实历史的否定和整体清除,任何黑格尔派哲学家都会对这一点感到羡慕的。而当文学和艾略特的传统相结合,那么在世俗的时间背后就会产生一种理想的秩序,它将比现实还要更真实。虽然文学家们代表了真实的人性陈述,但他们本身也是人类这个物种中的一群;他们在神话中找到了人类得以挣脱经验主义历史,从而获得自由的地方。所以弗莱告诉我们,唯一的错误来自革命,因为它竟天真地幻想这种自由可以在历史中真正得到实现。至少,他敢于公开提出这样一种草率的主观价值判断。文学割断了所有与丑恶社会现实的联系之后,最终或多或少能告诉我们应该如何抉择。

诺思洛普·弗莱于 1991 年去世,最后的身份是一位格拉斯顿伯里式的宗师,作为新时代的偶像人物,他很好地扮演了复辟者的角色。当然,多伦多大学最新出版的这套经过精心注释的精美文集,展现了所有最酷的精神停靠点。弗莱有着超过五十年的记笔记习惯,而这两本文集则是他生命中最后八年的成果,其中充满了天启、亚特兰蒂斯、柏拉图、厄洛斯、上帝、反基督、普罗米修斯、幽灵、《圣经启示录》等典故。而且即使其中的某些内容有些愚蠢,但其叙述的口吻仍然十分尖锐和泼辣,有时还伴随着挑衅的口吻。他以一种略逊于罗马教皇的语言告诉我们:"圣灵是上帝圣言的接替者,换而言之就是他的圣子。如果任何人觉得这是废话,那么他最好把这些连同他自己的废话一起塞进屁眼里去。"有一种张力存在于其精神内容和粗率的自我肯定之间,这种张力不仅出现在这里,还出现在弗莱的其他作品中,它产生了非常有力的效果。

鉴于我平时主要扮演的角色是一个"从琳纳克学院来的马克思主义呆瓜",我有理由认为我对这些简短的笔记的态度是相当宽容的,因为我只在其中注意到它们难以企及的博学,当然我的宽容态度是源于在它们精心照顾下的赫尔墨斯主义。到《批评的剖析》出版之时,弗莱似乎已经读完了一切；虽然他将他的学识放在了一些古怪的用途上，比如说探究宇宙和世界的区别，或者白仙女和黑新娘意象之间的区别，但是他仍然是我们这个时代最伟大的人文学者之一。他的思想体系就像卡索邦（Casaubon）的一样自由，其中没有阻碍物，就和一个要将所有星星连接起来的方案一样，但是这种自由也正是他要为这个不切实际的理想主义所付出的代价。

还有一个代价则是顿降法。弗莱进入到一个令人陶醉的圈子中，这里有天使也有恶魔，有摩西的也有曼陀罗的记号，而他觉得一些日常事务，比如说给学生的论文打分数，应该交给机器来做。因为他认为我们应当只考虑结构，而不需要注意肌理，所以他几乎不会对特定条件下的细节、意味深长的细微差别和模棱两可的姿态，产生任何文学艺术家式的感触。这也难怪在他的批评等级中，现实主义小说的地位非常低。创造性想象也很难在如此枯燥而抽象的风格中得到褒奖。作为一个基督徒，弗莱感兴趣的是，耶稣作为赫尔墨斯式的形象，作为阴阳人，或者作为（他在开玩笑吗？）芭蕾舞演员的形象，而不是那个为普通生命和无依无靠的放逐者说话的耶稣。

然而，所有这些高调的、英雄主义的事物最终都归结为最传统的智慧。就如同在他的另一本书《批评之路》中一样，弗莱在这本文集里也告诉我们，他完全赞成用秩序来平衡自由。从亚当到奥尔巴赫，人类精神的强大步伐最终走向了不容置疑的平凡，从而在左翼托利党和右翼劳工党之间找到了自己的合适位置。另外，此书似乎还自然而然地特别关注着诺思洛普·弗莱自己，因为在索引中有关他的条目最多，比耶稣的条目还要多好几页。这两个著名的人物在某一点上十分相似；所以弗莱告诉我们，他觉得自己的真实自我和公众形象之间的差异,和复活后的耶稣与《福音书》时期的耶稣之间的差异,几乎是一样的。

这并不是说他缺乏基督教徒谦恭的特点。在这些笔记的结尾部分,他观察到,许多学者和批评家都比他更有才智,受到过更好的教育,更精确或者更有能力。但可惜的是,他随后就破坏了这种吸引人的谦逊精神,因为他接着又说,他不同于他所知道的人文学科中的任何人,他有天赋。这一声明的标题为"我去世之日的陈述",似乎是特意作为临终遗言来写的。本来,如果他写一张便条提醒他最亲爱的人记得喂金鱼,可能会更合适。现在的这个声明就如同基督曾请求在他的十字架上钉一张告示,上面写着:"我也许不是一个了不起的学者,可是至少我是上帝的儿子。"弗莱面对死亡时有着惊人的傲慢态度,但是这正符合他常有的特点,那就是毫不客气进行自夸的性情。他最后的笔记中包含了许多有关阿多尼斯的内容,但是只有一条笔记随意地提到了奥斯威辛,他似乎没有从叶芝那儿学到,任何人文主义只要没有经历过对自身的否定,就不能成为权威——因为没有受到过伤害的事物都不是完整的。但是这也可以是一个悲剧的问题;尽管弗莱可以在他的文学类型学中为这种悲剧的存在找到充足的空间,但他在文本之外的生活意义上——如果他有的话——却几乎找不到这种悲剧的空间。

以赛亚·伯林和理查德·霍加特

原标题为《万灵学院无法和万灵说话》,以赛亚·伯林著《最先的与最后的》、理查德·霍加特著《最初和最后的那些事物》书评,首次发表于《泰晤士报高等教育增刊》,2000 年 2 月 25 日。

《最先的与最后的》收集了以赛亚·伯林的两篇文章:一是其现存最早的作品,他在 12 岁时写的短故事《目的为手段辩护》;二是他最后的一篇文章《我的思想之路》,这是他为一家中国出版物所写的思想总结。为了填满这两篇小文章留下的空间,书后加入了许多其哲学同行的文字,简要记录了伯林一些值得纪念的事件。童年时期写的这个故事比较早熟可是有些散乱,伯林的思想大概说来清楚易懂可是没有什么超凡之处,结果就是,一些相当潦草的文字伪装成了一本书。《我的思想之路》显然无论如何都会在即将出版的中文版英译本中发表;结束时的赞美文章中,其中有一篇已经发表在某个期刊上,而由诺埃尔·安南(Noel Annan)所撰的另一篇文章,对于任何读过他在最近出版的关于牛津、剑桥大学教师的著作中有关伯林章节的人来说,都有似曾相识的感觉。在 141 页的篇幅里,有相当多资料并非独家。

亨利·哈代在引言中说,伯林"终生都极其厌恶暴力"。这很奇怪,因为接下来这篇学生时期的短故事除了残忍成性的描写,就没有其他内容了。为了报复布尔什维克杀害了他的贵族父亲,小彼得皮特射杀了有相关责任的官员,然后兴高采烈地自杀了。更准确的说法也许是,伯林终生都痛恨极权主义的暴力;而自由资本主义的暴虐行为,比如美国发动的越南战争,似乎并没有使他感到强烈的困扰。在公开的记录中,他并不反对入侵危地马拉或者轰炸伊拉克。不管怎么说,这好像和大多数终生都爱好暴力的人是不一样的;在这些卑鄙的小人中,伯林脱颖而出,就好像是某种圣人。大多数人都认为暴力是可恶的,但他们还是会认可暴力在极端环境下的使用,而伯林似乎已经这样做了。

哈代还注意到,伯林厌恶"使当下的痛苦合理化,将之当作通往想象中的极乐未来的途径"。他反对这种暴政目的论,确实是一个有口才的见证人;但是他似乎没有意识到,他支持的社会系统一直都是赞同这种目的论的。向穷人保证他们正在通往富有的路上,因此必须再多容忍一段时间的贫苦生活,这是一种常见的(如果不是恐怖主义的)策略,在威斯敏斯特宫和白宫是如此,在斯大林的克里姆林宫也是如此。同样,伯林还恰当地驳斥了这种想法,即科学精英应当告诉其他所有人如何端正举止;但是他的脑海中似乎只有党派理论家,而不是资本主义专家政治论者,对自由主义者来说,这是一种古怪的排外主义。

伯林最先的和最后的作品之间有一种紧密的联系,比这本书所呈现出来的更为紧密。童年时期遭遇布尔什维克暴力,正如他的短篇故事所写的,这或多或少决定了他记录在《我的思想之路》中的哲学生涯。伯林持久不变的思想主题——一元论、自由、多元主义、宿命论等等——在某种程度上来说,是由其早期受到的政治创伤造就的。他在写作时所作的思考,基本上都是这些"反极权主义的"主题,而不是,比如说,正义、同情或者团结。

毫无疑问,哲学如果能受到个人信念热切的驱使,就会变得更好;但是也要考虑到,伯林热情的个人行动表,他的思想和人生经历之间异乎寻常的直接联系,都和要求无私的自由主义多元论相悖,尽管他一直都在不知疲倦地倡导着这种多元论。即使他的自由主义思想有悲惨经历作为根据,很明显它仍然是党派化的,人们眼中的自由主义者通常不是这样的。在这一点上他本来可以更可信,如果他能花同样多的时间来论述其他一些哲学主题。学生时期的伯林写道,直到布尔什维克出现以前,俄罗斯人民"一直都在享受着幸福生活";这当然是孩子气的天真表现,但是在俄罗斯也不是所有 12 岁的小孩都会如此天真。

一个真正胸怀开阔的思想家,不会像伯林在此处所做的那样不小心,谈论马克思主义历史理论中"铁的规则",马克思对"党"的拥护,或者其对"完美"的专心追求。他也不会如此不分青红皂白地讽刺平等观念。伯林主张,对完美社会的追求潜藏着致命的危险,这个说法很有说服力,情况也很可能是这样;但是认为马克思对这个观念有丝毫的迷恋,这纯粹是万灵学院愚昧的想象。恰恰相反,马克思终其一生都在无情地讥讽任何形式的理想主义和空想主义。"完美"这个想法对他来说,就和封建制度一样没有吸引力。

不管怎么说,伯林都是以一种社会秩序发言人的身份来写作的,这种秩序能提供反乌托邦的怀疑主义。大体来讲,乌托邦空想属于那些仍然有些抱负的社会阶层;人们一旦被舒服地安置在权力之中,他们谈论的可能就只是改变竟是如此之难。这种对完美的梦想并不是马克思的发明,而是出于更早阶段的中产阶级文化,而伯林这个移民正与这种文明有着共同命运。如果没有早期的进步主义革新论,那种社会秩序也许永远也得不到胜利,而伯林也就可能无法加入到任何秩序之中。再者说来,如果你选择加入某个俱乐部,那么自然而然地,你就会希望它能够一直保持原状。你不会刚爬上一只救生筏,就积极地开始着手重建它。无论如何,一个享受着财富和权力的教员是没有理由去支持激进的革新的。他比其他公民幸运,并没有那么需要它。因此,最省事的办法就是将这种革新看作毫无意义的可臻完善论,即使你本来是相信它的。

《我的思想之路》表明,伯林想扭转启蒙运动教条化的客观主义,以恢复其更自由的、更普遍主义的状态,同时还要拯救浪漫主义的多元论,使它们不受其整体论和相对论的迫害,这是一个值得称赞的尝试。然而,在某些陈述中,他对多元论的反对有一点太过分了。比如,他似乎相信,多样化毫无例外总是一件好事情,而一个真正的自由主义者在这个问题上一定不会这么武断。某些形式的多样化是值得赞扬的,可是其他的——比如,各种法西斯政党——肯定不是这样。同样,他好像认为,对同一件事有许多不同的想法,总是比只有一种看法好,这一点更适合拉辛而不是种族主义。学院派十分疏远这种思想,这个事实非常能说明问题。对伯林来说,要么是枯燥的一元论,要么是思想自由的狂欢者,两者仅存其一。可是,还有一些人在否定一元论的同时,认为纠正某些论题十分重要,而且在这些论题中一些观点比其他观点要珍贵得多,而伯林的观点为这些人提供的空间十分有限。作为一个狂热的犹太复国主义者,伯林大概也相信这一点,但是作为贵宾席上的一个智者,伯林对此则持有怀疑态度。

伯林厌恶一元论,其表现形式也很老套,即厌恶各种"主义"。在他的这本书中有一系列"主义"(社会主义、民族主义、法西斯主义,等等),却莫名其妙地遗漏了自由主义。也许"主义"和口臭一样,是别人才有的东西。不管是马克思主义或者是法西斯主义,都是发展成熟的信条,而伯林式的信仰在私有制、市场力量、社会精英主义和偶然的帝国主义战争这些问题面前,羽翼显然不够丰满。对这样一位被盲目崇拜的思想家来说,这种遗漏的虚伪性显然是值得注意的。但是大体来说,对那些了解他的人来说,伯林仍然是一个智力超群的人物,但对那些不知道他的人来说,伯林就要差得多。那些与他志同道合的小集团,阅读其作品时仿佛能听见他的声音;而别的人被丢在集团外的黑暗世界中,就无法做到这一点;这两种人之间存在着本体论的鸿沟。如果你判定他是伟大的,那么这将有助于你认同他的观点,但对某些人来说,比如休姆或者斯宾诺莎,这也不一定有很大帮助。

从以赛亚·伯林轻快的贵族语调,转换到理查德·霍加特无拘无束的口语体,所跨越的不仅仅是语言的界限。霍加特没有伯林那样的智力敏锐度,但是他的作品有一种平凡的力量,而伯林对才华的崇拜,难以理喻地将他自己隔离在这种力量之外。我们很难想象,自命清高的以赛亚阁下会提到"里尔阿姨",或者在法纳姆的超级市场转了一圈以后,能够得出某些道德上的结论。霍加特对宗教、社会风俗、英国人、社会等级等论题都有所思考,但是相当漫无边际,他的肆无忌惮很可能会让伯林目瞪口呆、无法忍受;霍加特当然不是一个革命派,尽管如此,他仍然十分关注普通大众是如何受到社会秩序的摧残和损害的,而伯林则恰恰是社会秩序的忠实辩护者。如果在伯林思想轨道源头上的创伤是布尔什维克带来的恐怖,那么霍加特"最初的东西"则是不那么戏剧化的暴力的共鸣。他"真正的开端时刻"是从探访他母亲在利兹的贫民墓地开始的。

事实上,伯林和霍加特在许多方面都有着共同点,这十分令人惊奇。他们都是现世的、经验主义的人文主义者,是坚定的反形而上学派,他们相信自己的感觉提供的证据,喜欢事物有美感的质地,都显示出了强烈的是非感,赞赏他们英国同胞身上被他们认为是宽容和正派的部分。但是他们眼中的英格兰是两个完全不同的世界;这种不同不仅仅是令人愉快的小差异,而且是使人衰弱的不平等。以赛亚·伯林优雅地以写作反对政治上的暴行;但是这种批评没有一个是完全可信的,除非它承认这样一个现实,即可代替社会变革的另一个方案中也包括了,以这种形式或那种形式出现的,一个贫民墓地。

路德维希·维特根斯坦

原标题为《一个合适的治疗案例》,路德维希·维特根斯坦著《逻辑哲学论》书评,首次发表于《卫报》,1993 年 3 月 18 日。

如何拍摄哲学? 思想是什么形状和颜色? 如果我们要为路德维希·维特根斯坦这个也许是 20 世纪最伟大的哲学家拍一部电影,那么我们就要试图跨越思想与影像之间的鸿沟,即可以言说的东西与可以展示的东西之间的鸿沟。巧合的是,这种分裂也正是年轻的维特根斯坦十分感兴趣的一个话题。他在早期的杰作《逻辑哲学论》中提出,我们的语言可以为我们描述这个世界的样子,却不能把它说得很清楚;而《逻辑哲学论》试图要做的则正是清楚地描述世界,因此读者们如果想要真正理解这本书,就必须将它当作谬论。

因此,要想将维特根斯坦置于电影之中,我们就要先考虑一些维特根斯坦式的问题。(他本人着迷于糟糕的西部电影,原因之一是他不怎么认同阅读的价值。)最终,拍摄哲学的可能性就和描写大蒜味道的可能性一样小,不过,维特根斯坦也常常参与到艺术之中。一方面,他与同时代的许多其他哲学家不同,过着一种戏剧化的迷人的生活。他生于奥匈帝国一个最富有的家庭,是阿道夫·希特勒的同窗。他在弗洛伊德和勋伯格的维也纳受教育,家中的大钢琴多得数不清。路德维希的三位兄弟都自杀了,而他自己则放弃了所有的财产,在曼彻斯特做了一名航空工程师。后来他又离开那里前往剑桥,纠缠着伯特兰·罗素,并创作出了优美而难以理解的《逻辑哲学论》,可以说是勋伯格的音乐在哲学上的对应物。

这本书中的大部分文章都写于第一次世界大战的战壕中——在这场战争中,维特根斯坦总是请求调往更危险的地方,使军方总部经常陷入困惑之中。他认为,死亡也许能为他无用的生命带来一些意义,但是协约国却并没有施此恩惠于他,他在一种长期的精神痛苦中度过了余生。他是一个严苛、傲慢又专制的旧世界贵族,他认为哲学是毫无意义的,并且总是怂恿他的信徒抛弃它。他厌恶剑桥,不断地从那里溜出去为一个修道院当园丁。他有时住在某个挪威的海湾,有时则在戈尔韦海滨的某个偏僻的村舍里。他一度出现在莫斯科,要求在斯大林时代的俄国以一个卑贱的博士身份受训。他集修道士、神秘主义者和汽车修理工于一身,比起亚里士多德来更喜欢侦探小说。他精通手工劳动,并对此抱有一种近乎宗教的敬畏感。在剑桥有几次被人邀请去吃晚餐,他会用推车将所有的脏盘子送到楼上的浴室,有滋有味地刷洗它们,还会极端注重细节;不过,他也正是以这种精神,为他的姐妹在维也纳设计了一幢真正朴素的房子。

毫无意外,这位思想深邃、自我折磨的怪人对艺术家来说有巨大的吸引力。如果说康德是哲学家中的哲学家,罗素和萨特是每一个外行心目中的圣人,那么维特根斯坦就是诗人、小说家、剧作家和作曲家心目中的哲人,关于他的创造性作品越来越多,还在不断累积。《逻辑哲学论》中有大量的晦涩内容,读者们可望而不可及,可是它们竟然被谱成了曲;它的句子以一种戏剧化的德语口音嘶哑地说出来,是一种滑稽的一本正经的恶搞。

维特根斯坦能够很好地参与到艺术之中,其根本的原因是他本身就是一个伟大的艺术家。他认为,哲学可以表达一些事情——但是并没有什么真正重要的事情。而要得到真正重要的,你就必须求助于托尔斯泰或者陀思妥耶夫斯基、门德尔松或者圣·奥古斯丁。哲学问题看起来深刻,但是以一种不太恰当的方式来说,它们其实只是一些谜题,它们的出现是由于我们把某个"语言游戏"错当成了另一个。所以,哲学家的工作并不是向我们传达宇宙的秘密——因为这是诗人的工作——而是充当一种治疗专家,使我们的思想摆脱困扰着我们的伪问题,这样我们才能变得更浅薄却也更诚实。这种哲学思维风格非常适合牛津和剑桥大学温文尔雅揭露真相的道德理念,不过它的背后还隐藏着一种强烈的热情,而牛津剑桥只会认为这种热情是可笑的,是外国人才有的。维特根斯坦是最后的犹太伦理学家之一,就算只是为了保留他的精神根基他也得努力奋斗;他是欧洲人文主义的儿子,却被剥夺了继承权,只能漂泊在与自己格格不入的 20 世纪。

那么,一部关于维特根斯坦的电影应该关注他本人还是他的思想呢?最理想的是二者兼顾,但这也引发了一个棘手的问题,因为成熟时期的维特根斯坦最引人注目的地方,是他的生活与思想之间的反差,而不是连续性。维特根斯坦本人就是一个合适的治疗案例:刻板压抑、偏执的完美主义者、要求他的朋友比圣母玛利亚更虔诚,如果他们阻碍了他对圣洁的追求,他随时准备放弃他们中的任何一个。但是他后期的伟大作品《哲学研究》则十分幽默、懒散和随意,像是一部由笑话、影像和奇闻逸事编织而成的作品,而不是一部高度哲学化的著作。你想领会标准的公共性吗?你可以想象有一个人说"但是我知道我有多高",然后把手放在自己头顶上。你想了解真实和本体的奥秘吗?那么就想象一下,有一个人为自己买了第二份晨报,为的是确认一下第一份晨报上说的是真实的。这种风格本应该来自一个能在世界中感到自在和友善的人,也就是维特根斯坦绝不可能成为的那种人。

作为《维特根斯坦》的编剧,我对他的思想很感兴趣,但却缺乏直观的想象力。导演德里克・贾曼则正相反。于是,人们认为我们两人加起来也许可以合成为一个相当有能力的人,而当电影真正开拍时,情况真是如此。但是因为电影必须通过人物来表达思想,所以总有将人物简化为思想的危险——为了迎合英国人对传记的兴趣,还强化了一种非常英国化的反理智主义。尽管贾曼的激进主义主张令人钦佩,但他有一种非常英式的中产阶级感知力,这与他拍摄对象的俭朴和知识分子式的激情相去甚远。因此,这部电影并不总是那么精彩。对于中、东欧的年轻人来说,斯宾诺莎很可能等同于某种意面,笨拙地伪装成哲学家,蹒跚而行。一群夸张搞笑的火星人无缘无故地出现,说着一大堆令人尴尬的奇思怪想。(我发誓,这些都不在原剧本中。)但是卡尔・约翰逊真的和路德维希很相像,他有着非凡的热情和才智。另外,电影中的许多闪光点都来自贾曼古怪的创造性想象。这部电影能拍出思想吗?我对此表示怀疑。没有人能理解《逻辑哲学论》的精髓。

如果你要拍摄一个哲学家的故事,你需要一个对思想有一定尊重的导演。不过,《维特根斯坦》让你对路德维希的思想有了一个合理的大致了解,同时还提供了一些令人难忘的生活画面。

诺贝尔托·博比奥

原标题为《仅为取乐》，诺贝尔托·博比奥著《赞美驯良：伦理及政治学论文集》评论，首次发表于《伦敦书评》，2001 年 2 月 22 日。

政治上的左翼在伦理学上总有许多麻烦，在理论上是如此，在实践中也是如此。实践中的问题几乎不需要细说。这是 20 世纪最大的悲剧之一，社会主义在最需要它的地方被证明是最不可能的。人类解放的先决条件是所有现代性的宝贵成果——物质财富、自由传统、繁荣的公民社会、有教养的民众，可是解放的美景却像一种光芒，引导着那些被剥夺了这些优势的穷困国家寻求挣脱锁链。那些富有的国家本可以为其铺平通往自由的道路，却避开这些贫困国家，任其人民在枪口的驱使之下走向现代性，并造成罪恶的后果。人们不会将法西斯主义描写成悲剧，不管它实际上带来了多少悲剧性的破坏。但是斯大林主义是一种古典类型的悲剧，因为在亚里士多德称之为"情节突变"

的致命逆转中,社会主义的高尚意图走向了反面。

　　理论上的问题尽管严重,却并不会带来灾难性的后果。比如,马克思永远无法决定伦理学是自己作品中所说的那个事物,还是与之完全相反,是资产阶级的故弄玄虚。就算他有时也被公平的观念所吸引,因而指责劳资关系是一种"抢劫",可是他更常摒弃道德观念,认为它们是意识形态的包袱,是上层结构的杜撰,是我们的统治者为了使他们的统治权显得可爱而采用的手段。在尼采看来,道德属于史前时期;它是必然王国的产物,但在自由世界将没有它的位置。

　　马克思对道德的蔑视特别有讽刺性,因为在这个词语的古典意义上来说,他自己就是一个道德学家。如同诺曼·格拉斯所评论的那样,马克思相信道德观念,但是他不知道自己是相信的。而他不知道的原因则是,他错误地将道德与资产阶级道德主义等同了起来,而他对后者的否认是肯定的。简言之,他太尊重其对手的构想,就像当今的某些不谨慎的左派,他们否认"传统"的原因在于他们考虑的是卫兵交接,而不是宪章主义者的交接。道德主义是这样一种信仰,其中存在着一个特定的道德问题的领域,但是就像亚里士多德所理解的那样,没有自发的"道德"论题可以从城邦复杂的制度生活中被抽象出来。只不过在现代时期才提出了这种异化的观点,就如同现代人认为世上存在着某种叫作美学的事物,这个事物不仅独立于社会,而且还或多或少是社会的对立面。亚里士多德在他的《伦理学》一开始写道,有一种科学涉及至善,然后还告诉我们——令人惊奇的是,尤其是考虑到他的书名——这门科学叫作政治学。

　　马克思是一个隐藏着的亚里士多德式的学者,也是一个传统的道德主义者,这只是因为他在考虑到社会和历史环境的情况下,提出了关于公正、平等这些问题。即使这不幸使他很容易就将它们疏离出去，可同时也将他从现代主义的错误中挽救了出来，这样的错误包括，通奸是一个道德事件，但是公有制却是一个政治事件，伦理学是你在床上做的事情，而政治学或者经济学则是你离开床以后做的事情。但是马克思是亚里士多德式学者的另一个原因在于，他是从美德的角度而非责任的角度来看待伦理学。和亚里士多德一样，他认识到美好生活的真谛在于享受，人类生活的目的在于幸福或安康，这包括多方面的繁荣，需要充分实现历史赋予的力量和能力。这正是阶级社会不允许发生的情况，而预先阻止它发生的武器之一就是道德。弗洛伊德后来将道德意识形态，或者说是超我，认定为一种疾病，一种狂热的、虐待狂式的理想主义，它驱使我们以正义的名义进行自我毁灭。

马克思在这里所做的，是将整个伦理问题从"上层建筑"转移到了"基础"处，虽然他好像并没有意识到这一点。尽管他似乎认为他已经摆脱了伦理学，在没有注意到事实的情况下简单地重新安置了它，但是这并不是真的。因为社会的物质"基础"不仅仅包含了生产资料和生产关系，而且还有人类生产力；而马克思所认为的美好生活，就存在于它们不断的自我实现和发展。对他来说，这包括了品尝桃子或者听协奏曲之类的活动；他的生产观念远不是晦涩的经济主义，实际上却是太过宽泛，令人不安。于是，伦理生活的存在，必须允许这种创造性的力量突破任何压抑着它们的"上层建筑"，其中也包括道德观念。在这一点上，马克思也和他的同胞弗里德里希·尼采是一样的，甚至和威廉·布莱克也是一样的。

不用说，这种伦理学绝不是没有麻烦的。作为一个亚里士多德思想和浪漫主义的奇特组合，它试图假定，人力只会在受到压抑的情况

下才会产生病态。不过,炖煮活婴儿的冲动是否也是这种情况,我们
还不是很清楚。如果马克思和疯狂的自由意志论者,比如戴·赫·劳
伦斯,都相信我们所有的力量都应该得到实现,原因仅仅是这些力量
属于我们,那么他是幼稚的自然主义者;但是如果他并没有这种不光
彩的观点,就必须列举出一些标准,这样我们才可以通过这些标准从
自身的各种能力中,为自我实现选择出合适的部分。但是一旦你已经
抛出了一些卓越的规范,要这样做就很难了。

在他早期的《经济学哲学手稿》中,他试图凭借"类存在"这样的概
念来回避所谓的自然主义谬论,因而总是在事实和价值之间含混地徘
徊。他想从我们作为一个物种的状态开始逐步发展他的观点,直到提
出关于性质和价值的问题。这又完全是一个传统的道德事业,托马
斯·阿奎那可以毫不费劲地将它辨认出来。道德主义和唯心主义一
定要被驳倒,关于我们应该做什么的问题必须以某种方式与我们联系
在一起。但是要驱除简化论的幽灵并不简单,如果你从一开始就将一
些道德准则偷偷带进了对人类本质的描述,那么要从人类本质的实际
情况中衍生出道德准则就更容易了。

19 世纪后期的一些马克思主义思想对这种费劲的道德人类学感
到厌恶,因而转向康德,希望在他那里找到道德指引。实证主义形式
的历史唯物主义者也许可以宣称社会主义是必然的,但是他们无法保
证社会主义可以令人满意。确实,历史中的必然完全可能是件令人生
厌的事情。这种马克思主义思想容不下任何价值问题的存在,这样一
来,除了它的机械唯物主义,还加上了一个唯心主义道德论,简直糟糕
透了。直到马克思主义者重新发现了黑格尔,特别是通过乔治·卢卡
奇的著作,这种无益的联系才得以取消。在我们的时代,当一些后结

构主义思想开始不合时宜地转向康德主义时,它又被提及,因为这些思想和机械的马克思主义一样无能,只会将道德准则与它所处的世界隔离开来。但是机械马克思主义的问题在于,它的世界观从一开始就排斥价值的存在;而后结构主义的问题是,它对世界根本就没有看法。在这种思想脉络中,你弄不清楚世界的方向,因而也无法得知我们人类应有的作为,因为世界根本就没有什么特殊的方向。不过对实用主义者来说,确定世界的某个方向,并不是我们应有作为的原因,而是结果。

康德式的道德论,连同它的那个普遍责任性和必要性,看起来似乎与亚里士多德或马克思的"美德"道德论格格不入。阿拉斯代尔·麦金太尔和伯纳德·威廉姆斯都曾对这两种学说的谱系作过极好的对比,他们最终都将康德式的道德论拒之门外,尽管其理由是大相径庭的。意大利政治哲学家诺贝尔托·博比奥则更谨慎一些。在这些关于伦理和政治的文章中,他都只是将这两种学说当作不同的观点,而不是相反。尽管博比奥没有继续说明白究竟是怎么回事,但是他认为马克思的情况是这样的:马克思追随了康德的思想,认为道德主要讨论的是幸福,而不是责任和规定,他的这个想法是正确的;但是他也反对美德派道德学家和浪漫派人文主义者,他坚持认为,为所有人创造美好生活的过程中必定包含着种种令人不快的现象。但是没有它们就无法建造社会主义,同样,没有自我牺牲也无法实现社会主义。

麦金太尔坦率地将这种自我牺牲当成"罪恶"给摒弃了,在某种意义上来说,它确实如此;它绝对不是典范的生活方式,就好像女权主义者不需要被提醒其身份一样。然而,对马克思来说,如果各方面的美好生活要得到保证,这种"罪恶"就是必须的。要不是历史中存在着可怕的压迫,情况也不会如此悲惨。不幸的土地需要殉道士,甚至是激进主义者。然而,考虑到历史已是如此残暴,它的转变就不可避免地意味着,为了别人的自我实现,某些人至少必须放弃他们自我实现的一部分。马克思自己就是这样一个例子;这也是为什么他既有康德的一面,也有亚里士多德的一面。

因此,自律而又具有自我牺牲精神的革命者,最终将会为我们布置好一个彻底解放了的未来景象。他或她并不是这个未来的标志,而是代表了为实现这个未来所被夺走的东西,就如同贝尔托·布莱希特在一首诗中的评论:"啊,我们想为友情打下基础,/可是我们自己甚至无法友善一些。"同样,修道士或者为了宗教原因而保持独身的人并不是天堂的化身,只不过是一个戏剧化的能指,代表了在一个不公平的世界中,为了到达天堂我们必须要放弃多少事物。所有这些放弃都自成为一种消极的乌托邦。博比奥这个来自马基雅维利祖国的人,在这本薄薄的书中兴致盎然地提到"目的为手段正名"的学说;但是在博比奥的叙述中,这两者之间的创造性脱节与《君主论》中的阐述大相径庭。苦行、禁令、法规和自我压抑可以是实现一个好目标的"坏"手段——"坏"在这里指的是,它们除了对实现那个目标有帮助以外,本身并不能成为可以得到人们认可的生活方式。但是,唉,尽管历史已经证明,它们对实现终极目标至关重要,懒散的实用主义者和后现代主义者却没能觉察到。对于他们之中水平较低的那部分人来说,所有的禁令都是上帝恶毒的意旨,仿佛禁止焚猫是对个人的自我实现所作出的荒唐约束。

佩里·安德森称博比奥是"意大利政治秩序的道德良知",确实,博比奥在实际的政治生活中是一个相当有影响力的人物。作为意大利反抗运动在政治上的主要导师,他两次遭到墨索里尼的关押;战后他对意大利共产党既抱有同情心,又不忘对其进行严苛的批评。他的批评为其转变打下了基础。20世纪70年代早期意大利共产党转向欧洲共产主义,几年后,博比奥与之合作共同起草了意大利社会党的宪章。今天,他已经91岁了,仍然十分活跃,是意大利的终身参议员、荣誉教授,有着圣人一般的神圣地位。

反抗运动驱使博比奥从一个自由主义者变成了社会主义者,在反法西斯的斗争中他结合了这两种力量,而且,这两种信条之间的关系还形成了他哲学观中的一个重要主题。他相信社会主义是自由主义的固有成就,不过他还是为他所谓的"追问的价值,疑问的纷扰,对话的意愿,批评的精神,评判的适度,语言的审慎,对事物复杂性的感知"作了辩解。套用其最著名的马克思主义同胞的口号,这是一种理智上的社会主义,以及感情上的自由主义。这些关于民主主义、偏见、种族主义、真理、宽容和其他类似主题的小文章,露出了旧时代的印记,尽管它们有着高得离谱的精装书价格。不过,它们还是凭借一种敏锐的洞察力,窥探到宽容和怀疑这两种态度之间的区别、人类偏见的源头以及伦理学和政治学之间的关系。既然它们还称颂柔顺为一种政治上的美德,它们就不太可能成为彼得·曼德尔森喜欢阅读的东西。

博比奥区分了伦理学和政治学之间的四种关系。有两种一元论分别可以使伦理学变为政治学(霍布斯),使政治学变为伦理学(伊拉兹马斯、康德);还有一种灵活性更强的一元论认为,政治学应当就是有关伦理的,但是在某些方面需要得到豁免;而对地道的二元论来说,政治构建了它独立于伦理的自主领域(马基雅维利)。对最后这种思想潮流来说,伦理行为有其内在的价值,而政治行为则只有工具的价值。尽管博比奥在书中并没有论及究竟是什么粉碎了这两者之间的对立,但他一生都关注的一个现象则正是这个问题的答案:民主。究竟是什么区分了左派和右派? 这个问题等同于在问:民主是否具有内在的价值,还是只有纯粹的工具价值? 对思想保守派来说,民主也许有它的效用,可是它本身是不好的。单个国家元首做出正确决定,优于一群掌握权力的人民笨手笨脚地做事。尽管民主也许能在英格兰的土地上繁荣起来,但是它很可能不适合葡萄牙。对左派来说,民主既有内在的价值也有工具价值:它是一种可以通过吸收尽可能多的仲裁人来实现正确判断的方法,但是它涉及的自我裁决也是一种道德上的善行。事实上,即使讨论中的决定是灾难性的,它也还是善行。对左派来说,人类也许会滥用他们的自由,但是如果没有自由他们就不是完整的人;而对右派来说,基本上,重要的不是我们做决定,而是我们决定了什么。

这本文集中的一篇文章《失败的众神》,谈论了恶魔的问题。与一些忸怩作态的激进分子不同,博比奥毫不犹豫地说出了"恶魔"这个词,因为他几乎从头到尾都经历了这个世纪的种种怪事。人们需要一些这样的语言来区分纳粹的"最终解决方案"与火车大劫案,而它不需要带有形而上学的含义。但是在这里博比奥错过了一个机会,没能将恶魔的问题和其对内在性和工具性的对比联系起来。斯大林的清洗运动不管有多恐怖,都是有某种目的的;相比之下,对犹太人的大屠杀则代表着罪恶的另一种形式,它更令人困惑、难以捉摸,但看起来基本没有任何动机。诚然,罪恶有实用主义的外表;但是人们很难否定杰弗里·惠特克罗夫特的观点,即所有罪恶中最难解的事实是它的无意义。普里摩·列维指出,使受害者遭受虐待和羞辱,拖着他们毫无意义地横跨欧洲,这完全没有必要,因为无论如何他们都会被消灭。为什么不直接在床上杀了他们?如果你觉得屠杀的原因在于满足纳粹实现种族纯洁的欲望,这只不过是将问题又推了回来:为什么他们有这样的欲望?这种欲望并没有任何理性的动机,比如说是为了政治自由或者更有活力的经济等等。

在传统神话中,恶魔被描述成喜欢为了破坏而破坏。确实,这是他唯一可以释放其难以忍受的痛苦的方式。受到诅咒的他们都在痛苦之中,却从邪恶中感受到了狂喜。这种无动机的、埃古式的恶毒意愿似乎可以自圆其说,因此加入到了一个优等客体门类中,那其中也包括上帝和艺术。和那些本性残忍的事物一样,它有着使人难以理解的特征。恶魔曾是天使,这一点也不会令人感到惊奇,因为善良同样也是非功能性的。在一个如此破败的世界里,善良不能为你带来什么,这就是为什么,如同亨利·詹姆斯所知,它和美学一样毫无意义。最终,一个人必须善良只是因为自己乐意而已。恶魔是那些在自己的本体根源上感觉到某种可怕的非存在(non-being)的人,他们发现这种极度混乱体现在某个特定的人物身上,无论是犹太人、女人、同性恋还是外国人。于是,消灭这种异类就成了让自己相信自己存在的唯一方法。只有在肢解异己这种可憎的享受之中,你才能填充好自己身上存在的裂缝,甚至可能还要在身边创造更多的邪恶来避开虚无的威胁。

因此,破坏说到底还是有目的的:它是为了给予你一个身份。但是既然想要这个身份也没有什么特别理由,既然从他人的毁灭中收割愉悦本身就是目的,那么也可以将破坏看成完全自我维系的。受诅咒的恶魔无法停止他们的痛苦,因为这与他们的感官享乐有密切关系,他们无法逃脱上帝意旨的残忍虐待,因为这正是他们想要的。而且这也是他们绝望的原因。但是既然我们都渴望上帝残忍的意旨，那么这种邪恶就既是极为罕有的，又是极其普遍的，至少，如果我们相信弗洛伊德，那情况就是如此。然而，它也有一些强有力的对手，这些对手就列在博比奥的文章标题之中，其中包括谦虚、谨慎、温和以及诸如此类的其他美德——他指出，这是那些"除了死后在墓地中留下一个刻有他们名字和祭日的十字架以外，没能在世界上留下任何存在过的痕迹"的人可选择的另一类道德准则。

乔纳森·多利莫尔

原标题为《美好的晚宴一去不复返，暴君和牙痛也一样》，乔纳森·多利莫尔著《西方文化中的死亡、欲望和失落》评论，首次发表于《伦敦书评》，1998 年 4 月 16 日。

文学理论爱上了失败。它带着厌恶感看待任何完整的、自我同一的、自得而饱满的事物，却着迷于缺失、陈旧、僵局和自我毁灭。文学作品一旦开始变得失控或自相矛盾，或者当它们的边缘被拆解，暴露出心中清晰的沉默，就会受到文学理论的关注。如同某些冷酷无情的治疗专家一样，理论家只专心于揭露这些文本在精神上有多么凌乱不堪，尽管它们可悲地试图使自己显得明晰有理。文学理论是失败者的美学，它支持那些卑微的个别情况，尽管这些情况能对一部史诗的结构造成严重的破坏，或者使一个小说家的计划陷入混乱。

黑格尔将这称为消极劳动，但它似乎很适合这样一个在政治上持怀疑论的时代。在这个时代里，没有人再会被强大的生命力或者无条件的承诺所打动,讽刺或者双关似乎才是我们最可能接近的东西,而这些东西在更自信的过去被称作真相。在所有这些情况中,欲望这个观念都扮演着十分关键的角色。因为根据精神分析学,欲望是一种莫名的渴望,无法通过任何一个特定客体来实现,因此它极其符合这种消极观点。与其说欲望是对文学明星或一顿丰盛大餐的渴望,不如说它是一种空洞的、不及物的渴望,其各种目标最终都被证明是彼此的任意替代品。欲望就像一个躁动不安的孩子,会粉碎任何在匆忙中制造出来使他保持安静的东西,然后不耐烦地转向下一个易碎的小玩意儿上去。欲望源于匮乏,它一心只想维持自身的运转,为了这个愚蠢的痴迷目的而操控了一些零星的赛事、无所不能的梦想或者他人的欲望。但是,由于欲望的所有对象都不能真正满足它,因此欲望也表现为一种狂暴的过度行为,一种持续不断的拒绝,带有一些革命政治才有的毫不妥协的干劲。

在政治上来说,文化理论中这个最近才出现的形而上学的英雄可以是两全其美的。如果说它纯粹是消极的,无法被完全压制,那么它仍然还有暴动所需的全部的积极力量。在这一点上来看,它和死亡是类似的,死亡也超出了表象——在多种意义上,死亡都是我们经历的最后一件事——但同时也是残酷的现实。这就难怪"欲望"这个词会经常突然出现在失望的激进主义者所写书籍的书名之中,他们推翻一切事物的热情,只能与他们对能否实现这个愿望的怀疑相匹配。这类书名的出现有一个很不高尚的动机,它们指望赢得双重读者群,可以盘旋于学术成就和哗众取宠之间,以及文化研究和紧身衣式的催情剂之间。这些书的作者通常坚称需要将其历史化,却很少瞥见他们本身着迷于欲望时所处的历史环境。

乔纳森·多利莫尔的《西方文化中的死亡、欲望和失落》一书在书名中成功塞进了不下三个让人浮想联翩的否定词,对"耗竭"的强调与他此项事业的雄心壮志格格不入。从阿那克西曼德(Anaximander)到艾滋病,多利莫尔的研究范围相当广泛,他强调,放弃自我的驱动力一直潜藏在西方的本体观念中,尤其会在性欲之中表现出它的"固执、致命和心醉神迷"。此外,这还暗藏着对后现代主义理论家的指责,因为他们认为,明确的"人文主义"主题现在已经让路于"去中心的"主题。(奇怪的是,这种理论家根据不同的历史阶段,也将思想视作压抑理性的一部分。)相反,多利莫尔锐利地注意到,当西方主题四分五裂之时,我们就能更明确地将它看清楚。

就像现在所有的理论研究应当做到的那样,这本书聚焦于一个难以置信的僵局。变化无常既是欲望的敌人,也正是它的媒介,因此"正是欲望的本质阻止了欲望得到满足,使欲望变得'不可能'"。从古希腊人到传道书的作者,从佛陀、圣·奥古斯丁到文艺复兴时期的诗人,死亡不仅仅是一个终结,还是内在的毁灭,它如同欲望颠覆性的行为一样,从内部开始侵蚀我们。如果说必死的命运和禁令一样,能使我们的愉悦更甜蜜,那么它同时也能戳破我们的愉悦;如果说欲望疯狂地拆散了自我的统一,那么它这么做也只是为了预言一个更彻底的衰亡。对浪漫派的自由意志论者来说,欲望受到了外来力量的阻止,但在理论上它总是能抵挡住这种阻力;真相则并不那么乐观,欲望自掘坟墓,损害了所有它信奉的事物。

在开始考虑启蒙思想中暗含的对死亡的否定之前,这本书巧妙地追溯了这个主题的历史,遍及莎士比亚、蒙田、罗利、多恩和一系列早期的现代他者。让·鲍德里亚评论道,在现代性中,"死亡是不正常的",这是有一定道理的——死者仅仅通过不再存在于我们周围,就犯了某种极其恶劣的错误。完全不存在是极端主义的一种令人不安的形式。多利莫尔自己也怀疑这个论题,就像米歇尔·福柯怀疑维多利亚时代的英国人会对性欲感到害羞一样。在多利莫尔的眼中,现代性并没有狠狠地压制死亡,而是对它进行了更多的调整,通过这种方式,我们可以对死亡进行无限的分析。他自己的书大概就是一个例子。但是这样做就有点儿太过于轻巧地忽略了一个事实,即对一种相信自己可以掌控一切的傲慢文化来说,死亡必定会显得有些令人反感。我们必定能在后现代主义躯干上找到这个时代真正的柏拉图哲学,以及理想主义者试图完全否认物质极限的幻想,这种极其柔韧的非实体存在可以被刺穿、变丰满、被挖出、重塑、改换性别,但是最终仍不能避免成为废品。用来允诺永恒生命的神圣仪式——烧香、喝神血、宰杀肥硕的牛犊——现在成了一种焚烧油脂、喝苹果汁但决不吃牛犊的礼拜仪式。

多利莫尔通过现代哲学追求着他的主题。黑格尔的辩证法试图将死亡吸收到生命之中去,而他的"精神"发现它的真实性只存在于对它们进行分割的过程中。对海德格尔来说,唯一真实的生命欣然接受了死亡的存在,并将之当作存在(德文:Dasein)或人类存在的内在构造;而对萨特来说,人性只是"未来的欲望",是一项悲剧性的、没有终结的事业,受到自身的不足或虚无的驱赶。在叔本华阴郁的作品中,欲望被重新命名为愿望,是一种必定会进行自我阻挠的奋斗,只有死亡或者美学中无私的冥想可以使它得到宽慰。弗洛伊德则认为,生命只是一条通往死亡的精致而又迂回的道路,因此他被迫得出这样的结论:"具有性本能的事物本身,是不利于实现完全满足的状态的。"与其在实现的过程中失去自我,欲望宁愿自己的存在完全被死亡冲动所征服。

这本书旋风般地对欧洲思想进行了一次巡礼,因此它的内容都是浓缩的,写黑格尔只用了七页半,大卫·休谟则只有一页多一点,如此等等。我不禁联想到了《巨蟒》中提到的"总结普鲁斯特"的竞赛,参赛者只有三十秒钟的时间来说出(《追忆似水年华》的)梗概。就像欲望本身的作为一样,这本书冷酷地从一个作家谈到另一个作家,从他们那里攫取所需要的东西,却毫不理会他们特有的质感。文学作品因为它们抽象化了的内容而遭到劫掠,它却一点儿都没有察觉到艺术形式的问题。这本书的结构拙劣地模仿了它自身的主题:欲望的主体使得叙述得以进行,但是也对叙述的圆满完成在内部造成了一种阻碍。而且古怪的是,和欲望一样,受到审视的各个客体,从帕尔米尼底斯(Parmenides)到卡瓦菲斯(Cavafy),结果看起来都差不多。

即使如此,此书仍是一部令人印象深刻的、评述详尽的作品,尽管它忽略了其主题中的一个重要道德尺度,不过这并不令人惊奇,因为在这个时代中色欲比伦理更流行。在对基督教的一些评论中,多利莫尔正确地抵制了左倾人文主义者通常对信徒所作的讽刺,讽刺他们对生活的病态否定。他认识到,禁欲的苦行也有解放的一面,它关注的是未来的转变而不是现世的憎恨。他也许还会补充说,据称圣·保罗反对肉欲,对他来说,身体上的性结合象征着基督和他的人民之间的关系,而且,在基督教的传统中,独身就意味着牺牲。因为如果你要放弃的是你认为没有价值的东西,那么牺牲也就不存在,所以相对于尼采可能会发出的嘲笑来说,基督教的禁欲苦行其实是一件复杂得多的事情。但是对于基督教神学来说,这种牺牲的至高典范不是独身禁欲,而是殉教。在讨论马克思和费尔巴哈的时候,多利莫尔视马克思主义为"社会化"之死,从而将注意力从容易消亡的个人转向更持久的人类种族。但是殉教也是个人死亡的社会化,它将死亡转化成他人的生存方法之一。其中的不同在于,自杀者放弃的是那些他已经无法忍受的东西,而殉教者放弃的则是他最珍贵的所有物,而且他还希望殉教能产生美好的结果。

在基督教神学中,你过去如何生活决定着你是否能以这种方式拥抱死亡。如果你在生活中无法为别人牺牲自己,那么你将像威廉·戈尔丁笔下的品彻·马丁一样,被困在地狱之中,无法真正死亡。在戈尔丁小说的最后,马丁逐渐缩小为一双巨大的、像龙虾一样的爪子,固执地保护着黑暗的自我中心,远离了上帝无情的恩惠释放出的"黑色闪电"。马丁拒绝接受被撕碎的命运:他是某种恶魔中的一员,他们认为自己太重要了,因而不应该遭受任何像个人毁灭这样悲惨的命运。叶芝也许也还没能加入这样一群感觉优越的人,但是他为自己所写的令人毛骨悚然的墓志铭却也相当亵渎神明:

> 投以冷冷的一眼
>
> 向生活,向死亡。
>
> 骑士,打此而过!

他蔑视死亡,视之为只适合小职员和小商人的粗俗行为。

当圣·保罗谈论到我们每一个时刻都在死亡时,他想到的就是殉教者所认为的死亡在生命中的意义。无私地生活指的并不是以一种自我消解的状态存在着,而是以某种方式行事,这就需要你保持理智,并拥有一个相当达观的自我。真正的自我放弃并不是政治上的服从或者性感官上的轻率愉悦,而是在服务于他人的同时期待着自己的死亡。可怜的海德格尔正是忽略了这一点,因此没能把他所谓的"同在"——与他人共生——与坚强面对死亡的真实性联结起来。于是后者被贬低为一种孤立的英雄主义,言外之意就是令人讨厌的法西斯主义。如果说死亡清晰地表达了生命,那也是因为它象征着一种自我的遗弃,而这正是美好生活的典范。这不仅仅是因为虫子潜藏在花蕾之中,或者是因为我们的成就在我们的口中化为灰烬,或者是对自身有限性的察觉使我们不再狂妄自大,或者是生命的短暂使得我们的感知力更强烈。

"要知道如何生活,"多利莫尔睿智地评论道,"你首先必须知道如何死亡。"作为将降临到我们大部分人身上的最戏剧性的事件,死亡将被表演出来而不是被忍受下去,这是我们必须擅长的一件事,就像是演奏长号或是忍受麻烦一样。我们是否能用某种程度的热情来圆满完成它,就像戏剧表演一样,取决于练习。在一个值得尊敬的道德传统中,生活就是我们永不停止的排演过程。但是这并不是单纯地将生活看作一个死亡的前厅,因为在了解死亡的基础上去学习如何生活,就是在学习如何使自己丰富起来。

在多利莫尔的书中,关于可变性的研究和关于死亡或欲望的研究有着相同的分量,这个主题既深奥又乏味。(作者的文风也可以得到类似的评价,因为他总是在毫无深度而又单调的功能性散文中讨论重大的问题。)没有比万物都将灭亡这一真相更令人震惊的事了,但是也没有比这个真相更令人厌倦的话题了。在这本书靠近结尾的部分,多利莫尔似乎回想起,可变性终究并不总是一件坏事情。如果美好的晚餐已经一去不复返,那么暴君和牙疼也将是如此。塞缪尔·约翰逊将所有的改变都当作巨大的罪恶,而布莱希特则似乎认为改变这个纯粹的事实天生就是一出喜剧,与其中某些特定的使人不快的实例相反。在他所写的一个寓言中,考艾纳尔先生离开他的出生地很长一段时间后重返该乡村,村民高兴地说他一点也没有改变。"考艾纳尔先生,"布莱希特写道,"脸色变得惨白。"

如果说多利莫尔太过于偏向于苦难的短暂性,那么他也夸大了它的中心性。人类生活中令人压抑的东西大部分都来自惰性和固执,而不是来自树叶的掉落。就像弗朗西斯·穆尔赫指出的那样,后现代主义和历史主义的思想倾向于将历史归纳为改变;但是"历史也很决然,因为它身上存在着更重要的特点——连续性"。没有什么想法比"朝生暮死"存在的时间更长更有持续性的了,而这本书在进行说明时并没有注意到其中的讽刺。从古代的城邦到同性恋酒吧,在多利莫尔的思维路线中,历史的观念有时看起来确实只是柏拉图的一个注脚。可变性也许为这本书提供了主题素材,但是对它的处置是以一种不变的方式进行的。对政治上的激进分子而言,这恰恰说明了一个事实,即事物并没有发生多大改变——比如瘫痪的马克思"历史噩梦"论,我们需要尽力挣扎才能挣脱这个理论——这才是问题所在。

《西方文化中的死亡、欲望和失落》这本书大胆地超越了历史,其作者自称为文化唯物主义者。曾经有一两次它停顿下来,把其不断重复的故事主线作为史实记录下来。从赫拉克利特到叔本华,多利莫尔观察到,对死亡的沉思更容易在历史危机的背景下突然发生,因为那时失败的政治现实会导致人类社会中出现高尚的自我克制。毕竟,弗洛伊德关于死亡冲动的伟大作品起源于第一次世界大战。叔本华则主张,如果我们完全不存在,那么我们都将好过得多,据说他也曾将小型观剧望远镜递给一个士兵,帮助他瞄准一个革命暴徒。这是一个能表达文化和政治之间关系的、十分具有启发性的讽喻。

在《现代悲剧》中,雷蒙德·威廉斯谈及人们可以如何称呼死亡政治的问题,他坚称,为了对抗被他视为反动的形而上学,死亡政治在文化中可以是反复无常的:"当我们说人是独自死去的,这并不是在陈述一个事实,而是在提供一个解释。因为人确实可以有很多种死亡方式:死在亲人和邻人的臂弯里和陪伴下;死在对痛苦无知无觉的情况下,或在药物镇静的空白状态下;死在机器的猛烈分解和平静的睡眠中。"对一个威廉斯这样的人文主义者来说,"我们都是独自死去的"这个陈述提供的信息量不大,和宣称我们都独自吃饭或睡觉差不多。这只是用另一种方式来说明,正是我在经历这个特定死亡过程的某一时刻,即使你也正在我身旁跟着一起咽气。但我们可以有两种截然相反的方式,来否认死亡在本质上是悲剧性的,否认它是一种令人无法忍受的自我疏离,它将意义从人类的生命中除去,从而使保守的荒诞主义者得利。一种方式来自威廉斯,他主张,死亡的概念只是对不同文化背景下死亡方式所作的一种抽象,就像你也会断言,精神分析中令人难忘的独特"欲望",是对各种各样的需求所作的一种抽象。或者,你可以采用另一种截然相反的方式,把死亡当作一种毫无价值的生物学现象,如同肠子里的隆隆声一样,它在本质上几乎没有任何重要性可言。从这个角度来看,死亡并不比乌鸦的鸣叫更有悲剧意义或者更乐观、更荒诞或者更有助于解放。

多利莫尔的研究否定了这两种策略。他坚持认为,此处确实有超越历史的事实需要研究,因为没有任何一种历史相对论能轻松地解决这个问题,以我的眼光来看这是正确的。在这个意义上说,这本书叙述的重复性就有一定的意义。但是他对可以代替文化叙述的自然主义说明方式态度也很谨慎。他发现,在死亡之中,就像哈姆雷特与克劳狄斯的对立一样,存在着某种超越了所有自然事件的、令人反感的东西。这本书的情感根源于深刻的悲哀感——这悲哀来自一个有着同性恋身份的知识分子,对他来说,死亡和欲望合谋带来的最新的悲剧就是艾滋病引发的灾难。研究的最后部分直接转向了这一主题,其中包含了最动人、最复杂的探索。但是自然主义和文化主义的观点并不一定是矛盾的。死亡确实是一个自然事件;但是我们的天性就是可以从生物学上的既定局面中创造出些什么来,就像我们超越生物需要的一种欲望。表演一个人的死亡,就是在将事实转换成价值,从虚无中变幻出一些东西来;我们是否能做到这一点并不仅仅取决于我们死亡时的情况,还取决于我们是如何生活的。罗伯特·麦克斯威尔可能是在这样一种状况下离开这个世界的,从任何字面意义上讲,这一状况下这种表演的整个概念都是无关紧要的。但是,即使他是在床上去世,所有的官能都完好无损,他除了以类似消化或出汗的方式死去之外,还能做些什么,这一点很值得怀疑。

彼得·布鲁克斯对身体的看法

原标题为《我有一个身体的说法并不准确,而我是一个身体的说法也不准确》,彼得·布鲁克斯著《身体活儿》评论,首次发表于《伦敦书评》,1993 年 5 月 27 日。

在当代批评中马上将会出现比滑铁卢战场上还要多的身体。残缺不全的肢体、受尽折磨的躯干、被烙印或被监禁的身体、被规训或被渴望的身体:在这种对身体的时髦转向中,要区分当地书店的文学理论区和软色情书架,要分清罗兰·巴特的晚期作品和杰姬·科林斯(Jackie Collins)的最新小说,变得越来越难。许多热衷于自慰的人一定会把一些看起来和性有关的大部头书抱走,却发现自己研读的只不过是一些浮动的象征符号。

对性的兴趣开始于 20 世纪 60 年代晚期,是激进政治学的一种延伸,在过去它是被可悲地忽略了的区域。但是当革命激情逐渐退却,对于身体的关注则日益增长,进而取代了革命的位置。70 年代,我们有阶级斗争和性；80年代我们就只有性。昔日的列宁主义者现在是正式的拉康主义者，每一个人都调换了位置，从生产变成了变态。格瓦拉的社会主义让路于福柯和方达的肉体主义。和往常一样，在美国，这个转变发生的规模最大，这个国家一开始根本就不理解社会主义，在那儿左派可以从福柯的极其法国式的悲观主义中，为他们自己的政治无能找到一种高雅的论据。对弗洛伊德来说，盲目崇拜就是一种插入了令人无法忍受的裂缝中的东西；而性现在变成了最伟大的盲目崇拜。从伯克利到布朗克斯，所有的教室都找不到比性更性感的事物了；另外，对身体健康的关注现在升级为美国整个国家的疾病。

于是，身体既是深化激进政治的生死攸关的焦点，同时也是激进政治绝望以后寻找的替代物。关于身体语言有一种迷人的唯物主义思想，它补偿了某些现在处境非常麻烦却比较古典的唯物主义流派。作为一种难以根除的局部现象，身体十分适合后现代主义对宏大叙事的恐惧，也非常适合美国实用主义和具象之间的暧昧情事。既然在任何时刻我都知道我的左脚在哪里，从来不需要用指南针，那么可以说身体提供的认知模式，和现在深受嘲弄的启蒙主义理性相比，更深入、更本质。在这个意义上来说，关于身体的理论担负着自相矛盾的风险，只能为心灵找回那些意在使它泄气的事物；但是如果说身体在逐渐抽象的世界中能为我们的感官带来确定感，那么它也可以是一件精心编码而成的事情，因此能迎合知识分子对复杂事物的热情。它是自然和文化之间的枢纽，根据一种公平的标准为这两者带来了可靠和微妙的感觉。确实，思考者的恐怖小说极好地将理智和情感结合起来，但除此之外，还有什么可以说是精神分析学？

对哲学家和心理学家来说，"精神"仍是一个性感的概念；但是文学批评总是关注着无家可归的智者,期待他们的思想得以丰富和体现。在这种程度上来讲,新的肉体主义仅仅是对过去机体论的回归,只不过语体风格更复杂而已。我们拥有的不是像苹果一样丰满的诗歌,而是像腋窝一样世俗化的文本。向身体的转变最初起源于结构主义者对意识产生的敌意,这种转变象征着鬼魂最终从机体中被驱逐了出去。身体作为讲述人类主体的方式,并不需要先变成多愁善感的人文主义,因此可以避免那种使米歇尔·福柯恼火的混乱的内在化状态。考虑到它所有这些快乐的轻浮行为,身体语言因此也成为压抑的最新形式;后现代主义普遍崇拜愉悦,不只是在它的巴黎变体中才是如此,但这是一个十分庄严、高尚的事件。或者,和《身体活儿》中的彼得·布鲁克斯一样,你可以用一种无懈可击的学术用语谈到这个奇异的现象,但却因此要冒着让形式和内容发生矛盾的风险;或者,和他的某些美国同僚一样,你可以让身体接管你的稿本,同时也要冒着让你自命不凡的俏皮话和闲散的逸事描写消失的风险。

对新的肉体主义来说,并不是任何老的身体都适合它。如果充满性欲的身体进来了,那么劳动的身体就出局了。残缺的身体是大量的,但是营养不良的只有少数,它们以自己特有的方式归属到了耶鲁大学管辖范围以外的世界其他领域。我们这个时代关于身体的书籍中最好的是莫里斯·梅洛-庞蒂的《知觉现象学》;但是这本书,连同它把身体当成实践和事业的人文主义观点,显然都已经过时了。从梅洛-庞蒂到福柯的转变,就是从将身体当作联系到将身体当作客体的转变。对梅洛-庞蒂来说,身体是"有些事要被完成的地方";而对新肉体主义来说,身体是某些事——注视、铭记、支配——正对你发生的地方。过去这被叫作异化,但是这也表明了,那时存在着一种被异化的内在性——这种见解遭到了肉体主义批评的深切怀疑。

"身体"这个词语首先让人联想到的意象之一就是尸体,这是笛卡尔主义传统造成的损害之一。如果你宣布图书馆中有一个身体,这绝不可能是指那儿有一个勤奋的读者。托马斯·阿奎那认为,所谓死尸这种事物是不存在的,只有活的身体的遗骸。基督教将其信仰寄托于身体的复活,而不是灵魂的永生;不过,这只是在用另一种方式说明,如果来世不再涉及我的身体,那么来世也就与我无关了。当然,基督教的信仰也涉及许多灵魂方面的问题;但是对阿奎那来说,灵魂是身体的"形式",灵魂和身体的结合就与意义和词语的结合一样。这个观点后来被维特根斯坦认同,他曾经论述道,身体是我们所拥有的人类灵魂的最佳影像。对那些面对着机械唯物主义的人来说,灵魂语言是必须的,因为机械唯物主义认为人类的身体和一根香蕉之间没有任何实际的不同。毕竟,两者都是物质性的客体。在这种情况下,你需要一种语言来捕捉人类身体与周围其他事物的区别。灵魂语言充其量不过是其中的方法之一。尽管这很容易造成相反的结果,因为你几乎不可能不将灵魂描绘成某种幽灵状的身体,然后你会发现你仅仅是在一个粗略的物体中瞥见了一个模糊的形状,并将之当作能证明后者独特性的一种方式。但是人类的身体是不同于果酱瓶和橡皮筋的,这并不是因为其中隐藏着幽灵的存在,而后两者没有;它与它们不同的原因在于,通过人类的身体,这些物品可以被组织成重要的事业。和它们不一样,人类的身体是创造性的;如果我们已经有一种语言可以充分捕捉人类身体的创造能力,那么我们也许从一开始就根本不需要灵魂语言。

那么,人类身体的特殊之处,就是它能在改造其周围物质躯体的过程中同时改造自己。正是从这个意义上说,它才能在逻辑上立于其他身体之前,作为一种超过它们、在它们之上的"盈余",而不是与它们并列的对象。但是,如果身体是一种自我改造的实践,那么它就不是像尸体和垃圾桶那样与自身相同;这也是灵魂语言试图提出的主张。只是它将那种非自我身份置于身体无形的附属物之中,这种附属物即真正的我,它没有将真正的我当作一种与我的世界进行的创造性互动——这种创造性互动的可能性和必要性,都是基于我所拥有的独特的身体。不管獾和松鼠多么可爱,我们都不能说它们有灵魂,因为它们的身体不是那种能对世界起作用的身体,所以它们不一定能与同类进行语言交流。没有灵魂的躯体是不会说话的。人的身体是能够从构成它的事物中创造出某种东西的东西;从这个意义上说,它的范例是语言,一种能够不断产生不可预知的事物的既定事物。

由此我们可以看出,放弃"拥有一个身体"的说法,而代之以"作为一个身体"的说法,是具有某种意义的。如果我的身体是我可以使用或拥有的某种东西,那么这也可能就意味着,我需要这个身体里面的另一个身体,来实现对这个身体的拥有,如此等等,无穷无尽。尽管这种坚定的反二元论十分有益,但是和我们对自己拖着到处走的血肉之躯产生的直觉相比,它显得不太真实。当谈到使用我的身体时,我们才觉得十分有道理,比如,我勇敢地把身体悬空挂在一个缺口之间,这样我的同伴就可以爬过我的脊梁到达安全的地方。在现代文化理论中,最流行的就是谈论使身体客观化,仿佛这不是我自己的身体;不过,尽管令人讨厌的客观化现象很多,而且不仅限于性行为方面,但事实仍然没有改变,人类的身体确实还是一个物质客体,这是我们从事任何更具创造性的活动的基本组成要素。除非你可以将"我"物化,否则我们之间不可能有任何关系。身体使我容易受到剥削,同时它也是所有交流的可能性存在的基础。马克思的问题在于,他简单地认为黑格尔将物化等同于异化;而蔓延的文化主义作为当代先锋主义理论的代表,则需要重新学习这一课。

梅洛-庞蒂使我们回想起肉欲的自我,回想起占据一定空间的、肉体的、实体化的存在本质。他的同行萨特就不那么乐观,他在一段叙述中谈到,身体是我们自己的"外在",我们却永远也无法确定它的位置;身体是他者,它威胁要将我们送到观察者令人窒息的凝视下。当萨特谈到意识这个观念只是一个充满渴望的空白时,他摆出了十足的反笛卡尔哲学的态度;但是当他谈到将思想和身体各部隔开的无名空隙时,他又是一个十足的笛卡尔主义者。就像自由主义者所说的那样,真相并不存在于这两者之间的某个地方,而是处于这两种身体性之间不可能存在的张力之中,而这两者在现象学上来说都是合理的。我有一个身体,这是不太正确的;我是一个身体,也是不太正确的。这种僵局贯穿于心理分析学始终,因为这个学科认为,身体构筑于语言之中,它还意识到,在语言中存在的身体永远也不会感到适意。对雅克·拉康来说,身体用符号来表达自己,却只会发现自己被符号出卖了。超验的符号会表达一切,将我的要求包裹起来,完整无缺地交付给你,但它是一种被称为"菲勒斯"(phallus)的伪装;由于"菲勒斯"并不存在,我的身体欲望注定要在一个又一个不完全的符号之间艰难地摸索,在摸索的过程中不断扩散和分裂。毫无疑问正因如此,浪漫主义才会幻想这世上存在着语言的话语,和肉体一样结实的论述,或者一种在拥有语言全部的普遍效用的同时不用牺牲任何感官实质的身体。当代文学理论,尤其是其中关于文本物质性的兴奋讨论以及其在肉体和符号学之间的不断交替,是这个幻想的最新版本,它身上存在着一种恰如其分的后现代主义怀疑风格。"物质"是这种思想中最伟大的流行用语之一,所有进步人士听到这个词都会肃然起敬;但是它的延伸已经超过了所有可行的理解之外了。因为如果连意义都是物质的,那么很可能就没什么东西不是物质的了,这样一来,这个术语也就完全作废了。新肉体主义使我们在一个抽象世界中恢复生物的原貌;但是因为它把鬼魂从身体各部中赶了出去,它也面临着将主观性当作人文主义神话一样驱逐出去的风险。

《身体活儿》是某个相当可疑的流派中非常杰出的作品之一。彼得·布鲁克斯以一种令人钦佩的敏锐感,从索福克勒斯谈到窥视狂,从小说谈到视觉艺术。这本书中大量装点着裸体女性形式的插图,因此男性读者看插图的时候可以假装在看插图旁边的内容。布鲁克斯是最好的弗洛伊德理论批评家之一,他在这本书中以丰富的精神分析见解,探讨了巴尔扎克和卢梭、詹姆斯和左拉、高更和玛丽·雪莱笔下的身体。如果说在这令人印象深刻的多样化探索中存在着一个统一的主题,那么它就是:身体为了进入叙事,必须采用某种方式在自己身上打上记号或标志,经历过残酷的现实,从而产生积极意义。"标记身体,"布鲁克斯写道,"象征着身体在符号学领域的复苏";从俄狄浦斯到汉斯·卡斯托普,他描绘了这种肉体向文本的反复转换。

这是一个创造力丰富的观念;但是我们也必须得说,在这样一本古怪而又老套乏味的书中,它是仅有的几个真正有独创性的构想之一。它给我们的感觉是,一个墨守成规的头脑分析了一些不合传统的材料;和布鲁克斯以前在《情节阅读》中对叙述的无意识原动力作出的思考相比,它远没有那么引人入胜。新肉体主义正统的异端仍然牢牢地盘踞在此,支配着每一个关键的行动;尽管这使它成为卓越的地方文献,但此书从未试图超越那些当今人们熟悉的主题。因此,布鲁克斯对隐私、小说和对身体日益增加的关注三者之间的关系有十分出色的评论。他指出,小说的兴起与亲属关系中私密空间的出现密切有关,而私密的身体遭到粗暴侵略的主题,对理查森和拉法耶特夫人这样的作家来说十分重要。这也是卢梭的思想中十分关键的一点,当然他的暴露屁股的无聊冲动也很重要。布鲁克斯用了很多篇幅谈论《忏悔录》和《新爱洛伊丝》,但是实际上他不得不告诉我们的是,卢梭笔下的身体是一个"上演欲望、满足、审查和压抑场景的地方";这根本就称不上什么震惊世界的新闻。

关于身体的展现,法国大革命中存在着一些真正有独创性的见解,而布鲁克斯只把它们当成通俗闹剧,尽管他以前的作品胜利完成了几乎不可能的戏法,即使通俗闹剧式的话题在理论上变得振奋人心。但是他后来转向了巴尔扎克,花了很多时间在他的作品中仔细地追寻身体的符号学标记。这是一种新奇的阅读文本的方式,但是它没有详细阐述"标记"理论本身,只是提供了很多奇异的例子。布鲁克斯也小心谨慎地思考了爱玛·包法利身体的盲目迷恋,从而灵巧地论证了,这种盲目迷恋总是一点一滴地被慢慢察觉的;可是,尽管他以十分有趣的方式说明了福楼拜,但却没能推动精神分析学中一些千篇一律的论述向前发展,其中包括了转喻和客观化的注视,欲望主体和不顺从的客体,暴露狂和认知癖。左拉的《娜娜》被看作是对真正裸体的身体即真正物质实体的徒劳追求,因为它真把女主人公剥得一丝不挂;但是我们仍然被困在一种狭隘的语言之中,既想遮掩又想暴露,像文化一样裸露着,像自然一样赤裸。关于高更的一章论述了原始主义、异国情调的身体——布鲁克斯认为,这种观察方式虽然老套、令人反感,却在实际上被艺术家转化到了创造性的用途上。这是一个出乎预料的评价;只不过它仍然存在于一套完全可以预见的批评策略中。

文学理论陷入死胡同中已经明显有一段时间了。多年来德里达很少写到物质实体;德曼死后留下一段可供发掘的不光彩过去,制造了他一生中最令人震惊的影响;马克思主义在后资本主义官僚政治崩毁之后,舔舐着自己的伤口。格雷玛斯和早期克里斯蒂瓦、阿尔都塞派和先锋电影理论家、激进的巴特和读者反应理论,它们的开创性时代已经过去了好几十年。自从那时起,极少有真正创新的理论运动产生;新历史主义,虽然偶尔也有辉煌,但在理论上来说只是福柯的一套注脚。似乎所有的理论都已经出现了;接下来我们仍要做的是为理论编造更多的文本。实际上,这正是《身体活儿》所做的;不过彼得·布鲁克斯证明了自己过去能够创造真正的新思想。但是一本新书无法使它所依赖的概念得以改观,这是批评时代的一个不祥之兆。受困在其时髦的概念世界之中,《身体活儿》完全不能集中精力去探究它自身存在的历史环境。首先,为什么会制造关于身体的三百页文章?好吧,这在现代语言学会十分流行。但是如果你想为这个问题提供一个不太平庸的答案,那么你就需要一种比美国式的批评更宏大的叙述方式;由于完全可以理解的原因,美国式的批评目前并没有能力对这个问题提供任何合适的解答。

彼得·布鲁克斯对坦白的看法

原标题为《他指控自己，原谅自己》，彼得·布鲁克斯著《困惑的坦白：法律与文学的认罪》评论，首次发表于《伦敦书评》，2000年6月1日。

紧随着第二次梵蒂冈大公会议，某些思想进步的天主教徒开始重新把古代的公众忏悔行为引进弥撒中。人们需要从长凳上站起，用非常含糊的语句控诉他们自己在道德上的各种不同过失，祈求其教友们的原谅。在一个这样的弥撒中，一个年轻女性站起来向虔诚、压抑的集会会众宣布，她犯了通奸之罪。"那个男人就在那儿。"她补充说，并用手指向一个抱着婴儿的年轻男人，而他的脸正逐渐变得紫红。然后她又补充说："在脑海中。"然后她再次坐下。

"在脑海中"，这是一个很好的天主教风格。它暴露了笛卡尔派对现代天主教的偏见，这种信仰中重要的是你脑中所想。只要你不想要使用它们，就算拥有核武器也没问题。坦白忏悔的实践引起了各种各样难以应付的问题,主要涉及真实、自我欺骗、意向性等等,其中大多数在彼得·布鲁克斯丰富而又写得十分紧凑的新作中得到了敏锐的分析。从这方面来看,布鲁克斯是一个美国人的事实并不是一个巧合,因为斯大林的苏联之后,美国无疑是现代历史上最神经过敏、最爱忏悔的文化的代表。当布鲁克斯谈到现代社会对"广义透明度"的需要,他是有一些道理的;但是他同时也错误地认为自己的地盘就是西方文化这个更宏大的领域。弗朗什-孔泰(Franche Comté)的居民并没有发明这样一个电视节目,让人们在其中坦白与短吻鳄发生的性关系。假使有人认为任何不能瞬间外化的事物都是不可靠的,他的这种观念多半来自加利福尼亚而不是卡拉布里亚。尽管这种清教徒主义和消费主义的混合物现在也逐渐扩散至欧洲,对一些欧洲人来说,要在美国生存下去仍然是一个难题,因为那儿的人们似乎并不重视缄默或隐晦。这个国家里充斥着证据、治疗、牺牲、公开的自我开脱和伪装谦恭的宣言。

坦白行为是私人与公共之间几条令人不安的通道之一,它将最私密的罪恶、性和诸如此类的事物与最令人生畏的公共的(法庭、警察局)联系在一起。在美国这样一个社会里,这必然会引起人们的兴趣,因为美国公民就像其他地方的人一样,既隐居在自己的私人空间里,又时时刻刻在公众面前展示自己。这两个领域之间的联系曾经被认为就是共和主义,或者市民的人文主义,但现在则被称为是在向报纸出卖你的性生活。

清教徒主义和消费主义都对透明度非常崇拜;但是尽管如此,西方文化中哪怕再多一点点的透明度,都会引起人们的不满。脱口秀伪造了一种即时感,它的背后就是欺骗和作假,但是通过这些,某些人就可以从这个愚蠢的节目中获得利润,更不用说那些支撑着这个贪婪系统的虚伪政治了。当某些人天真地聊起乱伦和外星人,另一些人则鬼鬼祟祟地挤在吸烟室里。比较私密的生活其实都出现在玻璃房中,而比较邪恶的、高深莫测的生活都成长于公共领域。资本主义文化追求透明度,尤其会对过度不透明性产生过度反应,其原因之一,正如学术界华丽又深奥的术语一样,在于对市场上过度消费化的言语的一种抵制。每一个后结构主义者都对真相持有一种严谨的怀疑态度:因为对成千上万的普通人来说,看到也就意味着相信。

毫无疑问,这是后结构主义理论在美国成功的原因之一,尽管它现在早已经过了它的保质期。另一个原因则是,美国人迷信所谓的个人责任。虽然"温顺的人是失败者"这句话可能是个例外,但在美国没有什么话比"这不是我的错"得到的认可度更高了。这是一个狂热拥护唯意志论的社会,在这里除了文学理论研讨会以外,对自我的社会决定因素的喜好几乎在其他所有的地方都被看作是一种道德上的逃避。彼得·布鲁克斯指出,坦白的合法概念依赖于自由的、理性的意志这个假说,所以,对它产生怀疑就会在思想体系中造成巨大的颠覆效果,而在淡泊、怀有宿命论而又受历史支配的欧洲,后果就不会如此严重。因此美国成了后现代主义的发源地,这种思想对傲慢的美国式的自我肯定反应过度,试图对它进行破坏或者消解。

在一个痴迷于言论的社会中,坦白的主题必定是很有诱惑力的。不过这其中有一个问题——此书灵巧地对它进行了考察——那就是,"自由的坦白"这个短语是否运用了矛盾修饰法;这个问题的意义很重大,尤其是在一种专注于自由与压制的争端或者强制性言论这些问题的文化之中。如果说坦白这种行为看起来模糊了自由和非自愿之间的界限,那么它也隐藏了自然和做作之间的区别。因此,这种行为对清教徒主义和后现代主义之间以及自发的自我和构筑的自我之间的持久战来说,有着特殊的意义,而且我们知道,这是指的就是美国。他指控自己,他原谅自己(法文:Qui S'accuse, S'excuse):勉强认罪的行为中总有一个狡猾的自我辩解的元素,而这对布鲁克斯来说,就可以用来解释为什么它本质上就是两面派,是一种不可靠的言论行为。这种论辩的说服力多少遭到了另一个事实的消减,这一事实就是,对它的理论来源而言,从作出承诺到大叫"着火了!",每一个言论行为都是不稳定、不可靠的。即便如此,他仍然以其令人钦佩的机智展示了坦白是如何牵涉到权力、安抚、依赖和自我羞辱的;坦白是如何愉快地产生它试图减轻的罪恶感的;坦白是如何在激起惩罚的同时又能逃避惩罚,或者在放弃坦白的行为中炫耀自己的。如果我们回想一下弥撒中的那位年轻女子,有些忏悔也可以称之为诱惑。

对于一个相信"所见即所得"的社会来说,这一切都令人担忧。我们的自我意识会自发地寻求赤裸裸的自我剖白,这种想法可以经受住周围有力量阻止这种情况发生的消息,却经受不住"做自己是一种表演"的说法。这种真诚中包含着诡计,就像电视画面的即时性中包含着造伪一样,不是清教徒或热切的消费者想要听到的。即使如此,布鲁克斯关于坦白的观点反映了一种自由价值观,而这正是他想要挑战的价值观。这本书仔细分析了对牧师的坦白、对精神分析学者的坦白和对警方审讯者的坦白三者之间复杂难解的对应关系,而且还注意到它们之间关键的不同。比如说,精神分析学者和牧师不一样,他们对坦白者的无意识而不是有意识的陈述更感兴趣,对他们的抵制而不是信任更有兴趣;精神分析学者和律师或者警方审讯者不一样,他们不会直接利用得到的材料。布鲁克斯也许还会补充说,宗教中的忏悔神父也不会这么做:"告解保密"和忏悔室的封闭性、私密性特点,目的在于保护忏悔者,不过此书有时还是会认为它们有一点邪恶。那些被布鲁克斯解读为反启蒙主义者的奥秘的东西,在某种程度上来说就是启蒙政策。

宗教上和法律上的坦白行为之间最显而易见的区别是,前者与宽恕相关,而后者与惩罚相关。赎罪(Penance)不是忏悔的意义所在,即使它仍然是忏悔的正式神学名称;这是极少使用"宽恕"一词的《困惑的坦白》几乎完全没看到的一点。布鲁克斯以一种标准的福柯主义风格提出,天主教的忏悔只不过是安慰、道德净化、自我约束和精神监管的混合物,其中听告解神父的权威角色是要从一个相当"悲惨绝望的"忏悔主体痛苦的内心深处挖掘出真相。事实上,这并不符合天主教忏悔室的经验体会,这通常是一件敷衍了事的事情,就像买一磅胡萝卜一样。从米歇尔·福柯的作品中我们可以看到,很显然他自己从未进过忏悔室,尽管有些人可能认为他需要这么做。"忏悔"这个词在奥普拉·温弗瑞看来,根本没有表达坦白的意义。确实,布鲁克斯自己也敏锐地注意到忏悔室的客观性和分析现场的客观性之间的类似之处,前者是牧师坐在屏风后面或者转开脸,后者通常是分析者坐在躺着的被分析者视线之外。如果布鲁克斯有更多的神学专业知识,他也许会补充说,忏悔的客观冷静性与一个事实有很大关系,这个事实就是,牧师是以基督教团体代表的身份而非个人的身份出现的。这就是为什么即使他比你还罪孽深重也没有关系。

在布鲁克斯看来,通过这种标准化的机制,不幸的忏悔者重新融入社会,并且"在行为和信仰上都服从于正统制度"。作为一个自由主义者,布鲁克斯追随着流行的趋势对正统感到怀疑,正如他似乎也不太喜欢法律一样。他似乎没有发觉,"服从"正统的人道信仰和行为准则,总比去做一个信仰异教的暴徒要好得多。女权主义在尼泊尔不是正统观念,十分遗憾。他似乎也没有以其虔诚的自由主义方式认识到,法律既可以是解放性的,也可以是压迫性的;既可以是滋养性和保护性的,也可以是伤害性的;或者说,在冒犯了某个群体后被重新接纳可能不止需要一些黑暗的无形手段。为了完善他的自由主义正统观念,布鲁克斯有些不快地使用了"内疚"和"羞耻"这样的字眼,好像我们没有什么可感到内疚和羞耻的。在美国,内疚已经成为一种繁荣的家庭工业,我们不应该被这个事实遮蔽了眼睛,而对上面提到的那个事实视而不见。

确实,天主教的忏悔很可能既有压抑的一面也有解放的一面;布鲁克斯敏锐地指出,忏悔出现在中世纪,和对异教的宗教追捕差不多同时出现。但是这种法条化了的宗教忏悔模式认为,向牧师坦白某人的罪恶就如同对着警察咳嗽一样,它很难与威廉·布莱克的神学观抗衡。在《旧约》中,"撒旦"这个名字的意思类似于"控告者",代表了那些坚持把上帝视为复仇法官的人心目中上帝的恶魔形象。以这种充满敌意的、神人同形的方式看待上帝,部分原因是为了让自己试图安抚上帝的行为显得更有意义。如果上帝是一个法官,那么试图得到他的好感,以卓绝的良好行为换取我们灵魂的得救,这些做法就似乎有了一些意义。这是一种广为人知的"自以为有道德的"(pharisaical)行为;尽管这个词也许有一点儿冒犯了历史上的法利赛教徒(Pharisee),这些人其实比起福音书的书写者来更有意思也更可信,而后者的行为只不过是为了自己的政治利益。

　　有一些信徒相信这种恶魔般的、父权式的上帝形象，他们只对一种观念感到反感，那就是上帝不需要得到他们的抚慰和让步，因为他已经原谅我们了。对他们伤害更大的是，上帝接受我们本来的面目，包括所有的卑劣和坏脾气，因此，试图通过参加某种十二阶段自我改进项目来打动他，是毫无意义的。另外，布莱克认为，对基督教信仰来说，想象上帝的另一种方式的结果就是耶稣。耶稣是以脆弱的人类形象出现的上帝，他不再是坐在法官席的审判者，而是一个政治犯，和我们并排站在被告席，担任我们的辩护者。以这种方式接受自己的弱点，我们就可以称之为悔罪，它牵涉到"心灵的转变"（metanoia）或者"彻底的变革"。在此，坦白成为一种所指，或者，如同神学术语所说的，是圣礼。它是公共弥撒的一部分，而不是私人化的、偷偷摸摸的事情，因为自从 16 世纪开始它见证了告解的产生。它借鉴了《圣经》中的训诫：如果你带着祭品抵达圣坛时发现，你和你的兄弟发生了争执，那么你首先应当与他和解，然后才能去圣坛之上。《旧约》中的耶和华不断地、焦躁地提醒那些无聊的信众，人类的正义比宗教仪式更重要。

　　没有人被要求相信这一切；但是从非神学的角度描写坦白，就好像描写选举投票站时仅仅把它当作一个用来操控公众的工具，完全忽略了它作为民主政治哲学的关键组成部分这个事实，而彼得·布鲁克斯就是这样做的。世俗的自由主义者也许不喜欢坦白这个观念，因为它带有神秘和独裁的味道；但是他们不喜欢坦白的另一个理由也许是，他们的词典之中没有像悔罪这样古雅老派的词语。他们有点像某些愚笨的福音主义。但是当布鲁克斯以怀疑态度谈到这样一个观念，即赎罪可能取决于坦白，人们也许会问，他认为赎罪还可能取决于什么。就像南非真相与和解委员会所建议的那样，接受自身的弱点和失败,是取得更持久成就的唯一可靠的基础。而在比勒陀利亚,这个委员会忙着做的不仅仅是安慰、治疗和约束自己。

有时候,布鲁克斯在写作中似乎认为,谦卑只不过是对人类尊严的卑下冒犯,它令人感到不快;它并不是一种必然会获得承认的事实,即尽管你也许已经有了许多了不起的成绩,你还是个可怜虫而已。美国的建国故事之一,是乔治·华盛顿曾坦白他犯过罪;但是这个故事的意义在于表明他是一个能够承认过失的人。因此自我在遭到否定时,而不是在错误的殉难中,被放大了。说得更小一点,你现在可以作为一个专业忏悔者在美国文学学术界混日子,写写评论文章来赢得晋升,这些文章会写到你即将离婚,或者你在写完上一段后如何去了厕所。这种坦白是用来治疗心理的,它不是悔罪,它和智利或北爱尔兰正在进行的那些活动是非常不一样的。这本书对坦白的定义和任何其他人的研究一样,也受到了其社会背景的限制。

正如《一报还一报》表明的那样,宽恕并不是没有问题的。宽恕绝对不能成为对正义的嘲弄。仁慈或者宽恕打破了报复的恶性循环,控制它以牙还牙的冲动,或者通过创造性的多此一举来交换相等的价值。如同鲍西娅在《威尼斯商人》中所说,它的性质并不是"不自然的"(被强迫的)。但是这种不需要理由的行为也担负着贬低其客体的风险,这就和商品常规一样。仁慈绝不会成为愉快的无动于衷,它必定要为自己的慷慨付出代价,品尝它所遭受过的伤害带来的痛苦和损失。总是有一些人就像莎士比亚剧作中精神变态的伯纳丁,他们得不到救赎,这并不是因为他们太邪恶了,而是因为他们完全无法看到道德语言的意义,就如同松鼠无法理解代数拓扑结构一样。奇怪的是,在这个意义上来说,他们似乎是无辜的,就像威廉·戈尔丁在《自由坠落》中写到的那样，他们无法原谅，因为他们不理解他们已经被冒犯了。

《困惑的坦白》是一本激进主义的书，带有奋力挣脱的自由主义色彩。书中的布鲁克斯有时候表现得很具野性，像一个福柯主义者，但有时又像温顺的自由派人文主义者。有时他似乎对供词这个概念抱有敌意，但有时他又满足于无力地建议，处理供词时应当十分谨慎。在书中我们能感到理论的过度杀伤力，因为许多概念之枪正被举起来向这个温和的结论开火。他的行文风格是焦急的假设语气，充满了自我保护性质的"可能"和"也许"。他身上自由主义的那一部分想要为沉默权辩护，但激进主义的那一部分又怀疑这种隐私权是权力的另一个狡猾的阴谋。有时，他会调侃一个浮夸的论点，即忏悔首先创造了现代的私人自我（资本主义可能是一个更合理的候选人），并展示出时髦的后现代主义对主观深度和内在性的厌恶。在另一些时候，他身上谨慎的自由主义占了上风，所以他提醒我们，法律中的坦白也占有一席之地，而且个人的责任并不只是虚构。

《困惑的坦白》巧妙地将卢梭、陀思妥耶夫斯基、基督教会史、弗洛伊德、美国案例法和许多其他材料编织在一起，反映出美国人对研究法律和文学之间关系的兴趣日益浓厚。出现这个现象的原因之一在于，法律能充当文学和社会之间的媒介，而在更有希望的年代里担任这个角色的则是政治。因此，最精确、最缜密的语言和最形象化的语言结合到了一起；而布鲁克斯认为，这种结合的影响之一，就是能使法律演说看起来比某些人认为的更含混，更加依赖于变幻莫测的解释。可惜的是，互换还不是双向的，而批评的语言已被注入了司法的某种精确特征。这本书完全令人信服地表明，忏悔的观念在西方文化中是多么的重要——对自我的陈述看起来是多么的自然。而且,这并不是一个现代现象:查尔斯·泰勒指出圣奥古斯丁是第一位为个人的内在性进行辩护的伟大人士。它也不像布鲁克斯有时暗示的那样,只是一种形成主观空间的方法,而我们在这个空间内会变得更加胆怯,更屈服于权力。如果说内在性是一座监牢,那么它也可以是一套本领;如果说自我的陈述对表现臣服至关重要,那么它对获得解放也同样重要。你也许不会感到意外的是,在奥普拉·温弗瑞的世界中,这本书总是抓不住对这个双重事实的理解。

彼得·康拉德

原标题为《新闻短片的历史》,彼得·康拉德著《现代时刻,现代地点》评论,首次发表于《伦敦书评》,1998 年 11 月 12 日。

在所有的历史时期中,现代时期是唯一一个根据自己的"当下性"(up-to-dateness)来为自己命名的时期,这个名称相当空洞。这是否暗示着,文艺复兴落后于时代,或者古典的古代时期(讽刺的是,我们正是从这里得到了"现代"这个词)永不可能赶上我们?当然,事实是,在他们自己的眼中,斯图亚特王室就和"辣妹组合"一样现代,但是"现代主义"和"现代性"这类标签则试图模糊这个事实。每一个时代都面临着同样的问题:无力与自己的时代同步,也无法预知自己将走向何处。从某些方面来说,我们比斯图亚特王室知道更多天赐王权的学说,尤其是这种学说早就不能存活下去了。

为什么现代以纯粹的时间术语来定义自己,而不是用某种文化风格、生产模式、思想风潮、推翻了过去的某一点或者某个特定君主的统治？答案必定是，尽管所有的时代都是全新的，但是并不是所有的时代都和我们这个时代一样，着迷于这个事实。所有的时代都是现代，但是并不是所有的时代都以这样的模式经历自己。确实，古典是一种经历当下经验的方式，尽管它只是过去的重复，因此也只有带着合法标记的传统碎片才会被认作是真实可靠的。根据这种观点，当代生活中重要的事物恰恰就是其最无新意的那一部分。相比之下，现代时期并不认为自己只是时间的又一个阶段，而且还是重新评估此时此刻的一个时期，因此它同时既在时间之内，又在时间之外。它自认为最典型的特征是其对时间的眼花缭乱、令人沮丧的体验，这种体验不再纠缠在历史、习俗或惯例中，而是几乎成为它们的反面。现代是这样的，它将半个小时以前发生的一切事都贬低为沉闷的传统；它不太像是历史的延续，而更像是对历史的废除。

诚然，这是一个十分讽刺的概念，因为为摒弃过去而努力是历史最悠久的行为之一。许多历史都是由打碎历史的尝试创造出来的。黑格尔相信，时代精神已经在他的脑中到达了最终的圆满状态，但是这仅仅只为马克思、克尔凯郭尔、尼采和其他许多人带来了一种提示，使他们继续前进，挑战黑格尔的假说。马克思豪迈地宣称，以前所有的历史都只不过是"前历史阶段"，他的这种宣言和野兽派一样，是一种现代主义的姿态。宣布历史的终结仅仅是为他们宣称终结的历史贡献了另一个事件，正如弗朗西斯·福山无疑在他的邮袋中发现的那样。它们是自我证明不成立的预言，是克里特说谎者的诡辩，这种诡辩就和所有宣布历史更新的宣言一样，只不过在那令人敬重的世系谱（即历史）中增加了一个东西，而这世系即是广为人知的先锋主义。除此以外，除非你已经站在历史中的某个位置，要不然你无法与之决裂，而且你为了将自己从历史中解放出来而使用的工具，必须是由历史中的材料打造而来，而且这些材料看起来很没有前途。我们也很难确定，你超越过去的能力本身不是取决于过去——在你摆脱历史的过程中，你是否只是历史的玩物。现代是这样一个历史时期，在这里时间加速了，因为民主政治和技术现在允许我们打造我们自己的命运，我们可以不用等待自然或天命的"长时段"了；但是相同的技术也可能被当作一种难以驯服的、类似自然的力量，我们只不过是被动的产物。

即使如此，现代的种种主张也不全是伪造的。现代时期确实不同于在它之前的那些时代。在过去的两个世纪里，世界发生的变化很可能比以前任何一个时期都要更快、更深刻，我们所处的这个百年可以说是有史以来最血腥的一段时期。直到最近，大部分的男人和女人仍以传统的方式过着他们的现代生活：真理是你自己、你的祖先和你的后裔之间签订的契约，激进的变革如果不邪恶，那就不可能实现。最重要的真理已经全部昭然于天下，因为上帝不会如此偏心，只把真理留给未来的世代。人们倒退着进入未来，眼睛始终没有离开过去，这种方式能减少他们遭遇惨败的可能性。当下的背后藏着最丰富的历史，却从未努力从历史中清醒过来；即便当下知道的比过去多，它知道的也只不过是过去的种种。现代思想认为健忘者能活得最好，历史由于某种原因留在了我们的身后，当下必然是新的，但是这些思想在这里找不到立足之处。

不管在什么情况下，现代其实都与现代化没有关系。要捕捉时间就意味着，你将发现没有什么比现在更永恒的了。这也意味着，你将发现这个表面上自我完备的时刻，暗地里却是碎裂的，被某个未来挖空了，它永远都只能在这个未来的边缘战栗着。在时态的某个奇异的交叉点上,"未来派的"有时用来表示最近的事物,"最新风尚"①则意义模糊,意味着最近的但是也是最后的。在现代的时间体系中,每一个时刻都引领着某个短暂的未来,但这个未来即刻就会被取代,正如同对瓦尔特·本雅明来说,即使最易消逝的历史时刻,也是弥赛亚可能会进入的窄门。如果古典主义让时间的流转变缓,破坏了当代的重要性,那么现代主义的作用也差不多,只不过它使时间加快了。现在,当下正不断地遭到某个未来的破坏,但这种未来永远也不会真正到来——原因之一在于,从某种意义上来说,它已经到来了;另一个可能的原因是,它只会在自己瞬间被否定的情况下才会到来。

如果我们试图用这些术语描绘现代时期的特点,就会遇到一个问题,即我们几乎不可能不陷入到陈腔滥调中去。历史教科书在处理这个时代时,似乎总会得出三个断言:它是一个变革的时期;它在本质上是一个过渡的时代;中产阶级持续崛起。因为在 20 世纪所有这些确实显得比其他时期更突出,所以这些陈词滥调必定会更多。碎片、一种空间萎缩和时间加速的感觉、眼花缭乱的技术发展、道德信念的崩毁、无名大众的兴起,以及断裂、疏离、迷失了的人类个体:所有这些现在就和伊丽莎白时代的世界图景一样,是人们熟悉而又厌倦了的话语,即使它们可能更精准一些。彼得·康拉德对现代思想的不朽研究时常与这种陈词滥调相冲突,尤其是它倾向于一种新闻短片式的历史。"以内燃机为动力的 19 世纪是一个忙碌、充满活力的时代。"康拉德的"自己动手"社会学与他对艺术的精妙分析形成了鲜明对比,在迄

---

① 原文为法语:le dernier cri。dernier cri 有两个意思,一个是最近的、最新的风尚,另一个是最后一句话。——译注

今为止用英语出版的关于艺术的书中,这本书无疑是内容最广泛的。

康拉德的书以话题为结构,而不是以作者或者艺术形式为结构。其诸多章节谈到了原始主义、末日启示、身体、图像、光、黩武主义、人性丧失、空间和时间、政治革命、技术、语言和许多其他的话题;查理·卓别林是现代符号中唯一自成一章的。每一章都涉及大量令人钦佩的艺术家、艺术形式、运动、科学家和哲学家,他们都被搜罗来作为论题的示例。因此,此书的行文方法也反映了它的主题:康拉德为现代主义制造了某种现代的蒙太奇,在这个弯曲的、中心缺失的空间里,任何物品都能与其他任何物品重新组合排列。每一章都是关系交织的网状结构,但又自成一体,因此,在现代主义对现实主义叙事顺序观念的抨击中,没有哪一章可以声称优先于另一章。此书的形式是爱因斯坦式的,而不是牛顿式的;不过,爱因斯坦的世界图景确实也是它详细研究的一个主题。相对论就和书中的所有其他事物一样,得到了相对论式的处理:康拉德的散文灵活地在不同文化对相对论学说的各种阐释中跳跃,编织了一个错综复杂的关系网络,在这个网络中,它们似乎都可以无差别地互换。要不是这本书非常在乎文化理论,读者甚至也许能在他的这种写作风格中找到瓦尔特·本雅明和西奥多·阿多诺"星丛"思想的蛛丝马迹,还可能找到超现实主义社会学的烙印,这种社会学抛弃了等级制度和抽象概念,其基本思想来源于处在细枝末节处的特定个例之间的相互影响。不管怎么说,这都可以是以一种仁慈的方式来避免得出这样一个结论,即康拉德只不过是一个优秀的老派经验主义者,不过碰巧他喜欢大陆艺术而已。

因此康拉德认为,爱因斯坦所说的时间和空间的连续性,就是鲁莽的意大利未来主义团伙认为他们在开赛车时可以体验到的东西。

另外,在相对论和詹姆斯·马修·巴里笔下不老的彼得·潘之间,存有一种潜在的联系。现代铁路使得迥然不同的地点之间相互调节,正如 T. S. 艾略特的感知理论,可以吞噬一切体验。普鲁斯特希望他笔下的人物能像立体派的圆锥体一样,是你可以绕着走的,而他笔下的阿尔贝蒂娜则"带着混杂的相对性……让她自己分布在世界各地"。在其关于梦的伟大作品中,弗洛伊德发现了思想中的某种连续性,它和爱因斯坦在物理世界中发现的连续性相类似。同时,"新物理学上的扩展宇宙与 20 世纪产生的地缘政治学世界相一致,其边界都被修订过或者被清除过,而且居民们都在逃跑"。正因为卢瑟福对原子结构的阐述揭示了物质的不稳定性和临时性,所以现代建筑不得不紧紧抓牢这种令人烦恼的稳固缺乏症。卢瑟福和 X 光机发现的真空在埃菲尔铁塔上得到了很好的展现,这铁塔似乎拒绝了任何明确的观察它的方式,或者说它似乎拒绝了任何强制性的观察它的地点。"这,"康拉德评论道,"是建于钢铁之中的相对论,或者说像是一个不确定的原则,被吸收进一个快乐的、令人发狂的舞会。"原子物理稍后在谈到查理·卓别林的时候又重新出现了,被一个评论员描述为"一个原子必须独自经历穿越世界的旅行"。至于真空,它假借真空吸尘器的形象,突然出现在此书后来的某一部分,这是另一种非物质化的模式,它"吞噬着放错了位置的结婚戒指,仿佛这些戒指是混乱纠缠的蜘蛛网"。

弗洛伊德碰巧为这种偏执的吸引力起了一个名字(他称之为偏执狂),但更文学化的说法则是寓言。有些现代主义者青睐寓言更胜过象征手法,因为寓言在一个支离破碎的世界中建立了各种联系,同时保留着对这种任意性的讽刺意味。寓言允许事物之间存在多种可能的相似之处,也因此清楚地表明了,任何一套关系都来源于某个特定的立场。康拉德的行文仿佛表明,他所感知的现代主义不同部分之间的相似之处,在某种程度上是客观存在的,其中有些也确实如此;但当这些相似之处看起来有些勉强、有些异想天开,是他自己相对观点的产物时,他的观点就不那么动人了。俄罗斯画家马列维奇坚定地与物质世界保持距离,有人认为这就好像我们在观察一架正在起飞的飞机,而在魏玛共和国,康拉德评论道,印刷机不但制造了新闻谎言,同样也制造出了像千亿马克钞票这样的经济假象。第一次世界大战时军营中的公共厕所,是"抛弃人格"的表象之一,它意外地出现在各种各样的现代艺术宣言中。战争本身"重新设计了人类的身体",因此与立体主义颇有渊源。

如果任何事物都可以表示其他任何事物,正如同寓言往往表达的那样,那么事物会变得既是富足的也是贫乏的;这本书的行文也是如此。康拉德的某些比拟很有洞察力,有些则很老套,其他的在褒义词和限制词的意义上都做得十分聪明。《现代时刻,现代地点》是一部信息量惊人的著作,它漫步于现代艺术之中,从芭蕾到博格,从弗里茨·朗到杰克·尼科尔森,无论对什么都带有极大的热情。不过,康拉德的文风精炼,在长达七百多页的篇幅中几乎没有磕磕绊绊的地方,也接近于一种补充色彩的自作聪明,徘徊在警句隽语和简短引述("弗洛伊德的思想颠覆了现实")之间。如果说他的写作是尖刻的,那么它也可以是圆滑的,在其客观冷静的表象之下隐藏着一个感觉论者:20世纪早期维也纳拥有"一个犹太知识分子阶层,他们被排斥在权力之外,作为报复,他们揭露了遭到文明社会压制的不满,发泄语言中被压抑的空虚,拆解了旋律的音阶"。此书中的许多部分都更像是高等阶级的文化新闻,而不是严肃的探究。社会内容被适当地包裹起来,尽管其中谈到了许多科学家和哲学家,但我们也许会觉得,在讨论本源性自恋(primary narcissism)或者言后行为(perlocutionary act)时,作者无法坚持自己的主张。

以一种值得称道的粗鲁态度,康拉德拒绝用任何脚注来破坏他的文本,即使有些读者可能会认为,他卖弄学识时太过于轻率了。和一些先锋艺术作品不同,此书抹掉了所有创作它时努力过的痕迹。然而,比起消失的脚注,更值得我们担心的是创新的思想。大体说来,康拉德对现代主义的看法大部分都是非常普通的;值得注意的是,他聪明地将这些看法具体运用到了实际的作品中。不过,这个充满了典故、拼凑而成的作品虽然生动,却缺乏理性深度。分析让路于暗含隐喻的相似性——这一系列类比,如同诗歌中的火星派,有时才气焕发,有时却又显得十分稚嫩。

在这一点上来说,《现代时刻,现代地点》更后现代,而不是那么现代。现代艺术也许厌恶绝对的意义,但是它无法摆脱自己追求深度的梦想,因此它怀念真理、现实和解赎这些观念仍受倚重的时代,并受到这种怀旧情绪的折磨。如果现代主义艺术作品已经被粉碎,那么在它中心留下的不是一片空白,而是一个空洞,其形状仍然时常勾起人们的回忆。和后现代主义的作品不同,现代主义的产物无法割舍对解释学的渴望,它相信世界也许就是那种可能很有意义的事物。相对而言,后现代主义认为这仅仅是一种范畴上的错误,是在不痒的地方搔痒,是后形而上学派的遗留物之一,它自欺欺人地认为,一个事物缺乏意义就如同一个人缺乏肢体一样,是残疾的。后现代主义太年轻,所以记不起有真理和现实仍然存在的时代,所以它企图规劝现代主义的长辈们,他们只有放弃对真理的渴望,才能获得自由。

《现代时刻，现代地点》在寓言讽喻方面是现代主义的，但是它小心翼翼地设法避免达到任何深度，在这一点上，它又是后现代主义的。它是一部精彩的二维书籍，涉猎广泛但是深度不够，拥有艾略特所说的表面艺术的全部优点。它以公平、无情的风格，用冷静客观的态度过滤掉那些浮华花哨的东西，这是真正的后现代主义方式。在描述毕加索的《格尔尼卡》时康拉德就是这么做的，他的叙述似乎在侧目观察自己：《格尔尼卡》挑选了柔软的、敏感的末端肢体，这正是施虐者的兴趣所在：脚掌和手掌都被刻上烙印，构图被固定在底角。乳头看起来是可拆卸的，有些令人恶心；嘴是扩音器，用来播送痛苦。"刻上烙印"（scored with stigmata）一丝不苟地押了头韵，"令人恶心"（squeamish）被圆滑平和地安置，夸张的最终画面：所有这些风格上的自我意识都营造出一种后现代的"情感缺失"，这在其他方面也十分明显。大多数时候我们都很难知道康拉德对其描述对象的真实感觉，因为每一个事物都是通过他茫然而不加判断的风格表达出来的。风格是一种万能的媒介，它能将一种事物翻译成另一种，但是在这过程中多少会拉平和中和它们。这项实证主义研究很古怪，它的目的并不在于作出评价，而仅是描述。对康拉德来说，作评价大概等同于招引政治激进主义那样的危险性，因为这种激进主义天真地想象着事物也许能够变得不同，它无法接受世界就简单地是那样而已。但是有怀疑精神、有街头智慧的后现代主义的康拉德与贵族现代主义者意见相左，后者显然对现代社会中的许多东西深恶痛绝；问题在于如何对这个世界作出判断，而又不陷入乌托邦式的天真想法中。康拉德对这个两难问题的回答就是风格，他既以福楼拜式的风格依附于目标对象，而同时又试图在想象上超越它。

英格兰不得不从国外引进其大部分的现代主义作家,这是文化史上的老生常谈。现代主义出现的时候,现实主义已经在英格兰社会中深深地树立了一种文化模式,任何本土的艺术实验都没有多少机会蓬勃发展。本世纪初期,这个岛上唯一可以使现代主义充分发展的地区是爱尔兰,那里同时也是最格格不入和最不稳定的地区。自打那时起,英格兰批评家们,从弗·雷·利维斯开始,在谈到现代主义这个话题时通常都会暴露出庸俗的褊狭观念。然而,幸运的是,彼得·康拉德不是英格兰人而是塔斯马尼亚人,他像一个真正的见识广泛的学者,为其描述的对象提供了提纲化的观点。和所有最好的现代艺术评论家一样,他有一些混杂的血统,曾进行过自我流放,擅长在不同文化之间游走,相对菲利普·拉金的崇拜者而言,他以更开放的态度对待不同文化间的相互影响。不管其局限性如何,他的书传达了现代主义的丰富性,而很少有英格兰本土的批评家能做到这一点,另外,他的书还很优雅、简洁,其中每一句都力求精辟。即使他的类比有时有些牵强,它们也常常极具启发性。《现代时刻,现代地点》以孜孜不倦的饱满态度和简洁的文风,述说了现代文化史的故事。

保罗·德曼

原标题为《清空从前的自己》，首次发表于《泰晤士报文学增刊》，1989 年 5 月 26 日至 6 月 1 日，是对以下作品的评论：保罗·德曼的《战时新闻评论，1939—1943》和《对保罗·德曼战时新闻评论的回应》，两书都由沃纳·哈马契尔、奈尔·赫兹和托马斯·基南编辑；保罗·德曼著《批评写作，1953—1978》，由林赛·沃特斯编辑；《阅读德曼的阅读》，由林赛·沃特斯和乌拉德·高泽西编辑。

我们来想象这样一种文学理论思潮，它的著名观点包括：意义是不确定的，语言是模糊不定的，人类主体仅仅是一种隐喻，历史常常是"不可判定的"文本，不断地进行自我讽刺是我们靠近真实的最佳途径。它最熟悉的排版手段之一，就是使用引号来表示它不喜欢这个词——"'现在'，要如何'说'出这个'真实''事件'的'真相'？"——在风格上它最喜欢的样子之一就是狡猾而又做作地使用反问句："我在说什么？我真能提出那个问题吗？什么是'知道'？确切地说，对'我'而言什么是'知道'？"（如果这是一种戏仿，那么它就不亚于塞缪尔·韦伯在《对保罗·德曼战时新闻评论的回应》中的开场白："我们在谈论什么？我们谈论过什么？用这样的问题开始，有意义吗？"当然，言下之意是，只有一些蠢笨的庸人才会贸然回答这样没有教养的问题。）

由于这种知识环境（通常被称作解构，或者"解构"），每一种事物都极度难懂，很少或者根本没有任何事物可以确切地被了解。因此，它将与我们统治者自鸣得意的教条主义相比可以说是激进主义的一点儿东西，和对易受骗的庶民而言难以理解的精英主义联系了起来。在这个激进的领域中，突然出现了一个显而易见的"事实"。据一位忙碌的年轻研究人员透露，这一理论最知名也是最杰出的代表人物之一，年轻时曾为德国控制的比利时报纸撰写过大量评论和文章，当时该国正被纳粹占领。这些受到质疑的文章现在以一种污迹斑斑的影印本形式得以发行，看起来就像是低劣的色情作品，其中有一篇令人愤慨的反犹太文章，另外，书中还包含大量古怪情绪。最令人啼笑皆非的是，历史、政治和伦理，它们都不是解构主义者的强项，却带着复仇之心从不确定性的待定状态中浮现了出来。"解构那一个"，这一信条的批评者或愤怒或欣喜地喃喃自语。

我们必须得说，《对保罗·德曼战时新闻评论的回应》的一些撰稿人作出了相当多的尝试。安德泽耶·沃敏斯基反问道："你对这个人，对他的背景、地点和年代了解多少？你凭什么在好人与坏人、抵抗与合作之间划清界限？"沃敏斯基又写道，很明显，我们不能按照善与恶、政治正确与不正确等二元对立的思路来处理这个问题，我们都知道雅克·德里达最终抛弃了这种思路。事实上，年轻的德曼赞许地提到了为犹太人建立一个独立聚居地的可能性,声称战争将把"希特勒主义"和德国精神融合成一股独特的力量,并热情赞扬法西斯作家和其文化活动;但这里真的有什么确定的东西需要评判吗? 这一切难道不是极度难懂吗!? 塞缪尔·韦伯更倾向于避免使用引号来表达不满,他在一篇文章中为"通敌"一词用上了引号,对德曼的诋毁者的愤怒表现得更为明显,要比他对德曼早期政治观点的态度糟糕得多。蒂莫西·巴赫蒂勃然大怒,在总结自己对此事的思考时表示,如果这些令人不快的文章不存在,那么它们就一定是编造出来的。这都是反解构主义的阴谋。没有人真的认为这些东西都是克里斯托夫·瑞克斯伪造的,但是有一两个危险的迹象表明,德曼可能是在虚张声势。也许他自始至终都是第五纵队的成员。鲁道夫·葛薛深深地怀疑德曼是一个像卖国贼一样低级的人物,因为第一条反犹太法令通过仅五个月后,德曼就写道,这是"一个高度文明的侵略者无懈可击的行为"。然而,葛薛确实也以一种大胆的姿态承认,年轻的德曼曾把纳粹对民众的态度描写成是有意义的、公正的和仁慈的,这些作品中显示了"强烈的传统主义和保守主义倾向"。

在一篇精妙、博学的文章中,辛西娅·查斯将人们的注意力从早期的德曼转移到后来更容易被接受的德曼身上,并暗示那些反对他作品的人可能根本就没有读过他的作品。然而,特别辩护奖的末等奖无疑应该颁给雅克·德里达的一篇拐弯抹角而又令人深感尴尬的文章,他在撰写此文时肯定应该还是经过反复斟酌的。他文章的标题"如同贝壳深处传来的海的声音:保罗·德曼的战争"不仅暗指把犹太人从比利时运往毒气室的那场真实的战争,而且暗指精神上的极大痛苦——这纯粹是推测,因为他从未谈起过——我们可以将这种痛苦归咎于后来的德曼本人，或者归咎于批评家对德曼发起的所谓战争。德里达设法使德曼自己，而不是一开始他支持的政权的受害者，看起来像是一个痛苦的、受迫害的人物，他宽恕了德曼对此事终身保持沉默，理由是坦白引起的争论将会使他不能专注于写作。德曼几乎没有告诉过任何人他早年的事情；但是德里达以法国烂片的风格反思道，也许德曼一直都在向我们诉说着这些事情。可靠的旧式反问句适时地出现了——谁能诉说？谁有权利评判？——这篇文章通过摆出这些批评德曼者的恶意来进行总结。这些批评家才是真正的"极权主义者"。然而，有些好事也会从中产生：至少我们现在必须一遍又一遍地阅读德曼。换而言之，解构事业在表现出衰微的时刻获得了新生，这是多么幸运的一件事。德里达的文章强化了这样一种信念，即评论德曼所需的最重要的资格就是不能与他有私交。

这本书的其他部分光芒完全盖过了这些不讲理的诡辩，其中包括一些在正反两个方面都令人印象深刻的、有说服力的篇章，它们自始至终都展现出令人钦佩的道德严肃性和智慧的力量。德曼的一些敌人肆无忌惮的夸张和歪曲也弥补了那些诡辩造成的缺陷。一个二十出头的年轻人，在知识分子普遍通敌的氛围中，在相对较短的时间内发表了一些有时模棱两可的亲法西斯评论，被直接比作戈培尔和瓦尔德海姆，被公众指斥为纽黑文的克劳斯·巴比。他后来的文学理论，因此被诽谤说，只不过是同样的邪恶事业在另一个名字下的延续。受到真正的解构主义破坏性元素冒犯的保守派记者和学者，利用这些令人悲哀的发现，带着一种肆无忌惮的机会主义态度，去指摘这样一种想象力丰富的、有独到见解的批判性风格，称其为"虚无主义"。不过，尽管这个人再也无法为自己辩护了（德曼于 1983 年去世），评论家还是在不停地对他进行嘲弄和中伤,而在大多数情况下,他们的真正目的在于质疑当今批评法则的任何想法。那些维护德曼名誉的人当然有权对这些攻击中显示出来的欺诈思维和道德上的不负责任感到愤怒。也许我们可以作一个不太合适的类比,将德曼的处境与马克思主义哲学家路易·阿尔都塞的悲惨遭遇进行对比,因为批评后者的人在听说他因患有严重精神疾病而杀死自己的妻子之后,咕哝着抱怨说他们一直都怀疑他脑中究竟有没有存在过任何思想。

德曼事件所涉及的许多问题确实还没有定论。他的一些支持法西斯主义的表述是狡猾的、双刃剑式的,在限定条件方面也是遮遮掩掩的。他以明显的非法西斯主义风格捍卫了艺术在政治上的自主性,可以认为他希望维护佛兰德文化的独立性,反对德国帝国主义。有证据表明,他本人并不反犹。但就像德里达所认为的那样,这并不是一个在"一方面"与"另一方面"之间进行权衡的问题。对于一个如此警惕二元对立的人来说,这种表面上的审慎令人感到奇怪,它给实际上相当不均衡的现象赋予了一种虚假的对称性:德曼可悲的卖国通敌主义,以及他可能对此表示的任何隐含的保留意见。

就早期德曼和后期德曼之间的关系而言,如果这种关系存在的话,他最不共戴天的敌手可能是"连续主义者",而他的支持者则是"反连续主义者"。前者勤勉地梳理他后期的作品,寻找他隐藏其中的早期态度的证据,利用许多"成熟"的德曼学说,公然将其作为自我开脱的工具:过去是虚构的,错误是必然的,忘记是必要的,语言不是我们能控制的。克里斯托弗·诺里斯在其出色的新研究成果《保罗·德曼:解构和美学批评》中提出的观点更为可信,他认为德曼后期的作品可以被解读为对早期作品所进行的一种无声的、弥补式的消解。德曼对整体感和目的论的恐惧,对机体论和"直接论"学说的恐惧,还有对认识论中的"美学化"和绝对真理主张炫耀武力行为的恐惧,这些都代表了他早期美学民族主义中隐藏的解构思想。人们也许可以合理地推测,他作品中的极度苍凉感和自律,其实都标志着他粗暴地清空了曾经的自我。在德曼令人晕眩的讽刺和西奥多·阿多诺的战后作品之间,存在着有趣的类似之处,后者通过确定性的陈述和最终解决方案,在他的"否定辩证法"中表现出一种极端强烈的反感情绪。在一个临时语言被用作种族灭绝工具的时代里,仅仅是有意愿就等同于有与敌人同谋的罪行。尽管诺里斯也许轻松而又明确地冒犯了某些公开支持德曼的人,但他在作品中没能指出的是,德曼不连续的职业生涯表现出了一种显著的连续性,那就是坚定地反对有助于解放的政治思想,比如说他早期的极端右翼精神后来转变成为一种颓废的自由主义怀疑论,怀疑任何形式的激进政治行为的效力,这种怀疑的效果总是很快增大,超过我们的控制力。

这种沉闷的辩论在德曼的《批评写作:1953—1978》发表时发生了转变,它尖锐地提醒了我们,为什么他早期的"异常行为"对他的追随者来说如此重要。因为,尽管这些"中期的"文章相对于德曼的其他作品来说在概念上绝不是最复杂的,也不是最古怪、最令人不安的,但是它们展示了他的博学、哲学上的敏锐和思想上的极具独创性,而其他西方批评家鲜有能与他相比的。它表现的是 20 世纪 50 年代和 60 年代的德曼,还没有进行"修辞转变",仍然带着自我和内在精神,全神贯注于海德格尔和现象分析的风潮。但是后期写作的大部分主题则是不成熟的现在时:对世事的伤感,思想和世界之间永远不会存在的一致性,以及知识的无能为力,因为它除了自身的失败,不能确定任何事。

从理智上来说,这位导师很幸运地能得到他的这些信徒,在《阅读德曼的阅读》中收集的文章就是很好的证明。他的思想中真正古怪和顽固的那一部分,吸引并培养了美国一批最卓越的批评家,在这本书中,许多批评家都向这位去世的领袖表达了敬意。书中收录了一些极具洞察力的文章,来自尼尔·赫兹、J. 希利斯·米勒、杰弗里·哈特曼、蒂莫西·巴赫蒂等,尽管只有比尔·里丁斯探讨了解构主义政治学中的棘手问题。这本书启发性地深入探索了其研究对象写作时所经过的曲折小路,不过他在这样做的同时,奇怪地忽略了诺里斯常常谈到的地毯上的图案①;对德曼来说,绝对的核心问题是什么能被称为美学中的意识形态,对于这个问题,他最初是困惑的拥护者,后来则成为一个无情的祸害。

从其他方面来看,这位导师的追随者对他的帮助就不太大了。这本书的十四位撰写人中,只有葛薛的一篇典型的探究性文章试图表达出类似系统批评的东西。自从利维斯以后,我们已很难想象一个批评家能够激发其信徒做出如此令人惊奇的顺从姿态,而实际上,这两个人都是学院派中凶猛的公牛,这个事实毫无疑问与此相关。当将军受到来自前线的炮火袭击时,你不能从背后向他开枪。不过,即使如此,当我们发现这个人如此尖刻地揭穿了写作的欺骗性权威,仅仅是为了他自己的意见能得到肯定、能被放在神圣经典的位置上,我们一定会觉得这很讽刺。而且,从我们所知的德曼来看,没有任何理由可以使我们相信这样的待遇除了不安还能带给他别的东西。对他的支持者

---

① 意指神秘的事物。——译注

来说，如果我们试图把他的作品置于历史之中——比如，认为他属于那种战争结束后幻想破灭了的、"意识形态已经终结了"的时代，那么这必定是一种不可原谅的简化论，因为在那样一个时代中，所谓真实可靠几乎等同于奸诈恶毒，果断的行为总是草率且自欺欺人的，历史在那里已经堕落成为空虚的、破碎的无常。德曼有着自我麻痹式的讽刺和去能化的窘迫，悲哀地坚持着失败和不确定性，独断地否定着权威：令人尴尬的是，所有这些在剥开它们哲学语言的外衣以后，都接近于政治上受挫、沮丧的知识分子的自由主义陈词滥调。

如果说德曼写了不少令白宫感到烦恼的文章，那么其实他也写了许多令白宫满意的文章。解构主义自我嘲讽式的深刻见解依靠的是它在历史问题上采取的自欺欺人态度。年轻的德曼曾卷入了一段名声欠佳的历史事件之中，他也曾艰难地试图摆脱这段历史；但是他并没有因此停止思考随后的历史，尽管他也许对"历史"这个术语感到怀疑。对德曼早期著述的挖掘为弗雷德里克·詹姆森的名言作出了极好的证明：我们也许会忘记历史，但是历史不论好坏，都不会忘记我们。

盖娅特丽·斯皮瓦克

原标题为《在高蒂超级市场》，盖娅特丽·斯皮瓦克著《关于后殖民时期理性的批评：正在消失的现在的历史》评论，首次发表于《伦敦书评》，1999 年 5 月 13 日。

在世界的某处一定存在着一本为后殖民时期批评家所写的秘密手册，其中第一条规则就是："一开始就否定后殖民主义这个概念。"很明显，要在那些传播这个概念的人中为它找到一个毫不遮掩的热情支持者，其难度不亚于要在 60 年代或 70 年代出生的人里找到一个坦率承认自己是结构主义者的人。后殖民的观念遭到了后殖民理论家的猛烈抨击，如果你敢于无所忌讳地使用这个词语，就等同于自称是一个死胖子，或者等同于承认自己暗地里有嗜粪的倾向。在此书中，盖娅特丽·斯皮瓦克以某种辩护的口吻评论道，美国的许多后殖民理论都是"伪造的"，但是当一个后殖民批评家论及其他批评家时，这种姿态是必须的。另外，作为一个"第三世界"的理论家，将这个消息透露给她的美国同僚,这种行为一方面说来是极其不受欢迎的,另一方面说来却正是他们想要听到的。对充满负罪感的美国学术界来说,最流行的做法就是指出自己的立场不可避免地带有恶意。一个后现代主义者想要接近真实,这就是最快的方法。

这个秘密手册里记录的第二条规则是:"尽可能得体地坚持蒙昧主义,只要别被人抓住。"后殖民理论家常常挣扎在自己的思想论述与所谈论的土著人之间的鸿沟中;但是如果他们探讨的语言大多数知识分子都认为难以理解,那么这条鸿沟看上去也许就没那么可怕了。即使你不是来自某个简陋的小镇,也能发现斯皮瓦克混乱的隐喻既自负又晦涩,比如"我们中的许多人正努力试图与帝国主义的认知图表展开积极的磋商"。很难见到谁有如此这般的写作风格,但同时又十分欣赏,比如说,弗洛伊德那样明白易懂的作品。后殖民理论非常重视对"他者"的尊重,但它最直接的"他者"——读者——显然没有这种敏感性。你也许天真地想象着,激进的学者具有某种政治责任,以确保他们的观点在学术公共厅以外也能赢得读者。然而,在美国学术界,这种通俗化或粗糙思维(plumpes Denken)不太可能为你赢得豪华的坐席和著名的奖项,因此,像斯皮瓦克这样的左派人士,尽管他们对学术界一贯充满蔑视,却可以写出比那些鄙视他们的文学精英派更难以被公众接受的作品。

当然,一个糟糕的句子,比如"不-成熟(in-choate)的、无-言(in-fans)的、来自-本土(ab-original)的并行-主题(para-subject)不能被理论化,仿佛在功能上完全被冻结在某个世界中,在那里目的论被列入地理-学(geo-graphy)",其意义也许在于颠覆了西方理性伪造的清楚易懂性。又或者,以这种深奥的神秘语言来讨论公众事件,可能正是西方理性的一种症候，而不是对它的消解。和大部分文风问题一样，斯皮瓦克的隐晦风格并不只是一个文风问题。它对语调和节奏毫无知觉，对词语结构粗心大意，它的理论隽语（"德里达《丧钟》的左栏中展现了欧洲哲学的同性情爱"），既是美国商品化的语言的产物，也表现了迂回破坏这种语言的企图。有一个句子是这样开头的："26 岁时，马克思称自己站在扬弃（德文：Aufhebung）的立场上，他看到了这个重要事业的必要性。"这个句子综合了黑格尔的语汇和斯皮瓦克式的文法，东倒西歪的行文就好像它从高尚下行来到了生存智慧，它属于这样一种文化，在其中装腔作势和朴素平常、修辞和天然之间的中间地带正变得越来越少。任何一点讽刺或者幽默都会对其自视甚高的庄严性带来致命打击。在这本书中，斯皮瓦克对夏洛蒂·勃朗特（Charlotte Bronte）和玛丽·雪莱（Mary Shelley）、简·里斯（Jean Rhys）和马哈斯维塔·德维（Mahasweta Devi）进行了精彩的理论分析，但她几乎没有关注她们的语言、形式或风格。正如其鄙视的老派文学学术研究一样，最先锋的文学理论结果也不过是一种优秀的老派内容分析。

斯皮瓦克极力反对左派的市侩，这是十分正确的，因为对这些人来说，不管是什么观点，只要它不能立即推翻上头的人，那就都和代数拓扑学一样在政治上是毫无用处的。但是她还是勉强承认了他们观点中真实的种子：当被剥夺了政治方面的表现机会以后，这种激进理论就逐渐变得令人厌恶、自我陶醉。符号学者也许会指出，这理论后来作为隐喻代替了它象征的那些东西。政治革命也许存在诸多危险，但是无法极好地集中精神并不是其中的危险之一。本书的研究没完没了地跑题，自己插自己的嘴，从康德漫谈到克利希纳，又从席勒聊到了萨蒂,这种特性在政治上主要属于无方向的左派。宽厚一点的读者会把这聒噪的大杂烩当作对启蒙主义线性叙述的攻击,而在这种线性叙述中,这个作者的性别和种族都被强烈地排除在外。如果说殖民社会正忍受着斯皮瓦克所说的"一系列干扰,时间被反复撕裂以致再也无法缝合",那么她自己塞得太满、过度晦涩的文章也不外乎如此。理所当然,她自己也正是以这种方式看待本书的断裂结构,就好像是打破偶像,违背"已被接受了的学术或批评实践"。但是,这种晦涩、拙劣的术语,傲慢的假说,不管你理解不理解,反正她不在乎,可是它既是一个学术集团的过度编码,也是给传统学术研究的一记掌掴。

如果从《简·爱》到亚洲生产模式这种突兀的跳跃挑战了白人男性学者古板的组合观念,那么这其中也就不会只有些许美国美好过去的折衷主义。在这个俗丽而又得到特许的思想市场里,任何观点都显然能与其他任何观点重新进行组合。被某些人称为辩证思维的东西,对另一些人来说是一种无法坚持自我的无能症候。后殖民的交杂和后现代的万事皆可主义之间的界限模糊得令人尴尬。作为一个女权主义者、解构主义者、后马克思主义者和后殖民主义者,斯皮瓦克似乎很不情愿被排除在任何理论游戏之外。增加人们的选择余地是令人赞赏的理论态度,这也是美国市场哲学中常见的一点。斯皮瓦克在她的作品中强加了一个连贯的叙事,即使她的标题虚假地暗示了这一点,这也是目的论的罪恶,正如帝国主义排斥某些民族一样,目的论也排斥了某些主题。但是,如果说如今的文化理论家能够以一种知识分子式的"注意力缺失症",从寓言故事轻快地跳跃到互联网,部分原因是他们摆脱了重大政治事业不可避免的限制性要求。因此,将横向思维与政治目标的失败区分开来并不是那么容易的事。即使是斯皮瓦克没有写过的书,也像不安的幽灵一样聚集在她的脚注中,不愿被排除在外。实际上,在斯皮瓦克还没有发表的作品中还有一篇文章要写,这篇文章将把所有那些脚注当作它的主题,而在这些脚注中她已经宣布了一篇从未真正出现过的作品,或者——和这一样——描述着一部她不会或不能写的作品。

斯皮瓦克渴望一次把所有的事情都说出来,这也许不完全是单纯想打动他人;其实她的欲望要大得多,正如一个理论家的晦涩文风有时也意味着没有把握和自大。事实上,斯皮瓦克的参考书目跨度极大,令人钦佩,相形之下,大部分文化理论学者看起来令人沮丧地眼界狭小。他们中很少有人能媲美此书展现出来的广博知识和多样性,能从黑格尔哲学和印度殖民时期的历史档案一直延伸到后现代文化和国际贸易。许多后殖民写作似乎认为南北半球之间的关系主要是一种"文化"事务,因此,在詹姆斯后期的作品中,文学类型的介入比他笔下的昆虫意象更有分量。相比之下,斯皮瓦克对这种"文化主义"有着适当的蔑视,尽管她也认同其中的许多假设。她并没有错误地认为,一篇关于《印度之行》中女性形象的文章,本质上比一篇对萨克雷使用分号的调查对跨国公司更有威胁。南北之间的关系主要不是关于话语、语言或身份认同,而是关于军备、商品、剥削、移民劳工、债务和毒品;这项研究大胆地探讨了经济现实,而太多的后殖民批评家只把它当作一个文化现象,草草带过。(对于现在的一些殖民批评家来说,任何提及经济的内容按照其本身看都是"经济学的",就像任何提及肺或肾的内容都是生物学的一样。)如果说斯皮瓦克了解文字学①,那么她

---

① graphemics,研究书面语如何表示该语言音位的规则。——译注

也了解服装产业。这也有助于使她成为当代理论家中最耀眼的智者之一，她的洞察力具有个人特性，但一点也不缺乏创造力。她很可能已经在全球学术界的开创性女权主义和后殖民研究领域中，做成了许多政治方面的长期意义上的善行，几乎比所有其他理论界同僚完成的都要多。和所有伟大的女性一样，她现在必须处理会带来尴尬的最终的根源，即她忠实的追随者们。

她完成这个任务的方式过于优雅。应该有人写一篇关于后殖民理性的批评文章，评定其成就和荒谬之处，但是这本书太彬彬有礼了，也太像松散的插曲了，因此它无法做到这一点。即使它的副标题是差不多可以理解的，可是它的正题肯定会引人误解。要完成这样一个计划，斯皮瓦克所处的环境既是最好的也是最坏的，而她的失败虽然令人失望但是也可以理解。她所处的环境是最好的，因为作为一个来到西方世界的移民，她能发现一些概念上的局限，而这对内部的人来说则不太明显。她对西方后殖民产业中理想主义的雇主们指出，本土文化主义并不会被传奇化，宗主国内的少数族裔不同于殖民地的人民，对公民权利而言不存在任何"基本教育说"，还有，对次等群体来说，成为制度化体制中的公民正是他们想要实现的目标，但那些体制中有正式资格的原始主义者则不是这么想的。这其中有许多适时的正确判断，如果斯皮瓦克原谅这个用语的话。她的一些同僚过分乐观，而斯皮瓦克并没有把从种族移民到经济领导的转变看成一种含意明确的进步，她也认为我们无法否认这样一个现实，即"种族企业家……向跨国公司献媚，将他们的妇女卖进血汗工厂"。同样，她还注意到，西方世界为"性别公平"服务的女权主义者，必然也在帮助支持着这样一种社会秩序在全球的实行，从而扼杀了其他地方女性的这种权利。

但是这种对后殖民时期西方自由主义者的尖刻批评从未真正成熟。即使斯皮瓦克对西方世界的谎话、恩惠和伪善有着神秘的敏锐直觉,她还是不愿意与之分道扬镳。在某种意义上来说,这是一种极好的办法,可以使她不至于沉溺于那种熟知内情的人对付想知道内情的人所使用的小花招之中。即使斯皮瓦克没有进一步地抨击受害者,美国学术界中毫无意义的自相残杀也已经够多的了。另外,这也是勇敢地承认了她自己作出的妥协,就好像作为一个学术巨星却谈论种姓制度和阴蒂切除术。但是除此之外,她还有更多的保留。此书充分地痛击了一些没有教养的后殖民主义批评家,他们迷恋他者的原因在于,他们意志消沉,渴望完全成为别人,而不是做自己。但是这种抨击也被美国学术界温和的、消遣式的舆论感染了,在这里直截了当的冲突常常被普遍的"职业作风"压抑住。尽管美国有使用"好斗"这个词语作为评论的习惯,但它仍然是一种十分害怕争端的文化,这也许可以解释为什么摔跤这种游戏,在将真实搏斗转变为伪装的公开表演之后,在电视体育节目中是最受欢迎的。

作为这样一本书的作者,斯皮瓦克所处的环境又是最糟糕的,因为她的头衔很具迷惑性,预示着她几乎已经变成了圈内人,是西方后殖民事业的主要缔造者之一。另一位缔造者、她的伙伴爱德华·萨义德,面对他们曾经共同成功构建的思想理论,开始变得越来越急躁,他迷人的讽刺文风也正显示了这一点;但是斯皮瓦克比较平和,虽然有时也会有针锋相对的词锋。她评论道,这个领域中许多东西都是"伪造的",不过这只是一个无关紧要的旁白。即使她能正确地区分少数族裔和被殖民的民族,她也还是无法弄清楚这样一点,即后殖民主义的许多思想实际上来自美国所面临的严重的种族问题,只不过这个问题经过改装被"出口"到了国外。因此这正是另一个上帝的国土,地球上另一个最与世隔绝的地方,它只能根据自身的情况来定义世界的其他地方。不过,要实现这种出口,就必须进口第三世界知识分子,将他们当作它的媒介;尽管斯皮瓦克很可能比大部分人都更了解这一点,但是她从未在此书中留下足够的空间来揭示这个问题的含义。实际上,如果要这样做,就需要一些系统性批评;但是系统性批评对她来说,更像是问题的一部分,而不是解决问题的一个方案,因为这样做需要很多枯燥的知识,而这对那些享有特权的人来说是无法忍受的。这些人过去被称作贵族,现在则是后结构主义者。如果她能极其严厉地对待"谈论后殖民主义的白人男孩",或者文化研究、自由的多元文化主义和跨国资本主义之间的联盟,那么,这些健康的思想碎屑就会浮现出来,不过之后还是会再次消失在她文本厚重的焦虑之中。

当然,关于后殖民研究还有更多可以说的,斯皮瓦克自己在此书中就说了许多。不管其浪漫的幻想和秘密自我关注的是什么,它还是文学批评领域中增长得最快的部分,这标志着,那些受西方伤害和毁谤的文明在历史上第一次登上了西方文化舞台。因此,在我们这个时代,比斯皮瓦克、萨义德和霍米·巴巴更有价值的批评家可谓凤毛麟角,即使他们三个中有两个都顽固地保持着晦涩的作风。这不像是与耶稣同时被钉上十字架的两个小偷中有一个获救了,那几乎是一个合理的百分比。但是后殖民主义迅速上升的原因中,有些很丢脸,有些则值得赞赏,而斯皮瓦克总的说来对此保持着一贯的沉默。比如说,它的出现紧跟在旧殖民世界中西方社会阶级斗争和革命民族主义的挫败之后,至少现在来看是这样。美国学生是这样一些人,如果阶级斗争停留在他们的滑板顶端,他们就不会意识到这是阶级斗争;如果第三世界的一些居民大量杀害自己的父兄,他们就不会那么热衷于第三世界。这并非他们自己的过错,他们可以通过将压迫转移到其他地方,从而替代性地大量发泄其激进冲动。这种行动使他们陷入时髦的后现代主义忧郁中,担忧着他们自己社会秩序"整体的"蒙昧。这就好像消费主义盛行的西方,社会主体虽然已经枯竭,迷失了方向,但却在世界的不幸之中发现了自己的图像,这是多么非凡的历史讽刺。如果说"边缘化"现在正在流行,其原因之一则是那些处在边缘的人叫嚷着要得到政治上的公平,另一个原因在于,失去了政治记忆的一代人冷笑着放弃了对"中心化"的期望。和美国大多数女权主义一样,后殖民主义是一种不反对资本主义的同时,却能在政治上成为激进派的方式,因此它特别受到"后政治"世界中左派思想的欢迎。相反,盖娅特丽·斯皮瓦克忠于其对社会主义传统的信仰,不过她表现得十分含糊;然而,尽管在这本书中她对马克思主义提出了许多引人注目的看法,但是她在女权主义和后殖民主义思想中陷得太深,无法对这些思潮展开全面的社会主义式的批评。正如她在本书中横跨两个世界一样,她的作品中令人厌倦的自我戏剧化和自我暗示的习惯也是殖民式的讽刺性自我表演,是一种对学术客观性的挖苦,也是一种美国人熟悉的对个性的崇拜。

有一些批评——奥威尔即是一例——在政治上极为激进,远甚于他们率直而又通情达理的风格所表现出来的激进势头。奥威尔对头发蓬乱的马克思主义者感到消化不良,更不用说他明显想要将共产主义者送出国门。奥威尔的政治观念产生了深远的影响,远甚于他那些思想老套的散文。而在后殖民写作方面,情况则正相反。其派头十足的理论先锋主义中隐藏了一份相当朴素的政治日程。它敢于提出政治建议,这种情况极其少见,它对欲望、人之死或历史终结作出了诽谤性的推断,但是在此它们没有体现任何革命热诚。德里达、福柯和其他一些类似的人物也有这个特点,他们时而迷恋理论上的"疯狂"或"怪物",时而迷恋更有节制的、改革主义的政治学,根据主流风向的改变在它们之间徘徊。

德里达——这本书视其为神圣的人物,不允许对他有一丝一毫的批评——有时能使解构听起来就像是非常普通、积极而且无害的事情,人们应当会好奇为什么克里斯托弗·瑞克斯和丹尼斯·唐纳休不能马上采纳它。有的时候,对另一些读者来说,解构则是十分险恶、具有破坏性的事件,几乎无异于激进化了的马克思主义,这个说法一定会使大多数的解构主义者和所有的马克思主义者感到十分吃惊。解构主义确实可以成为一种打破政治平衡稳定的策略,但是它的信徒们如盖娅特丽·斯皮瓦克,必定也会注意到它的置换作用。和许多文化理论一样,它允许人们在暗暗谈论颠覆活动的同时,使自己真实的政治观念仅比爱德华·肯尼迪稍微偏左一点儿。比如,对某些后殖民理论家来说,解放的概念老掉牙了,谈起来简直令人尴尬。对某些美国女权主义者来说,社会主义就和半人马星座一样遥远而陌生。

盖娅特丽·斯皮瓦克的政治观念和她的思维过程一样让人难以捉摸;但是在此书的研究中有一些迹象表明,和重建社会相比,她对认识论的看法更为大胆。她有时以肯定的态度谈到人们对新法律、健康和教育系统以及生产关系的需要;但在别的时候,她又以一种人们熟悉的后殖民风格强调改革,而不那么重视反抗。反抗意味着武装行动,但是也暗示着政治责任总是在别处。对有些人来说这个说法很实用,因为他们不喜欢这个系统的所作所为,但同时又怀疑自己是否足够强大,能推翻该系统。对斯皮瓦克来说,也许对其创建者来说也不外乎如此,马克思主义是一种推测而不是一个计划,如果它被用来当作"预言性的社会工程",就只能引起暴力化的后果。换言之,如果你有勒死室友的想法,那么只要你不真的付诸实施,想法本身是没有问题的。现在的权利系统可以不停地被"打断"、拖延或"推开",但是试图完全超越它则是最易引人上当的乌托邦空想。

这很可能成为现实;但是按照当前的实际情况来看,这看起来有一点太过自信了,而且是以一种非解构主义的方式,类似的还有这本书提出的后现代主义假设(不是断然主张),即几乎所有的普遍主义都是反动的,几乎所有的违法或破坏都是积极的,几乎所有试图精确算计的尝试都是主流理性的一种表现形式,这些假设有点儿武断。对斯皮瓦克来说,如果主张在我们现在拥有的东西以外还有"另一个",这就意味着否定了其与我们所拥有的东西之间不可避免的合谋,因此使得她这样的批评家处于极其敏感的位置。没有人会想到斯坦利·费什对资本主义不感兴趣,就连斯坦利·费什自己也想不到;但在美国的研究生项目中,有一些容易受骗的人可能会误以为盖娅特丽·斯皮瓦克是纯粹的他异性的化身。她自己无疑力图驳斥这种感情主义,提醒那些黑人女性的崇拜者们,她也是一个薪酬可观的中产阶级女性和殖民精英的后裔。因此,她宁愿选择恶意地拒绝该制度,同时不提出一般性的备选方案,也不愿选择恶意地否认自己与该制度有勾结。

然而,内疚和自负一样能使人颓废。斯皮瓦克做出的政治善行远远胜过另一个事实,即她在美国过着十分富有的生活。如果共谋指的就是生活在资本主义社会,那么除了菲德尔·卡斯特罗,几乎所有人都会受到这项指控;如果它意味着"入伙"(buying in)(美国人如此直白地表达它），加入到所谓西方理性中去，那么只有那些种族主义者或者不遵从辩证法的思想家需要担心它，因为对他们而言，这种理性一律都是暴虐不公的。"共谋"这个词很不吉利，但是与儿童贫困行动小组或者妇女参政论者的作品共谋，这并没有什么不吉利的。不管在什么情况下，人们都在逻辑上误解了斯皮瓦克，她从来都不认为，如果你要想象出一个能彻底替代现有体制的东西，首先就完全不能被现有体制玷污。如果你想象自己在锡耶纳能过得不错，这并不必然意味着你否定了自己现在正处于斯肯索普这个事实。针对宗主国中的后殖民理论，她的印度同僚埃加兹·阿赫曼德在《在理论中》一书中发动了猛烈攻击，她将自己对此作出的批评与之作了对比，她将自己的书描述为"对共谋有着创造性的理解，而且更精确"。但是为什么这被当作一种优点，如果其成果是一个没什么洞察力的陈述？阿赫曼德也许掩饰了自己与他所攻击的事物之间的联系，至少斯皮瓦克是这样看的，但是这并不自然而然地意味着他对其所作的描摹就不精确。无论如何，阿赫曼德可以说比斯皮瓦克的"同谋"程度要低：他在西方教书的时间要少得多，更明确地致力于社会主义的替代方案，也更少迷恋西方的最新理论。但是这些其实都不重要，重要的是在后殖民理论这个论题上他写得有多好，在德里你可以对这么一批作品置之不理，正如在萨克拉门托你可以对其提供支持。后结构主义者强调"主体地位"，这种强调与存在主义者对真实性的迷恋相类似，十分古怪：重要的不是你说了什么，而是你正在说话的这个事实。同样，自由主义倾向于认为，选择什么并不重要，重要的是我选择了它，因此，自由主义是一种特别适合青少年的道德准则。但是现在我们感兴趣的是后殖民主义，不是坏信仰或者后殖民主义在学术上的实践者遇到的超自然能力障碍。

当谈到其他人的作品时,斯皮瓦克是一个坚决的反意向主义者,但谈到她自己的作品时,她常常爱谈逸闻趣事和自我经历。即使这可以被当作一种令人钦佩的尝试,试图将少量主观性引进到元老们的客观辩论中去,那么它也还是对某一个主观性显示了过分的关注。

当谈到反抗的观念,人们当然必须像勇敢的德里达一样,引用一句斯皮瓦克在别处说的一句话,保持"某种谨慎、警惕的心理,坚持保持一段距离"。20 世纪 80 年代中期,苏联集团中有许多人相信,他们可以抵制他们的政治体制,但是不能对它进行改革;但是最终这种想法被证实是有一点太过僵化了,即使那个体系并未能转变成一个公平的社会。人们也许还要补充说,当清空这种权力结构的时刻来临,集体动因就不再是精炼的假象,或者说,精确算计也不再是缺点,就如后结构主义者似乎想象的那样。

哈罗德·布鲁姆

原标题为《布鲁姆的时刻》,哈罗德·布鲁姆著《如何读,为什么读》书评,首次发表于《观察家报》,2000 年 8 月 20 日。

哈罗德·布鲁姆曾经是一个很有趣的批评家。在 20 世纪 70 年代,他创造了一种十分放肆的文学创作理论,它认为,所有的作家都困在一场俄狄浦斯式的战斗之中,与一些强大的前辈斗争着。文学是对抗和怨恨的结果,因为诗人们深陷在布鲁姆所谓的"影响的焦虑"之中,他们试图通过重写先驱们的文本来击败"强大"的他或她。所有的文学作品都是一种剽窃,对前人成果的一种具有创造性的误读。华兹华斯试图消灭弥尔顿,雪莱总和莎士比亚过不去。一首诗的意义就是另一首诗。

正如亨利·菲尔丁在谈到"好人会有好报"时所说的那样,这种理论只有一个缺陷,那就是它并不真实。但它具有独创性,想法大胆、令人兴奋,虽然有点不可信却无伤大雅。另外,它也十分巧妙。它所做的就是将传统的文学观念与现代的文学观念混合在一起，因此在两个世界中都能赢得好评。文学仍然离不开伟大的传统，也离不开凌驾于历史之上的孤独的巨人们，早期的牛津剑桥美学家，比如亚瑟·奎勒-库奇爵士，就有这样的观点；但是这些非凡的元老们现在卷入了弗洛伊德式的对抗之中。布鲁姆是一个处于战斗状态的浪漫主义者，在一个玩世不恭的后现代世界中为天才、灵感和创造性想象力大声疾呼。然而，只有赋予其一个相当悲观、与时俱进的改变，他的思想才能得到后现代世界的理解。因此，你仍然拥有文学中的英雄、大师和信徒；只是他们现在所做的事是互相解构。

于是现在，布鲁姆相当藐视历史批评。伟大的作家不再需要历史文本，就如一位绅士不需要自己买橘子酱。但是很明显，布鲁姆的批评总是受到社会条件的制约。诗歌中的那些困在浩荡战场上的勇士们，都是来自美好过去的美国企业家，只不过他们披上了文学的外衣，大卫·克罗基特和唐纳德·特朗普就是如此，他们根据自己蛮横的愿望改变了世界。布鲁姆用纽约口音发言支持普遍的人性。诗歌已成为一种华尔街精神，其中到处都是充满野心的年轻经纪人，试图将老旧的警卫扫除到排水沟里去。布鲁姆对物质极限感到愤怒，他开创性地对百折不挠的毅力充满信心，这些都和樱桃派一样，相当美国化。只不过，他错把这当作了一种普遍真理。

然而，批评的车轮转了一圈又回到原地。布鲁姆曾十分坚信的理论走向了极端，这使他十分震惊，因此，从70岁生日那天开始，他又回归到引经据典的批评学派中去了。事实上，他退回到了相当陈腐的批评风格中去，就连奎勒-库奇也会对此感到羞愧。

《如何读，为什么读》带领我们在其作者最爱的一些诗歌、戏剧和小说中做了一次库克式的旅行,在单调的情节概括或者荒谬的长段引用之后再加上一些业余的、不甚严格的评论,这使读者感到无聊。因此,莫泊桑"很了不起,值得一读",阅读伟大诗歌感受到的愉悦"很多而且多变",而"雪莱和济慈是截然不同的诗人,他们并不完全是朋友"。它劝勉我们反复地大声吟诵某一首诗歌,并以一种引人注目的道德洞察力告诫我们,"拉斯柯尔尼科夫时代的彼得堡就像麦克白时代令人心醉的苏格兰一样,我们都有可能犯下谋杀的罪行"。它还教导我们,"广义上来说,讽刺指的是说一件事,而意指另一件事",而且讽刺受到了极大的推崇,尽管这本煞有介事、妄自尊大的书只要受到一点讽刺就会完全坍塌。

假使你认为布鲁姆把此书写得如此马虎和笨拙,是因为他想吸引普通读者,那么你的想法可以说是十分仁慈。他试图将文学从美国学术界晦涩的公式中挽救出来,将之交还给更广大的读者,这确实令人钦佩。但即使如此,人们仍禁不住推测,这本杂乱而且平庸的东西是目前他能写出来的最好的东西了。他所有的努力都显示出,在其英雄主义的表面之下流动着某种绝望的情绪。在一个低俗的世界中,文学是价值存在的最后来源,要与迷恋易装癖和多元文化论的学术环境对抗,它也是唯一的手段。

布鲁姆批评美国学术界对性的迷恋,这是正确的;如果文学是我们与自杀之间的唯一障碍,那么我们还不如自杀算了。布鲁姆在解读完勃朗宁的诗作《罗兰公子来到暗塔》后评论道:"尽管我们感到绝望,尽管我们以自杀的方式追求失败,但我们已经更新并壮大了自我。"阅读是一种提高信心的方式,或者说是强化精神力量的方式,是一种人们熟悉的美国化崇拜物,但这却来自一个宣称厌恶意识形态的人。

他的批评谈到的都是种族的成功和成为失败者的恐惧。他告诉我们："约翰·法斯塔夫爵士、哈姆雷特和罗莎琳德的创造者，也使我希望自己能变得更自我一些。"对那些恶毒的灵魂来说，布鲁姆已经足够自我了，用不着更加自我了，但是把阅读作为自我革新的一种方式，这种观念则十分清楚明白。

布鲁姆为什么需要提高自我？他谈到，"我们阅读，并不只是因为我们不能了解足够多的人，另一个原因在于友情如此脆弱，随时可能减少或消失，会被空间、时间、有缺憾的同感以及家庭和激情生活中的伤痛轻易地打败"。听起来哈罗德似乎缺少同伴，而阅读可以弥补这一点。也许他只是一再吟诵过长的诗歌，以至于疏远了朋友。

然而，除了"缓解孤独"以外，我们还有其他的阅读理由。如果布鲁姆可以作为一个自我治疗者而存在，那么他也能以美式电视福音传道者的身份存在，因为他的书充满了空洞的道德说教，告诉你如何"理解和认识善行的可能性，使其长久，在你的生活中找到它的位置"。布鲁姆可能把莎士比亚当作偶像来崇拜，就像青少年追星族一样有一些黏糊糊的柔情，但是他自己的语言却和吉米·斯瓦格特一样低劣和乏味。这本书为我们提供了许多阅读伟大文学作品的理由，却没有提供任何阅读哈罗德·布鲁姆的理由。

斯坦利·费什

原标题为《房产中介》，斯坦利·费什著《原则问题》评论，首次发表于《伦敦书评》，2000 年 3 月 2 日。

美国脑力衰退的微小症状之一就是，斯坦利·费什被当成了一个左派。至少他的一些同胞是这样认为的，而且毫无疑问，他自己也是这样认为的。在一个政治上如此混乱的国家里，"自由主义者"可能意味着"国家干涉主义者"和"自由意志论"，即让穷人死在街上，在那里，费什被当成左派也不是完全不可能的。

斯坦利·费什是一名律师和文学批评家，事实上他和唐纳德·特朗普一样属于左翼。他确实是美国学术界的唐纳德·特朗普，一个傲慢、吵闹的知识分子企业家，热情地将自己的观点推销给观念市场，就像其他人兜售二手胡佛吸尘器一样热情。现在的企业主管已经审慎地掌握了大众舆论和多元文化中的修辞法，而费什和他们不同，他是业界一位老派的、强盗般的首领人物，他从没有想过要真诚地紧握你的双手,问你被解雇的感觉舒服与否。他把自己想象成知识分子的马仔,是给懦弱的多元论者和娘娘腔的自由主义者带来祸害的根源,他夹克衫里那块不祥的凸起可不会被误认为是一卷弥尔顿的著作。

事实上,费什所做的就是操纵某个表面上十分激进的认识论,从而实现一个相当温顺的保守主义目标。从认识论这个角度来说,他是一个精力旺盛的反基础主义者,对他来说,所有的事物归根结底都是特定条件下的文化信仰。这些信仰现在盘踞在一个极其崇高的、超自然的位置上,那里以前的主人是上帝、感性或理智等等。在某种意义上它们是超自然的先验论,你不能质疑它们从何而来,或者它们是否有根据或合理,因为这些问题的答案成形于你自身的信仰体系。因此,你不得不回到老派的信仰主义:世界上没有任何事物能为你的信仰作证,因为那个轻易地使我们上当而被称为世界的东西,仅仅是信仰的一个构想。由于你和自己信念的联系不同于你和自己袜子的联系,挑选一个暗淡的还是气派的品牌,不可能全凭你自己的喜好,因此拥有信仰就如同随身带着自己鞋子尺寸一样无用和迟钝。信仰是自我的构成,因此不能被自我批判质疑。既然我相信那么我就不能停止相信,就如同我打呵欠的时候就不能不打呵欠。和理智的行为相比,信念更像流行性感冒。费什认为,人们控制自己信仰的能力,就如同某些空想家相信自己控制阴茎的能力一样。如果所有的美国人现在都必须成为某种事物的受害者,那么费什就会自认为是他傲慢品质的受害者,这种品质无情地运用其愚钝的暴行,就和斯大林统治富农的手段一样残酷。

于是,在一系列大胆的界限内,我们已经探讨了从“激进的”反基础主义到为自由世界辩护的道路。这使得费什站在了一个令人羡慕的位置上,通过投身先锋理论为自己积累文化资本,而同时又能继续保卫丹·奎尔的世界。一个肤浅的历史主义、唯物主义的案例——我们的信仰和责任承担都深埋于我们生命的实践形式之中——这不仅导致了认识论上的理想主义,而且会引来一种深层的实用主义学说,即我们的生活方式作为一个整体不能受到批判。谁能作这样的批判?我们不行,因为我们不能跳出我们自己的文化圈子,从奥林匹亚诸神的角度来审视自己;他们也不行,因为他们生活在另一种不同的文化之中,无法与我们的文化作比较。他们也许会认为,我们劫掠了他们的原材料,剥削他们的劳力,但是这只是因为他们从未听说过西方的教化使命。一个恰当的结局就是,没有人能批评费什,因为如果他们的批评能被他理解,那么他们就和他同属一个文化圈,因此完全称不上是真正的批评;如果他们无法被理解,那么他们就属于其他某种习俗,因此变得不相关联。

这种可耻的认识论整体来说以一系列的错误为基础。它假设任何彻底的批评都需要来自某种形而上学的外部空间,这种假设是荒谬的,就和它厌恶的自由主义一样。唯一的区别在于,某些自由主义者曾经认为存在着某种优势,而像费什这样的实用主义者则不认为如此。除此以外就没有什么不同了。如果你设想我们要么是困在自己信仰中的无助囚犯,要么就是极其公正的批评者,那么你就是在把问题推向荒谬的极端。在这里,费什和平时一样做作,沉迷于戏剧化的理论姿态,将自己引入歧途。这使他无法看清楚,批判性的自我间离的能力实际上就是我们与世界进行联系的方式之一,而不是这种联系方式的荒诞代替品。他的书在人们如何改变自己的想法这个问题上含糊其辞,毫无例外,在对待某个特定的信仰体系和其特有迹象之间的关系这个问题上,他也采用了一种站不住脚的一元论观点。他还表明,我们不能询问我们的信仰从何而来,因为任何答案都已经由我们的信仰预先决定好了。

但是如果你相信我们的信仰与生命的历史形式息息相关,那么这个信念本身就与生命的历史形式息息相关。费什对本地人和党派的爱好,对人权和抽象原理的厌恶,对被他称作"相互合作和平等公正"的鄙视,对宽容和公平的大男子气的嘲弄——所有这些无疑都属于高等的资本主义文化,虽然讽刺的是,费什违背了自己的原则,似乎将这些学说当作是普遍有效的。也许是费什,而不是一些被称为人性的普遍主义抽象概念,无法与自己的信仰保持距离,因而只好将它们置于更宽泛的历史环境中。

和他的许多同胞一样,费什并不是最世界主义的一个。《原则问题》中的文章谈到了种族主义、色情文学、堕胎、言论自由、宗教、性犯罪,实际上包括了开明的美国学术界中的大部分惯用主题。不管如何评判,这都是一个十分紧迫的议程表;只不过它丝毫不怀疑,在政治世界中还有其他值得讨论的东西。带着这种典型的美国偏见和自恋,费什的书对饥荒、强迫移民、民族主义革命、军事侵略、资本掠夺、世界贸易的不公正以及社会整体的分裂,都保持了沉默。这些已经成为某个体系的后果,对那些并非形而上地停留在这个体系之外的人来说,美国就是关键。如果你无法超越自己的文化圈,这在费什看来似乎就意味着,你还没有理解你的国家是如何在谜一般的地方助力于破坏行为的,谜一般的地方就是我们熟知的国外。费什从不费力考虑国外的情况,他也会乐于见到"国外"被破坏殆尽,人们对此有着难以磨灭的印象。他奋力反对仇恨言论,但好像完全忽略了自家后院里能诱发这种种族冲突的结构环境。事实上,他拥护的社会和经济秩序恰恰会招致使他痛惜的结果。他关注反对堕胎的狂热信徒,这无可厚非,但是,人们能看到的是,他不关心军事、生态和经济威胁,而这些正是他的国家带给世界许多地方的。他和他的很多"左派"同僚一样,把道德归结为性,和清教徒式的右派如出一辙。

《原则问题》是一系列反对自由主义的论辩,在驳斥某些信条方面做得很不错。费什就好像是一个拳击手,却带有小男孩才有的凶猛的竞争本能,他对安逸的多元主义有着几乎病态的过敏反应,并且敏锐地看到它是如何从一开始就没有太多利害关系的情况中产生的。他了解自由主义学说程序上的形式主义是如何使原本充满激情的论点中真正的含义变得琐碎,它又如何温和而感性地平衡了所有观点,却掩饰了其间的麻木和无区别。他如同一个传统的"高尚"道德家,认为在政治伦理中最危险的是生活方式的实质,而不仅仅是谁可以支配它。他察觉到自由主义中虚伪的公正,因为它预先就决定好了什么样的观点是可以得到容忍的;他还欣然痛斥了被他称为"小店的多元文化论"的东西。和许多其他的自由主义者不同,他并没有误认为零和冲突必定是破坏性的。相反,他拒绝粉饰这样一个真相,即在许多重要的斗争中,有些人必定会赢而有些人必定会输。他也没有沉迷于自由主义的伪善之中,他不相信根据事实来说,权力就是一件坏东西,而这种观点通常只属于那些持有权力的人。确实,他因喜好权力而得到的好处也许不那么显眼,但是至少他似乎发现了,不管权力是好是坏,这都取决于是谁在做、其中有什么、在什么情况下。

另一方面,善良的自由主义者会说,以费什的人生经历,他无法理解人们如何能既是宽容的又是坚定的。如果有人不能忽视自己的信念,那么宽容就只是一种伪装。因此,费什厌恶自由主义者,就如同乡巴佬也许会憎恨詹姆斯式的纽约人,因为他们显得过于华丽,自以为是,太谨慎也太客气,因而无法把他想说的话说出来。对费什来说,自由主义者确实没有胆量,他对他们的厌恶似乎是性格上的,也是理论上的。但是宽容不只是一个风格问题,它与热情的党派偏见相一致。费什没有看到这一点,因为他总是把宽容当成一个心理学上的问题,而不是一个政治问题。然而,即使我是宽容的,这也并不一定意味着我对自己的观点不热心;这仅仅意味着我允许你热情地支持你的观点,就像我热情地支持自己的观点一样。确实,我对此相当有激情,我和你一样愿意付出任何代价让自己的观点成为主流。就像费什也许会推测出来的那样,自由主义者并不是太监,像他一样积极的人也并不就是真男人。并不是所有的自由主义者都是冷淡派,一个人坚持自己信仰的热诚程度本身并不能告知我们,反对意见是否应当接受审查。鉴于我自身信念的坚定性,我也许会觉得难以理解别人会有他们自己的观点,但是这并不一定就意味着,我要求压制他们的观点。为什么她认为比尔·克林顿是个圣人,这是一个谜,但是她可以在屋顶上宣扬她的想法,我一点儿也不在乎。从另一方面说,我也许能很好地理解是什么让一些人变成了种族主义者,我也许还会想象自己在同样的环境中也会有同样的感受,但与此同时,我坚决同意费什的观点,即种族主义者不应当被允许在公众场合发表他们的偏见。

从现象学的角度来说,我无法想象如果人们不相信比尔·盖茨对人类灵魂的感知有些贫乏,那会怎么样。但是我能想象,有些情况会迫使我放弃这个偏见,比如他突然出版了一本小说,它在哲学上成就斐然,可令《魔山》相形见绌。从这个角度来说,宽容的反面不是信念,而是教条主义;而且由于教条主义的中心思想就是拒绝解释人们产生信仰的理由,那么费什对此有所冒犯,因为对他来说,信仰就好像金星一样,是神秘的赐予物。当泰勒(A. J. P. Taylor)谈到他持有很极端的观点,但他对这些观点态度温和时,他的意思也许是,正如费什一定会声称的那样,他根本没有真正持有这些观点。毕竟,他那时为了得到莫德林学院的奖学金,正在接受面试。但是他的意思也可能是,尽管他确实相信他所相信的,可他不认为可以将自己的观点强加于人,或者把别人绑起来,堵上嘴,吊在屋檐下,然后对他们进行威吓。与之相反,费什认为所有的信念都必定是专制的,因为根据他的设想,人们缺乏拥有信念的勇气,才会采用宽容的政治制度。尽管他对自由主义的批评有时也会令人振奋,但是仍然存在着这种相当险恶的一面。

《原则问题》认为有一些观点是不可以被宽容的,因此绝对的言论自由其实是一种幻想,这一点说得很对。在很长一段时间里,不列颠岛上没有人能在公开发表某种侮辱性言论后,不必承担接受刑事起诉的风险,这是非常有益的。但是费什以他一贯讲究戏剧性效果的眼光,利用这一点来猛烈抨击宽容、公正和相互尊重原则,因为虽然这些原则和任何原则一样,实际上都必须允许一些重要的例外存在,但费什觉得这种例外毫无疑问使得这些原则全部作废。同样,人们觉得既然所有的言论行为都受一定的社会环境制约,那么任何言论都不是真正自由的,但他认为这种观点也是一种诡辩。因为这就好像在宣称,整天在萨瓦到处闲逛和在盐矿苦干这两个行为都是受社会惯例影响的,因此萨瓦的游客并不比矿工更自由。

费什不喜欢原则是因为它们抽象、普遍、中立,是形式主义的而且不可变更。他以这样一种极端康德式的措辞定义了所有的原则,把敌手当草靶,投入到战斗之中,从而确保自己获得皮洛士式的胜利(Pyrrhic victory)①,这就是他的一贯作风。每个人都反对这种原则,就好像每一个人都反对罪恶。但是如果没有某种普遍原则,我们甚至无法确认许多实际情况;费什告诉我们,类似于公正或公平这样的抽象概念都需要进一步的说明,仿佛这是一条新闻,其实他是在强调,需要被丰富的是这些抽象概念,而不是比如说6岁以下的儿童应当受折磨这样的观念。从这个意义来看,他至少可以说是将自己托付给了自由主义的语言。根据他自己的观点,既然他是自由主义的历史性产物,他又怎么能不这么做呢?

不管在何种情况下,一旦有人开始谈论为什么人们想要增进某种党派利益,那么他们就很难完全避免一般性的语言,这一点世人皆知。费什在反对仇恨言论的整个过程中,大概也无从避免。事实上,受到辱骂的群体也是人类而不是一捆蜀葵,如果人们可以使用这个有些实用主义者非常讨厌的词("人类")的话。与之相对应,《原则问题》总是在两个话题中徘徊,一个很强硬但是不太合情理(所有的一般原则都是假的),另一个则很温和但是令人生厌(所有原则都必须得到具体说明,而且它们会在这个过程中发生变化)。后者对任何人都没有例外,即使是黑格尔。此书和几乎所有对普遍主义的抨击一样,有自己严格的一般概念,在这里则包括,部门利益在任何时空中的优先权、矛盾的永久性、信仰体系的先验推理、真相的修辞特性、所有表面上的开放事实上都暗含着封闭,诸如此类。

费什对历史的兴趣几乎总是一种姿态。他所谓的从历史角度来

_____

① 指付出极大代价换来的胜利。——译注

看,差不多和亨利·基辛格所说的一样——也就是说,追溯到他想得起来的历史为止。这很可惜,如果他对过去有更丰富的认识,他也许可以了解到,他憎恨的自由主义普遍原则曾经是打破偶像主义的巨大新成就。在启蒙主义时代,如果你对差异、特性和局部利益有兴趣,那么你可算是足够反动了;如果一个王子宣扬普遍性,这足以将他推下王座。对一个真正的实用主义者而言,一般原则就是一般原则;在某些时间和地点,他们可能比别人更具有颠覆性或者更能为解放事业推波助澜。如果许多局部文化认为一般原则是有用的,而且有时还会遵循这些原则,那么为什么费什这样的实用主义者如此一致地轻视它们呢?

这些文章事实上做了大量后现代思想在面临一个"坏的"普遍性时所做的事——也就是说,建立一种"坏的"特殊主义。他们没有看到,这种激进的特殊主义正是空洞的普遍主义的背面,而不是它真正意义上的替代品,而这种普遍主义正是他们深恶痛绝的。斯坦利·费什是约翰·罗尔斯的反面,就好像部族主义和全球主义是一对糟糕的双胞胎,就好像无源可考的观点必然只是对我们自己观点的反驳。从这个角度来看,费什是一个完全的部族主义者,和斯洛博丹·米洛舍维奇一样,他拥护那些只由其特殊习俗和传统塑造而成的特别人群。只不过,对米洛舍维奇而言,这些人指的就是塞尔维亚人,而对费什而言,则是学者。要不是他厌恶各种黏糊糊的人类团结形式,人们也许甚至可以戏称他是公有制社会的推崇者(他反对自由主义时提出的一些观点,比如信仰和自我之间的关系,就有这种倾向),人们对克林特·伊斯特伍德的推测就是依据于此。

和所有这些感伤的舆论相对抗,费什可以说是一个霍布斯式的人物,也是一个马基雅维利式的人物,他喜欢矛盾冲突,只相信他能够领会和处理的东西,他也喜欢胜利。他认为自己对普遍本质的憎恶是反柏拉图主义的,尽管大部分时候这不过是在高调宣称,他有房地产商人那样的世界观。获胜和狭隘是如何结合到一起的,我们不太清楚,因为你不能把对手拴在起跑线上,然后声称你已经将之击败;但是我们可以看清楚的是,费什全力推荐的这种普遍有效的哲学,是多么适合千禧年之交的美国大学系主任,而不是那么适合公元 6 世纪苏格兰的隐士。

然而,提到费什系主任的身份,就揭示了这样一个事实:即世上存在着两个费什,小的和大的。小费什是一个善于以武力进行恫吓的辩论家,喜欢使用煽动性的诽谤言论:真相是华而不实的空话,言论自由是一种幻想,无原则的行为才是最好的。大费什是一个值得尊敬的学者,他会坚称这些言论都是说明性的,而不是规范性的,从而立即削弱它们的力量。它们远不是什么全新的提议,而只是描述了即使在不知道它的情况下我们也会做的事情,因此“理论”在实践中基本上都无效,这一点使世界上的特朗普们如释重负。也因此,反基础主义不太可能疏远纽约的基础社会,而费什则能廉价购得作为一个反传统观念者的声誉。

小费什热衷于寻找能成功疏远所有人的方法;他是一个为少数族群发声的顽固的外来者,自己是犹太人,来自那样一种边缘文化。与此相反,大费什对叛逆者抱有一种公认的、好孩子式的蔑视,在他眼里,叛逆者的行事就像他们所抨击的人一样循规蹈矩。对于这个精神分裂的人物来说,幸运的是,有一个地方可以让攻击和共识并存,那就是美国企业,校园则是它的一个缩影。在学术界,你可以放心地攻击你的同事,因为你知道,既然你们都遵守同样的职业规则,这种攻击其实没有什么意义。

在高级资本主义自我本位的行为和其自由主义意识形态的共识性特点之间,存在着明显的矛盾。《原则问题》在这尴尬的鸿沟之中,嵌入了恶意的、近乎尼采哲学式的主题,即我们应当承认,带来共识的上帝已经死了,他将自我利益和盘托出。到目前为止,整个体系总是拒绝使用这个诱人的方案来解决矛盾,总是相信为了体现意识形态的崇高,我们值得付出伪善的代价。费什的作品也许是一种迹象,预示着日益自我败坏的社会秩序将转向这种更傲慢放肆的自我辩解。如果费什在这一点上已经完全尼采化了,那么他写作时那些没完没了的重复也不会例外。他现在似乎一直在重复写着同样的书——如果你把每一件事物都归结为文化信仰,那么以后除了不断地重复它,你很难知道还能做点儿什么,只是每次用些不同的例子而已。也许,为了开发新领域,费什只能期待他的信仰发生改变,就好像一个人期待着自己的牢房门突然打开一样。

乔治·斯坦纳

原标题为《学识的碎片》,乔治·斯坦纳著《创造的文法》评论,首次发表于《星期日独立报》,2001 年 3 月 18 日。

乔治·斯坦纳大部分书的书名都能产生一定轰动效应。《悲剧之死》、《巴别塔之后》、《在蓝胡子的城堡》——这些都是他的作品,他的思想仍然有产生震撼和振奋、愤慨或迷惑这些感觉的力量。斯坦纳可以说是伟大的欧洲人文主义阵营中的最后成员之一;但他也是一个具有敏锐戏剧感的有才华的表演者,是一个耀眼的魔术师,能将一个接一个的作者从他深不见底的博学帽子里拉出来。

斯坦纳的每一本书都像亨利·摩尔的雕塑一样,辨识度非常高。它具有博学者的广度,雕琢过的高尚修辞技巧,哀伤的情绪,还有威严的语气。斯坦纳最喜欢的风格是疑问式的,这有时意味着他提出的问题是解决不了的,不管是他还是其他人都无法得出令人信服的答案。"15 世纪早期卡斯蒂利农民的平均词汇量是多少?"这就是一个(半假想的)例子。"现在谁还读斯塔提乌斯?"他在这本厚重、古怪的书中曾提出这样一个疑问。对此唯一诚实的答案是:谁?但是斯坦纳知道谁是斯塔提乌斯,因为他似乎知道所有事情,从音乐到数学,从核物理到否定神学。

然而,"知道"(knows)是一个好坏参半的词。在斯坦纳的作品中,有时他似乎如履薄冰,他虽然极力表现自己令人惊叹的学识,但这些学识也许经不起别人不断的探究。哲学家维特根斯坦并没有说,他著名的《逻辑哲学论》中没写完的那一半就是最重要的部分,《新约全书》也没有让耶稣宣布"亚伯拉罕是过去,我是现在"。耶稣以将来时所说的大部分话语都和这两者不一样。但是如同这本书中的其他小错误一样,这些并不是核心所在。人们不指望在乔治·斯坦纳那里得到真相,就好像人们也不指望在《国家询问者报》那里得到真相一样。人们阅读这位伟大的享乐主义者的思想,是为了更新自己对大起大落的智力冒险的认识,同时也可以品尝现在几乎已枯竭了的欧洲人文主义的独特味道。

斯坦纳在文化上的参考材料相当广泛。在这本书中随便选择一页,其中大约总共有 350 个词,他就能含混地提到荷马、福楼拜、莫扎特、塞万提斯、拉封丹、埃斯库罗斯、狄更斯、托马斯·曼、普罗斯特、乔叟和莫里哀。他是我们这个时代最有想象力、最大胆的思想家之一,尽管他通常表现得十分具有煽动性,而不怎么精确:"问题是存在的本质",他曾如此夸张地以这样一句话开头。别人也许会写写加缪或者花椰菜;斯坦纳则会谈论创造。斯坦纳式的口吻是礼拜仪式化的,像是一首狂想曲,他对思想生命的尊敬类似于宗教式的虔诚。实际上,他是一个不情不愿的犹太教祭司,是受伤的流亡者之一,他逃离了古典欧洲文化的废墟,用艺术来建造自己的家园,因为——不管他有多么渴望这么做——他都无法得到上帝的庇护。

诗歌、音乐、数学、思辨形而上学,斯坦纳宣称,这些都是人类创造的伟大领域。人们可能会不那么高兴地注意到,它们也都是远离历史酷刑室的避难所,为那些冷漠、无拘无束的抽象思想提供庇护。斯坦纳以一种典型的夸张手法告诉我们,如果没有艺术,"人类的心灵将赤裸裸地面对个人的灭亡",仿佛没有享受过他自己那种昂贵的美学教育的无数普通人都是疯狂和绝望的受害者。他对现代性产物的贵族式鄙视是无法消解的。在这本书的某个地方,他离奇地提到了"外省的公共马车",就像有人可能仍然在谈论无线电话一样。

但是这种对现代性的蔑视更深层的根源在于他对悲剧的犹太式理解。《创造的文法》一开始就使我们回忆起一个沉浸在血泊之中的20世纪,从1914年到波斯尼亚的政治死亡人数可能高达7000万人。正是在这种不祥的背景下,这本书提出了它典型的研究问题:是什么开始了这一切?创作究竟是什么行为?创新到底有没有可能?我们真的发明过什么吗?或者说我们只是发现了本来就存在的那些东西?

斯坦纳作为高度现代主义的牧师,仍然愿意相信纯粹的创造力,这一点和后现代主义者相悖,对后者来说,所有的事物都是在引用,都是一个派生物,或是对某个别的事物的再度利用。有什么是比"我爱你"更陈旧的引言,即使当它表达了热烈的激情?但是这本书也被另一个概念所支配,即创造就是在某些原始的虚无中撕裂出一个伤口。本来世上不存在任何东西,因此要创造就必然要损害那种纯粹。因为他在话题中或多或少引用了其他所有人的言论,斯坦纳也可能在此引用了德国戏剧家格奥尔格·毕希纳,他在戏剧《丹东之死》中说道:"虚无杀死了它自己,创造就是它的伤口。"如同劳伦斯·斯蒂姆提醒我们的一样,在令人尊敬的爱尔兰传统中,考虑到世界上还有一些东西可供讨论,所以我们还要多谈一些虚无。

艺术作品受到了自身无根据本质的折磨——也就是说,即使它从没存在过也没什么关系,反正除了它自己没有什么可以使它的存在合理化。但是在此斯坦纳遗漏了一个重要的神学观点。世界是被"创造"出来的这个说法,对古典神学而言等同于说它是没有意义的。和上帝、人类一样,它的存在纯粹是为了让自己高兴。上帝创造了世界只是为了取乐,你只要四处稍微看一看就能肯定这一点。创造对于面相尖刻的股票经纪人来说是可耻的行为,因为对他们而言,任何事物都要有意义。

和斯坦纳几乎所有的作品一样,《创造的文法》是一部力作,一场耀眼的大师表演。它对待自己的态度很严肃,但面对任何细微的幽默、攻击或者粗鲁的不敬,它就会彻底崩毁。这是一项充满了忧思和焦虑的研究,其中到处都是悲观的不祥预感和灾难来临的牢骚话。最终,唯一能阻止我们陷入绝境的还是艺术——而实际上没有比这更糟糕的反映了。不过,斯坦纳的风格也阻挡了恶魔的到来——通过那些丰富的、狂想曲式的隐喻,他摇摇晃晃地保持了战胜黑暗的优势。

史蒂芬·卢克斯

原标题为《爱汝之邻里》，史蒂芬·卢克斯著《启蒙教授漫游记》评论，首次发表于《伦敦书评》，1995 年 11 月 16 日。

大部分的天体物理学家都可以写出一部差劲的小说，而很少有小说家可以成为一个天体物理学家，即使是最糟糕的那一种。那些生活在文字世界的人必然会遭到一种羞耻，因为他们知道，创作小说和献殷勤或者跳踢踏舞一样，是几乎任何人都能淡然从之的事情。我们大部分人心中都存在着一篇令人厌恶的作品。一个作家写了一部研究德克海姆的作品，他可能并不会被人们当作最显而易见的文学创作者，但是史蒂芬·卢克斯的小说看起来则很有趣，因为——不是虽然——在现实生活中他是一个政治哲学家。毕竟，政治理论家关注的是人类行为，而天体物理学家则并非如此；盎格鲁-撒克逊的哲学家能够知名于世，是由于他们对笑话、讽刺性的嘲弄、朴素的样本和疯疯癫癫的逸事有强烈的嗜好，而德国的新黑格尔主义者在整体上来说则不是这样。没有人会急着开始阅读尤尔根·哈贝马斯写的小说，但是理查德·罗蒂毫无疑问有一些温和的短故事。哲学上的一些习语在本质上就是反虚构的——比如实证主义——还有一些习语则可以自然地被文学借用。萨特的哲学思想能引起人们的焦虑和恶心，但无疑他本应该是一个小说家或戏剧家，弗雷格或胡塞尔在这方面很可能完全达不到他的那种高度。对许多益格鲁-撒克逊的哲学家而言，这或多或少都等同于承认，萨特根本没有在研究哲学，尽管他们最尊敬的作品之一，维特根斯坦的《哲学研究》，也是一堆捏造出来的花招。《哲学研究》的哲学风格也是这个男人的风格，他认为艺术比哲学更重要，梦想着写出一篇只有笑话的哲学论文。

　　史蒂芬·卢克斯的道德神话出自荒诞不经的旅行故事传统，从斯威夫特和伏尔泰，到刘易斯·卡洛尔和塞缪尔·巴特勒，他们都有类似的故事。尼古拉·卡西塔教授是一个不善处世的启蒙运动学者，他被迫离开了军政国，那是他野蛮而专制的祖国，为了情节发展需要，作者勉强安排将他送去寻找所有可能存在的社会中最好的那一个。他抵达的第一个地方是功利国，这里的居民类似于(《格列佛游记》中的)慧骃，有着危险的理性思想，他们会以为了全体幸福的名义，无情地践踏着个人的自由和公正。他们运行着一个有效的福利系统，但从不害怕死亡，没有任何感恩之心，也没有人权观念，而且(因为功利国的居民都是道德上的结果主义者)他们总是摒弃过去，迷恋未来。他们还琢磨着在供水系统中加入"杀菌剂"，以消除无法满足的欲望。伯明翰六号案勉强经过掩饰出现在小说中，它揭露了大法官丹宁对这件事的评判(宁肯将一个无辜的人送进监狱，也不能让法律蒙羞)，作为一个经典实例来说明功利国的无情。

卡西塔离开这个四平八稳的乌托邦后，又逃到了共同体国，这个国家的人有一种伽达默尔式的才情，遵从"不言而喻的理解、不需核实的传统和缓慢发展的习俗"，他们的座右铭是"爱汝之邻里，如同爱汝自身"。共同体国迷恋道德规则，沉闷地墨守着成规，它的政治思想是北美政治中所能接受的最大化的斯大林思想；所有的文化都同样值得尊敬，没有一种可以被另一种批评，对社会的忠诚思想严厉定义了自我的范围。这个国家里存在着精明的两手叉腰派和散漫的两手叉腰派，还有将生命当作向上努力的石笋派和将生命看作逐步衰落的钟乳石派。你可以在机场得到这些群体的名单，加入其中一派是强制性的。在那里情节最严重的犯罪是轻视另一种文化，有一个年轻的艺术家就是由于亵渎之罪而遭到追捕，因为人们认为他讽刺了自己的人民。这听起来可有点儿耳熟。实际上他的本意并不是让他的摇滚剧成为讽刺剧——实际上共同体国根本没有这样的概念——但是后结构主义的法庭认为，意义是由社会构筑的，而不是由作者决定的。

这位不幸的教授遭到来自多角市单一多样派的女权主义者的愤怒围攻，因此逃到了自由国，在途中他梦想着能在另一个国家得到两位向导的指导，他们就是卡尔和弗雷德。在无产国，国家、法律、金钱和市场都消失了，劳动分工也被取消，丰富的物质可供所有人享用。而自由国或多或少地呈现出了完全相反的一面：这是一片闪闪发亮的废墟，充斥着社会的绝望情绪和新自由主义的贪欲，并处在可怕的希尔达·伽格诺特的支配之下，在那里人们在国家图书馆抛售股票，把精神分裂症患者赶到街上。卡西塔为了生计，被迫成为医院搬运工，在一只喋喋不休的猫头鹰密涅瓦的陪伴下，他最后终于成功地逃离国界，踏上了寻找平等国的道路，那片土地也许会是一个具有启发性的杜撰,也许会是一种历史可能性。在这种愁闷、充满渴望而且悬而未决的调子之下,小说从讽刺的风格转向了一个真正动人的结尾。

卡西塔在想象中与康德和孔多塞进行了对话,他其实和他的创造者很像,是一个自由派的理性主义者。这种理性主义的味道也弥漫在18世纪的道德寓言之中,它克服经验的偶然性,使其成为一个可以用图表来表达和预测的东西;而这种艺术表达和卢克斯的自由主义之间存在着一种张力,因为后者试图通过某个学说的专制暴政,来弥补人类的自由和复杂性。因此,这个小说讲了什么,做了什么,都暗藏了有趣的冲突:其充满讽喻的、普世化的叙述既为特殊性进行了辩护,也从基础上否定了特殊性,而且其内容的幻灭感与轻松的行文风格也背道而驰。("一个悲观主义者说:'事情不能再坏了。'一个乐观主义者说:'噢,是的,它们会的。'")和所有反功利主义者的讲道词一样,它也无可避免成为某种说教工具的牺牲品,这就好像汤姆·琼斯试图自相矛盾地劝诫我们,美德多半是自发的。

18世纪的讽刺作家,比如斯威夫特和菲尔丁,通常都有一种双重视角,一方面能以一种超凡脱俗的天真情怀来暴露人类的堕落,另一方面又能有效地利用罪恶的真相来破坏唯心主义对天真情怀的幻想。美德怎么可能时时谨慎小心,妄图在精于世故的同时,还保持自身的美德呢?因此斯威夫特能在引诱我们将笨蛋格列佛当成瞭望世界的窗口时,残酷地对他进行攻击,而这种诱惑正来自旅行者故事这种形式。不管他们在道德上有多么可疑,读者都会对小说中的旅行者产生同情之感,这是可以理解的,因为他们在一系列飞逝的地点中为我们提供了一个稳定的因素,所以他们似乎也比他们所处的环境更真实。要杜绝读者将自己当作故事主人公的可能性,一个很好的办法就是让读者的期望落空；值得赞扬的是，卢克斯是一个很好的自由主义者，所以可以用一种开放的态度来对待自己的自由主义。小说中有一幕能使人联想到《魔山》中纳夫塔和塞特姆布里尼之间纯哲学上的冲突，那就是，卡西塔的启蒙主义信仰受到一个神父的考验，这个神父有着动人的口才，不断地挖掘历史中的噩梦使他难堪。但是在这里，人们不禁会察觉到一种骗局的味道。因为卡西塔实际上是一个比较柔和的启蒙主义辩护者，更多的时候是一个温和的改革者，而不是纯正的革新论者；这就意味着，这部小说允许自己在提出有关普遍发展的理性主义崇高观念的同时，偷偷地挽救自己更符合资格的自由主义原则。这些原则不能接受挑战，所以教授不能真的实现对自由社会的访问。启蒙精神由于其学院式的理想主义受到了谴责；但是无效并不等同于错误，这部小说并不总是对两者进行区分，也没有很好地领会两者的关系。启蒙主义也没有因为它本身是功利国、自由国甚至是（反应过激的）共同体国的源头之一，而受到根本性的批评。启蒙主义仍然是这些差劲的政权的一种乌托邦替代品，它确实如此，事实上在其不那么美好的方面，它也是对理性的盲目崇拜和对特殊性的压制，而正是这种压制促成了这些政权的产生。因此，这部小说在讲述自己的信仰方面并不像它希望表现的那样公正。

至于卡西塔遇到的那些信仰系统，人们也许会认为，这个故事既过于公正又不够公正。卢克斯以他那些怪异的教条主义者为代价，获得了一些奇妙的乐趣，但讽刺作品中恶作剧的党派色彩却与他自己的自由主义价值观格格不入。在对功利国的描写中包含了许多思考，但大部分都是粗糙的漫画式描写；每个人都随身带着计算器，喋喋不休地谈论生产率，有一个可笑的家庭叫作"需求最大化"，还有一个卡通人物叫作"斯特拉·码尺"。在卢克斯看来，就像《艰难时世》中同样信口开河的狄更斯一样，功利主义似乎可以归结为对统计数据的冷酷痴迷，这样一种草靶很难与詹姆斯·格里芬（James Griffin）在他对幸福（Well-Being）的研究中所考察的那种微妙的伦理学相一致。《共同体国》是一出精彩的爆笑喜剧，但令人遗憾的是，该剧存在偏差：并非所有女权主义者都是道德法西斯主义者，尊重他人的文化而不是将其奉为神圣的令状，是建立公正社会的必要条件，即便不是充分条件。在这里，卢克斯冒着直接落入《每日邮报》之手的风险。《格列佛游记》偶尔还能在它所嘲讽的社会秩序中找到一些有价值的东西，这是它能进行自我肯定的原因之一，也是它的精明之处：巨人国居民是一个相当值得赞美的种族，即使是"雅虎"（Yahoos）也有他们的长处。

然而，在结尾的时候卢克斯还是非常明智的。卡西塔最后对他去过的各种地方作出的评判是，它们都追求着一种美好的理想——秩序、自由、幸福、团体，等等——但在这样做的时候丧失了对其他事物的关注。政治的敌人其实并不是冷淡、贪婪或者顽固，而是盲目。这是一个无可指摘的自由宣言；但是它是被宣布出来的，而不是被表现出来的，人们会好奇，文本本身在何种程度上颠覆了这个观点。比如说，自由国是一个苦难之地，这并不是因为它没能将自己本质上的可贵的自由思想和社会的要求或稳定的同一性联系起来，而是因为它的自由思想是对真品的可怕仿制。共同体国并不喜欢社会丰富的含义，因此这种丰富性被它所排斥的东西损伤了，它在实践的只不过是一种集体主义，其本质则是压迫。这不仅仅是从容地看待事物和从整体上看待事物的问题。无论如何，这部小说用一种我们可以理解的忧虑心情推动着这一学说的发展——人们怎么知道致力于调和所有观点的自由主义实际上并不是另一种专横的极权主义？就如同威尔·拉迪斯拉夫在《米德尔马契》中所说的那样，世上可能还存在着"同情的盲目"，一个合成的事物不一定就能轻易地与单个的事物区别开来。

这篇小说最有"症候性的"（symptomatic）时刻，根据弗洛伊德对此术语的定义，就是无产国的那一段——它是一个虚构故事中的幻想。这一章不寻常的短暂和梦一般的状态表明作者并不清楚应当怎样思考他自己的创作，而且这两点并不是唯一的证据。书中含有讽刺意味的标记很多，但是对共产主义安乐乡的实质性批评很少，他早就把安乐乡这个教条化的词语抛开了。也许这部小说觉得它能纵情于这个田园牧歌式的景象之中，正因为这个景象是不真实的；或者，也许这是一种马克思主义思想，它目光狭隘，令人反感，完全不在它可以通往的共产主义多元论道路上，在这种情况下，小说对一元论观点的厌恶就变得十分有趣又复杂。不管原因是什么，他在此处语气的连贯上都存在着一种古怪的迟疑，这反而显示出了在别的地方有什么表现得过于完美了。斯威夫特讽刺的柔软性意味着，我们有时太胆怯了，所以不能确定处于攻击之下的究竟是什么，而这部进行再创造的现代作品几乎从不会胆怯。卢克斯的寓言灵巧地讲述着，但编码过于直接，需要多一点模糊性和倾斜度。在其良好的理性主义风格之下，它显得有一点太过透明了：一个真正有效的寓言要能在表现形式和潜在的意义之间产生含糊的联系。从另一方面来说，尽管它牺牲了神秘的乐趣，其中仍然充满了认知的欣喜，它既能产生疏远感又能强化熟悉感。大部分时候它都试图践踏神秘的圈内人才懂的笑话和费力的说明两者之间的微弱界限。不过，这个戏法并不总是成功的；在功利国，人们谈到"普希金"（Pushkin）和"图钉"（pushpin）时会产生口误，但这种口误的力量因为一段尽职的引文而变弱了,引文中提到的就是边沁对诗歌和图钉所做的知名谈话。但是为了说明作者有见识的民主冲动优于启蒙思想中的精英主义,这只是许多例子中的一个,所以,它也像是一个缩影,能反映抽象思维和这部小说全力探讨的政治权力之间的棘手关系。

大卫·哈维

原标题为《隔离》，大卫·哈维著《公平、自然与地理差异》评论，首次发表于《伦敦书评》，1997 年 4 月 24 日。

从浪漫主义到现代主义，时间总是一个多产的概念，而空间则是贫瘠的。空间是静态的、空洞的，是你头脑中存在的东西，或是需要通过连接来消除的东西；时间——或者也可以说是历史——是流动的、发展的、不确定的。对像贝托尔特·布莱希特这样的现代主义作家而言，变化本身就是好的，正如对塞缪尔·约翰逊而言，变化本身就是罪恶。坏的东西是具体的事物；好的东西则是动态发展的过程。

这篇作品可以说是浪漫主义的平庸之作，它一直备受争议。如果说帕斯卡还能够在空间中瞥见令人不安的崇高，那么马克思就能在资本主义中发现这样一个体系，它患有幽闭恐惧症，而原因正在于它从未停止过进化的脚步。当一些现代主义艺术家试图停止、扰乱时间的时候，一些被他们包围的城市读者就开始欣赏空间的美德。空间成为我们需要给予彼此的东西,它不再是平坦的,而是弯曲的,而且是由思想或者行星之间的相互力量构筑而成。在这个后爱因斯坦的时代,空间开始呈现出时间的一些迷人品质:流动性、异质性、多层次性,它不再是完全空洞的,而是具有强大的力量,发生了类似于活的有机体那样的变异。它打着环境的幌子,成为可以被培育和尊敬的东西;当我们身体的相互作用创造出了一个环境,它显得迷人而色情。"静止"让路给了更有吸引力的"结构",帕斯卡的崇高感以一种令人愉快的神秘感回归了,这感觉就好像外层空间里还存在着些什么。现在的空间里孕育了可能性,精神生活变成了一种言论的地域和探索的大陆。被隔离不再意味着枯竭。

简而言之,我们已经有了足够的历史主义。浪漫主义梦想着我们的创造力量在时间上是无限的,它以前针对的是严厉地对我们进行压抑的上帝,但是最终却成为全能上帝的一个人文主义镜像。这种听起来十分慷慨的人文主义中,其实存在着一些讨厌的自我吹嘘,它在草率地夸赞人类的独特性时,忽略了我们与蛞蝓的共同之处。历史主义需要通过学习生物学和地理学来变得谦逊一些;我们必须回想起自己的动物特质,召唤心中的肉体极限,而空间——尤其是因为我们拥有的实在是太少了——则是自我净化的一种状态。

今天,空间不仅正在追赶时间,而且正在超越它。它利用地点这种不可理论化的独特性形式,在一些后现代思想中扮演了概念牌中的王牌角色,它拒绝抽象,破坏了所有的元叙事。现在的时间是沉闷的、同质化的,总是同一该死的事情的重复,它是一个雄性阳物似的轨迹,和多产的子宫一样的空间性形成了对比。当空间忙于对时间进行报复时,大自然宣布它的权利高于人类的历史,而现在更阴险的生态学者们则将人类历史视为地球身体上的一个肿瘤。因此,后现代主义时代的悖论就存在于,它坚持主张所有的事情都可以归结到文化之中,但同时它又以一种轻蔑的态度抛弃了文化,投向自然的怀抱。生态学和文化相对主义两者都能将全能的人从统治者的王位上赶下去。

在这样一个时代,知识学科之间的传统边界正在迅速变模糊,地理学和文学研究一样,都有着突出的优势,因为它们从来都不太清楚自己一开始是做什么的。文学研究涵盖了世上所有的事物,包括诗歌中的扬抑抑格,也包括死亡,而地理学跨度之广覆盖了一切,既研究沙丘,也谈论婚礼仪式。大卫·哈维就是激进地理学中的老前辈,当谈到物质的极限时他的语言中流露出一种对所有界限的蔑视,内容涵盖了斯宾诺莎和扇贝渔业、巴尔的摩的建筑和资本流通。《公平、自然与地理差异》论证了一种唯物主义的、互有关联的时间和空间概念,这是一本扭曲的、草草拼凑的、野心勃勃得近乎滑稽的书,它设法在书名中将现代性和后现代性、伦理和种族、自然和文化、普遍性和独特性结合在一起。正如戴维·洛奇(David Lodge)笔下虚构的文学评论家莫里斯·扎普希望通过从各种可能的角度书写每个可能想到的作家,从而让批评停滞不前一样,哈维也不只是对生命、宇宙和所有与他有关的事物有一些想法,他想做的是使他学科研究的模糊边界无限扩大。

在一个迷信片段的时代里,哈维的辩证法关注的是整个体系,以及它们内部的矛盾,在这一点上他表现得很勇敢,不随波逐流。书中关于辩证思想本质的那一章里,其引言主要论述的是方法论,其中很可贵的一点是,他认为联系比事物更值得优先考虑,部分与整体相互构成了彼此,力量通过某种方式彼此抵制和勾结。但是哈维倾向于否认思维与物质、事实与价值、思想与行动之间的区别,这听起来就更像一个一元论者,而不是一个辩证学者;尽管他清楚地注意到,宣称所有事情都是互相联系的——五角大楼和我的左腋窝也有微妙的联系——这是非常愚蠢的行为,但是从历史到自然,他在延伸辩证法的过程中就可能招致这种危险。《奥赛罗》可以说是内在矛盾的,但洋葱在什么意义上是矛盾的呢?当矛盾被应用到意义领域而不是物质领域,而仅在某些牵强的隐喻性的情况下可被用于獾和香蕉,这样做的道理又何在?历史和自然当然都是一种过程;但是过于强调这一点,就可能会以实证主义或理想主义的方式,忽略两者之间的区别。一条河流动的方式和一首十四行诗不一样,时间飞逝的方式当然也不会和一只鹅一样。

哈维是一个激进分子,他相信,改变和不稳定都是常态;但是在政治上事情常常并不是这样的,这是他一开始会成为激进分子的原因之一。从社会主义者的角度看,历史的持续性至少和令人晕眩的改变一样沉闷。他还认为,我们这个世界中的稳定特质都只是"自由流动的过程的具体化",这个说法也没有什么说服力,只是又一个旧式浪漫主义的活力论而已。客体不仅仅是自然向前流动时遇到的阻塞。即使资本是一个过程而不是一个东西这个说法很具有启发性,但是如果你认为班卓琴也是如此,这个想法就不会很有启发性。如果你以前认为人类就像是孤立的原子,那么把人类分解为各个进程中的纽带将会十分有用,但是如果你想坚持他们的道德自主性,那么这样做就根本没有用。同一性不只是遭到过程化的现实抛弃的柏拉图幻想。

这篇乏味的引言本可以更精简一点,它大多时候都表现出了一种反黑格尔式的福柯思想,它的不满是难以平复的,但是它常能在这种思想之中发现辩证思想。此书的第二部分转向了自然和生态学,以若

千年前一群巴尔的摩黑人的言论开场，他们说，他们的主要环境问题
就是尼克松总统。更重要的是，这评论被用来说明"环境"这个词语的
空洞性，而哈维自己其实远不是敏感的环境主义者。他提醒我们，第
一个能掌控一个国家的激进派环境主义者就是纳粹，因此，生态政治
学几乎总是和独裁者相邻的。他莽撞无礼地将纽约称作一个"生态系
统"，它和自然的距离并不比莫顿因马什更远。本地的居民并不总是
生态天使，而有关末日的各种描述大多忽略了这样一个事实：今天人
类的生存状况比过去好多了。"我们不可能在物质上摧毁地球"，哈维
谈到这一点时的态度会被某些人当作冷漠的现实主义，而另一些人则
会把它当作可耻的自满。他还认为，控制自然和主宰自然根本不是同
一件事情，这个想法是正确的，而且不同于那些尼安德特穴居人式的
环境保护主义者的想法。

　　对哈维来说，我们无疑要把社会与生态系统联系起来：它们的差
别是欺骗性的。货币流通与商品流通，和鲸鱼、瀑布一样，都是环境的
核心，讨论如何保护自然实际上就是在对如何保护某一特定社会秩序
进行辩论。空间和时间都是社会的产物，不同的社会对这两者的观念
在性质上也是不同的。时空的新观念由于帝国主义侵略或殖民统治
而得以推行开来，而当代的资本主义则通过快速决策和拆除距离，戏
剧性地将时间和空间压缩在一起。然而，环宇空间的同质化却使得不
同地点的细微差别变得越来越重要，这样跨国资本才能更好地利用这
些差异。在某个地点变得与其他地点趋同以后，它就更需要通过证明
自己的不同来吸引投资。这样一来，在各种各样喧闹的对差异的崇拜
中，那些为实现空间平等划一而不懈努力的人们发现了伙伴，从民族
主义和后结构主义，到充满异域情调的旅行胜地、热情好客的城市以

及果冻豆口味的激增,等等。

但是以哈维的辩证眼光来看,地点也可以是对资本积累的反抗,同时也是它的共犯。地点就是空间,但是在某种程度上也是它的对立面:作为人类期求和欲望的核心,作为记忆与情感的所在,它代表了商品形式最难镇压的一切。问题在于,如何使可行的、有关地点的领悟和海德格尔式的、发自真实内心的神秘呢喃区分开来,这就好像我们必须要将"社区团体"的某些真正含义从那些美国公有制主义者的手中抢救出来,因为对他们来说,这个词似乎就意味着,如果你在街上发现邻居抽烟,你就要痛打他们。地点还可以被看作是一个"受社会控制的封闭区域",或者是一个表面上的"永存",而实际上它一直都是一个社会过程。哈维最引人入胜的几章讲述的是作为社会人工产物的空间和时间——例如,女性控制的家庭空间是如何被称为"书房"的私有化男性空间所打破的,书房是超越性别和家务劳动的崇高智慧的象征。

对我们这些启蒙主义的继承者而言,这些言论中存在着具有挑战性的、反直觉的东西,因为我们几乎不可能不把空间和时间看作事情发生的容器、社会行为的稳固框架,而不是社会行为的构成体系。即使在我们发明这样的测量方法之前,我们也很难不觉得毛毛虫有三英寸长,或者如果今天是地球上的星期二,那么它在土星上也一定是星期二。我们可以很容易地想象出,有一个一定大小的空间,然后有人用墙把它分隔开,或者我们会惊奇地发现布拉德福德城的形状与为它提供的空间完美契合。事实上,我们一直都在忙着塑造我们称之为空间的虚无。但即便如此,我们还是有很多困惑,而哈维并没有对它们进行充分的探讨。要制造空间,我们需要已经处于空间之中,这就好像一个有关时间的新概念也必须出现在某个特定的时间。如果说殖民者真的能重组他们殖民国度的时间和空间，那么，他们之间的相遇最初究竟发生在什么样的时空层面上呢？

占据哈维这本书核心位置的辩证法处于差异和普遍性之间，他正确地利用了它来维护自身的正义本质。我们要如何避免成为某个特定事物的迷信者，同时又不变成一个对差异漠不关心的普遍论者？如果说旧式的左派国际主义观点是一个麻木不仁的骑士，对地点、性和身体没有丝毫虔敬之心，那么，后来的后现代政治学就老是无法把目光从他们的肚皮上移开。哈维提醒我们，辩证法每天早晨都和脆米饼一起被送到我们跟前：我们持续享受着自己与早餐之间的自得关系，即使这花费了成千上万人的力气才能把它送到我们跟前。后现代主义的视野过于褊狭，但又过于世界主义，它喜欢断裂，而在大部分时候又温和地赞同管制日渐严密的世界秩序。哈维企图告诉我们，部分和整体的关系还可以更具有辩证性，它的普遍性可以容忍差异的存在，而不是排斥它。这本书从形式和内容上来说都确实是如此，它不断地转换话题，从莱布尼茨转到工作场所的安全条例、从巴赫金和怀特海到密西西比的危险废弃物填埋场。这不是我们在学校里学到的那种地理学语言，学校里地理学涉及的是地图，而历史则是盔甲。但是这本书累积了丰富的深刻见解，而唯一承担的风险则是它可能会强迫每个事物都和所有其他事物联系在一起，从而使得该书毫无章法可言。哈维过于频繁地表现出他仿佛正在轻松自在地把想法大声说出来，而且还有点过于确信没有人会让他闭嘴。他从哲学到商业街的快速转变是辩证思维的一个令人钦佩的大胆实例，而且不止一次地成功揭示了两者之间的巨大差异。"存在于辩证/联系的方法中的病毒之一，"

他写道,"就是它开启了所有的可能性,这些可能性本来可能会被排除在外。"尽管"病毒"(viruses)也很有可能是"美德"(virtues)的误笔,但是它对混乱和不受控制的增殖的暗示依然是很适当的。

然而,这是一种普遍政治状况的表征,而不仅仅是创作上的失败。如果说《公平、自然与地理差异》在理论的普遍空间与政治的特定领域之间摇摆不定,部分原因在于它知道,它所探讨的问题只能通过改变我们的行为而非思维方式来解决。哈维认为,如果我们只追求那些与民主和平等相容的生态项目,我们将发现自己的选择非常少。他也同意某些后现代主义者对公平的一般概念所做的评论,与此同时他认为,如果没有这些观点,我们就不能在政治上继续发展。和瓦尔特·本雅明一样,他入迷地收集理论中的零碎物品,因为在我们目前的混杂环境下,你永远也不会知道它们中的哪一个会派上用场。他的书太像是一本他人著作的汇编,在方法上太过死板地保持着百科全书的风格;但其他的西方学者中鲜有人能像他那样有把握地运用如此之多的学术用语,或像他那样对人类生活中最终根本不是智力问题的东西如此投入。

斯拉沃热·齐泽克

原标题为《享受吧!》,斯拉沃热·齐泽克著《除不尽的余数:关于谢林和相关事物》、齐泽克和弗·威·约·封·谢林合著《自由的深渊/世界的时代》、齐泽克著《幻想的瘟疫》评论,首次发表于《伦敦书评》,1997 年 11 月 27 日。

叔本华认为我们所有人心中永远都住着一个怪兽,因为在我们生命存在的中心总是郁结着难以平息的陌生感。他把这称为"意志",意志是创造我们的材料,但对我们完全漠不关心,让我们产生一种目的性的错觉,但它本身却漫无目的,毫无意义。深受叔本华影响的弗洛伊德,以欲望的概念为我们提供了这种怪兽的非形而上学版本,这是一种对意义充耳不闻的极其非人性化的过程,它用自己特有的亲切方式对待我们,但私底下它其实只关心自己。欲望不是个人的东西:它是一种从一开始就埋伏在那里等待我们的痛苦折磨,一种我们不由自主地被卷入其中的扭曲变态,一种我们一出生就沉浸于其中的顽固的培养基。在弗洛伊德看来,使我们成为人类主体的就是这个存在于我们内部的异物,它像致命的病毒一样侵入我们的肉体,然而,就像托马斯·阿奎那的无限权利一样,它比我们更接近我们本身。

这个"东西",心理分析学者雅克·拉康这样称呼它,顽皮地保有一些恐怖电影的思想,而在拉康关于真实界、想象界和符号界的三一论中,它还有一个另外的名称,叫作真实界。它也是斯洛文尼亚哲学家斯拉沃热·齐泽克作品中的主要角色,齐泽克将我们的注意力吸引到拉康的三大类别中最下层的那一个上面,以此挑战了拉康作为一个"后结构主义"思想家的形象。齐泽克笔下的拉康不是那个提出了漂浮的能指的哲学家,而是一个整体上更强硬、令人震惊、不可思议的理论家,他教导我们,那个使我们成为我们的真实界不仅仅是痛苦而不可理解的,而且还是残酷的、猥琐的、空虚的和无意义的,既令人恐惧,又让人愉快。齐泽克自己则极其富有创造力,而且具有光彩夺目的多方面才艺,他能在一段文章中从黑格尔跳跃到侏罗纪公园,从卡夫卡跳跃到三 K 党;但是,拉康笔下那个关于真实日常生活的幻想世界里隐藏了永恒不变的真实界核心,而和他一样,齐泽克也通过不断地循环展示一系列耀眼的话题,一本书接一本书地讨论着相同的一个主题。他兴趣之多样性简直到了可笑的地步,但其后掩饰的是对同一主题不由自主的重复。齐泽克的书弗洛伊德也许会觉得古怪,它对我们来说则既是熟悉的也是陌生的,既有惊人的创新性,又能导致似曾相识的感觉,其中充满了创造性的见解,但是又不断地相互循环利用。如果说他把拉康看作"一系列的尝试,企图抓住同样执着的创伤性的核心",那么他自己的写作也可以得到相同的评价:他总是不断地突然重新转向谢林或者希区柯克或者波斯尼亚战争,但是他注目的焦点从未离开过同一个可怕而又迷人的灵魂图景。

齐泽克认为,拉康的真实界几乎是真实的反面,真实存在对拉康来说只处于幻想中的低等位置,在其中我们避开了来自真实界的恐惧,是精神上的苏荷区。人类这种动物的自然状态就是生活在虚幻的谎言之中。幻想并不是真实的反面:它将空虚插入我们的存在之中,以便被我们称作真实的那一整套虚构之物能够得以呈现。真实界是我们自前俄狄浦斯时期的伊甸园中跌落出来时所造成的原始创伤,是我们存在的一个伤口,正是在此我们被从造物主那里撕扯了出去,而欲望则从这里源源不断地流出来。尽管我们压抑着这种创伤,它仍然固执地作为我们的自我核心存在着。某些让我们成为我们的东西不见了,这种缄默是对成为所指的一种反抗,但是它的出现也是消极的,是我们言论的外部界线,在这个界线点上,我们的表象破碎了,也失败了。

拉康臭名昭著的"超越的能指"指的只是一种代表了这种表象失败的能指,就好像心理分析学中的雄性阳物代表了它总是可以被切掉这样一个事实。真实界不能被包含在我们任何一个符号体系内,但正是它的缺席使这些体系变得混乱不堪,它就好像一种漩涡,在它的周围它们都变得扭曲变形了。它是一种可以确保我们作为人类主体绝不会变得合乎情理的因素,它巧妙地使我们失去平衡,使我们无法与自己保持一致。这是在用另一种说法来表达康德笔下不可知的自在之物,而最终不可知的,就是人本身。

真实界就是欲望,但是齐泽克认为,对拉康来说,真实界更是一种"感官的愉悦",或者是"淫秽的快感"。这种快感在法语中听起来不那么褊狭,是一种高尚而又可怕的事。它是致命的愉悦,弗洛伊德称之为原始受虐性,我们在其中收割快乐,采用的是神圣的法则和超我将其疯狂的虐待释放在我们身上的方式。拉康主张说,愉悦是精神分析法唯一认识到的东西,它也是齐泽克坚定的执念。和叔本华的意志一样,它是一个残忍、自私的事物,和美国服务生机械性的指令"享受吧!"一样,完全没有什么意义。和服务生一样,神圣的法则吩咐我们去享受,但却要以一种古怪的、不及物的情绪去享受:我们只是为了喜悦本身而从超我疯狂的、毫无意义的命令中收割愉悦。在《意识形态的崇高目标》中,齐泽克认为意识形态的力量最终依赖于性本能,而不是概念,采用的是我们拥抱自身枷锁的方式,而不是我们娱乐信仰的方式。不管是对弗洛伊德还是拉康来说,在意义的根源之处总是存在着无意义的残余物。

真实界就是那种无意义对我们表意系统的"入侵",它比语言要粗鲁得多。但是因为它永远不能用符号来象征,我们也不能从正面观察它,所以它也是一种虚无,只有它发生影响时我们才能察觉到它的存在,它的构筑出现在结果之后,是反向的。它扮演的角色是话语的累赘,而我们只能从它的这种行动方式来了解它,就像天文学家只有在一个天体对周围空间造成扭曲的时候,才能确认它的存在。如果真实界想要有实体的体现,以声音或景象的形式突然出现,那么这就意味着我们都要成为精神病患者。真实界是麦格芬,有纸牌中的王牌,是一个除了自己没有任何其他意义的符号。因此齐泽克宣布,每一个表意系统都包含着一种超级能指,它的功能仅在于指出该系统不能成为一个整体的事实。而正是系统内部断裂的这一点,标明这是个凝结得不太好的空间。但也正是这种缺乏规划了整个体系,因此它也可以说是其中的一种存在。你可以把这种构成上的不足称为人类主体本身,它对任何能够生效的符号体系来说都是必要的,但却永远不能被符号体系完全囊括进去。不过,对拉康来说,这也正是真实界的功用,它在意识中的缺席就是我们试图表现它却又总是失败的原因。如果我们不再继续我们的失败和再次尝试,如果压抑被解除了,真实界突然升至表面,那么历史将会立即停止。在这个意义上来说,欲望纯粹的不可能性,我们只能以一个又一个可怜的幻想来填塞我们的短缺的这个事实,也是使我们坚持下去的原因。我们存在之中的裂缝或阻碍,也就是真实界,可以说也正在支撑着我们的特性。

人们也许会说,这是一种古典的后结构主义学说。这种矛盾的观点几乎已经成为后结构主义者的专利,他们总是相信那些使一个事物不可能存在的东西,也正是使它成为可能的东西。现在每一个一年级的英格兰小学生都知道,使一个符号成为这个符号的,正是它不同于其他符号的地方;但是这就意味着,这个给符号提供了特性的差异性,也使得这个符号无法实现自身的圆满。雅克·德里达戏谑地说,差异在意义中既是"钻头也是钻口"。或者就像齐泽克强调的,失明是洞察力的前提,真相是错误认识的结果。对尼采来说,它只是健忘症的喜悦状态,它使得我们可以行动,因为如果不这样我们将被历史中的噩梦完全麻痹。对弗洛伊德来说,极力抑制那些进入到我们形成过程中的东西,是我们成为人类主体的唯一手段。正是这种毁灭性的忘性允许我们得以繁衍。如果我们要作为完全的主体来运作,那么我们意识生命的根源就必定不存在于其中,这就好像,如果法律要保留它令人敬畏的权威性,那么它就必须消除这样一个事实,即它最初也是通过暴力的专横行为而强加给我们的。法律的建立不可能是合法的,因为法律之前没有法律。

齐泽克最喜欢的哲学家,除了拉康,就是黑格尔,他也能被用来解释这个矛盾。对黑格尔来说,真理并不是错误的对立面,而更像是错误的结果。理性的狡猾之处在于这样一个事实:我们的谬误和疏忽——尽管我们知道自己的这些缺陷——都已经被真理自己推定为,接近真理的过程。真理似乎是一个终极产物,却原来包含了在通往真相的路上所作的尝试和失误这整个的过程。当我们能回过头看一看,了解到那些错误的认知对整个事业都是至关重要的,此时,根据齐泽克的异端观点来看,就是真理的时刻,或者说是绝对理念的时刻。同样,当接受精神分析的人能将他自己从幻想中解放出来,不再相信有些真理与移情作用是分离的,不再相信分析者拥有一些先验的知识,那么此时,对拉康主义者来说,他就正走在通往治愈的路上。齐泽克用一个故事阐明这一点:有一个人为了躲避征兵假装是疯子,他的"精神错乱"表现在,他不可自抑地在一堆文件中不停地翻找,还一边说:"不是它,不是它!"当医生相信了这种疯癫的表演,最终给了他一张豁免的证明,他大叫:"就是它!"看起来像是他行为的结果的东西,实际上正是它的原因,这种因果之间的颠倒正是精神分析理论的主要内容,而齐泽克带着十分的活力和热忱对它进行了详述——就跟他说明其他事物时一样。

事实上,他是几十年来欧洲出现的心理分析乃至整个文化理论领域最杰出的代表人物。从这个角度来看,他来自前共产主义社会这一事实可能并非偶然,因为法国理论在东欧集团中总有一定的市场。如果秘密警察不习惯友好地谈论政治抵抗,那么你总可以对它进行编码,把它变为解构性质的整体,颠覆主宰性能指,畅谈他者。雅克·德里达在共产主义的波兰曾有一批追随者,他因为在前捷克斯洛伐克的哲学黑市上进行交易而被捕。齐泽克自己是卢布尔雅那城里精力充沛的拉康主义团体中的一员,他在新的斯洛文尼亚保持了积极的政治兴趣。

这种背景可能也和他对真实界的热情有关。就像我们已经看到的那样,拉康不是一个齐泽克所指的那种时髦的后结构主义者(齐泽克轻蔑地称之为"意大利实心面式的结构主义"),这就意味着要将一切溶解成话语。相反,整个真实界的意义就在于给语言找麻烦,在内部封锁它,使能指变得不准确。对拉康而言,语言被迫背靠着真实界的墙面,翻出自己的空口袋。齐泽克喜欢在成堆的陈腔滥调中找出深奥的意义,他毫无疑问会对某些人厉声说道"去真实界看看!",而对那些人来说语言就是那儿的一切。不过,关注是什么击败了整体,关注欲望怎样遭到了挫败,关注专制权威又如何虐待成性地命令我们享受那种环境:所有这些一定能被解读成是在反抗那种大规模封锁欲望的背景条件,同时也是在讽刺性地邀请大众拥抱自己的锁链,而这锁链正是官僚共产主义。

这里存在着与东欧另一个异端人物的对应,那就是米兰·昆德拉。在《生命中不能承受之轻》中,昆德拉谈到了"天使"和"恶魔"之间的对比,前者象征了太多的东西而后者象征得又太少了。极权主义国家像是天使,它害怕晦涩不清,所以将所有事物都拖进了清楚的含义和即时可得的易理解性之中;相反,恶魔的特征则是挖苦性质的刺耳谈笑,它通过在事物冷酷的无意义中狂欢,来反抗暴政制造的大量意义。在前者之中我们不难识别出拉康的象征秩序,在后者中也不难找到他的真实界思想,我们也不难从中理解到,为什么真实界的纯粹偶然性,其通过提醒我们没得到满足的欲望来破坏封闭的象征体系的诡计,会对东欧的知识分子有吸引力。人们称呼拉康道德约束的方式——他警告患者,绝不能放弃欲望,即使已经承认它是不可能的——听起来很像波兰的团结运动在最黑暗时期的主张。

确实,对拉康来说,精神分析治疗和政治独立的成果有一点类似。拉康最深层的思想中最令我们感到棘手的是,尽管我们的欲望总是他者的欲望(即来源于他者,也导向他者),但是我们永远也不能完全肯定他者对我们的要求是什么,因为任何要求都需要得到解释,所以就会被欺骗性的能指歪曲和篡改。"他们想从我这里得到什么,我被期待着成为什么?"这个不断出现的质询对拉康来说,正在掏空我们的存在,使之成为欲望的地盘。经治疗痊愈的病人已经放弃了这个无法回答的问题,承认她的欲望完全是基于自我的,也接受了自身存在的偶然性,放弃了徒劳追寻来自外界肯定的努力。如果这和逃脱政治压迫者的统治有几分相似,那么正像齐泽克提醒我们的,它也不只是有一点圣人的味道。人们也许会认为,痊愈病人的形象,就是塞缪尔·理查逊笔下被强奸的克拉丽莎,在他小说的最后,她将脸转向墙壁,摒弃了他人的要求,她将身体抽出了利比多的循环运转,从而拥抱了死亡。为了治愈你精神上的小毛病,你确实需要成为一个圣徒,这也许就是精神分析法如此冗长而又靠不住的原因之一。

从另一个意义上讲,齐泽克的马克思主义背景有着重大意义。拉康那些来自巴黎或者匹茨堡的追随者,与齐泽克的政治精神没有任何共同点,因为它是在一个政治就是日常生活的地方自然发展出来的。拉康提出了一种在本质上带有悲剧色彩的人生哲学,他本人则高傲地藐视政治,对类似的历史也是如此;尽管齐泽克基本没能对其指导者花哨的狂妄自大发表什么看法,但他还是一个后马克思主义者,将自已在精神分析方面的深刻见解应用到了种族主义、民族主义、反犹太主义、极权主义和商品形式上。我们不会感到惊奇，有这种爱好的精神分析理论家会从前南斯拉夫的种族冲突之中诞生，因为这就好像马克思和弗洛伊德两人的思想上一次在欧洲交会以后产生的最佳成果，就是逃避纳粹反犹太主义的法兰克福学派的产品。

在种族主义、民族主义和反犹太主义这些领域中，精神分析学的各种深奥类目都被引入了日常政治生活。从某种角度来说，齐泽克是在自家门阶上书写波斯尼亚战争，他带有一种心灵上的权力政治感，这对已经中产阶级化、秉持消费主义和后意识形态思想的西方世界来说非常陌生，而他对这个世界也抱着一种固有的蔑视态度。如果说他的理论比典型的盎格鲁-撒克逊知识分子的更加不知羞耻，那么我们也可以说他更注重实用性。目前他甚至变得不再安于自己的后马克思主义思想，斥责其忽略了传统马克思主义风格中的经济因素。他令人吃惊地变得随便起来——确实，对这样一个深刻而又老练的思想家来说，这几乎可以说是幼稚的——于是他直接就从精神分析学转移到了政治，在这样一个前沿地带，别的理论家则宁愿采用更谨慎的态度。盲目崇拜、替罪羊、割裂、排斥、否定、理想化、投射：如果说这些都是弗洛伊德式的心灵中十分常见的心理机制，那么也可以说它们都是各种不同的大众运动、政治谋略、军事战役。《快感大转移》中有一篇文章写于波斯尼亚战争期间，它谈到新西兰的一个部落发明了一种怪诞的战争舞蹈来款待那些来访的人类学家，他特别提到，"大卫·欧文和他的同伴就是当今的新西兰部落考察队：他们的行动方式和应对方式完全相同，当'他们原始的野蛮中突然爆发了旧仇恨'，他们都忽略了这整个壮观的场面只是一个为了他们眼睛而展现的舞蹈，一个西方要负全责的舞蹈"。

"我确信自己恰当地理解了拉康的一些概念,"齐泽克写道,"前提是我能成功地将它转化成本质愚蠢的流行文化。"他的作品中充斥着对侦探小说和大卫·林奇、电影和音乐剧的暗示。谢林的自由概念中有一个特别狡猾的方面,《燧石》能够很好地阐明这一点,而康德的先验统觉学说则是用吸血鬼小说来作为例证。古典和先锋音乐在美学上的一个区别,可以通过听众是否在一个乐章将要结束的时候咳嗽或坐立不宁来加以说明。对希区柯克电影的评论——齐泽克的查理一世国王之头,人们也许会说——在数量上几乎超过了他对黑格尔的分析。《关于拉康你想知道的一切(但却不敢问希区柯克的)》是一部讨论希区柯克的文集,由许多不同的作家共同撰稿,其中有一篇优秀的文章谈到了《精神病患者》,作者邀请我们观赏了对电影的某一时刻所作的拉康式的分析,在那一幕中摄像机首先自上而下拍摄了私家侦探遭到乔装过的安东尼·博金斯攻击的场景,然后切换到被刺伤的侦探向后滚下楼梯的镜头。于是齐泽克告诉我们,鸟瞰的视角彻底暴露了清晰的真实性,而晦涩的"事物"或者令人难以理解的谋杀犯突然侵入了这个场景;令人震惊的是,接下来的场景是发自事物本身这个"不可能的"角度。

齐泽克对流行文化的利用有着相当显著的特点,那就是毫无忸怩之感。和他任性神秘的巴黎式餐厅经理不同,他的行文极为清晰明快,尽管他的书难懂得可怕。难的部分在于思想,而不是表达,这是一种能指和所指之间的区别,比较狂热的后结构主义者是毫无疑问会对此加以阻止的。他绝没有在极力普及——也不是对一些造作的后现代作品的刻意模仿;肥皂剧和迪斯尼卡通只是他思维设施的一部分,是他杂乱质询的对象,就和上帝、康德或消费主义一样常见。他的风格同时具有深刻和浅薄两个特点,贯穿着强烈的政治严肃性,但绝不是装腔作势。他的散文会让具有极其特殊个性的读者产生共鸣,但奇怪的是它却没有进行自我炫耀。他对拉康和希区柯克两者都有抑制不住的迷恋,这个事实是一种不言而喻的笑话,简直尴尬得刺眼,以至于作者和读者都觉得提到它是一种无聊的行为。

确实,笑话形成了齐泽克哲学的一部分主要例证。他擅长于讽刺性的东欧政治幽默,比如他说苏联和南斯拉夫之间的区别在于,在苏联人民要用两条腿走路而他们选出来的代表就可以开车,而南斯拉夫是比较自由的共产主义,在那里人民自己开着车越过他们选出来的代表。为了说明在场与缺席的辩证关系,他讲述了这样一个故事:一位导游带领一些游客参观东欧的一家艺术画廊,在一幅名为《列宁在华沙》的油画前驻足。画中没有列宁的身影,而是描绘了列宁的妻子与一位年轻英俊的中央委员会成员在床上。"但是列宁在哪儿?"困惑的访客问道,而导游严肃地回答:"列宁在华沙。"

齐泽克认为黑格尔和拉康完全是相容的,原因之一在于他通过后者来阅读前者,用一种异端的方式解构了黑格尔假定的整体论。确实,他的思维风格完全是黑格尔式的,继续悄然寻觅着能颠倒身份的那种对比法,用一整套辩证法组成的敢死队对普遍常识发起突袭。我们可以随意举一些例子:秩序和失序并不是对立的,但是将(纯粹偶然的)秩序强加于混乱之中这个行为本身,就是最高等级的失序。拉康所说的他者——象征秩序,或者作为一个整体的语言——本身可以没有他者,也就是说,意义的领域可以没有终极的保证。多元文化论只是一种被颠倒的种族主义,它尊重别人的文化,但要与之保持距离,还要保持自身的优势地位不会受到挑战。法律必定是不合理的,因为如果遵守它是有理由的,那么它将失去它的绝对权威。无意识并不是意识的对立面,建立意识时所依赖的那种压抑则从一开始就是它的对立。

以下的言论显示了他独特的思想风格:"看第一眼时,热狗中的腊肠似乎挤开了两片面包。但是其实面包自己也只不过是一个'空间',而腊肠生于其中,这幻影般的'构架'或者说腊肠的支撑如果消失,那么一切就会归于虚无。从另一方面来说,腊肠自身可以被看作仅仅是两片面包中裂缝的具体表现,只是一个借口或理由,从而使它们不能永远连接在一起。"以上是我的荒谬模仿,并不是齐泽克自己的语言,但是在他的作品中能找到比这更古怪的段落。

当谈到拆除一般和特殊之间的对立之时,齐泽克就和小偷一样灵巧。他指出,一般必须排斥特殊,因此就无法真正成为它本应能达到的那种一般。我们可以接近一般的唯一原因在于,我们都处于一种特定的文化之中,不过这一点理性主义者和相对主义也许已经很好地琢磨过了。齐泽克留意到,文化相对论的烦恼是,我们本应该没有能力接近"他者";但是如果这个他者在本质上是不完整的,因此在任何情况下都不能以一个整体的身份被认知,那会怎么样? 如果我与他者最深层的共同之处只是这样一个事实,即我也从未是自我透明的,从未是完整的,从未完全属于我自己的文化背景,但是在某种程度上说却总是和它脱节,那么这又会怎么样? 我和他者的共同之处在于:总是有某种东西是我们无法把握的(拉康的"大他者"),而正是在这个双联缺席的交叠之处我们才能遇见彼此。当我们能分辨其他文化中的盲点和失败点的时候,我们与它就是最一致的,因为我们的生活方式也正是由这样一种内在的局限性组成的。

在他最近的两本书中,齐泽克开始研究德国哲学家谢林,谢林在过去的几年里已经急速地从一个默默无闻的条顿人一跃成为哲学明星。齐泽克自然也在谢林身上找到了不少拉康的影子,就像他在任何事物身上都能找到拉康一样;但是他也十分夸张地称赞谢林是"整个后黑格尔时代群星"的先驱,即从马克思主义和存在主义一直到解构和新时期的蒙昧主义这一个时期。他特别着迷于谢林极其深奥的神学——从某个角度来看这也没什么可奇怪的。什么是真实界,或者说什么是事物内心的奇想和背离,没有这些事物就无法运转?它们都只不过是幸运的"堕落(出伊甸园)",或者说是"因祸得福"?真实界是原罪在精神分析法中的说法,谢林大胆地将这个概念也运用到了上帝身上,上帝和我们一样从未完全成为他自己,他的灾难在于,他异质的身体处于他存在的核心地位,(人们也许会猜测)这正是他成为全能的上帝的原因。造物主也受到真实界的折磨,这一点也许会使他创造的生物稍微觉得安慰一点。不过很奇怪,保守的悲观主义者并没有在原罪的学说中发现任何不妥,他们毫无疑问也都将忽略拉康和齐泽克作为理论上的虚无主义者的这个事实。

"如果我们能穿透事物的表壳,"谢林评论道,"那么我们将看到,所有的生命和存在的真实之处都是可怕的。"于是,人们可以了解,为什么他是齐泽克喜欢的那种思想家。不过齐泽克从未真的从他的探索中抽出部分时间,去思考他传达给我们的关于人类生命的观点究竟有多可怕,或者去思考它和他在政治上仍然明确坚持的不同意见究竟是如何相容的。"拉康式的激进"为什么不像"军事情报"一样,是一个矛盾的词语?无可否认,真实界的观点不比英国国教牧师应当相信的那些东西更可怕,但是英国国教的牧师并不以他们的激进政治观点而受到瞩目。正如人类的存在对拉康来说就是一个幻想,而通过这个幻想我们填塞了真实界中骇人的空虚,因而齐泽克快活的机智和对逸闻趣事的喜好,在一定程度上遮掩了他提供的对人类的下流看法。

如果精神分析学认可的唯一话题是愉悦,那么也许对作为作家的齐泽克来说最终也是如此。他的书有一种令人羡慕的能力,可以使康德或者克尔凯郭尔听起来令人激动不已;他的笔下充满了难题,但是从未写出一句浮夸的句子。其风格中的通俗亲切感内含着对法国理论中高傲的恐怖主义的指责。拉康也许会坚持认为精神分析者是一个空洞的能指,他并没有掌握病人不幸的秘密钥匙,但是他的修辞技巧中表现出来的态度掩盖了这种否定。"享受吧!"这是齐泽克对读者发出的含蓄指令,当他在某一个章节中从莫扎特转向时间旅行、从歇斯底里转向犹太主义、从马克思转向万宝路的广告,而同时还试图保留讨论的连贯性时。然而,在他的叙述中,形式和内容之间也存在着微妙的不一致。他作品中活泼的生气与其苍白、呆板而又重复的内容大相径庭,对它来说,真实界中的愉悦就是我们能遇到最不美好的真理的地方。

斯图尔特·霍尔

原标题为《最嬉皮的》,大卫·摩利和陈光兴编《斯图尔特·霍尔:重要对话》评论,首次发表于《伦敦书评》,1996 年 3 月 7 日。

不管是谁想要写一篇关于不列颠左派知识分子的小说,当他开始四处找寻一些典范的虚构角色来连接其不同的趋势和阶段时,他一定会发现自己自然而然地在重新创造斯图尔特·霍尔。自 1951 年从牙买加来到英国以来,霍尔就一直是某种激进分子,也许是他们把他从中央制作公司派出来的。他迷人、有魅力、极其聪明,可能是这个国家最惊人的公众演说家,他可以说是行走的编年史,他知道一切事物,从新左派到新时代、利维斯到利奥塔、奥尔德玛斯顿到种族划分等等。他也是马克思式的道瑞安·格雷,是一个不可思议的年轻角色,他的个人风格让人联想起一系列已经消失了的美国词语:时尚(hip)、极好(neat)、酷(cool)、入时(right-on)。

有两种方式可以叙述他的故事,其中一个不像另一个那么仁慈。比较有偏见的那种叙述流行的时间更长。如果你想了解左派演说的最新风格,那么就去看看斯图尔特在做什么。在他的主持之下,伯明翰大学的当代文化研究中心在 70 年代从左派利维斯主义转向了民俗方法学,半心半意地与现象社会学调情,在一个短暂的列维-施特劳斯式的结构主义时期之后,进入了路易·阿尔都塞冰冷的掌控之中,它直接穿过葛兰西和后马克思主义,跳进了话语理论,摇摇晃晃地走在后现代主义的边缘。霍尔本人在 1979 年离开了研究中心,去担任开放大学社会学的主席,后来成为撒切尔主义的主要分析员,为该体制创造了"权威民粹主义"这个短语,在表面上他是所谓的新时代的主要缔造者,这种亲近共产党的修正主义潮流反感传统的社会主义者,而且对市场、流动性和购物中心有一种异端的喜好。霍尔现在热衷于有关种族和女权主义的"新运动",为去中心化的和散漫的东西辩护,他是一个正在老去的先锋主义者,在近半个世纪里不停地从一个文化的尖端跳跃到另一个文化的尖端。

这个折衷的机会主义故事里有三个错误。首先,霍尔帮助形成了许多他遵从的潮流。如果说他像是一个随军商贩,那么通常他首先要自己先扎下一个稳固的营帐。另一方面,他的政治冲浪并非一直一帆风顺。作为一个坚定不移的女权主义支持者,他在伯明翰中心被他的女权主义学生们当作了便利的父权攻击目标,于是他逃到了开放大学,逃离听起来似乎有一点丑陋的派别斗争的氛围。夏洛特·布伦斯登处理了此书中追忆交际生涯的那一部分。但是不管怎么样,霍尔像变色龙一样的职业生涯在一贯性和时尚性两方面都可以被解读得同样合理。他现在所处的地方宣扬了多元政治的种种优点,因为它把文化推向了前台,这几乎就是他在老式新左派时代的起点。他不是绕了一个大圈又回到了原点,他更像是从来都没有改变过。或者说,这就仿佛在走过了漫长的烦人理论和革命政治的迂回道路之后,现在的这个时代最终追赶上了他的脚步。正如科林·斯帕克斯(Colin Sparks)提醒我们的那样,早在1958年,霍尔就在撰写有关产业工人阶级解体等后现代问题的文章。

事实上,声称霍尔始终不变的正是他的开放性,这不仅仅是一种巧舌如簧的文字游戏。毫无疑问,这在一定程度上与他的气质和信念有关,但也可能与他的殖民地出身有关。从加勒比海到考利路的转变是在相互冲突的文化框架之间进行的,因此,他比理查德·霍加特这样在似乎无处不在的工人阶级环境中长大的英国人更有可能发现这种文化框架的片面性和透视性。霍尔在概念体系和国家之间游走不定,对任何单一学说体系的粗糙边界都保持警惕,在理论上他是异端分子,在文化上则是混血儿。在牛津大学时他开始撰写一篇关于亨利·詹姆斯的研究生论文,这绝不是偶然的,因为对英格兰文学左派而言,这很难说是最合适的话题,但是对研究跨文化关系的学生来说,显然十分具有吸引力。

具有讽刺意味的是,他对成熟体系的怀疑也是典型的英格兰式的。对霍尔来说,显然最有诱惑力的信念就是马克思主义,但人们对它与被殖民地环境之间的关系争论不休,如此一来他就一定得把它弄明白。他从未背弃革命的马克思主义,因为他一开始就不是一个真正的马克思主义者,除了70年代中期一段短暂的插曲以外,那时"马克思主义者"和"文化理论家"是同义词,就像伊万娜·特朗普和抽脂手术也是同义词一样。在(后)殖民环境下,文化是权力的关键媒介,而文化从来都不是马克思主义最强有力的论点,至少在 50 年代的斯大林时期,当霍尔开始创作的那个时候不是这样。

然而,如果文化是殖民力量所必须的,那么对发达的资本主义来说它同样也十分重要,因此霍尔可以把他的"文化主义"从外围的殖民地推向中心大城市。殖民地背景使他轻视传统的工业资本主义——在不列颠他从未太过卷入无产阶级政治,而且他原本也是来自一个保守的中产阶级家庭——矛盾之处在于,他的这个背景也有助于使他成为一个评论员,可以评论媒体泛滥、消费主义盛行、后帝国时期的西方世界,在这个西方世界中,文化已成为一个越来越重要的政治和经济问题,而且它也正在经历过去它带给殖民地的那种身份危机。像是一个寓言般的巧合,霍尔在作为罗氏奖学金得主迁居到牛津的时候,正好遇上 50 年代第一波英联邦国家移民潮,这就好像奥斯卡·王尔德早些时候从都柏林到马达兰的迁移,"更高地"体现了他那个时代爱尔兰经验中最普遍的一条。对殖民地的人们来说,没有什么比离开殖民地更自然的了。

英联邦移民在大城市的中心地带引发了关于文化和身份的问题,霍尔作为一个知识分子,同时也是一个流亡移民,特别适合剖析这些问题——所以在这种意义上,边缘也随着他转移到了中心。他的中间状态意味着他将极其关注文化问题,这就使他不同于马克思主义简化论者;但是这种中间状态也使他感受到了特定文化的相对性,这就使他反对当时文学权威中的文化绝对论。他既过高地评价了文化,又怀疑地逡巡于特定文化的局限性之中,经过一段时间以后,这种矛盾的态度把他引向了后现代主义的怀抱。通过文化来阅读世界是殖民地居民常见的一种习惯;但这也是大城市文学知识分子的职业病,而霍尔碰巧两者都有。

　　然而,总的来说,他也完全成长为一个不同种类的知识分子,这本文集中大量各式各样对他进行的密集访问很好地证明了这一点。霍尔远不同于雷蒙德·威廉斯或者佩里·安德森,他比爱德华·汤普森更坚持不懈,他是重要的左派知识分子的最佳典范,作为调解人和干涉者、中间人和通信员的理论家,他让我们经历了神秘的飞跃,从法兰克福理论或者后结构主义理论,到投票模式和电视图像、种族主义和青年文化这些问题。他思路敏捷、灵活,永远紧随潮流,从一个热点话题切换到另一个,出现在行动发生的任何地方,像是父亲般的人物和搞定先生的结合体。和威廉斯或者安德森相比,他不是一个知识分子中的重要人物,乔治·拉伦在一篇劲头十足的分析文章中,不费什么力气就在霍尔的思想概念中找到了瑕疵。霍尔用了差不多四十年的时间不停地进行脑力创作,但却从未撰写过一本专著。他选择的体裁是散文,文学形式中最灵活、最高明的一种,而且他还罕见地将隐喻性的辞藻和好辩的攻击混合在了一起。与他的许多追随者(这里以美国社会学家劳伦斯·格罗斯伯格的"历史、政治与后现代主义"生硬术语为例)的雷同风格相比,霍尔的语调介于沉重的理论与生动的新闻报道之间,既敏捷又高深,既是表演者又是专家。与其说他是一个有独创性的思想家,不如说他是一个才华横溢的"修补匠",一个富有想象力的他人思想的再创造者,正如他在这本书中关于"意识形态问题"的文章所揭示的那样。

　　确实,他和新左派的同仁汤普森、威廉斯都对抽象概念有些缺乏耐心,人们可以从中觉察到政治活跃分子和残存的利维斯主义的味道。他具体化、语境化的思想风格表明,他幸运地把那些看起来是他心理上天生的东西和时代要求的东西结合在了一起。即使他自己要创立理论，那么他也会表现得仿佛这是即兴而成的，好像是在从一个会议或主题到另一个的途中创造出来的，他是奇异的即兴表演者，能毫不费力地创作出一种类似饶舌音乐的智力作品。即使他的作品有时略显单薄，透过他密集强调的概念隐约可见各种各样毫无掩饰的补丁，可是他用惊人的多种才艺来弥补了这一点，他可以从话语跳跃到犹太人的散居，从拉斯特法里教跳跃到后福特主义，十足地蔑视着对古典左翼知识分子的传统学术划分。他的这种才智的广度在其个人存在的恬淡之中得以体现，其中似乎包含了大量事物；但是如果说他和雷蒙德·威廉斯类似，都有这种明显的均衡性，那么他也会将它和爱德华·汤普森式的预言热诚联系起来，因此会显得既和平主义又积极介入。

在文化领域疯狂地对理论进行再利用，这正是它试图分析的一种商品崇拜。因此，当斯图尔特·霍尔在本书中的一次访问中说道："我不相信可以永无止境地、追赶潮流般地对一个接一个的流行理论家进行再利用，仿佛你可以像穿 T 恤一样穿上新理论。"这时，作为一个社会主义者，他的真诚是很明显的。霍尔有良好的判断力和健康的道德观，还具有讽刺性的英格兰作风，这限制了他做出后现代主义式的过分越轨行为，虽然这与他在政治上是同路的。有人怀疑，他不会对艾恩·钱伯斯（Lain Chambers）在一篇题为《等待世界末日》的狂热文章中颂扬的坚定虔诚、左倾思想的各种信条着迷。这在一定程度上是年龄的问题：尽管霍尔有时代上的异装癖，但与本文集的其他撰写者不同，他是一个来自苏伊士和匈牙利的老兵，是新左派俱乐部和早期核裁军运动（CND）的老手，伤痕累累的老兵的沉稳睿智与在迪斯科舞厅中成长起来的理论家的脆弱犬儒主义之间有着天壤之别。钱伯斯以一种理智的方式,表达了对瓦解和扰乱的完全赞同;而有人猜想,霍尔已经受够了这些,因此不会将之浪漫化。

不过,不同的世代之间也有着密切联系,霍尔必定会对此感到慌乱:即使他已经放弃了革命政治,但他们其实可能还从未站上过起跑线。如果说在绿洲乐队出现在甲壳虫之后这个意义上来说,霍尔算是一个后马克思主义者,那么他们也可以说是后马克思主义者,因为因特网出现在索姆河战役之后。霍尔也许不喜欢流行理论,但是这就像杰弗里·伯纳德反对饮酒俱乐部。不管他的保留意见是什么,他都拥护了文化研究竞技场上所有正确的东西,无懈可击地反本质主义、反整体化、反简约主义、反自然主义和反目的论。迪克·赫伯迪格(Dick Hebdige)在一篇洋洋洒洒的文章中,正是用这些术语对后现代主义进行了令人信服的勾勒;如果霍尔真的想将自己与这些文化左派的平庸教条之间拉开距离,他或许可以停下来思考一下,本质主义、整体性、目的论、人性及其他东西的定义,如果不像后现代主义者所坚持的那样令人生厌,那么从某种意义上说,它们是不是比它们的对立面更为激进。然而,就目前而言,尽管他思想开放,但他对这种正统观念的依赖太深了,无法接受任何这样猛烈的挑战。

即便如此,他也决心不做后现代的俘虏。在这里转载的一篇访谈中,他痛斥了某些后现代主义的观念,认为它们"过于夸张和意识形态化";他驳斥了社会生活不过是一种话语的幻想,还提醒我们说,我们既是自然的存在,也是文化的存在;他回忆起那些严峻的物质限制,更为幼稚的后现代主义形式则会将这些限制消解为能指的迷雾。并非所有这些都能被欣然接受,比如约翰·费斯克(John Fiske),他在文章

《打开门厅》中就指责霍尔这位大师对米歇尔·福柯的批评过于严厉。霍尔已经在一个不稳定的平衡游戏之中待了一段时间了,这种平衡指的是社会主义和后现代主义、阶级和种族、认识论的现实主义和认识论的构成主义之间的平衡,而在我们这个时代,主管这种平衡的人员之一就是安东尼奥·葛兰西。这个热情的列宁主义者通过迂回编辑的方式,支持一种柔焦化了的马克思主义去适应这个后激进时代。现实中的葛兰西曾在 1920 年帮助意大利工人进行武装,并组织了红色警卫和工厂委员会;他是一个共产党的领导人,曾坚持抵抗统一战线以挫败法西斯主义,有一段时间他还支持过斯大林时期的苏维埃阵线。而虚构的葛兰西是由文化研究构建的,他是话语理论方面的伦敦综合讲师,不过是撒丁岛版本的,拥有开明的思想和多元政治主张,他对组织能指比对汽车工人更感兴趣。他支持"没有保证的马克思主义",这正是霍尔自己的一条口号,它代表了某种带有开明的英国国教烙印的历史唯物主义,所以不会对信条和传统感到紧张不安。

更有前途的一点是,葛兰西赞同马克思主义非简约化的风格,它十分严肃地对待文化的意义,也不否认它们物质方面的决定因素,而这就是霍尔寻求的中庸之路。(阿尔都塞可能也支持这样的中间道路,但是除此之外,他是一个相当正统的马克思主义者,这在后马克思主义者看来,虽能令人感到新鲜却也会引发不安,而尽管葛兰西也有甚至更为正统的马克思主义思想,但幸好已经从人们的记忆中消失了。这一点也使人更相信,葛兰西没有谋杀他的妻子。)简约主义必须被否定,但其名义不能是作为完全开放而又散漫的地域的社会。这种陈述的真实性必须得到承认,但代价不能是否定他们最终确实代表自己之外的某种东西。话语固然至关重要,但塑造话语的历史力量也同样重要。语言也许永远也捕获不了绝对的真理,但是这不意味着我们可以将它视为纯粹不确定的。身份政治必须得到肯定,但是采用的方式不是把阶级斗争和物质生产扔进历史的垃圾堆里去。

所有这些主张似乎都有一个共同的问题,那就是它们究竟有多真实。霍尔微微显得有一点儿荒谬,或者说,就此而言任何人都会这样,他们不得不带着谨慎的防御心进行争辩说,世界不只有隐喻那么简单,社会阶级还没有消失,梅子布丁的图画不可以吃,历史上没有铁律这一事实并不意味着我们下个星期三就能倒退回封建社会。这体现了许多后现代思想怪异谬论的特征,这种醒目的、不言自明的主张需要得到十分大声的肯定。这也标志着斯图尔特·霍尔有多么深地受控于这个理论阵营,他需要如此挑战性地再一次强调这些主张。

虽然如此,这种再强调还是很受欢迎。霍尔非常理智,他既想要得到新的,又不想放弃旧事物中最好的那部分,而且和所有这种脚踩在两边的人一样,他也很容易遭到来自两个阵营的攻击。即使从科林·斯帕克斯的角度来看他还不够马克思主义化,但在一篇考察新左派与马克思主义信条之间拐弯抹角的关系的文章中,其作者猜测,这本书中还有其他人会认为,霍尔是一个过于羞涩的后现代主义者。这仿佛是说他把后现代主义自身的、持怀疑态度的无限开放性用来反对它自己,以它自己的逻辑从侧面包抄阻击了它自己;如果他能如此巧妙地做到这一点,那是因为就曲折性、临时性、反一元论的思想而言,他比后现代主义整整早了三十年。但是他对新时代的热情——指的是当代资本主义转变后的本质——表现出来的是,他既想骑上这头特定的老虎,同时又想控制住它。霍尔相信这种新的消费主义资本论虽然有许多缺点,但还是能以极有用的方式解放个人;他也愤怒地回应了那些"精英"思想,即认为消费或者媒体只是愚弄大众的方式的思想。

在这里,他最执著的政治力量——对大众民主的根深蒂固的信念,与他最基本的缺陷之一——紧跟时代的冲动,发生了猛烈的冲突。可以肯定的是,他从来都不是批评家们口中的消费主义自由的狂热拥护者。他不太可能会急于赞同安吉拉·默克罗比(Angela McRobbie)轻率的主张,即日本基于团队的工作实践具有参与价值。霍尔是典型的两面派,他认为晚期资本主义文化是"商品化的消费",但也是大众选择和控制的机会。传统的左派忽略了"大众愉悦的风景",这是事实,而且是非常重要的事实。这种说法更像是问题的表征,而不是解决方案,它把目前情况归结为媒体、购物和生活方式,而那些寻求个人自我发展、不愿在花哨的品牌名称中进行选择的人们,都应当被诋毁成性别歧视者和精英主义者。

斯图尔特·霍尔对脱离现实的左翼理论家的不耐烦源于他真正的大众化维度,他早在文化研究正式兴起之前就与人合著了一本关于爵士乐和电影的书。但这种不耐烦也是因为,他和托尼·本一样,是从外围出发去了解工人阶级的价值。将这些价值浪漫化,或者将它们当作枯燥的陈年旧事一笔勾销,这正是一枚硬币的两面。精通和流行之间是有差异的,而霍尔并不是总能考虑到这一点。他只受到了民主政治的驱使,心中充满了保留,尽管如此,他还是让自己令人敬畏的权威部分地参与到了社会主义的规划事业中,而后者的产生不太像是源于与陈旧事物的勇敢决裂,更像是源于毫无目标的拼命冒险。没有任何运动或者个人永远能与时代齐头并进;通常我们不是早熟就是过时了,不是老人就是雅皮士,要么遥遥领先于大部队,要么还在一瘸一拐地追赶它。这不是跟上时代的问题,而只是在太过古旧和太过时髦两者之间进行选择的问题。新左派的创始人之中,雷蒙德·威廉斯第一个出发了,斯图尔特·霍尔选择成为第二个,而爱德华·汤普森将自己的时代划分在布莱克和核弹之间,从而优雅地解决了这个问题。

但是斯图尔特·霍尔会被人们记住并不是因为新时代。他将被誉为这个国家文化研究的先驱,一位不知疲倦的政治活动家和一位才华横溢的演讲家。像乔·希尔一样,只要有政治上急需解决的问题,他就会出现。他是一个非凡的当代人物,可以在半打学术学科中的任何一个领域大显身手。他是少有的被女权主义真正而不是名义上改变了的男性左派人士之一;正如这本引人入胜的书的最后部分所表明的,他是我们后帝国时代衰落时期关于英国性、种族和多元文化主义的论述中最重要的声音之一。再一次,随着这些备受关注的问题的出现,这个时代终于在某种程度上赶上了他一直以来的位置。从这个意义上来说,凭借个人经历和政治经验,他几乎比任何人都更有资格思考这个国家的未来命运,这种说法绝非虚伪的吹捧。这种个人叙述和20世纪下半叶英国的公共历史奇怪地交织在一起,既有深刻的共生关系,又有尖锐的冲突。霍尔的主要成就之一是,他在过去的44年里一直游走于英国中产阶级之中,却丝毫不失他的热情与友好。

彼得·阿克罗伊德

原标题为《不正常的美德》,彼得·阿克罗伊德著《澳尔滨:英格兰想象的起源》评论,首次发表于《泰晤士报文学增刊》,2002 年 9 月 20 日。

这是一项出色的研究,彼得·阿克罗伊德以前的作品中恒久不变的激情现在在这里表达得更为明确。《霍克斯默》、《布莱克传》和《狄更斯传》、《英国音乐》、《托马斯·莫尔的一生》和《伦敦传》:阿克罗伊德对某种英国性思想保有持久不变的情感,它全部被表现为各类"传记";这种思想在他的作品中根深蒂固,就好像简·奥斯汀笔下的财产或普鲁斯特笔下的记忆。即使是易装癖,这个他的早期研究《盛装打扮》中的主题,也作为英格兰喜剧的典型案例出现在这里。

《澳尔滨》①在多个意义上都可以称作阿克罗伊德前作的集大成

---

① Albion,即古语"英格兰"。——译注

者。它把布莱克的活力和艾略特的博学结合在了一起,把托马斯·莫尔灵魂中的热情和狄更斯的荒诞结合在了一起。它是一个残破的宝库,充满了乱糟糟的角落、扭曲的走廊和杂乱无章的外屋,就像其作者喜爱的英国建筑一样。它断裂的结构显示出了一种不规则,而阿克罗伊德却将之视为英格兰文化的美德,和他不怎么喜欢的民族里中规中矩的灵巧性形成对比。托马斯·布朗爵士亲切从容的散文,罗伯特·伯顿古怪的《忧郁的剖析》,或者劳伦斯·斯特恩的《崔斯特瑞姆·项迪传》,阿克罗伊德在它们之中都发现了英格兰的精粹,你可以随意翻翻这些书,而不会错过它们的故事情节,因为根本就没有情节。英格兰讲的是一团混乱而不是形而上学,它喜欢的是亲切的逸闻趣事而不是宏大的叙事。其文化的脉络是不规则的,是一种折中主义的、血统混杂的文化,它的敌人就是纯粹和抽象。当阿克罗伊德谈到"(塞缪尔·)约翰逊魂不守舍、步履蹒跚的忧郁形象",他"大口大口地吞下深奥的学问,试图提升自己混乱的才能",我们不难在这些赞美的片断中读到一些作者对自己的看法。深奥的知识是离奇、迷人、辉煌却又毫无意义的,它代表了英格兰的典型风格,而令人气馁的是,理性的、有目的的知识都是欧洲大陆的。

　　所以说,英国人并不怎么追求异想天开的思想,《澳尔滨》也一样。这本书对英国文化的感受是直观的,而不是概念性的,与其说是普通法或政治经济学的问题,不如说是在韦尔斯大教堂看到一个因疼痛而张大嘴巴的牙痛男人的小雕像时突然感到的愉悦。《澳尔滨》中不乏这种难以捉摸的、微小的、轶事类的零碎东西,把它们表现得仿佛是代表英格兰对欧洲大陆理性进行的回应。它还记录了来自亨伯赛德郡贝弗利镇的一件雕刻品,那是一个男人拉着一辆独轮车,而他的妻子正坐在车上怒骂。还有一件来自布莱克本的雕刻品,是一只狐狸正在一群母鸡的集会上讲道。阿克罗伊德的想象是敏感的,也是唯物的,他更倾向于天主教而不是新教,被透纳对狂乱光线的喜好给吸引了,或者说,他迷上了中世纪僧侣制造图案鲜明的羊皮纸的方式,他们对它进行硝制和刮擦,再用油石磨平,然后用精细的白垩颗粒把它们染白。盘踞在他脑中的是哥特式的却又怪异的风格,是错综复杂而又离奇的事物,是既虚幻而又有形的事物。他对历史的大道没什么兴趣,对那些耀眼的引人注目的东西也没什么兴趣。

这本书的开头非常特殊,整个第一部分都在谈论树:德鲁伊教的橡树、作为盎格鲁-撒克逊边界标志的山楂树、根斯波洛的森林风景、约翰·克莱尔的空心榆树和灰烬、托尔金笔下的移动树木的传奇,还有托马斯·哈代对他们含混语言的"神秘的朦胧性"所作的思考。书中采用的描绘方法是逐渐累积的和经验主义的,最终的效果就是一片闪烁的碎片恰好嵌进彩色玻璃窗中,或者说是一股彩色丝线织进了繁复的织锦之中。《澳尔滨》在方法和主题上都是英式的。从《贝奥武夫》到丁尼生,它追踪着一个荒凉、多石、多沼泽的英格兰风景,而且好像总是在冬天。任何对英国性的调查都不能不提到天气。这本书深情地徘徊于个体的形象之上——诺威奇的朱利安、斯宾塞、霍迦斯、约翰逊、布莱克——但是它也有最喜欢的话题:英格兰文化的"混杂和杂乱"特征,涉及广泛的性幽默,对表面艺术的偏爱,对尴尬的敏感,对传记的热情,对装潢和精致的欣赏,还有感性的忧郁。大海的低语贯穿整个《澳尔滨》,就像它也贯穿在英国的整个历史之中;英格兰的想象力在柏拉图伟大的花园思想中得到激发从而繁荣起来:它复杂,规模小,朴实而又文明,是得到珍爱的一小块隐私地。

　　有时,这本书可能会陷入狭隘的文化史。书中关于莎士比亚的章节高谈阔论,但缺乏新意,而关于浪漫主义的思考,对于这样一部极富浪漫主义色彩的著作来说,则显得平淡无奇。当这本书有可能沦为一部英国文学史时,它是最尽职尽责和敷衍了事的;而当它放弃文学经典,转而走上文化和精神的小道时,它是最热情洋溢的。英格兰人钦佩异端邪说,也钦佩传统主义者,爱一个角色时就像爱他们的君主,而《澳尔滨》以令人羡慕的沉着冷静平衡了这两者的关系。事实上,它能够两者兼顾的能力是无与伦比的。这幅忠实的肖像画表现出的英格兰人既有远见又务实,既神圣又世俗,既团结又散漫,既正统又个人,既阴郁又夸张,既伟大又简朴,既神秘又唯物。简而言之,他们能赢得一切好的形容。

　　阿克罗伊德在序言中宣布:"开端将被赋予比结局更重要的地位。"我很同意他的看法。《澳尔滨》在工业革命前停了下来,除此之外我们很难说它还能怎么做。书中的英格兰民族形象不能容纳分裂、野蛮或者中断。诚然,这本书是一部象征性的而不是社会性的英格兰历史;但值得注意的是,这种象征性如何反映了英国的一种社会版本而非另一种版本。阿克罗伊德笔下的英格兰是一个切斯特顿式的王国,其中有僧侣、神秘的人和莫里斯舞者,没有奴隶贩子、殖民冒险家和工业制造商。虽然他夸赞了英格兰文化宽容、适应力强、无所不容的特质,但却从未提起它也做过一些会受到批评的事情。(尽管有这种包容性,但奇怪的是它也没有提到杰弗里·希尔,从某种意义上说他在诗歌和思想方面与阿克罗伊德地位相当。)《澳尔滨》是没有埃古的《奥赛罗》,描绘了一个想象力没有被种族主义、面包骚乱、手工织布机、战争和屠杀玷污的种族。数个世纪以来英格兰文化确实显示了它非凡的吸引力:印度、非洲、亚洲、爱尔兰、北美都被它吸引。不过,当阿克罗伊德自豪地宣称"英格兰就是多样性原则本身",可能就连斯蒂芬·劳伦斯的父母也会对此感到有些吃惊。

每当有人说出"多样性"这个词,"统一"总是紧随其后出现。阿克罗伊德的英国性,暗地里其实指的就是古典艺术作品,它们都具有无穷的可塑性,而且完全是自我同一的。这不是英格兰想象力的历史,因为对阿克罗伊德来说,英格兰的想象没有历史。和天堂一样,英格兰是一块从来没被突变性影响过的土地。从神秘剧到马普尔小姐,它所有伟大的作品都永远共存。盎格鲁-撒克逊诗歌中的忧伤调子再一次出现在了格雷的《挽歌》中,然后又回响在斯特恩悲怆的语言和戴留斯的音乐里。韦尔斯大教堂丰富的外形表达预示了维多利亚时期室内装潢装饰性的遮盖物和拉斐尔前派绘画的单调,更不用说理查德·罗杰斯的蓬皮杜中心了。确实有一种野兽就叫作英国性,从德鲁伊的时代到狄更斯的时代,它的习性发生的改变相当有限。如果英格兰人是上帝为圣比德尊者选定的种族,那么他们也是为尊敬的阿克罗伊德选择的种族。也许还不只如此,因为对那些难以相信上帝的人来说,这个民族总是一个便利的替代品。

当然,任何文化中都存在着必不可少的历史连接关系,而后现代主义由于迷信不连续性而完全忽略了这一点。但即使如此,人们仍然很难像阿克罗伊德那样看待杜伦大教堂和劳埃德大楼之间的紧密联系。从这个角度来说,在乔纳森·斯威夫特和格雷厄姆·斯威夫特之间进行选择似乎没有什么意义。他们都是典型英格兰人的代表,即使斯威夫特以前是爱尔兰人。(劳伦斯·斯特恩是阿克罗伊德笔下又一个图腾式的英格兰人,不过麻烦的是,他来自蒂珀雷里,而且他的非英格兰性也在他的创作之中显露无遗。)阿克罗伊德的想象力和谢默斯·希尼一样,总是一根筋地认为,过去是可以通过挖掘现在而得到的一个深度,它是垂直或者地理上的,而不是水平或者历史性的。现在是某种可以消去字迹重新书写的羊皮纸,早已被埋葬的幽灵们的轮廓隐约可见,它们在等待着文学想象的救赎仪式将其挖掘出来。

如果说阿克罗伊德的小说将这一概念运用到了一些宏伟的用途上,那么《澳尔滨》则揭示了它更为险恶的一面。这本书是鲜血和土地①的赞歌,即使是天使般而非恶魔式的赞歌。确实,要引领比较稚嫩的全球化者,男人们和女人们对本地性和普遍性的需要是相同的,既需要归属感也需要机动性的经验。即便如此,阿克罗伊德还是没能看到他理想化的英格兰的另一面——布利塔尼亚(即不列颠)的版图,而不是精灵和弄臣们的领土——在那个年代已经将许多人赶出了自己的家园,毁坏了他们的居住地,用铁蹄践踏了他们对自己土地的虔敬之心。事实上,阿克罗伊德的英格兰民族主义,最重要的就是对全球力量的一种回应,而今天,这种力量正从每一个角度包围着他热爱的这个半神话国度。而真实的、非神话式的英格兰对这种力量的培育起了关键作用。

澳尔滨也许会再一次被唤醒,而亚瑟会再一次出现,把我们从欧洲大陆的手中挽救出来,这些并不是完全不可能的。因此这本书告诉我们,在传统的英格兰生活中,"不会大量采用欧陆模式",这也许总会为我们提供一些有用的弹药,用以对抗布鲁塞尔。阿克罗伊德对历史学家和神话学家之间的区别持怀疑态度,他可能有很好的理由这样

---

① blood and soil,纳粹口号。——译注

做：这不是历史，而是诗歌在对一个从未真正存在过的英格兰做特别的恳求和召唤，让这个英国去为了一个也许已经完全不复存在的英国而战。由于它对政治表现出来的那些浪漫主义式的轻视，根据典型的后现代风格来看，它其实就是一种政治性的产物。

阿克罗伊德写道，英格兰的想象"以一种圈或者圆周的形式出现。它是无限的，因为它没有开始，也没有终结……"说一个圆周是无限的因为它没有终结，这种言词不太恰当，它暴露出其思想中劣质的感伤主义。像所有民族主义的迷思一样，《澳尔滨》极其需要将真实的历史从其自恋的自我形象中抹去。如果该种族的源起和终局是一致的——如果历史，用艾略特的话来说，将成为现在，成为英格兰——那么那些和发展过程以及暂时性一样可耻而又世俗的东西，就不可能挤入这两者之间了。我们可以想象这本书还有姊妹篇，名为《叶林》（Erin），这是爱尔兰古时的名称，它在肯定爱尔兰民族不朽的精神时，还深情地谈起三叶草、梅芙女王，还有橡木棍。而这本书的作者则很可能会受到政治保安处的调查，而决不会获得某个奖赏的提名。

从多方面来看，爱尔兰与此都有很大的相关性。阿克罗伊德紧张地在序言中承认，某些他认为是英格兰人独有的东西，很可能并不是如此。事实上它们确实不是，尽管他并没有真的为这个尴尬的事实进行过辩护。如果说许多英格兰艺术大都是装饰性的、精巧的，十分注重外表，那么，我们也可以如此评价爱尔兰的艺术；确实，阿克罗伊德认为关注细节胜于结构是英格兰独有的特点，而马修·阿诺德则把这个特点归结为凯尔特人的特征。如果英格兰的敏感是哀伤的，那么忧郁的爱尔兰则笼罩在古代诗歌和废墟之下，具有同样的传奇色彩。如果说英格兰有着非常丰富的梦想诗歌传统，那么爱尔兰也是如此。如果天主教对英格兰文化的影响真像阿克罗伊德认为的那样深（他将莎士比亚列为它的追随者之一），那么，简直不用说，几乎所有的爱尔兰文化也都来源于天主教。

然而，《澳尔滨》对外国没有兴趣。多样性止于多佛。除了对文艺复兴时期的意大利略有了解之外，这里所呈现的英格兰文化与外来文化是隔绝的。如果它与其他国家交流，也只是为了吸收它认为对自己有用的东西。它是一个封闭的、只关心自我的社会，在道德上相当自得，对相异的想法感到不安。阿克罗伊德似乎没有意识到，"自成一格"只是英格兰人与其他大多数民族共同拥有的特点。认为他们是一个褊狭物种的这个观点，很难算作一个新颖的见解；只不过当今很少有作家会去歌颂这个事实。所以《澳尔滨》清晰、实用的散文被抒情性质的、不断爆发以致令人窒息的夸张修辞给破坏了："英格兰的想象力永远常青。"（这个观点在唐克斯特可是很难兜售。）它的形式是"一个环状魔法圈或者闪亮的戒指"；"莎士比亚可以被比作我们呼吸的空气"。这是英国遗产协会的闲扯，而不应当是《霍克斯默》的作者所写的文章。

确实，尽管该书对异想天开和荒谬反常有着惊人的迷恋，但它在某些方面却令人沮丧地传统。我们可以预料到的是，莎士比亚其实是造物主不可预知的孩子，而真正具有英格兰性的每一件事物都来自热诚的自发行为，不是冷酷的算计。英格兰是有机的，欧洲是机械的。欧洲大陆人规划了自己的存在，以一种呆板、局促的方式；而我们英格兰人则是自然地成长起来的。英格兰社会的某些方面——比如工业主义——确实在成长，尽管它更像是毒瘤而不是托普西（Topsy）。事实上，英格兰人有时会随便摒弃公正和自由这样的重要观念，不过，在这一点上它们的一些次命题就没有这么幸运了。尽管它给我们提供了慷慨的见解和智慧,《澳尔滨》在最后还是遭受了某种天真带来的痛苦。这本书读起来就像是,其作者已深深地沉迷于阿尔弗利克和简·奥斯汀,他甚至都不想买报纸了。

谢默斯·希尼

原标题为《扣上铁扣，套上箍，跛着走》，谢默斯·希尼译《贝奥武夫》书评，首次发表于《伦敦书评》，1999 年 11 月 11 日。

1887 年，道德哲学家托马斯·凯斯在写作中谈到那个有关在牛津建立一个以盎格鲁-撒克逊语为基础的英语学校的提议时，反对道："一个英语学校将会成长起来，滋养我们的语言，但不是通过希腊人和罗马人的博爱，而是哥特人和盎格鲁-撒克逊人的野蛮。我们将使文艺复兴倒退。"一个牛津的教师误以为他的学校是人文主义的精神中心，这种事并不是第一次发生。一个世纪以后，在牛津发生了反对古英语的运动，这激怒了一个具有天启思想的中世纪研究者，他提出这样一个警告："世界范围的道德败坏"将不可避免。

在牛津，前现代时期的文学研究完全没有野蛮地破坏自由文明，它使牛津获得了新生。当一个越来越不相信神的世纪慢慢消逝，我们所需的是一套神话和原型，它们可以使我们回忆起那些被忽略了的问题,比如善良和邪恶、等级和传统,还能为我们提供一个可供选择的象征性世界,用以平衡现在这个技术世界。当选的就是盎格鲁-撒克逊人 J. R. R. 托尔金和中古史学家 C. S. 刘易斯这两个人的小说,为了当代的思想目标,他们都劫掠了早期文学中的英雄资源。把异想天开、逃避主义、保守、退化和博学混合起来,这就是牛津人的精髓。

这种语言,剑桥大学称之为盎格鲁-撒克逊语(Anglo-Saxon),牛津大学则称之为"古英语"(Old English)(这一名称的选择本身就具有重要的政治意义),长期以来一直是关于民族起源、血统和延续性这些意识形态问题的争论焦点。比如,谢默斯·希尼随意地提到《贝奥武夫》是"用英语写的",仿佛从洛斯戈的言说到威廉·黑格的语言存在着一些连续的线性联系。牛津的两难窘境在于,如果你有一些实质的内容要考察,那么你需要的就是一个以语文学为基础的英语学校,这被看作一个恰当的学术研究对象的标志;但是因为在这个领域中许多有影响力的作品都是德文的,这也就意味着在一群条顿民族的野蛮人面前承认失败,这些野蛮人在 1914 年就来到了门口抢劫,而且绝不仅仅是知识意义上的抢劫。牛津的英文教授沃尔特·雷利爵士对他投身其中的人文主义有一个很好的想法,他评论道,他"想把一百个教授(Professors)组成一支队伍,去和一百个德国佬教授(professors)挑战。他们的死亡对人类将会有好处"。看起来,只有牛津的教授才有资格拥有以大写字母开头的称号。

然而,在与德国佬的战斗中,知道自己来自一个拥有直率好爽、有男子气概的母音和熟练的佩剑技巧的古老民族是很有帮助的,这让盎格鲁-撒克逊人在他们最危险的历史时刻得到了迟来的鼓舞。或许,日耳曼人自身的一些粗野阳刚之气可以被劫掠来用以反抗他们的统治。不久之后,当剑桥大学的英国学校成立并开始运行时,这种对英国和英国性的看法已经在弗·雷·利维斯及其合作者的手中演变成了全套的文化意识形态。与牛津大学不同,剑桥大学试图通过将盎格鲁-撒克逊语与英语分列为不同学科来解决这个问题。然而,在精神上,最终被称为剑桥英语的学科采取了恰恰相反的策略,大胆地用模糊的盎格鲁-撒克逊主义术语重新定义了英语语言和文学的本质。如果说该学科本身在学术上是封闭孤立的,那么它的殖民精神则显然是无处不在的。正宗的英语是粗糙、生动的,强壮有力、富有活力,内容丰富而具体,文学经典将被彻底重建,成为一个持续不断展示勇气和力量的形象。在这个过程中,诗歌这一最娘娘腔的活动将被男性重新占有。很幸运,和法语那种理性而缺乏活力的语言不同,英语词汇是感性地表达自己的含义,因此典型的英语诗歌听起来就像一袋土豆被倒空时发出的隆隆声。在能指和所指之间连最薄的刀刃都插不进去。弗洛伊德所认为的精神分裂症的特征标志——对词汇与事物的混淆——上升为种族区分的标志。对这一准圣典诗学而言,"去年白雪,如今安在?"(Où sont les neiges d'antan?)苍白地影射了某种东西,而"长满苔藓的农舍树木"则是真实的存在。这再一次说明,在英国民族主义的漫长历史中,英国性是抽象、轻浮、革命的法国人所不具备的。

在这里运转的诗学既是地理学上的,也是神学上的。大体而言,当你离北极圈越近,你的语言就会变得越真实。北方的诗歌——从《贝奥武夫》和塔特·休斯的《雨中鹰》,再到谢默斯·希尼的《一个自然主义者的死亡》——都是粗犷而强壮的,而南方的诗歌则更曲折、更多枝节。北爱尔兰诗人汤姆·保林喜欢的词语听起来像进水的靴子咯吱作响,他将这个学说提升为一种自我谐拟。而在类似希尼所写的这种诗歌里,你能听到咸水泼溅的声音,它是这些诗歌贴身扣紧其所指对象的一种标志,而戴维·唐纳德的用词离他想表达的意思有着更疏离的距离。不用说,这在语言学上是很荒谬的。巴兹尔·邦廷的用词与实物之间的距离不比托马斯·哈代的近,虽然前者来自东北而后者来自西南。语言和世界之间的关系不是空间上的,不比铲子和用铲子挖这个动作之间的关系更具有空间性。希尼这种诗人的著名的"物质性"其实是一种语言学中的错视,是一种心理上的而不是本体论的事件,是一种联想而不是具象。他言论的密度并不像我们这些后浪漫主义时期的人轻易相信的那样,"体现"了物质进程;只是一种现象让人想到另一种现象。诗歌像是一种诡计,对符号质地的感悟借此使我们想到了真实事物的质地。但是这两者之间的关系仍然是非常任意的,就像语言的其他用途一样;只是某些诗歌试图"图标化"这种关系,使它看起来是必然的。保罗·德曼称之为"语言的现象论",它是思想意识的标志,而且讽刺的是,诗人通常将自己当作思想家的解毒药,让我们感受事物的精髓而不是令人困惑的抽象概念。然而,我们也很难想象,德曼作品是对理论过敏的希尼的枕边书。

言语也许不是事物,但是诗人就像小孩第一次学语,会赋予言语意义,仿佛它们就是事物一样。因此诗歌中有些东西既是退化的、孩子气的,也是使人畏缩的、成熟的,仿佛宏伟的想象和性幻想有一种尴尬的相似性。语言究竟有没有把作者带到真实性的深处,又或者,用这个东西到处胡闹是不是可以代替那种真实性,就像小孩的橡皮泥?这种咿呀不停的幼儿发出的色情口技音乐,怎么可能有认知能力?

如果说诗歌从言词暗淡无光的交换价值中挽救了它的使用价值,那么它本身就成了一个自给自足的有机社会。因此,剑桥英语版本的语言应当与对非异化社会的怀念紧密结合，在那里客体尚未沦落成为低级状态的商品，这一点毫不令人惊奇。也许正因为此，生于乡村的希尼对《贝奥武夫》中抛光的头盔和勇猛、纯真的俗语，以及阿尔斯特式的直率和血光洒溅的长凳情有独钟。他喜欢诗歌的直接、考究和模糊性，对他这样一个喜欢词汇的丰富性，而且表达某些思想时出了名的难以捉摸的阿尔斯特人来说，这也没什么可意外的。另外，他还喜爱诗歌在刻板的口头传统和自觉的艺术技巧之间的浮离，这也可以作为一个来自普通民众的知识分子表现他自己中间状态的一种隐喻。

按照爱尔兰的原型，《贝奥武夫》似乎是盖尔族的艺术成就而不是凯尔特人的——狡黠、精力充沛、实际，而不是梦幻、超越世俗、错综复杂。很明显，当希尼第一次听到当代美国诗歌的"启程演说"时，他就开始翻译这部作品了，他在这个演说中看到了某种对这首诗的"光环消除剂"——这是一种确保安全的方式，因为他把它放在了自己过度形象化的散文之中，"我的语言之锚将会停留在盎格鲁-撒克逊的海底"。但是更为准确的说法是，他将唯物主义的、忧郁的《贝奥武夫》看作是两种语体风格的非凡融合，它使我们更靠近它身上使我们这位主要英国语言诗人着迷的那种魅力之源。

在希尼的写作之中，公民总要和地府之人决一雌雄，而这个精彩的译本也不例外。在《贝奥武夫》孤寂的荒野和沼泽之中，散布着一些被包围了的人类文明、仪式和团结中心——领主们灯火通明的大厅，对渐渐渗入的黑暗决不退让。希尼在光明和黑暗、天空和大地之间进退维谷，他是一个开明的、世界性的自由主义者，但他出身在一个阿尔斯特家庭，他的忠诚在某种程度上来说是盲目的、褊狭的、前现代时期的。然而，和大多数自由主义知识分子不同，他注意到来自乡土本根的强烈感情和对社会的忠诚不能被轻易地否认,不能把它们当作多余的历史包袱。不过即使如此,他的作品在自然和教养之间还是存在着一种激烈的张力。虽然他受到了古挪威人萧瑟海景的诱惑,但他还是更着迷于南欧富饶的古希腊的热情。与伦敦文学界格格不入的德里民族主义者和希尼之间也存在着相似的紧张关系,后者有时从政治角度来看,好像成长自多尔金。

《贝奥武夫》是一首既精巧又野蛮的诗歌,因此它显然可以成为希尼施展才华的目标,在任何情况下他都表现得如此令人惊叹,以至于他需要第一流的作家(索福克勒斯、维吉尔、但丁)来与他一较高下。他的序言表现了典型的希尼式的花哨和过度幻想,他谈论到这首诗就好像将它的龙骨"深深地嵌入感觉元素之中,而思维的远景在纯粹理解的元素之中有韵律、有远见地摇摆着——也就是说,《贝奥武夫》的崇高总是轻快而实际的,尽管这看起来很矛盾"。他认为文本中的龙既有"根基"又很"巧妙","既是地球的岩层也是天上的流光"。简而言之,这头盘踞的巨兽原来竟是某位获得过诺贝尔奖的爱尔兰诗人,他终其一生都在努力调和本土的亲和力与不受约束的自由空气,调和阿尔马的根基性与雅典的柔光。

为希尼把这些东西调和起来的是诗歌自身的平衡修正,这种行为在形式上类似于空想家,而在内容上则被非神秘化了。但《贝奥武夫》让他享受到了一种更精确的解决方式,因为它将异教和基督教相互冲突的现实容纳在一种单一的秩序中。《贝奥武夫》是由一位基督徒诗人创作的,描写的是前基督教时期的人民,因此兼具历史的超脱性和想象的内向性。如同希尼和北爱尔兰一样,《贝奥武夫》诗人以隐喻的形式纵容了这些部落间的战事,但在精神上却是与它们脱节的,批判性地和自己的人民保持了一点距离。如果说他有一点像历史修正主义者，因其祖先的野蛮而责备他们，那么其实他也是那一帮人中的一个。和北爱尔兰相类似，这也是一个陷入暴力循环的社区，被荣誉和忠诚的死亡密码紧紧缠绕住；但是作为一首写于接近太平盛世时代的诗歌，它也有更广泛的政治共鸣。"一个世界正在消逝，"希尼如此书写这些争吵的丹麦人，"瑞典人和其他人集结在边境，准备发动进攻，而这里却没有君主或者英雄可以组织起防御。"这首诗歌和太平盛世一样，带着阴沉预言式的口吻。

大地和天空合谋了这个译本的产生。作为贝尔法斯特的一名天主教民族主义学生，希尼告诉我们，他觉得自己的语言被夺走了，直到某些言词用其触手般的根茎，即爱尔兰语和苏格兰盖尔语中的"生命之水"(*uisce*)，以及英格兰的"威士忌"(whisky)（在一种特别扭曲的情况下，希尼用爱尔兰英语的风格拼写了这个词），这两个词之间复杂的交叉关系，使他想象出了一种"《芬尼根守灵夜》式的语言奔流，从带有一种前政治性的、前原罪式的、末期语文学的巨石糖果山的石缝中涌了出来"。这体现了希尼典型的傲慢而又敏锐的修辞手法，但是它比他猜测的还要更油滑。这个顿悟的时刻将他从大地提升到了天空中，将他从阴沉的政治语言学的愤恨中带出来，进入到对词句混合生成的"香甜"意识中。爱尔兰语和英语、凯尔特语和撒克逊语的两极分化骤然瓦解，其背景就是希尼所描绘的，借用希尼的同胞、另一位诗人约翰·蒙塔古的话来说，一种逃避，从"分割的才智"逃到了在思维上更有生气的、非宗派性的心灵国度。

诋毁这种和平而又自由的多元主义似乎很可惜。但是爱尔兰"分割的才智"实际上并不能将爱尔兰和不列颠的文化看作僵化的敌手。

相反地,它认为两者是密切交织在一起的。它信奉的是自由的联合主义,而不是民族主义,它把爱尔兰和不列颠文化当成一个整体,就是为了合理化不列颠对这座岛的部分统治。文化的交杂在这里是服务于政治分配的。希尼果然没能注意到这一点,只是自顾自地专注于他自己精神上的解放。不过即便如此,这种真相的揭露使得他把《贝奥武夫》看作自己"声音权利"的一部分,并认识到它在政治上像是忿忿不平的青春期晚期,他生于它的语言之中,这语言也从他身上诞生。因此,翻译这首诗歌也就是他文化抢夺斗争中最终的、成功的逆转。这部最"真实的"艺术作品,在深层次上是异己的——我们完全不知道谁创作了它,或者具体在什么时间什么地点创作了它——和它一样,所以希尼自己的语言风格既可以被看作是对大都会英格兰语的歪曲,同时也可以说是对语言精髓的进一步接近。所以他告诉我们,那个最初激发了他的诗情的诗人,杰拉德·曼利·霍普金斯,也同样如此。

于是,从前的局外人现在大胆地将自己置于"本源之处"(*fons et origo*),宣布从一开始它的语言就是他的。我们很难知道《贝奥武夫》怎么成了亚瑟·休·克拉夫或者西蒙·阿米蒂奇的起源,但是不管怎么样,希尼都用他的笔掘进了"语言的第一层级",盗用了他与生俱来的权利。正如哈罗德·布鲁姆可能不怎么文雅的说法,这个后来出现的杂种后代现在已经自封为开国元老。人们也许会争辩说,希尼急切地希望将这个改动合法化的行为,正是他力图战胜的那个文化殖民主义的标志之一。但是,扭转了他的文化抢夺斗争以后,他又再次扭转了这种逆转。在搜寻作品音调的过程中,或者说在使这部作品的特征成为可能的过程中,他发现它处于其某些家族成员重要的、声音洪亮的言论之中。在将阿尔斯特的土地随意踢入外层天空之后,他现在又有信心再一次在这片土地上着陆。

这么做的结果就是一个令人惊叹的结实、复杂的再创造，与其说是它的朴实无华，不如说是它的精美微妙背弃了作者的诗意。最具希尼风格的是那些精巧的口语表达（"精神倍儿棒"、"受到怀疑"、"啰里啰嗦"、"胡吹大气"、"以牙还牙"），而不是泥土的气息。如果说这个鲜明的主题素材有强烈的北方味道，对它的处理则是温和的、漫不经心的，类似于《探访事物》这种比较新近一些的文集。这个诗人的操控能力十分出色，以至于可以冒险使用俗套的、脱口而出的、不动感情的语句，比如"非同小可"（of no small importance），或者"一天之中最好的时光"（the best part of a day）。他的翻译方式很随意，同时又保留了原著的头韵体式，这有助于剥去其装模作样的自我意识，使它的句法变得更灵活。有些诗句，比如"他被扣上铁扣，套上箍，忍痛跛行，一瘸一拐，踉踉跄跄"，年轻的希尼写这些的时候很可能十分诚挚，但是实际上却是一种讽刺性的后现代语录，如果你过于拘泥于这部诗歌的形式，你会发现这些诗句是一种自我谐拟，暗示着整个诗歌可能只不过是一些喧闹声。

马克思曾经指出，叙事史诗的出现需要的那种历史环境已经被蒸汽机和电报机结束了。机械复制的商品已经失去了古代物品的光环，这就好像现代性的自觉虚构已经失去了这种诗歌中被希尼称作"手工的、不确定的感觉"。但是现代物体，对乔治·卢卡奇来说，其最具代表性的就是查理·包法利极其复杂的、难以描摹的帽子，它也摆脱了《贝奥武夫》中让我们感觉是物质物体体现的非异化的直率，它的存在更像是一种叙述的元素，而不是文学谜团。无论如何，我们都不再相信英雄主义，也不相信世界本身是一个故事，我们期待文学有现象学的本质,而且它在历史上的制造年份相当近。所有这些对谢默斯·希尼而言,都是大灾难,因为他是这样一个极有天赋和想象力的艺术家,只有这样一种规模宏大的作品才能与他的能力相匹配。

罗伊·福斯特

原标题为《欢迎来到布拉尼①世界》，罗伊·福斯特著《爱尔兰故事：讲故事，然后编排它们发生在爱尔兰》评论，首次发表于《卫报》，2001 年 10 月 27 日。

作为一个爱尔兰历史学家，罗伊·福斯特的才华在某种意义上是他自己的，在另一种意义上来说则是他所属阶层的特质。他具有灵活而有教养的智慧、充满怀疑的思维模式，为人风趣而有格调，是盎格鲁-爱尔兰自由主义伟大传统最杰出的现代继承人之一。这一传统从沃尔夫·托恩(Wolfe Tone)和查尔斯·斯图尔特·帕奈尔一直延续到叶芝(福斯特是叶芝的官方传记作者)，再到散文作家休伯特·巴特勒(Hubert Butler)和历史学家利兰·里昂(Leland Lyons)等当代名人。在这本新的散文集中，有四章是关于叶芝的，内容博学而富有启发性，

---

① Blarney，意即奉承话。——译注

290

还有一篇关于巴特勒的十分虚情假意的探究性文章（对福斯特来说，巴特勒显然是一个不切实际的人物），以及一个关于里昂的优美章节。

盎格鲁-爱尔兰的自由传统是自由精神中不能被遗漏的一员：包括了不因循守旧、令人振奋的不可知论，还有对部族效忠精神的敏锐的怀疑。它支持思想自由的个人主义，因此在爱尔兰抵御残忍的盖尔人必胜心态的过程中，发挥了重要的作用。它为这个国家带来了一些最富有想象力的政治领袖，还有一些艺术文化领域中最好的花朵。伊丽莎白·鲍恩（Elizabeth Bowen）的小说就是这样一件艺术作品，"充满了愉悦感官的语言、巴洛克式的幽默、隐晦的心理洞察、穿透性的道德问题和整体上的陌生感"，福斯特在一篇具有非凡洞察力和细腻笔触的文章中这样评价道。

流淌在盎格鲁-爱尔兰血统之中的，是福斯特充满智慧的冷静讥讽，这也微微显示出他遮掩住的暴躁脾气，两者可以说既是这个阶层信心的一部分也是风险的一部分，而福斯特将之开采到了极限。他愉快地破坏了这样一个事实，即现在的爱尔兰基本上就是一个巨大的历史主题公园，同时他还尖锐地嘲讽了弗兰克·麦考特《安吉拉的灰烬》中那种"比您更无产"（prolier-than-thou）的感情主义。有些爱尔兰人对1601年英格兰人在金塞尔的胜利感到失望，从而跌落到酒吧的凳子上再也无法保持清醒，福斯特对他们的观点可使人精神为之一振。他既有他那个阶层的傲慢，也有很具启发性的非中心化视角。作为一个讲求实际的历史学家和卓越的文学文体学家，他集合了老于世故的聪明头脑和生机勃勃的创造力。

福斯特有着他那个阶层共有的偏见。贵族休伯特·巴特勒的房子这个影像和《安吉拉的灰烬》中的任何一个影像一样，充满了伤感，但他写道,这个场景"支配着"环绕其周围的乡村,但是"以其文雅的方式"。很明显,他没有发觉这个影像中透露出的黑色幽默,而很多人可以轻易发现这一点。即使盎格鲁-爱尔兰的自由主义者可以勇敢地为人民而战,但他们仍然以一种有恩于人的精英自居,试图在迟钝的假想大众中传播他们自己的文明,原因之一就在于这可以支撑起他们自己日渐衰落的力量。

福斯特是爱尔兰伟大的去神化学者,他使这种实践成为不朽,尽管他和大多数去神化学者一样,陷在自己的一些神话之中。比如,他不能将自己从过时的自由主义偏见中解放出来,认为所有政治承诺必然是简化的。尽管《爱尔兰故事》本身具有极强的党派性,但是它的作者还是相信,党派偏见和口臭一样,是别人才有的东西。福斯特从没有停止喋喋不休地讨论爱尔兰历史的复杂本质,这使得偏袒某一方的行为显得很愚笨。(人们想知道,他对性别歧视和白人至上主义也有同样的看法。)每当一个公开的矛盾出现时,他总是无所畏惧地站在中间。

由于他想推广一个强有力的思想体系,因此觉得有必要承载如此之多的反意识形态的包袱,这让人觉得可惜。和所有优秀的思想一样,它没能认识到自己也是一种意识形态。因此他的温和揭示了他的天真,而且这也是他所继承的传统的特点,和我们其他所有人一样,相信只有自己是崇高而无私的。

这种反党派性的党派主义的例子很多。《爱尔兰故事》不加区分地赞美了优雅的爱尔兰新教徒,同时把它的大部分火力对准了民族主义的盖尔人。它对爱尔兰反殖民主义的评论十分尖刻,但是对联邦主义的谴责则有所保留。唯一能获得它的认同的殖民剥削方式,就是非爱尔兰籍作家对爱尔兰研究的入侵——这源于一种世界主义精神,它假定这种精神憎恶所有的狭隘观念。奇怪的是,那些来自外面黑暗世界的人在侵入了福斯特的政治立场之后,就成为圈里更受欢迎的人。

在这本书的最后,福斯特的自由主义包容性试图排除记者、共和党人、后殖民主义者、后结构主义者、左翼人士、理论家、辩论家,还有"重生的新爱尔兰-英国文学研究学者"(就是我),总之,如果你认为血色星期天很可能是由不列颠军队策划的,如果你怀念的爱尔兰旧时光不是盎格鲁-爱尔兰自由主义的全盛时期,那么你就不能得到他的包容。(由此,福斯特提出了另一个生动的现代神话,即怀旧总是一种病态,特别是在克里斯·埃文斯、核导弹和国际货币基金组织的时代中。反过来说,他似乎认为,欣然接受新事物就应当得到赞赏,尤其是在柯达和可口可乐控制的世界里。)

根据这些文章的描述,爱尔兰的民族主义者往往具有"虔诚之心"而不是信心,而后殖民思想家则"醉心于"他们的理论,而不是简单地持有它们。有一篇关于小说家安东尼·特罗洛普的文章非常引人注目,这位小说家在爱尔兰生活过一段时间,他相信大饥荒来自神圣的天意,用以重塑软弱的爱尔兰佬。他还反对乡村中的政治变革煽动者,原因之一就是他们妨碍了猎狐的活动。但是特罗洛普作为一个来自上层中产阶级的英格兰新教徒,除此之外还是一个名义上的爱尔兰人,显然有充分的资格进入福斯特的圈子,而福斯特对待这个种族主义顽固分子的方式,比起他对弗兰克·麦考特的感伤主义所作的冷酷评论来,要温柔多了。特罗洛普对爱尔兰的理想化想象得到了柔情的宠爱,而这种洒脱的让步就没能延伸至格里·亚当斯自传的浪漫笔风之中。

福斯特以一种相当揶揄的语调假定，只要他的同胞对不列颠王国怀有严重的敌意，那就意味着他们都受到了恶魔学说的欺骗。有相当多的恶魔崇拜者身上都有由塑料枪弹造成的伤疤。他正确地抨击了爱尔兰的牺牲文化，尽管他自己的阶层有时也对这个悲剧的加深负有一定的责任。他的早期研究——《现代爱尔兰》——对民族主义的抱怨和哀鸣有些反应过度，比如说，不列颠对大饥荒的救济相当不力，而他对此作出了一些令人不快的强硬辩解。在《爱尔兰故事》中，他仍然在玩这个不真诚的游戏，目标对准了爱尔兰近期孕育的一些对纪念大饥荒行为的讥讽。在这个老套的纪念仪式中确实有一些相当荒诞，但是我们也期待着福斯特会对不列颠阵亡将士纪念日作出同样完美无瑕的公正抨击。

福斯特认为，盎格鲁-爱尔兰传统有时会提出令人不安的问题，从而破坏了自得的正统观念。它可能是这样；但是尽管这些明晰的文章中延续了它的风趣、洞察力和闪光的才智，它所持的异议现在还是会完蛋。和他们的伟大祖先不同，这种血统最近的继承者，比如福斯特自己，对自由了解甚多，可对解放几乎一无所知。福斯特不断地抨击民族主义，远远不能代表那些大胆的异见，现在更是成了这些岛上最纯粹的陈腔滥调的代言人。事实上，在现在这个时代，如果你不能证明自己对该领域的精通，就很难在爱尔兰历史方面谋到一个学术性的职位。福斯特是一个极其有天赋的爱尔兰分析家，是一个无可指摘的开创性人物，他向那些喋喋不休的阶级讲述的正是他们想听到的关于爱尔兰的故事。

阿朗·阿克伯恩和达里奥·福

原标题为《丑角和家庭主妇》,保罗·艾伦著《阿朗·阿克伯恩:在边缘一笑》、约瑟夫·法雷尔著《达里奥·福和福兰卡·拉梅:革命中的丑角》评论,首次发表于《泰晤士报文学增刊》,2002年1月11日。

达里奥·福很可能是这个星球上活着的剧作家之中,作品的演出频率最高的一位,而阿朗·阿克伯恩,是伦敦多年来36部新剧作的作者,他是这个国家最受欢迎的剧作家。(一项调查显示,阿克伯恩和莎士比亚在当今的英国,受欢迎的程度是差不多的。)然而,这两位作家之间的类似性仅仅是如此而已。福在政治上是一个令人讨厌的人,他被逮捕过、被中伤过,还曾受到过死亡威胁,他过去是一个虔诚的毛主义者,他的剧作曾在改装过的电影院和使用中的钢铁厂里上演过。他的剧场中出现过炸弹,而他的伴侣福兰卡·拉梅是意大利人最仰慕的女演员之一,曾被右翼暴徒强奸并用剃刀割伤。

阿克伯恩,其名字很可能有"溪边橡树"的意思,他对极端主义有一种英格兰式的厌恶之情,多年来他在斯卡伯勒剧院保持着一种平稳的连续性,和那位意大利人勉强糊口、引颈待毙的戏剧性生涯形成了鲜明的对比。阿克伯恩有着顽固的地方主义观念、害羞而善于内省的性情,对寻常事物持有一种令人痛心的实体论,他也许是英格兰剧场中的菲利普·拉金。他的剧作受到女王以及女王母亲的喜爱,而在人们的想象中,她们都不是《一个无政府主义者的意外死亡》的热爱者。

阿克伯恩生于 1939 年的伦敦,他的戏剧生涯是从为唐纳德·沃尔菲做助手开始的,负责确保他的吉尼斯黑啤酒和金酒的供应保持稳定,后来他又被斯卡伯勒的史蒂芬·约瑟夫演出公司聘为演员。20 世纪 70 年代他成为该团体的领袖人物。在约瑟夫派头十足的指导之下,在 60 年代初期他就开始转向写作,早期的《相对而言》就获得了一定的成功,接下来的数年中他创作出了一些关于人类错配的苍白喜剧,比如《另一半如何爱》、《荒谬的单身汉》、《诺曼的征服》和《亲密地交换》。性、阶级和权力是他不变的迷思。在《哥斯福斯的游乐会》中,一个懦弱的童子军教练在一个教堂游乐会中通过一个运行不稳定的本地广播网,听说了他妻子的不忠;在《季节的问候》中,一个无聊的主妇试图与一位客人发生性关系,最后点亮了她丈夫装饰在圣诞树上的、精巧的"灯光装饰"。

达里奥·福的家乡在意大利的一个乡村,他比阿克伯恩早出生十三年,在接触戏剧以前是一个很有天赋的画家。1951 年他在电台、卡巴莱歌舞和讽刺剧上的成功促使他在米兰创办了毕加罗戏剧公司,他的首部长剧《大天使不玩弹球》预示了后来的此类力作,比如《抛弃女士》、《滑稽神秘剧》、《不能付? 不想付!》和《一个无政府主义者的意外死亡》。1968 年,他和福兰卡·拉梅成立了新舞台戏剧公司,它致力于无产阶级革命事业,排演了诸多标题极不温和的作品,比如《把我锁起来,我仍将粉碎一切》。1970 年新舞台继之以一个新的组织,名叫"公社",在 70 年代城市恐怖分子横行时期的意大利,它不断地在审查制度、警察的骚扰和法律起诉中受挫。于是福将自己和他的同志隐藏在一个废弃的米兰水果市场之中,即皇宫自由市场,他一生都不懈地致力于激怒梵蒂冈、基督教民主人士和意大利资产阶级的事业。《一个无政府主义者的意外死亡》的中心人物就是一个穿着现代服装的疯狂丑角,最初由福本人扮演,在一个充满了歪曲判断、腐败官僚和奴颜警察的世界里,他是唯一一个理性而且正派的公断人。

福是一个精力充沛、性格外向的人,是带有中世纪讽刺风格的丑角,而极度内向的阿克伯恩还是一个小孩的时候曾咬过一个马戏团的小丑,自此以后他对观众的参与性十分谨慎。阿克伯恩在商业方面的成功是相当引人注目的,而福在 1968 年就公然摒弃了商业剧场。这个意大利人的作品具有布莱希特的风格,大体上不注重亲密关系或者心理学,而那个英国人却是婚姻悲剧的艺术大师。福是一个抱有世界主义思想的艺术家,而阿克伯恩从未看过布莱希特的戏剧,《愤怒的回顾》首演时他就懒得去看,还曾在出演《等待戈多》时睡着。长时间以来,他的作品都被认为文学性不足而无法出版。然而,欧洲先锋派和英格兰郊区居民之间的区别在某种意义上来说具有欺骗性。就世界主义而言,福不说英语,而阿克伯恩则受到易卜生和契诃夫的影响。贝克特也许会让他犯困,但还是通过品特这个媒介渗入了他的艺术之中;斯卡伯勒公司,也就是阿克伯恩作为一个年轻演员起步的地方,它还制造了斯特林堡、基洛道克斯和皮兰德娄,还有《电话情杀案》(Dial

M for Murder)。由于他对欧洲的影响采取了一种开放态度,而在政治上又比较温和,所以阿克伯恩远不是拉金在戏剧方面寻求的那种答案。

无论如何,如果我们近距离观察福,都会发现他不比阿克伯恩更像先锋派。为他喧闹的艺术注入燃料的,是一种讲求实际的通俗文化,而不是精妙高深的实验主义。确实,就像约瑟夫·法雷尔在他这本实用的福和拉梅的传记中所指出的那样(拉梅被认为很具骑士精神,但是所占的篇幅非常少),这位政治革命家事实上是一位戏剧传统主义者。他也许会选择工厂的院子或者社区中心作为演出的场地,但前提是他先卸下全套舞台布景和灯光设备。他的那些有政治自觉的巡演公司不过是重演了漫游演员的角色,而正是后者构成了意大利戏剧传统中坚力量。

我们还可以作进一步的比较。这两人都是戏剧界的多面手,同时也是剧作家。阿克伯恩几乎能做剧院中的每一种工作,曾经还担任过广播剧制作人,据说,只要他把自己隐藏在一个角色的背后,就可以称得上是一个能力特别出众的演员。"给他一个驼背、一个跛脚,他就能演得非常出色。"他的一个同僚如此评价他。而福是一位出色的画家、歌唱家、电影制作人和脱口秀演员,同时也是一位剧作家。这两个剧作家很可能是世界领先的"闹剧作家",也是黑色幽默的权威,他们能在一些小流派中,如卡巴莱歌舞、滑稽戏和家庭剧中,挖掘出重要的艺术。

对政治的献身似乎造就了他们的不同。但是,福和布莱希特一样,与其说他是马克思主义者,不如说他开始的时候就是一个与政治无关的偶像破坏者,尽管他参与到了汹涌的政治潮流之中,他仍然是左派中的一个特立独行者。他比黑格尔更像一个丑角,因为他从未加入过意大利共产党(布莱希特甚至是在申请加入丹麦共产党之前就被拒绝了),他把自己和流动的、富于战斗性的政治小群体联合起来,它们的组织结构,如果真的存在的话,和他的戏剧作为方向一致。尽管他盛赞意大利的文艺复兴,但在第二次世界大战中他还是加入了臭名昭著的法西斯伞兵部队,这样一种异常行为是不会被他的政敌放过的。另外,尽管他在早期拒绝接受商业戏剧,但现在他已经是百老汇的热门人物,也是一个诺贝尔奖得主。

福的戏剧也许对个人感情过敏,但是阿克伯恩的戏剧也以相似的慎重态度对待了自发的感情,因为它受到了英格兰式的感情压抑的蛊惑。福的某些后期作品有明显的女权主义特征,很大程度上是受了拉梅的影响,而表面上非政治化的阿克伯恩却痴迷于那些最骇人听闻的、受权力支配的人类角斗场,即家庭生活。阿克伯恩的戏剧也许审视了小资产阶级的城郊,但是它揭露了一个黑暗的无政府主义暗流,这值得福快乐地手舞足蹈一番,它还显示了对(大部分是女性)被虐和不幸的深切同情。如果说中年的阿克伯恩看起来就像是圣诞老人,那也是带有一点色情狂意味的圣诞老人。福是一个火车站站长和农民的儿子,是人民的人,从这个意义上来说,受到黑利伯瑞教育的阿克伯恩则不是;但是阿克伯恩有一个疯癫的、写小说的母亲,她是一个长期患病的幻想者,当他还是一个婴儿的时候她就给他喝金酒,她会喜欢福的所有作品,但也让阿克伯恩永远也无法得到完全得体的名望。

这两本清晰明了、研究缜密的传记时常陷入某些传记特有的恶习之中,为我们提供了太多的细节而没能照顾到全局。特别是保罗·艾伦,他的大部分叙述都是以剧作为基础组织起来的,他可能在描写戏剧的具体细节上有所收敛,更多的是对其孤僻主角的思考和评论。但即使如此,其令人印象深刻的细节叙述仍极大地得益于与其主人公的长时间谈话,同时也得益于他丰富的戏剧知识。和艾伦不同,法雷尔是一个学者,尽管他以十分愉快的方式成功地隐瞒了这个事实。他特别长于分析福的政治背景,而对戏剧本身的态度则有所保留。这两项研究都十分熟练地描述了各自的传主在喜剧、悲剧和滑稽剧这三个部分的奇特融合。福的戏剧以一种顽皮的、喧闹的风格反映了一段悲剧的政治历史,而阿克伯恩则以最出色的想象力,分析了对人类不幸的狂欢。

尼克·格鲁姆

原标题为《也许他捏造了它》,尼克·格鲁姆著《仿造者的幻影:伪造者如何改变文学进程》评论,首次发表于《伦敦书评》,2002 年 6 月 6 日。

后现代主义给予非原创性很高的评价。所有的文学作品都是由其他作品中可循环使用的片段和碎片组合而成的,所以,用哈罗德·布鲁姆的话来说,"一首诗歌的意义就是另一首诗歌"。这种互文性理论不会与过去的文学影响论相混淆。这种影响论基本上是刻意的,通常偶尔才发生一次,而对后现代主义来说,只要你张嘴说话,就不可能不引用。正如罗兰·巴特和其他人指出的,"我爱你"这句话总是被引用,它也确实是最陈旧的引用语之一,即使它表达意思时是真诚的。对那些相信浪漫的人来说,这在经验和表达之间开辟了一条不祥的鸿沟;但是如果言语是我们制造的——如果我能知道我当下的感觉就是爱,仅仅是因为我先有了这个语言——那么浪漫的观点也许需要被修正一下。

既然如此,那么一开始就是重复。我的签名是真的,只因为它复制了以前的那个版本。后现代主义让仿制这个观念进入,但是它自己却坚决地反对模仿,或者说,反对写实主义的表现概念,因此复制品仿制的不是这个世界,而是其他的复制品,这是一个无止境的模拟品链条。如果意义是一个差异问题,那么根本就不存在本初的词语,因为一个词语已经意味着另一个词语。列维-斯特劳斯认为,如果语言可以被说成是已经出生了,那么它一定是"一气儿"来到这个世界的。就像维特根斯坦思索的那样,不管怎么样我们都很难在想象一个起源的时候,不会感到你总是可以追溯到它并且还可以追溯到更早的起源。当你在字典中查找时,你会发现所有的词语都可以由另一些词语代替,所有我们的语言都是偷来的,都是仿造的,是现成的而不是订制的。

如果文本可以被翻译,那么某种可译性或可再造性就构成了文本的本质。翻译当然可以改进原文,就好像"维也纳"这个词。同样,我们也不会把不具有某种可移植性的作品称为"文学作品",因为它比在拥挤的剧院里大喊一声"着火了!"更有能力从一个语境传播到另一个语境,并且每次都有不同的解释。从这个意义上说,文学话语之所以是文学话语,就是因为它永远不会与自身完全相同。但这一点比文学更为深刻;我们不会把只可能出现一次的标记称为符号。语言必然先属于他者——属于我的整个语言共同体——然后才能属于我,这样,自我才能在某种程度上始终对它漠不关心的媒介中实现其独特的表达。

那么,谁写了第一首诗? 如果诗歌就像洞穴探险一样,是受到某种公共惯例约束的行为,那么这些惯例当然必须已经存在了,从而可以把某篇作品鉴定为诗。我也许偷偷摸摸地藏起了我写的一些可怕的打油诗,不让公众看到,但是基本上除非它能被其他人看到,否则我不能说它是一首诗,即使说它是糟糕的诗也不行。关于起源,文学的和社会的惯例都和物理定理十分类似。宇宙的起源之谜讨论的不是某种来自虚无的事物,就像李尔王,如果说在量子场里一个偶然的波动也许会产生转瞬即逝的膨胀物质,那么问题在于量子这个领域本身从何而来。或者说,提出这样的问题仅仅是为了混淆不同的语言游戏,比如在一个物质实体中塑造一个量子场?

那么,剽窃就是我们的正常状况,而自我谐拟,正如尼克·格鲁姆在《仿造者的幻影》中所说的,就是我们最接近真实的方式。(当书的封面告诉我们,作者曾是一个摇滚乐手,也是《情色评论》的撰稿人,他花了很多时间"在德文郡的酒馆喝苦啤酒,在他苏荷区的俱乐部喝红酒",人们善意地想把这本书当作蓄意的自我谐拟来读,但暗地里又猜测其实并不是这样。)格鲁姆在仿造(一部原创性的作品,它是一个骗局而不是一个复制品)和伪造(一个对原创性作品进行欺骗性的摹制以后做成的复制品)之间作了十分有用的区分。但是伪造和剽窃之间的深层区别则表现得有一点模糊,稍后他以一种不连贯的方式,告知我们伪造"没有必然的来源",这又使剽窃与仿造之间的界限变得模糊了。

事实上,还有第四个种类存在,那就是爱尔兰人(但格鲁姆显然不知道)所熟知的"反剽窃"。这种不太为人所知的流派混合了格鲁姆的仿造和剽窃。在 19 世纪的爱尔兰,像威廉·马金、弗朗西斯·西尔维斯·马奥尼和詹姆斯·克拉伦斯·曼根这样的作家,常常巧妙地利用某些著名作家的作品,如坦尼森或者托马斯·莫尔,来塑造他们的一些文学文本,然后沉着自若地宣布这才是失传的原著,而那些著名作家剽窃了它。马金创办了《弗雷泽杂志》,死时是一个嗜酒如命的穷光蛋,据说他精通希伯来语、叙利亚语、梵文、巴斯克语、土耳其语、亚述语和马扎尔语(尽管从没有人真的看到他读过这些文字),他偶尔会用这些语言写诗,一些遭到他厌恶的对手就会看似合理地被指控把这些语言劫进了英语。马奥尼是一个被宠坏了的教士,也是一个酒鬼,他创作了法国行吟诗歌,因此他坚称莫尔的《爱尔兰旋律》是模仿,他还慷慨地承认,莫尔的某些"剽窃"几乎和原作一样好。莫尔的史诗《拉拉·茹克》(或者"拉里·欧洛克",像是某位英格兰女士听错了名字),最初以莫卧儿语的形式出现在德里国王的会客室里,至少马奥尼是真诚地如此宣称的。马奥尼承认,他的反剽窃追求本身也是从一个法国耶稣会员那里剽窃来的,这个耶稣会会员坚持认为贺拉斯的《颂歌》是由 12 世纪本尼迪克特教团的一位僧侣所写。同样,马金的同胞劳伦斯·斯特恩,他出生并成长于蒂珀雷斯,在《项狄传》中愤怒地谴责了剽窃行为,而它本身也正是这种剽窃的成果。

爱尔兰诗人詹姆斯·克拉伦斯·曼根从他完全不懂的异国语言中"翻译"作品,他是一位政治民族主义者,正如他的反剽窃行为所表明的那样。因为反剽窃主义恶意地反转了起源和派生、真实和伪造之间的关系,这就好像爱尔兰民族主义试图结束其殖民地式的对英国领主的强迫性模仿,使得自己的起源本地化。反剽窃主义通过反转时间的流动,颠倒了寄主和寄生文本之间的关系,它就像俄狄浦斯,试图将某人的后来性推向前位,以此来反驳那些认为爱尔兰只会笨拙地模仿他们殖民主人的指控。通过偷窃和丑化别人的作品,你可以厚颜无耻地展示他们自己的篡夺。民族主义恢复了这个民族初始的起源，然后再无休止地重复这个起源。在我们这个时代，那些为非原创性进行辩护的领导人物——德里达、克里斯蒂瓦、福柯、阿尔都塞、利奥塔——都曾在附属国社会里待过，要么在法属北非，要么在苏联统治下的保加利亚，他们都站出来揭露真实世界是一种虚伪。尼克·格鲁姆的书明显受到了这种思想的一些影响；但是就和伪造者一样，它没有大肆宣扬它受到了别人的恩惠，因此它表面看起来不那么像是一个摹本，而实际上它是。

《仿造者的幻影》在经过一些暗示性的理论思考以后，就开始着手处理一系列有关著名文学仿造者的个案研究，从詹姆斯·麦克弗森和托马斯·查特顿，到莎士比亚作品的仿造者威廉·亨利·爱尔兰和维多利亚时期的骗子艺术家托马斯·格里菲斯·温莱特。书中的很多内容都很有启发性，而且涉及面很广，令人印象深刻：这本书从诗歌和视觉艺术到法律和经济学，以半小时讲解文艺复兴电视纪录片的疯狂节奏，充满活力地穿梭于各个领域，引用博学的典故，散布预示性的见解。事实上，这本书一度成为此类节目的脚本，因为格鲁姆是这样描述的：他自己正漫步在布里斯托尔周围，寻找着查特顿的鬼魂（"我四处徘徊，追随奥立弗·哥尔德斯密斯、塞缪尔·约翰逊、詹姆斯·鲍斯韦尔和其他许多人的脚步……"），全世界变成了西蒙·沙玛的打印版。我们几乎能看到版面和麦克风。这是一个聪明的而不是深刻的研究，十分机智，但不怎么触及灵魂。

格鲁姆的主题是仿造的作品实际上才是最真实的，它的挑衅性是可以预料的——这样一个观点照搬了解构理论中一个常见的观点（异常是衡量正常的尺度），它本身就是派生作品和原创的混合物。仿造是创造性的,而不是可耻的,特别是,根据安伯托·埃柯的说法,一个符号就是任何你可以造谎的东西。因为如果没有赝品的概念,我们也就无法谈论真品,所以虚假是伟大艺术真正的基础。仿造作品既增强了经典的真实性,又遭到了经典的驱逐,因此它变成了格鲁姆对一个后现代陈列馆的个人贡献,那里展示的通常是富有魔力的受害者(恶棍、疯子、杂种等等)。别人试图将美洲土著、残疾、摩门教徒以及疯子从边缘转送到中心,同样,格鲁姆则衍生性地尝试着将非原创性置于聚光灯之下。但是这种想法预先假定了,在虚假和真实之间确实存在着一种可以容忍的清晰区别,因此就像一只手否定了另一只手做出的成就。它完全没能粉碎边缘和中心这种模式,而仅仅是将一个新的居民安置在中心之中。

然而,解构就是要改变一种传统智慧,而不只是把责任都推给它。当格鲁姆以他轻快、随心所欲的方式谈论艺术发明,把它看作"谎言的一种得到认同的形式"时,他忽略了,正是艺术摧毁了真实和虚构之间的区别,它并不只是用谎言来反击真实而已。文学的任务是对真实生活的任务进行谐拟,而不是对真实生活中谎言的描述。将仿造的艺术作品置于真实物品所处的地位,仅仅能将后者的光环挪到前者的头上。但是通过这种方式将不真实的事物理想化,格鲁姆就能够使他的后现代人格与他的浪漫主义人格变得和谐一致。在《仿造者的幻影》中,其实有两种文本在争夺优先等级:其中的一个有时有一点欠思考,是相当流行的后现代言论;而另一个则是更放肆、更讲求精神性的浪漫主义,它被神秘而玄奥所迷惑,注重诗歌灵感中的传统原则,赞同对伟人的崇拜。在这本书中,冷静和深奥这两种特点是交替出现的。

在某种意义上说,这些矛盾的风格在非常愉快地相互配合着。

《仿造者的幻影》是一部学术著作,它努力吸引更多的普通读者(该书由皮卡多出版社出版,而非牛津大学出版社),没有什么比幽灵、鬼怪、疯子、罪犯、恶魔、文学之谜、普罗米修斯式的英雄主义、玄奥智慧和艺术性的自杀等令人愉快的诡异气氛更能吸引读者了。这本书的章节标题——"恶棍"、"鬼魂"、"疯子"、"恶魔"、"杂种"等等——并不会使人想起海伦·葛登娜夫人组织材料的方式。(谈到组织材料,这本书不下三次告诉我们,在 18 世纪,一个因自杀而死的尸体通常都会被赤裸地钉在木桩上,然后埋葬在交叉路口。)少许耸人听闻的哥特式味道并不会在书店中造成任何伤害,在这个意义上来说,浪漫主义的苦痛和后现代主义的商业精神决不会是彼此的陌生人,虽然看起来似乎是这样的。格鲁姆以一种得体而充满生存智慧的新闻文体描述了他笔下的那些伟人,比如:"在蓝角(运动员休息区)有塞缪尔·约翰逊,他是 18 世纪最伟大的文学家,一个年老笨拙、有淋巴疤痕、半盲的躁郁症患者。"此外,浪漫主义的灵感启发人的方式似乎在进行某种自我离间,而且我们不难将它和后现代对非同一性的迷恋调和起来。

格鲁姆的浪漫主义人性与他的后现代主义进行了一场短暂而马虎的战斗,这有点为时已晚。他在书的最后问自己,如果所有这些欺诈性符号和混合代码的戏法结果都成为一个人对人性的疏离,那么该怎么办?于是,埋葬在此地某处的是一个人类主体,他仍然十分真实,能够进行疏离这种行为,因此它不同于他在别处似乎十分乐于赞美的那个幻影。由于《仿造者的幻影》是一种后现代的研究,因此它大部分时候都很自在地抛弃了道德感来讨论着它的中心话题。格鲁姆几乎不会允许自己做一个令人沮丧的顽固守旧派,捍卫真理和现实,对抗伪造的诱惑。他问道:"如果不诉诸真正、真实或真品之类的词语,我们能定义仿造行为吗?"这些词语也许对那些苏荷俱乐部的人来说是无力的,但是对那些仍然想知道波斯尼亚塞族在哪里埋葬尸骨的家族来说,也许就没那么无力了。

那些从其他诗人那里盗用奇特意象的诗人可能不是恶棍,但是那些剽窃自己研究生的研究成果而不承认的学者呢?更不用说那些占有别人国家的人了。东帝汶人民在抵抗印度尼西亚入侵他们的领土时,是否只是陷入了怀旧的、上流中产阶级的合法占有观念之中?当真实性这种观念应用到艺术领域中时也许是虚弱的,但是我们仍然需要知道,关于政治折磨的报道是否真实,警察是否又伪造了证据。格鲁姆当然不会不同意;但是他对真理和真实性的时髦诋毁,使他的立场变得非常不明确。如果我终于披露了我忍了很久都没说的真相:我代表他写了这本书,他会作何反应?也许他会宣称从不记得让我这样做;但是他的记忆显然十分脆弱,因为他自己承认过,当他叙述时他引用了我的一段话,但他想不起来它来自我的哪本书了。也许他编造了谎言。

后现代对起源的否定也有许多问题。原始事物的确可能成为一种令人生厌的盲目崇拜;但是我们有许多方式可以审查对原作的学术研究,尤其是对那种有利于反动政治的研究。帕斯卡、休谟、康德和伯克都反对这种探究,他们的理由正是如此。就像休谟在他的《人性论》中所说的,在每一个民族的源头我们都能找到暴力和篡夺;如果它的国民现在可以令人满意,温良而沉静,那只是因为他们已经将这种原始的侵害或骚扰仁慈地遗忘了。对伯克来说,不恭敬地揭露这种原罪,就是一种丑恶的雅各宾派的所作所为,是一种性无礼,类似于揭开弗洛伊德式的原始场景的恐怖面纱。当然,政治源起和艺术的真实性是不同的;但是回想这种对比也许会诱使人们在谈论普遍意义上的起源时少一些傲慢。

在诸多受到这本书喜爱的离奇主题中,浪漫主义带着它所有的过于乐观的光辉重新归来,只不过这一次它是作为模拟品而不是原创。在这样一种讽刺的倒转中,它现在是需要被保护,从而可以免受真实性污染的模拟品。"模拟品,"格鲁姆以其典型的夸张风格评论道,"就是我们的真实,但是在我们的存在中,我们仍然被对真实性的妄想纠缠着。我们可以用技巧和制作,在反抗中,在激发灵感的过程中,克服这种真实性。"所以现在这种真实性成了归来的亡魂,是后现代盛宴中挥之不去的阴影,是必须通过自制行为去征服的病毒或者无能,是一种治疗制作、反叛和灵感的有力而又含糊的疗法。这些术语照例已经被颠倒了,但是没有东西真正改变了。格鲁姆这个不情不愿的后现代主义者,时常被拉回到他隐藏好的浪漫主义中,但是又必须抵制这种阴险的诱惑,同时还要控制住所有的非真实性。我们都只不过是人类,即使是最有见识和老练的仿造者也会发现,他们自己在那些可以得到原谅的虚弱时刻会倒退回真理的怀抱,无意中卷入现实的漩涡。

或者——用另一种方式来表达同样的失误——即使是那些最想吸引广大商业读者的批评家,也会发现自己有陷入深奥的智力生活的风险。《仿造者的幻影》在理性和商业、学术与哗众取宠之间达成的妥协并不稳定。这是一本极具智慧的书,也是一本爱炫耀的书,它充满了能量和激情,但是又充满了奇怪的利己主义,在广度上它有引人注目的勃勃雄心,但是实际上却是令人怀疑的单薄。它慷慨地答谢了博德莱安图书馆,连同吉姆和帕特、乔治和盖伊、谢利和杰米、尼克、诺曼和简,还有作者在当地酒吧中的一大群酒友,更不用说安德鲁、曼达纳、比尔、多尔卡斯、乔、劳拉和在他伦敦酒馆中的那一群人了。这些人中的一些人如果得知他们有助于他对"剽窃"这个术语的语源学研究，或者对柏拉图关于诗歌灵感的观点的研究，大概会觉得十分惊奇。但是那对你来说就是互文性了。

阿兰·巴迪欧

原标题为《主题和真相》,阿兰·巴迪欧著《伦理学:论恶的理解》评论,首次发表于《新左派评论》第9辑,2001年5月/6月。

"转变"这个观念中存在着一个矛盾。如果一个转变发生得足够深刻,它也许能转变我们确认它存在的那个标准,因此使我们觉得它无法理解。但是如果它是可以理解的,那也许是因为这个转变还不够彻底。如果我们能谈论这种变化,那么这种变化就不够强有力;但是如果它足够强大,那么也就表明它超出了我们的理解范围。变化必须以连续性为前提——连续性指的是一个变更发生的主体——只要我们不只有两种无法进行比较的状态;但是这种连续性怎么能与革命动乱相调和呢?

人们也许冒险作出这样的概括,即法国的激进思想大体上已经选择了不可理解性而不是连续性。从兰波的《要绝对现代化》到让·弗朗索瓦·利奥塔的悖理性革新观念,这一脉先锋理论更喜欢模糊性而不是老传统,后者更是创造了自己的法则。从索雷尔和超现实主义者到让-保罗·萨特,从列维纳斯到利奥塔和德里达,这种思想持续不断地回归到他者性的断裂、危机、瓦解或者顿悟中去,这种他者性会把你和日常生活中的不真实性撕离开来——信念关系(*doxa*)、常人(*das Mann*)、同感、实践惰性或者自在存在(*être-en-soi*)——并为你打开真理、自由和真实性的大门。怀疑德国人和辩证法是一种思想上的潮流,因为一种革命性的连续性看起来仍然是可能的。

结果就是,在必然的王国和自由的领域之间出现了一系列尖锐的对立:他者与认同、真理与知识、崇高与美丽、历史与造物主、自由与不守信,以及理性(*Vernunft*)与知性(*Verstand*);主体的危机四伏的真相和象征秩序的稳定性,客体解放的冲动和积极的意向,公民竞技场里破坏性的狄奥尼索斯和自以为是的阿波罗式的必然。所必须的是一些无端之行动(*acte gratuit*)、信仰行动、政治转化或者存在性的献身,这些会把你从一个领域推向另一个领域,留在你身后的是令人厌倦的传统宿命论叙述、生物学、伦理学共识和令人陶醉的自由环境所需的政治一致性,还有诺言和真正的自我。为了在这种信仰重生的叙述中制造一种解构性的扭曲,人们可以坚称没有什么能完全逃脱或者被遗忘,坚称对立的两端不屈不挠地影响着对方,坚称形而上学或者同一性不可能完全被逃避掉。但是究竟哪一端会得到最大程度的升值,这还是非常明显的。

米歇尔·福柯似乎在此两面下注。一方面,那个比较倾向于实证主义的福柯,以要极度严肃地对待真实存在的事物的名义,以客体和话语的既定体制的形式,冷静地摒弃了所有关于缺席、压抑、沉默和否定的话题。但是那个比较倾向于狄奥尼索斯的福柯却好像总是潜藏在这些沉闷研究的边缘,他时不时地迸发出对巴塔耶的溢美之词,或是突然迸发出辞藻华丽的诗意想象,有时还会放任自己坚决否定所有的制度和积极性,所凭借的名义就在颤抖的嘴边,但就是不能说出它的名字。相比之下,雅克·德里达总是更愿意和我们分享他关于无法想象的事物的思想,而在《给予死亡》这一类作品中,他忙着为我们提供一个对他者性的伦理观进行的夸张谐拟。对晚年的德里达来说,伦理是一种绝对决策,它的形成必须在所有已存规则和知识形式之外;决策是极其关键的,但是它们完全回避了概念化观念。人们只能希望当自己的案子上法庭时,他不是陪审团成员。这种伦理选择既是必要的也是"不可能的",全然是自己的,但也是"我身体中他者的决策",它是一种无法改变的命运,尽管如此,就和俄狄浦斯一样,我们还是要承担全部责任。我们在孤独中面对着这种不善社交、无法沟通的评判危机,"我们感到害怕,在无法触及的上帝的秘密前颤抖,是他为我们做出了决定,虽然我们还是要为此负责。"我们不是十分清楚,这与吃不吃肉或者要不要为争取更好的条件而罢工这样的问题有何关联。盖娅特丽·斯皮瓦克重复了这种主张,我们要理解"一个难以置信的公正社会,就要瞥过奇特人物们遥远而秘密的会晤"。

德里达的看法既是信仰主义的又是克尔凯郭尔式的。这是信仰主义异端的一个新版本,它认为信仰只是某种黑暗中的盲目跳跃,对理性无动于衷;这与克尔凯郭尔的信仰概念有明显的相似之处,即信仰是不能传达的,它坚持一种模糊的、存在着难以置信的矛盾的他者性,这种他者性在概念上永远不能得到明确的阐释,但却必须生活在恐惧和颤抖中。阿兰·巴迪欧曾是法国毛主义者,现在则是好战的极左派"政治组织"(*L'Organisation Politique*)的成员,他的伦理思想也许最好被视作既在支持也在颠覆这种模式。另一方面,巴迪欧十分轻视流行的关于他者性的后现代思想,对其进行了猛烈的抨击。他评判这种列维纳斯式的遗留问题时显得既精练又粗俗:"一只狗的晚餐。"他认为,道德现在已经取代了政治的地位(人们也许也会这样说文化),因为伪造的人道主义牺牲观、他者性和"人权"都对集体政治事业置之不理。

巴迪欧刻意以过时的、理论上的反人文主义术语声讨人类的思想意识,大胆地召唤 20 世纪 60 年代的反人文主义名人,比如阿尔都塞、拉康和福柯,他将当今的政治形势描绘成"对自我利益毫无节制的追求,解放政治的消失或极端脆弱,'种族'冲突的倍增,无节制竞争的普遍性"。即使这几乎称不上是新颖的描绘,但是他对这个垮掉的环境所进行的传统伦理上的应对却相当引人注目。有关人类权力的思想观念把世界分成无助的受害者和自鸣得意的施主两种,并暗藏着对那些代表他们干涉别人的人的鄙视。与之相伴的习语"差异"和"他者性",反映了一种对道德和文化多样性的"游客般的迷恋";它只接受那些"好的"他者——也就是说,那些和自己相像的他者;也就是说,根本就不是他者。那些不尊重自己珍贵差异的人,它也完全不尊重他们的差异。巴迪欧大胆地回归普遍性,而这在巴黎知识分子中并不常见,他声称差异、无限的他异性才是我们真正拥有的,而真正的问题是实现同一性。政治问题是以革命性的普遍性为名,与占统治地位的、差异化的、不平等的、排他主义利益的潮流作斗争。

他脑中的同一性与其说是平等,不如说是真理。他坚称,真理对每个人来说都是一样的,每一个人都可以宣扬真理。这是对后结构主义崇拜的所谓"主体态度"作出的适时攻击,那种遗传而来的错误推论或者认识论上的还原主义在评判一个命题的真理性内容时,完全是根据它发言人的声明——这在后结构主义者和上层社会中都是十分常见的习惯。但是巴迪欧考虑的那种真理并不是命题性的真理。如果说他不同于克尔凯郭尔和德里达的地方在于他康德式的普遍主义,那么在这一点上他与他们的意见是一致的。比方说,真理也许——必须——是普遍化的,但是就其本身而言它们的单一性是顽强的。事实上,对巴迪欧来说,真理就和人类主体一样多。或者说,人类主体和真理一样多,因为对巴迪欧来说,一个主体就是通过以执著的忠诚响应永恒不朽的"真理事件",从而受到召唤而进入存在状态的东西,它破坏性地、难以预料地侵入了假定的事实,侵入到它所有的无法简化的、难以传达的奇异特性,超越了所有的法则、共识和传统理解力。这是巴迪欧思想的另一种方式,他以此墨守着同样的理论成规,就像他最严厉反对的那些他者性的追随者一样。

真理事件的形式和规模各不相同,从耶稣复活到雅各宾主义,从坠入爱河到取得科学发现,从布尔什维克革命到巴迪欧自己对1968年五月真理事件进行的主体构成。就现状而言,顽固地忠诚于对原初的揭露、一种拉康式的"继续!"或者"别放弃你的欲求!",这种行为尽管有些抓不着头绪,而且原始事件逐渐模糊不见,却仍然很明显是一个来源于极其特殊化情境的普遍伦理学。是否所有重要的真理都是这样的崇高、这样的震惊世界,这是一个值得考虑的问题。于是,巴迪欧运用半康德式的普遍主义来反对多元文化主义者——尽管这种康德主义被切除了道义学和规范性,已经很难被称作康德主义了。但是他又重新加入到他在政治和理论上的敌人阵营中,根据的是明显非康德式的非概念化的、启示性的、具有难以简化的奇特性的、事件的、具有主体构建性质的真理。事实上,他的思想是一个奇怪的混合物,其中既有启蒙主义的普遍性又有浪漫主义的排他主义。

当然,对巴迪欧来说,伦理学并不同于对真理的揭示;它更像是努力保持对真理的忠诚这样一个行为,因此它是生命的实践形式,而不是孤单的顿悟。它是一个"在崩溃瓦解中坚持不懈"的问题,一个将革新和连续性、幻想的危机和顽固的一致性钉在一起的词语,或者以巴迪欧的语言来说,是"不朽"和"凡人"。因此,真理的大爆炸和伦理学稳定的状态可以结合起来形成一个理论。在这里,巴迪欧也表现出与他同行们的不同,对他们来说问题在于,一旦大罢工结束,公共任务提前完成,达达艺术表演结束,他者性也得到了适当的直观认识,顿悟消失了,而享乐的时刻也已只不过是一种美好的中年记忆,那时他们就不知道该怎么做了。简而言之,他想把永恒嵌入时间之中,在真理事件和日常生活之间协商出一条通道,这正是我们熟知的政治。尽管他提出了一种先锋派的伦理学,但他意识到绝对化真理事件可能造成的极大危险,关于这个话题,他的语言和利奥塔的语言有很多共同点。

但是这种通道不容易形成。它被这样一个事实阻挡住了,那就是由于巴迪欧对政治不容置疑的热情,因此他就和德里达一样,被困在了平凡和顿悟之间的一种精英式的对立之中。他把对真理和政治的需要看成既定情境内在的一种东西;但是他所谓的"内在"并不是简单地从某种至高无上的外层空间空降进来的。和黑格尔与马克思的做法不一样,他并不是说有一种力量,它既是这个情境的一部分,同时又有力量可以改变这个情境。他对日常生活的信任还不足以让他相信这一点。当写到"平凡"之时,他一度将其打上了引号,仿佛要使自己与任何蔑视的暗示都保持相当的距离。但是蔑视事实上还是明显存在的。平庸的社会生活,由于是所有主题中最具有高卢人特性的,因此它对巴迪欧还有萨特而言,都是一个非真实性的区域。常识只是一种无用的看法,而且对巴迪欧来说,在信念和真理之间有一道深深的鸿沟,这对柏拉图来说也是如此。确实,巴迪欧用准生物学的术语将日常生活描述成一个有关欲念、自利心和压抑性强迫行为的领域。如果这是真的,那么确实,大步跃出这个领域来到一个更高维度的真理空间,这个举动就足够了。但是如果他对日常生活没那么多偏见,他也许就不需要一个如此崇高的选择项了。事实上,他的哲学读起来更像是霍布斯和圣·保罗的古怪结合体。在这个平凡的领域是否真的没有矛盾存在?真的没有无私、怜悯和非凡的持久性吗?或者说,为了这些真理,我们到底需不需要诉诸我们忠实于非规范化的、例外论者的真理事件的神圣领域?

巴迪欧对亚里士多德式的美德伦理漠不关心,原因之一在于它们关注的是幸福或者安宁,而不是真理。他也许觉得重新思考这种反对幸福观念的偏见是十分有益的,而这当然也是马克思伦理政治观的中心,亚里士多德也是如此。透过亚里士多德和马克思,他也可能不会那么蔑视这样一种想法,即马克思所说的"物种存在"应当进入到伦理问题中来。当然,在此人们需要避免那些天真的自然主义;但是正因如此,人们也需要避免巴迪欧与人文主义进行对立的错误,即以萨特式的风格,对处于我们日常例行的生物存在和挑战死亡地跳入历史和自由的行为之间,过于僵化地建立了一条本体论鸿沟。("死亡挑战"精确地描绘了巴迪欧的情况:正是通过这种奉献精神,人们才能成为一个"不朽的"主体,而不仅仅是一个以死亡为方向的动物。)美德伦理能够提醒我们,善行是一种普通的事,是在某些社会实践中变得熟练与否的一个问题,而不是一件更令人印象深刻、需要顿悟的事情。对亚里士多德来说,它与学习如何吹奏长号相类似,而并不像是某种天使般的美好幻影。基督教教义包括了这两者,它在世俗事务中,比如你是否给饥饿的人提供食物或者探访生病的人,发现了改心(metanoia)的,或者说精神转变的迹象。

巴迪欧分享了后结构主义陈腐的信念,他痛斥道,所有的社会公论在本质上都是消极的;他也分享了现代主义的陈词滥调,即真理存在于与这种乏味的传统主义的决裂之中。但是如果有人正在进行革新,而这个情况已经被标记为好战的或者革命性的公论,那会怎么样呢——或者说,对那些在本质上珍视分裂而且轻视这种公论的人来说,这种短语只是矛盾形容法的表现吗?但是为什么这个词语要被限制在城郊居民礼貌客气的观点之中?巴迪欧曾评论道,所有的公论都试图避免分歧,他忘记了也许正是普遍的团结推翻了种族隔离制度。资本主义难道不是所有生产模式中最有革新性的?它不仅仅是静态而单调的、得到公论认同的政治制度,难道不是有人一定要破除它?而它难道没有在不断地进行着自我破除?当然,不是所有的革新都构成真理事件;但是面对跨国公司,人们必须谨慎地对待对破坏性和大胆创新的称赞。

至于对破坏和革新的评价,巴迪欧现在已经转变了对此事的看法,虽然也许晚了一点。在这本书中,他承认,像纳粹主义这一类的现象也许符合他对真理事件所作的许多标准,但它事实上只是真实物品的"幻影"。但是,他当然必须制定出一些标准,以便将真正的真理事件与虚假的真理事件区分开来,而他采用的方式有些令人难以置信,他声称一个真正的真理事件总是能唤起并准确地说出处于中心地位的"空虚"，它暗含在它缘起的那个情境中。比如，他主张说马克思主义是一个真正的真理事件，因为马克思以"无产阶级"的名义，标明了早期资产阶级社会中重要的空虚——无产阶级"被剥夺殆尽，并且消失在政治舞台上"。但是无产阶级也不总是事实，但是，它不是事实的这个事实并不会使得马克思主义失效。至于把耶稣的复活当作一个有效的真理事件，巴迪欧作为一个神学家，并没有对此作出字面上的证言。但是如果他没有给出证言，那一定是因为他是通过某个真理观念来评判它，而这种观念比起法国大革命或者空弃的墓地来说要乏味得多。强调精确性的真理无法如此彻底地屈从于强调揭发性的真理。

简而言之，真理不能只是某个事件的产品。它的行动所处的位置必须已经可以决定什么可以算作这样一个事件，而且还要能决定什么能被算作坚持着对它的忠诚。巴迪欧谈论爱的时候，仿佛这是一种不言自明的经验，这对巴黎人来说也许是真的，但对其他人来说可能不是。"在这种情况下什么能算作爱?"这个问题从某种角度来看，是道德论述的完整终点。但是这也没能让巴迪欧全然赞同自己的"情境伦理学"，在这里，他以20世纪60年代流行的名字来命名他的先锋理论（对他来说，这种伦理学不存在，存在的只有这种或那种实践或情境中的伦理学）。这种相当传统的见解引出了一些人们十分熟悉的问题。什么能被算作一种情境，这又是谁决定的? 真的如同巴迪欧可能设想的那样，存在着"奇特的情境"吗? 我们是否有办法分析或者甚至鉴别一种情境，而同时不会牵涉到一般类别意义上的情境?

这样看来，巴迪欧的伦理学和其他任何人的一样，都存在着一些问题。但是在我们这个时代已经很少有其他的道德思想家能像他一样，在政治上目光如此敏锐，如此敢于挑起论辩，对把真理和普遍性的观念重新提上议事日程上来准备得如此充分，如此激进地评估伦理思想在匆忙没收政治成果时所陷入的令人遗憾的意识形态混乱。《伦理学》是一篇激烈论辩的文章，是为中小学生而写的(所有的内容!)，英译者彼得·霍瓦德出色地翻译了它，他还提供了与作者的长篇访谈。巴迪欧发起了一场变革性的新型干预，这值得引起持久的反响。

柯林·麦凯布和约翰·斯普林霍尔

原标题为《剑桥还是剑桥》，柯林·麦凯布著《粗俗的口才：语言、电影和文化政治》、约翰·斯普林霍尔著《青年、流行文化与道德恐慌：下等戏院到匪帮说唱，1830—1996》评论，首次发表于《泰晤士报高等教育增刊》，1999 年 7 月 16 日。

文化分析大致有四种类型。人们可以选择形式主义的方法，它为了审视一个文化作品内在的逻辑而忽视它的背景，另一个选择是历史主义的方法，它为了理解作品又将其放回其背景之中。尽管这两种模式通常都是势不两立的，它们仍能结合起来，形成两种更深刻的思考方法：一种是历史性的形式主义，它探测到文化制品是历史隐秘地表达其动向的形式，历史并不只是它的原材料而已；另一种是文化性的唯物主义，它也着眼于历史形式，但却是从技术和社会惯例的意义上来看的，这两者调节着艺术的特殊性和"历史"的普遍性两者之间的关系。

虽然柯林·麦凯布也许厌恶"文化唯物主义者"的标签,但是他绝对是一个典型的文化技术专家,他的魅力不在于具体的文本或抽象的理论,而在于媒体、观众、教育学、审查制度、课程和读写能力的问题。从遭到摒弃的剑桥大学结构主义者到思克莱德大学教授、匹茨堡大学教授和英国电影协会的制作主管,他的职业生涯经历了令人惊奇的双重身份,是大学教师也是文化政治委员,是学者也是官僚。作为一个天生的"两栖生物",伦敦-爱尔兰人麦凯布已经成为激进理论和公共政策之间为数不多的联系纽带之一,他既精通乔姆斯基的语言学也很了解电影的版权法,对能指的运用和对艺术的商业赞助都了如指掌。如果他想考证"作者已死"学说的真实性,他不会求助于巴特或者福柯,而会转向拍电影这样一个混乱又仅够糊口的事业。作为一个从先锋派转变而来的行政官员,他节奏明快的文章带有更多的执行总裁备忘录的味道,而不那么像哲学冥想;他的用语一点儿也不时髦,如"像水晶一样清楚",还有"使我难以置信地感到惊奇",他的散文还有一点妄自尊大的毛病。但是这些世故的文集也显示出,他有能力对理智感到一种纯粹的兴奋,在这一点上他超越大部分的文学学者。它们代表了一种即兴得出的理论,人们可以想象其作者从英国广播公司(BBC)匆匆赶往英国电影协会的时候,在一张出租车收据背面草草记下他对于弥尔顿或者大众文学的想法。这本书中很少有文章超过十页;和斯图尔特·霍尔的著作一样,它们是聪明的实践主义者的工作笔记,而不是理论家深奥的沉思。

这些文章还揭示了,任何简单地对比传统文学追求和文化研究世界的行为,都是感觉迟钝的。麦凯布能毫不费力地从黑格尔转向《汉考克的半小时》,他有如此进步的思想正是因为他从某种意义上来说是绝对传统的。他不是来自某个预备专科学校的媒体研究科系,而是来自剑桥英语学校;使他走向德里克·贾曼和让·吕克·戈达尔的东西,正是使他对此感到厌恶的东西,而两者都与他的这个背景有关。剑桥英语学校的两个方面——它对文学的社会历史感,以及它对文学现代性的相对开放态度——正是这些文章的根源。剑桥出品的电影期刊《银幕》,麦凯布也是其编辑之一,它有着自己的左派方式,就如同弗·雷·利维斯的《细察》一样,自得而严苛、傲慢而轻蔑,是好战的先驱分子,有着小集团的思想。同样的在道德上的过度严肃性使两者都面目全非。事实上,麦凯布在此书中引用了利维斯关于文学批评本质的一段话,它也许直接来源于一本当代文化研究的小册子。这本书的存在离不开雷蒙德·威廉斯的影响,他与利维斯、麦凯布一样,既体现了剑桥英语学校的价值观,又不认同它的价值观。

麦凯布最初发现文化的物质形式的重要性,不是在市场营销或者录影中,而是在最令人尊敬的"剑桥"研究中,即英语语言的历史。其中的一些文章谈到了演说、写作、印刷技术和政治权力之间的内在联系,其中提出一个问题,即一开始被社会鄙视的"盎格鲁-拉丁混合语",最后怎么成了世界上七十多个国家和地区的官方语言或官方语言之一。其他一些文章谈到了电影、电视和流行文化,它们从唯物主义者对文化惯例的关注中得到了提示。麦凯布指出,文化研究必须放在最长远的历史视角之中,为了说明他的这个观点,他将古老的雅典戏剧、伊丽莎白时期的戏剧和电视的出现当作文化历史上同等重要的时刻,三者都横跨在"高尚"和"低俗"的文化之间。他还敏锐地将伊丽莎白时期的学院派智者和当今巨蟒剧团式的讽刺作家相提并论。

最终粉碎了高/低对立的当然就是电影——麦凯布称它是"彻底

的后现代艺术"——电影成功推出了一系列令人印象深刻的杰作,同时几乎吸引了所有人。但是这本书并不是一本天真的辩解书,它并没有为另一批关于《邻人》的硕士毕业论文进行辩解。"对当代资本主义文化形式的分析,"麦凯布告诫我们,"几乎总是与对传统形式的分析相剥离,并且它对两者的分析都显然是无力的。"如果说他已经放弃了他先前的马克思主义、高尚理论和现代先锋主义,那也不是以某种脆弱的后现代相对主义的名义放弃的。拉丁语是一种精巧的语言,但是在科学方面它就不如英语那么精巧;格拉斯哥语和标准英语一样有价值,但是作为某种国际交流形式而言,它就不那么有用了。关于"英语"的孤立研究应当将自己的阵地让给关于"一整套文化生产"的研究,但是文学到底还是这个领域十分重要的组成部分,另外,我们应当关心的重点是要将新旧媒介放置在富有成效的交流活动中,而不是教条地厚此薄彼。正是新技术和传统文化之间的不断交流触发了麦凯布的想象力,他发现最重要的地方是学校的教室,而鲜有知识分子能看到这一点。他认为,当今的读写能力危机比右翼妄想狂的无稽之谈还要严重;但是事实上,基本的读写能力从没有为大部分享用它的人带来太多文化上和政治上的利益,而传统的文学价值观得到了当今一些评论员的热烈辩护,但这种价值观很可能从未在百分之五到十以上的人口之中得到传播。从另一方面来说,电视台每一次制作简·奥斯汀或者乔治·艾略特的经典作品,就会售出数万本相关书籍。如果新媒体在新的文盲浪潮中发挥了作用,那么就需要越来越多的受过高等教育的人来管理这些机构。后现代资本主义降低了一些人的文化标准,但却大大提高了另一些人的文化标准。与往常一样,这并不是一个总体水准上升或下降的问题,而是一个可以称之为文化资本社会分配的问题。

　　然而,对职业的悲观主义者来说,文化标准中唯一可以确定的事情就是,它们曾经更高。大部分保守的批评家,从塞缪尔·约翰逊到 T. S. 艾略特,都采用了关于文化的"衰颓论",尽管艾略特在两种观点之间饱受折磨:一种观点认为事物已经不是它们过去的样子了,而另一种则相信事物还是和过去一样糟糕。有些事情过去更好,有些事情过去更坏,这个难以言喻的平庸事实过于平淡乏味,以至于无法用一本书来概括。约翰·斯普林霍尔的《青年、流行文化与道德恐慌》告诉我们,今天的人们对媒体潜在的影响产生的道德上的愤慨在历史上已有先例,当维多利亚时代的娱乐方式——即廉价戏剧和廉价恐怖小说——正流行之时,人们就时时对此感到狂怒。维多利亚时期的价值观也不过如此。和许多流行文化一样,这些着了魔的娱乐形式大部分在道德上都是正统的,在政治上是保守的,但是中产阶级真正反对的是对平民感官的危险刺激。

　　在维多利亚时期的英格兰,抨击这些邪恶事物的阶级,正是那个从它们身上收割到巨大利益的阶级,正如当今的某些保守政治家一方面对商业电台大加赞赏,另一方面又大肆谴责诗歌没有押韵。盎格鲁-撒克逊的中产阶级执迷于这样一个观念,即人们的享乐蕴含着深刻的破坏性,所以斯普林霍尔说明道,这个阶级就继续沉迷在对所有事物习惯性的间歇性愤怒之中,从匪帮电影到"匪帮说唱"都是如此。这本书有一个特别吸引人的部分,就是关于美国对大众文化的惧怕和麦卡锡主义之间的关系。一场美国右翼的论战断言,有两家漫画公司的员工全部是同性恋者了,"操纵着我们最像男性生殖器的摩天大楼"。

　　于是,事物和它们原来的样子不一样了,这并不是真的。还不如说,它们和过去一样糟糕。正如现代主义者要求与历史决裂已经有很长的历史了,关于流行文化正在堕落的抱怨似乎自古就有。从定义上讲,我们总是落后于那个普通人一边跳着莫里斯舞、一边吟唱荷马史诗的黄金时代。即便如此,对于那些靠剥夺他人文化而致富的人来说,学术平民主义这种吸引选票的类型(大众文化对它几乎没有什么不好的影响)仍然是悦耳的音乐。如果说高雅文化倾向于迷恋过去,那么文化平民主义则倾向于抹杀过去;但怀旧和遗忘是同一枚硬币的两面。威廉斯是拥护粗俗的雄辩的人中最聪慧的,他在《文化与社会》一书中指出,一个只依靠当代经验生存的社会确实是贫穷的。但他也坚持认为,所有的传统都是对祖先的不断选择和重新选择,其出发点都是当前不可避免的党派利益。毕竟,一方面是对过去的保守崇敬,另一方面是对过去的前卫否定,这两者之间还有另一种选择。使这两种情况都受到质疑的是激进传统的观念。在把握这一真理的过程中,麦凯布继承了从利维斯、爱普森到威廉斯的异议传统,这种传统既不呆板地墨守成规,也不幼稚地破坏偶像,用利维斯尖锐的言辞来说,"尽管如此,剑桥还是剑桥"。

爱丽丝·默多克

原标题为《善、真和美》,爱丽丝·默多克著《指引道德的形而上学》评论,首次发表于《卫报》,1992 年 10 月 20 日。

"这一切究竟是怎么回事,老爹?"据说一个伦敦的出租车司机认出他的乘客是伯特兰·罗素的时候,提出了这样一个问题。人们普遍认为,哲学家应当能够揭示生命的意义,教我们如何生活,在最枯燥、最过分的逻辑实证主义中存活下去,而爱丽丝·默多克的长篇新作,或好或坏,都是每一个伦敦出租车司机所认为的那种哲学。

从好的方面来看,因为《指引道德的形而上学》的驱动力来自对真理和善行的热烈渴望,它英勇地准备通过严肃地对待过时的叔本华,将神秘主义与康德、道教与维特根斯坦混为一谈,将从悲剧到美学、从弗洛伊德到克利须那神、从上帝到歌德的一切事物都囊括在其丰富的篇幅中,从而激怒了一些新牛津哲学家。确实,这是从修道院中拖出来的哲学,掸掉了灰尘,刚刚才与苦难和利己主义、死亡和宗教的极乐、我们如何看待图片以及我们如何对他人感到怜悯这些事情拉上了关系。爱丽丝·默多克最早期的哲学热情在于萨特,她相信人们能从烟灰缸里折腾出哲学来;如果说小说是她与生俱来的工具,那也是因为支配着她的带着疑问的理论——善、真、美——在感觉体验中都是充实而丰满的。萨特和默多克写小说是合乎逻辑的,而艾耶尔不写小说也是合乎逻辑的。

然而,拥有这种惊人的宽宏视野是要付出代价的。《指引道德的形而上学》(这书名当然是对《商务管理者的禅宗》这本书的谐拟)是一本散漫的、不断重复的、乱七八糟的书,它是默多克那些像松散下垂的怪物一般的小说在哲学上的对应物。它为了发挥想象牺牲了思想的严密性,其中某些比较专业性的部分则有一种一般化的、二手货的感觉。为了实现其四处蔓延的丰富性,这本书围绕着一个完全单一的对立而展开。

在右面角落里的是柏拉图,他认为真、善和知识之间存在着亲密的相互联系,这一点默多克十分赞同。世界上最难的事情就是超越我们乏味的自我主义,净化我们的欲望,用坚定的无私精神来看待他者和世界的光明现实。只有通过对真实的这种诚实理解,我们才能成为完全的道德存在;再者,即使艺术有着崇高的重要性,那也是因为它为我们提供的景象是这种富于想象力的自我超越中最美好的。默多克如此频繁地回溯康德、叔本华和早期的维特根斯坦,原因之一在于她渴望将这种圣人性与那种不以苦乐为意的纯粹冷漠区分开来。

在左面角落里的是雅克·德里达,他废除了真理、道德和现实,在他身后除了永无止境的语言游戏,什么也没剩下。德里达像那些顽皮的高卢小妖精一样,悄悄走在这些文字之中,就像是某种合成的怪物或者轻巧的草靶,是任何现代性中被默多克认为像噩梦一样的东西。但是我们不能说她看待他作品的现实时,是用一种圣徒的无私眼光。德里达被称作结构主义者,而他实际上不是。结构主义与解构主义混淆在一起,而解构主义又与后现代主义混淆在一起,这就像是大学一年级生的小论文,马虎地将某人最不喜欢的那些思想①合成在一起,世界上没有任何学者可以忍受这一点。默多克似乎认为解构主义是"科学的"——实则完全相反——然后,矛盾的是,她又指责解构主义为了追求变革的激情而牺牲了事实。它被说成是在搜寻文学作品中深层潜意识的意义,这也不是真的(解构主义憎恶深度),而在当今保守派松鸡令人厌倦而又放肆的冗长牢骚中,德里达被指控废除了经验、真理、意义和个人,而不是(正如他一直坚持的那样)试图重新思考这些十分必需的概念。毫无疑问,雅克·德里达有经验体会,相信自己是一个个体,并认为他的巴黎公寓是真实的。只不过,他对这种信仰的意义提出了一些令人尴尬的问题,而这些问题并不是获得剑桥荣誉学位的最佳途径。

如果说小说对爱丽丝·默多克来说很重要,那是因为它重视人类生命纯粹的偶然性、其悲喜混杂的状态和不完全性,与任何试图将其系统化的行为相对抗。但是后结构主义也十分重视这些;如果说默多克非常激烈地反对了它,那是因为它代表了她自己对事物的看法,并且将这种看法推向了尴尬的极端。当后结构主义者颂扬偶然性的时候,默多克却找到了她的柏拉图:在经验的涌动之下存在着某种经久不衰的形式。但是当她自己颂扬偶然性的时候,德里达和他的同僚们

---

① *bete noires*,法语,黑熊,喻指不受喜爱或被尽力回避的物体或抽象思想。——译注

就被随手歪曲成没有灵魂的白领专家政治论者,因为他们试图将所有的事物都紧裹在他们教条化的符号之中。你真的无法做到两全其美,但是默多克就用她的杂乱性和不完全性做得很好。

默多克对柏拉图"善"的看法是很美好的,这一点无可否认。这本书只可能出自一位善良而且极其聪明的作家之手。但是和我们所有人一样,默多克的聪明才智被她潜意识里的思想偏见束缚住了,所以她和威廉·布莱克不一样,她似乎不能看到无私性伦理学的危险所在。把自我利益放在一边,放弃利己的欲望,这是有特权、有权势的人为那些不那么幸运的人所作的十分常见的政治建议。如果那些不那么幸运的人要寻求公正,那么他们最好是对这种似是而非的利他主义言论充耳不闻。这本书花了很多功夫谈论我们应当如何与世界相处——我们是否应当拥抱它、放弃它或者直面它本来的面目。但是这本书从未停下来追问,在具体的历史事实中,是什么样的世界使得它的哲学家们采取了这样或那样的态度。思想的历史在此处于一个光辉的空白状态:哲学也许是关于现实生活的,但是它在任何意义上都不受现实生活制约。事实上,这就是带有复仇性质的柏拉图主义。

一个接一个,长期受苦的文学人文主义者已经开始重振旗鼓,并且与他们理论上的敌人展开了战斗——即使他们像爱丽丝·默多克一样,不能把敌人的名字说对。一开始是海伦·葛登娜夫人,她发动了一场慷慨激昂的文学保卫战。然后是乔治·斯坦纳,他在《实际的存在》一书中,拿起棍棒与解构主义相对抗。而弗兰克·克默德,作为文学传统主义者中思想最自由的一位,最近发表了一系列激烈的长篇大论,反对花哨的法国式理论化行为。

爱丽丝·默多克的书在语调方面完全没有什么挑衅性,但是它绝对属于这种类型,即使它对德里达的侧面抨击比起它对康德和柏拉图的敏感推测来说,远没有那么有趣和博识。但是,唉,这都太晚了。没有人会告诉这些批评家,解构主义实际上已经结束了。雅克·德里达已经竭尽了他全部的才智力量,而他的影响已经衰落了一段时间了。不过这对传统主义者来说不太重要,因为德里达的名字就是一个简称,代表了所有受他们厌恶的现代性中的东西,对爱丽丝·默多克来说,这包括电视、电脑、社会学和很多其他的东西。看到如此睿智的男男女女为这样一个粗鲁、片面的问题争吵,感觉真是古怪极了;《指引道德的形而上学》和许多类似的作品一样,惊人地混合了智慧和短视。

詹姆斯·凯尔曼

原标题为《打倒硬摇滚迷》,詹姆斯·凯尔曼著《法官们还说:短文》评论,首次发表于《泰晤士报文学增刊》,2002 年 8 月 9 日。

在詹姆斯·凯尔曼那些充满激情但粗制滥造的文章中,核心是无惧说出真相的艺术家的浪漫主义神话,他们被围困在没有灵魂的行政官员、卑劣的审察员和自我标榜的技术专家之中。艺术家是狄奥尼索斯式的人物,是危险的破坏性人物,他们致力于正义、自由和说出实情,而世界上的其他人则主要由抽象的教条主义者、异想天开的理论家和守旧的官僚组成,而且这些人总是设法叫艺术家们闭嘴。

如果这是真的,例如,如果克雷格·雷恩(Craig Raine)、佩内洛普·莱夫利(Penelope Lively)和艾伦·艾克伯恩(Alan Ayckbourn)真的是普罗米修斯式的革命者,他们渴望揭开中产阶级社会的盖子,揭露其剥削的深度,那将是一件令人愉快的事。不过,尽管凯尔曼有浪漫主义的妄想,但大多数艺术家在政治上的叛逆性并不比大多数税务稽查员更明显。凯尔曼认为，好的艺术家顾名思义就是反对任何形式的社会歧视的，这种观点意味着，从贺拉斯到豪斯曼，没有什么艺术值得一提。不管怎么说，往往是来之不易的专业知识和无聊的行政工作，而不是那些舒适地安坐在电脑前的人发出的神谕声明，才会产生政治上的差异。没有人会让阿蒂尔·兰波（Arthur Rimbaud）进入卫生委员会。大多数艺术家（包括左翼艺术家）的政治宣言，通常与流行歌星和联合国秘书长的政治宣言一样，都是虔诚的陈词滥调。

在他的某种情绪中，凯尔曼回想起这个令人清醒的事实。但是他不是一个注重判断的细微差别的人，他觉得有力的概括要简单得多。在我们的社会中，我们不习惯将文学视为一种可能与普通人的日常生活息息相关的艺术形式。他心目中的社会是什么样的？荷马时代的希腊？17世纪的法国？就没有人受累告诉他一下从笛福到德拉布尔这期间究竟发生了什么吗？难道从约瑟夫·艾迪生到马丁·艾米斯这一段时期在这方面就没有任何发展吗？确实，除了像凯尔曼自己这样的极少数例外，工人阶级作家几乎与一个世纪前一样人数稀少得可怜；但那是因为工人们不能享受教育和文化，而不是因为许多出版商不想得到一种时髦的平民作品。此外，即使是小店主也都知道，成为工人阶级不是变成普通人的必需条件。

带着粗暴的自我放纵感，凯尔曼在写作时仿佛认为文学仍然是私人男仆的收容所，是帝国的日落和黄瓜三明治的故乡。"百分之九十九的传统英格兰文学"，他愤怒地告诉我们，"关注的是那些从不需要担心钱财的人。"事实上，从简·奥斯汀到伊夫林·沃，英格兰文学似乎充斥着除了钱财就没什么事要担忧的人。他们被称作（凯尔曼可能只是听说过他们）财产至上的中产阶级。而凯尔曼心目中的那种贵族文学在现代英格兰文学中是一股十分渺小的潮流，就和无产阶级文学一样。他质询道，严肃对待吸毒、无家可归、酗酒、种族歧视等问题的文学艺术在哪里？我们可以用五个字回答：伦敦每一处。

有些文章严词谴责审查制度，对此凯尔曼和我们其他人一样，肯定会支持这种制度。他到底认为应当有多少反犹太小说应当进入普通中等教育？他更多想到的是拘谨刻板的报纸编辑会删掉他的那些脏话，但这就是他典型的说话不经大脑的风格，因此他无法对它们进行十分关键的区分。他相信，世界上存在着一种文化精英主义，它坚持着某种陈规：胖女人必定道德高尚，犹太人贪婪，领救济金的人懒惰，如此等等。确实，在现代社会中存在着一种强有力的文化精英主义，但是它多半并不是在经营这种可悲的陈腔滥调，它适应环境的能力要强得多。领救济金的人可能不懒惰，但是凯尔曼自己却是最怠惰的辩论家，他过度歪曲了对立面，因此以低廉的代价赢得了胜利。

这是一件很可惜的事，因为这些文章温和的妄想症和大部分的温和妄想症一样，有许多可以被讨论的地方。工人阶级，或者任何用标准英语以外的语言写作的人，确实很难获得发言的机会。凯尔曼坚持的那个问题——"如果我被迫采用了被统治阶级'接受了的'语言，那么我要如何在我自己的地点和时代里写作？"——是一个急迫的、完全符合逻辑的问题，即便他似乎认为周遭的每一个人都像诺埃尔·科沃德一样在写作。"普通人"极有可能在很久以前就已经以英语写作获得了发言权，但是对那种社会经验的描绘在整体上仍被排斥在处于中心地位的文学建构之外。很少有人能像凯尔曼那样有效地破坏那些屏障，即使他的一些观点（比如，他不喜欢虚构作品中的左翼学说）也不是完全不可能出现在牛津剑桥的公共休息室里。

有趣的凯尔曼不会炮制出一些毫无生气的陈词滥调，宣称"世界中的首要事物就是那些由人类个体感觉并体验到的东西"，对于这一点，他在文化上的所有对手都会立即表示同意。有趣的凯尔曼也不会光为文学说好话，但在这些单调的功利主义散文中，他却懒得写出一个匀称优美的句子，更不用说一个有趣或者讽刺的句子了。他决不会舒适地安坐在他的电脑前——他是热诚的实践主义分子，曾在土耳其争取言论自由的斗争中发挥了自己的作用，也曾为爱丁堡的无家可归者、失业钢铁工人和格拉斯哥的种族暴力受害者发声。

这本文集中那些最令人难忘的篇章多半正是对这些活动所作的记录，而不是以自我为中心地对爱丁堡边缘艺术节上的官僚气愤地大声抱怨。凯尔曼是那种任何身处困境的人都希望站在自己一边的人，一位将强烈的本土参与与慷慨的国际视角结合在一起的作家。简而言之，他有足够的勇气、正直和对正义的热情，不需要暗示他周围几乎每个人都是艺术范儿的狂热分子。

大卫·贝克汉姆

原标题为《写在身体上》，大卫·贝克汉姆著《我的世界》评论，首次发表于《卫报》，2000 年 10 月 14 日。

有人怀疑大卫·贝克汉姆写这本书的方式和法老建造金字塔差不多。书中有些语句，比如"我几年前穿过的一些衣服可怕至极，当我回头看时，我不知道我到底在做什么？"听起来好像是在斯诺克台球桌旁对某个雇工的喃喃自语，而不像是福楼拜那种纠结的搏斗风格。事实上，贝克汉姆的散文读起来极其折磨人，就好像让你想象奈保尔（V. S. Naipaul）射门一样痛苦。阅读这本极有自信却毫无风格可言的书，有点像在尽职尽责地咀嚼一码又一码的细棉布。

奇怪的是，虽然它有着单调的、录音带意识流的风格，在读完一段以后，这些开始变得像是一种狡猾的、近乎品特派的手法。他告诉我们，"我在小学有一个非常非常要好的朋友，他叫约翰，但是毕业以后，我们去了不同的学校，于是就分开了。我们再也不是那么要好的朋友了。我在学校内外又有了其他的朋友,但是没有一个像他那样的。"这里本可以有更生动的叙述。我们再也没有遇到约翰,也没有更深一步地探究为什么他对贝克汉姆如此重要。这仅仅是所有那些单调的、无法解释的事情之一,比如用吸尘器追逐某人、穿纱笼或者在自传中收入一张脏脚的特写照片。这些事件都不太重要,因为在这部奢华的作品中,文本远不如照片重要,两者都无法与书中宜人的香味相媲美。也许购买它的最好理由就是闻一闻它的香味。买了它却没有闻一闻的读者错过了大部分乐趣。

你现在貌似可以在斯塔福德郡大学选修到一门关于大卫·贝克汉姆的课程,因此他企图装成普通人的行为是毫无意义的。普通人不会和柏拉图、品钦一样出现在教学大纲里。但这正是这本狡猾的、看似相当诚恳的书企图伪装的效果。贝克汉姆把自己设计成一个害羞、朴实、纯洁、宠妻、爱家、极度平凡的人,略带天真,有点无趣,没有加里·莱因克尔那么怪诞可笑,但是在足球明星中他和加里更相似,而不是狄奥尼索斯式的乔治·贝斯特。他带着一种调皮的、小男孩式的得意告诉我们,他现在"与辣妹们同处一室时已经非常放松,再也不会流汗了",但是为了避免听起来像个十足的书呆子,他又顽皮地补充道,第一次约会时他试图握住对方的手,因为"这就是我的方式"。

他完全专属于他的妻子,她几乎有点像某种表演者,他记录下了初次见面时他是多么为她的美腿和短裙所打动。他宣称,"我认为我们是完美的一对",这句话避免了令人作呕的自我奉承,只因为它明显没有察觉到,比起称自己和自己的另一半出类拔萃得令人讨厌,这种说法更让人难以接受。他还谈到他们的婚礼进行得非常顺利,尽管有一段时间他确实"在愚蠢的建筑里变得非常热"①。对于这样一个教条主义的新男性而言,这句话是不同寻常的冒险言论,但是这原来指的是在举办婚礼的城堡的一处他觉得很热,而不是某种下流的伦敦俚语。作为一个经常"受到丁字裤和短裤诱惑"的男人,贝克汉姆的正直是在道德方面而不是在欲望本能方面。有一次,他斜眼观察到,他收到的一套文胸和内裤一定是"一个大个子女孩"寄来的。然而,在别处他又透露,他喜欢接触自己女性化的一面:因此就有了那著名的纱笼。他甚至谨慎地享受一点艺术,并且众所周知会沉迷于一些自然意象,比如"月亮之上"。

他也没有任何懦弱的更衣室恐惧感。在这本书中,他始终都在经历着从"高兴"到"沮丧"的情绪,但总的来说(令人惊奇的是,对一个极其有天赋的百万富翁而言)他有更多的沮丧而不是高兴,而且他欣然承认自己是急性子。他也十分沉溺于酷炫的新时代文身,而不是俗气的老派酒宴;实际上他打算把自己将来孩子的名字刻在背部,连同布鲁克林的名字一起——鉴于他对家庭的狂热感情,即使他有柔软的躯干,最终也许还是会不堪重负。

讽刺的是,贝克汉姆确实是一个普通人,即使他也在竭力扮演一个普通人。假装的归根结底是真的。他给人的印象是一种既迷人又乏味的低调,赞扬别人和批评自己一样爽快:"我爱卖弄,踢着花哨的愚蠢足球",他这样评价自己早年的球员生涯。他也讨厌种族主义(他自己有四分之一的犹太血统),丝毫没有烦扰于男同性恋者对他的迷

---

① get very hot in the folly,hot 亦指很热,而 folly 亦指造价高而无用的怪异建筑物。——译注

恋。他也许是一个糟糕的作家,但是很明显他是一个慈爱的父亲,不得不忍受着阶梯看台上对他妻子和孩子的污言秽语。但是即使作为一个作家,他也有自己的长处。许多人会读这本书,正如人们可能也会读猎子涂鸦的一些东西:重要的是作者,而不是内容。但足球迷们读这本书是为了获取内幕消息,而其中也不乏内幕消息。

可是,这个普通人也是一个公众偶像,这本书只有通过拘谨地淡化这种特征才行得通。"我身后有一架几乎一天二十四小时不停工作的摄像机。"贝克汉姆如此告诉我们,但是我们很难知道这究竟是夸耀还是抱怨。他谨慎而小心地避免过分抱怨,以回避显而易见的尖刻还击:这本书的一半,其实还有他生命的一半,都由这些画面组成,他为什么还如此厌恶摄像机呢?在此,摄像机也许无法探测他的背面,但是它徘徊在他赤裸的躯干或者张开的大腿上,在他洗澡的时候给他一个惊喜,或者捕捉到他与妻子或汽车的性感拥抱。

这本书从中间分裂成文字和图像两部分,这也是人们所熟知的大卫·贝克汉姆的分裂。在前半部分,大卫·贝克汉姆是一个腼腆的小伙子,爱着他的老母亲,比起参加演艺圈的狂欢,他更喜欢窝在家里吃外卖;在后半部分,他是一个闷骚的、炫耀自我的自恋者,渴望得到仰慕的目光。本着面面俱到的精神,书的前半部分是为男性球迷准备的,后半部分则是写给女性粉丝的。当贝克汉姆开口说话时,这种分裂最明显,一个时髦优雅的后现代人物突然变成了口齿不清的工人阶层男孩。他没有采用老套的方法尝试消除这种矛盾。这两个角色紧密地靠在一起,显得不太协调,中间是一片莫名的空白,就像贝克汉姆所象征的许多文化一样。

罗伊·斯特朗

原标题为《国王、皇后和园丁》，罗伊·斯特朗著《不列颠故事》评论，首次发表于《卫报》，1996 年 9 月 26 日。

一个国家的历史既不是故事，也不是交响乐或者肥皂剧。你可以谈论平克·弗洛伊德乐队或者玛莎百货的故事，因为这些东西背后都有塑造意图。但从哈德良到赫塞尔廷的英国历史背后并没有任何塑造的意图。没有人刻意制造出一个名为"不列颠"的非凡成就，就像有人制造回形针或《曼斯菲尔德庄园》那样。一个国家不是某种预先策划好的东西，它不像文学叙事，每一个片段都应当整齐地插入整体之中。英国历史没有安排好的情节，没有结尾或开端，没有引人入胜的悬念或令人震惊的结局。历史也许充满了好故事，但是它本身并不构成故事。

这本书图文并茂，专为那些喜欢轻松易懂的历史并且咖啡桌上有空闲角落的人而设计，艺术评论家罗伊·斯特朗在此书中从美学角度出发，将英国的历史描述为以强有力的人物为中心的"强烈叙事"。在第567页之后,他直截了当地削弱了自己的计划,承认对历史来说没有某种单一的展现模式。所以他令人诧异地声称,不列颠的历史虽然有一个开始,但是绝不可能有一个结尾。(他认为英国历史究竟是从哪一天开始的?为什么它不能随着民族国家的解体在几年内完全停摆?)所以从圣毕德尊者到托尼·布莱尔,终究没有什么宏大的故事情节,尽管这本书表现得仿佛有这种东西存在一般。

《不列颠故事》确实有史诗般的神话传说可以列举,从古罗马直到滚石乐队,其中的事物通常都是完整无损的,在这段时间里不列颠的历史从唯物主义急转直下走向了非道德性。然而,即使在此,斯特朗还是情不自禁地表现出一种乐观的口气:他明显地咬紧牙根并评论道,至少我们的时代是平民的时代。我们很难认为他私下里觉得这比把一颗钉子敲进鼻子里更令人兴奋,但是这种断言应当可以归入他那种持续不断的快活性格之中。但讽刺的是,这种快活性格的产生正是基于对数个世纪以来不列颠"平民"真实命运的漠不关心。

和许多这种神话传说一样,斯特朗的书实际上是不列颠统治集团的历史,而不是那些为他们纸醉金迷的生活提供保障的人的历史。对他来说,历史是由艺术、战争、宗教和高层政治组成的,而工作、性别和物质上的艰难只是被四处抛落的一些敷衍性质的段落。苦难和不幸间或被记录下来,但通常只不过是稳步上升历史中的一个小插曲。历史实际上是伟人的故事,在这本书中,伊尼哥·琼斯的篇幅大大超过了17世纪农民的篇幅。爱德华一世仪表堂堂,身高超过六英尺;爱德华二世"高大、英俊,有金色的卷发,肌肉强健";理查德二世发明了手帕;亨利五世有一张长鹅蛋脸和饱满的红唇。这是什么,编年史还是选美大赛?伊丽莎白一世在爱尔兰的活动被记录了下来,但是大屠杀的事实却没有提及。奴隶贸易大约在一句话中被小心地略过,于是人们翻过一页就会发现,这个民族突然毫不费力就建立了一个帝国。18世纪的花园比18世纪的面包暴动得到了更多的关注,与作者《成功的小花园》真是十分相称。

斯特朗的狂想文章还在继续,在这个18世纪的黄金时代,"每一处的生命都焕发出新的光彩"(他想到的是那些喜气洋洋的手摇纺织机织布工),尽管他也曾无意中提到,半数的人口都陷入了贫困之中。稍后,我们得知托尔普德尔蒙难者"不幸地"参与了非法宣誓,(所以可以推测)这就是为什么他们会遭到流放。有一章揭示了维多利亚时代的英格兰等级制度之严密,这一章不可思议地被称作"维多利亚时期的英国:无阶级社会"。

斯特朗的"瓢虫"风格并没有改善情况,其中还是充满了空洞的陈词滥调。"罗马士兵看起来与他们战胜了的凯尔特人不一样";"数个世纪以来,教堂已经经历过若干个好的和坏的时期";亨利二世表明"红头发和坏脾气往往是联系在一起的"。其中还有一些新闻短片式的历史片断:"不管罗马人去到哪里,他们都带去了他们的文明。"既然这本书对5岁左右的孩子而言太难了,对任何5岁以上的人来说又太简单了,而且作者自己也承认,书中没有什么特别新颖的内容,因此人们会想知道,为什么他不能再给我们提供一批成功的小花园呢?

答案是露骨的政治原因:重要的不是书中哪一个特定的句子,因为它们多半是非常常见的,重要的是在当前这个时间重述这个传说的行为。为了对抗当前左派对不列颠性进行的"解构",斯特朗想要敦促"年轻一代的岛上居民"思考一下,是什么把他们联系在一起成为不列颠人。所以琳达·科利坚决主张,对他们的祖先而言,这种联系就是令人兴奋的恐法症和反天主教的混合物。也许对今天的年轻一代而言,这种联系则是足球,或者巴基斯坦人,或者英伦摇滚,或者根本就没什么特别的。

斯特朗本人对任何的残酷现实回应都不太热心,即使他的保守主义可以有足够的批判性:他认为,传统主义已经使得国家的经济开始衰退,而且他在某些方面还是个热诚的现代化主义者。但是他也相信,要理解英国的历史,首先就要知道它是一个岛国,这个事实比其他任何东西都要重要,他在本书的第一句话中就提出了这个主张,不过很显然它是错误的。简而言之,地理就是命运:我们被水包围的事实神秘地解释了我们的实用主义、宽容性和天生的保守主义,正如岛内的南北冲突基本上就是高地和低地之间的冲突一样。照这个粗糙的宿命论观点来看,所有与苏格兰人的可耻争吵,最终都是一个海拔高度的问题。"岛屿幽闭恐惧症,"斯特朗提出,"必定可以说明我们历史的伟大精神",他莫名其妙地又忽略了那些伟大的白痴。文化的监管人在威胁之下究竟是如何接近他们的造物主的,这很引人注目。如果你不能用思想来打败解构主义者,那么就用地形学来试一试吧。

"少问一些什么时候和怎么做到,多问一些为什么",这就是斯特朗在此描述其目标的方式。事实上,没有什么比他的这个实践更可笑的了。这本肖像画廊式的历史书完全没有理解社会的因果规律或者结构冲突,因此它说到的内容通常都是意料之中的,而它没能说到的内容都是极为意味深长的。斯特朗的历史风格正和某种文学批评一样,它认为自己的工作只是概括一下情节而已。它是胜利者的历史编纂学,和他们的受害者不一样,他们不知道非常时期是一种日常状态,而不是非典型的状态。